# GEORG KLEIN

---

## MIAKRO

ROMAN

ROWOHLT

1. Auflage März 2018
Copyright © 2018 by Rowohlt Verlag GmbH,
Reinbek bei Hamburg
Lektorat Katja Sämann
Satz aus der Minion, InDesign,
bei Pinkuin Satz und Datentechnik, Berlin
Druck und Bindung
CPI books GmbH, Leck, Germany
ISBN 978 3 498 03410 8

*Aber der Mensch ist so enge in sich selbst
gefangen, dass er sich meistens selbst verzehrt,
wo er die Welt verzehren sollte.*

CLEMENS VON BRENTANO

# MIAKRO

# 1.

## INNENWIND

### WIE EIN DURST GESTILLT WIRD

Es war ein fremder Wind. Die fünfte Nacht in Folge holte ihn dieses Wehen, als strichen ihm kühle Fingerspitzen über Wangen, Stirn und Lider, aus traumlos blindem Schlummer in die Finsternis seiner Koje. Nettler richtete sich auf. Seine Linke stach durch die weichen Stränge seines Schlafnetzes, die Rechte stemmte sich an die hornig festen Deckenrippen. Er fühlte sich mehr als bloß wach. Denn mit einer Gewalt, die ihm jenseits der letzten Nächte unbekannt gewesen war, hatte seine Vorstellung erneut damit begonnen, über Geschautes, über in vielen Jahren Glasarbeit Gesehenes, hinwegzujagen.

Alles, was unter seinen Händen, mehr oder minder tief, mehr oder minder günstig übereinandergeschichtet, durch das weiche Glas geglitten war, schien nun in diesem Strom enthalten. Nichts hatte an Glanz, Transparenz oder Schärfe eingebüßt. Aber unabhängig davon, wie prächtig in den zurückliegenden Nächten eine Fülle bekannter Bilder aufgeflammt war, wie leuchtend sich nun erneut Bild über Bild schob, der frische Binnenwind, der Nettler hierbei ins Gesicht blies, duldete kein Verharren, das zur Besinnung eingeladen hätte, sondern nötigte das Auferstandene zur Eile. Und während es gleichmäßig schnell, ohne trödeliges Langsamerwerden, ohne Stocken und ruckartiges Beschleunigen heranrückte, dahinfloss und verschwand, erwarb es sich, befreit von den eigenwüchsigen Widrigkeiten des weichen Glases, eine neue Vertrautheit.

Erst derart flugs und stetig geworden, schien Nettler das Erkannte wirklich alt und vollends gewesen. Gleichzeitig spürte er, dass draußen vor seiner Ruhenische, unter der hohen, nächtlich dunklen Kuppel des Mittleren Büros, dessen Leiter er war, Unbekanntes bevorstand. Etwas Ungesehenes wollte Gestalt annehmen. Und die von rechts nach links flottierende Buntheit, der wärmeraubende Luftstrom auf seinem Gesicht und das lauernde Grau des Kommenden schwangen in ihm zu einem unsinnig lustigen Dreiklang zusammen.

Als Nettler den Kopf aus seiner Koje in die laue Luft des Büros hinausschob, war dort draußen, in dessen weitem Rund, über den vielen in den allnächtlichen Ruhemodus gefallenen Tischen, nicht die geringste Luftbewegung zu spüren. Auch die Erscheinungen erloschen im Nu, allein seine Anspannung dauerte fort und suchte nach irgendeinem Hinweis. Wie immer gegen Winterende war das Band der Wandbeleuchtung schmal geworden und weit nach unten gesunken. Die magere blaue Linie verlief gerade mal handhoch über dem Boden und verdickte sich nur noch an wenigen Stellen zu pulsierenden, vor- und zurückzuckenden Knoten. Das Licht, das sie abstrahlten, reichte hin, einen bescheidenen Streifen bleiche Wand zu erhellen, war aber nicht mehr stark genug, um eines der Arbeitsrechtecke einen Schatten werfen zu lassen.

Von Nettlers Kollegen war bloß das feine Zischeln zu hören, zu dem die Vielfalt der Atemgeräusche bei ihrem Übergang aus den Schlafnischen in die Weite des Büros verschmolz. Irgendwann hatte ihn der alte Guler auf den Rand der Öffnungen hingewiesen, durch die sie bei Einbruch der Nacht Mann für

Mann auf ihre Ruhenetze krochen. Auf den ersten Blick sähen die Einstiege ja hübsch verschieden aus, jeder ein wenig anders gestreckt, jedes Oval ein bisschen anders verbeult. Als habe die bleiche Wand sich redlich bemüht, jedem, ausnahmslos jedem, ein unverwechselbares Schlupfloch zu bieten. Die Kanten jedoch stimmten in allen wesentlichen Merkmalen überein.

Nettler hatte dies damals, so unauffällig sich dergleichen bewerkstelligen ließ, bei den Einstiegen nachgeprüft, die seiner Koje rechts und links am nächsten lagen. Der alte Schlaukopf hatte recht: Zwischen den engen Hohlräumen ihrer Ruhenischen und der voluminösen Halbkugel des Büros verschlankte sich die Wand hin zum Einstieg rundum gleich, und zuletzt war dessen bloß noch gut daumendicker Rand flach gewellt und von einer Maserung aus gerade noch ertastbaren Rillen durchzogen.

Guler behauptete, just dieser Formung könnte es geschuldet sein, dass er keinen Einzigen im großen Kollektiv der Schlummernden mit seinem Altmännerschnarchen stören müsse, nicht einmal gegen Morgen, wenn der Schlaf auch bei den Jüngeren oberflächlich wurde und ihn, den übergewichtigen Senior, nach bestimmt lautstark gewesenem Gerassel ein immer ähnlich beklemmendes Atemstocken, gefolgt von einem lauthals japsenden Luftholen, endgültig ins Wache hinüberschrecken ließ.

Er mochte Guler. Nettler gefiel dessen Art, sich ungeniert einen Reim auf das zu machen, was Welt war. Der alte Knabe hatte ein Auge für das Wuchtiggroße und Winzigkleine, für das Scharfe wie für das Stumpfe, für Glanz und Mattheit. Guler spürte mit den Fingerkuppen, ob etwas hohl oder massiv war und in seiner Tiefe knochig hart oder markig weich. Sogar wie dicht ein Fleck bleiche Wand vom silbernen Haardraht durchwuchert wurde, behauptete er mit der Zungenspitze herauszuschmecken zu können. Und gelegentlich scheute sich ihr Dicker nicht, solche Wahrnehmungen mit angeblichen Ursachen, mit verblüffend einleuchtenden oder haarsträubend abwegigen Gründen zu verknüpfen.

Natürlich konnte einem ein Kommentar Gulers gehörig gegen den Strich gehen, so man sich gerade, über den hüfthohen Arbeitstisch geneigt, damit abmühte, einen vertrackt von rechts nach links ruckelnden, vertikal wegsackenden, drei oder vier, gelegentlich sogar alle fünf Ebenen ineinander verschmierenden Bildfluss, irgendein grellbuntes Tohuwabohu im Weichglas des Tisches zu bremsen, zu glätten und zu etwas Erkenn- und unter Umständen Verwertbarem zusammenzudenken. «Verflucht, Guler! Kümmere dich um dein eigenes Zeug!», wurde regelmäßig über eine Schulter geknurrt. Aber jeder von ihnen hatte auch schon von den unverhofften Einwürfen des Alten profitiert und den einen oder anderen Hinweis mit einem widerwilligen «Verflixt, Dicker, wo du recht hast, darfst du recht behalten!» quittieren müssen.

Erst gestern hatte sich Guler auf eine selbst für ihn schamlos drastische Art um den Tisch von Rotschopf Blenker gekümmert. Wie es sich gehörte, hatte der junge Kerl frühmorgens Mitteilung gemacht, dass seine Platte, schon bevor sie vollends hell geworden sei, heftig zu flackern begonnen habe. In der Mittagszeit war der zuckende Bildstrom nach einem letzten spektakulär fauchenden Aufblitzen restlos erloschen. Nur am linken oberen Rand leuchtete noch, kleinfingertief eingesenkt und schmutzig gelb, ein rautenförmiger Fleck, dessen kümmerliches Blinken von einem gerade noch hörbaren Fiepsen untermalt wurde.

Eine solche, dem Ruhemodus der Büronacht entsprungene Höchststörung war ihnen nie zuvor untergekommen. Dicht gedrängt umringten sie Blenkers Tisch. Die Hinteren wippten in beklommener Neugier auf die Zehenspitzen. Schließlich grummelte Guler, die Platte stehe doch ein bisschen schief. Als sich

Blenker zur Antwort nur gereizt gegen die sommersprossige Stirn tippte, spuckte der Alte kräftig aufs Glas, und Nettler, der sich sofort über den erstaunlich voluminösen, wasserklaren Klacks Spucke beugte, sah, wie ein ovales Bläschen aus dessen Mitte an den Rand driftete, als ginge es dieser winzigen Linse darum, Gulers Einschätzung, die Neigung von Blenkers Arbeitsplatte aus der korrekten Waagerechten, umgehend bildlich zu bestätigen.

Rotschopf Blenker war noch immer der Dienstjüngste. Nach ihm hatte kein weiterer Aspirant mehr zu ihnen ins Mittlere Büro gefunden. Für Blenker war, weil er unmittelbar nach einem Todesfall eingetroffen war, kein neuer Tisch aus dem Boden gewachsen, er hatte den frisch frei gestorbenen Platz übernehmen können. Lahm und lichtschwach war dessen verjährtes Glas damals gewesen. Aber bald zeigte sich, dass mit Blenkers blassblauen Augen, mit Blenkers wachsbleichen, bis an die Fingernägel braun getüpfelten Händen das rechte Vis-à-vis angetreten war. Erstaunlich zügig hatte die alte Platte in puncto Fließgeschwindigkeit wieder zu den anderen aufgeschlossen. Und irgendwann war ihrem Rechteck, was Helligkeit und Farbenfreude, Konturschärfe und Tiefenausbeute anging, unter den vielen Tischen allenfalls noch Nettlers Chefplatz gleichgekommen.

Jetzt, geborgen im Dunkel seiner Schlafkoje, musste sich Nettler eingestehen, dass ihn der gestrige Totalausfall mit Schadenfreude erfüllt hatte. Nicht dass er Blenker je missgönnt hätte, was da täglich von rechts nach links, in bestechender Transparenz fast immer doppelt, häufig dreifach, nicht selten vier- und, überdurchschnittlich oft, fünffach übereinandergeschichtet durch die Tiefe des weichen Glases strömte. Bildneid war es nicht gewesen, was ihn, während sie Blenkers notleidenden Platz umstanden hatten, gegen ein Grinsen hatte ankämpfen lassen.

Er mochte schlicht Blenkers Erscheinung nicht leiden. Vor allem dessen Haar hatte stets seine Abneigung erregt. Es war schreiend rotblond, der vordere Schädel bereits bis auf einen schütteren Mittelspitz kahl, nur auf dem Hinterkopf kümmerte noch, kaum fingernagelhoch, ein halbwegs dichter, spiralig verwirbelter Bewuchs. Die bloßliegende Kopfhaut war wie das Gesicht mit winzigen Sommersprossen übersät. Sogar im Nacken schienen die bräunlichen Flecklein zwei tiefe Bögen in den Haaransatz getrieben zu haben. Und wenn Nettler, von seiner Glasarbeit aufblickend, zwei Reihen vor seinem Tisch Blenkers Schädel lotrecht zur Bildgleitrichtung auf und ab wippen sah, fühlte er sich unweigerlich versucht, ihrem inzwischen längst überfällig Jüngsten etwas Übles zu unterstellen, irgendeinen verhohlenen Ehrgeiz, der eines Tages nicht vor Bildbetrug oder noch Schlimmerem zurückschrecken würde.

Gestern Mittag war Blenker durch die Sicherungsschleuse gestürmt, um in den anliegenden Gängen nach einem Wandler zu suchen. Nettler hatte ihm dies zugestanden, obschon er bereits angekündigt hatte, er werde über die Spruchbeule seines Leitungstisches um Glashilfe ersuchen. Wie immer konnte es Tage dauern, bis die auf diesem Wege angeforderte Unterstützung eintraf. Ein klein wenig mehr Erfolg versprach es in der Tat, zu Fuß loszugehen und in der Nähe, im Umfeld des Mittleren Büros, nach dem nötigen Beistand zu fahnden.

Mit etwas Glück entdeckte man die dunkle Felltasche eines Wandlers, an das käsige Weiß eines Gangs gelehnt, neben oder unter einem feucht aufklaffenden Querspalt, in den sich der fragliche Kuttenträger von Kopf bis Fuß, vom Kragen seines langen, groben Gewands bis zu dessen Saum, hineingeschoben hatte, um irgendeine undurchschaubare Arbeit zu erledigen. Oder man hörte den Wandler, mannstief in eine Hohlwurzel abgeseilt, unverständlich, aber zweifellos übellaunig murmelnd, vor sich hin werkeln. Dann galt es, den Aufgespürten mit wohldosierten Schmeicheleien ins Büro und an das mehr oder minder verrückt-spielende Glas zu locken.

Blenker war, erschöpft und von der Erfolglosigkeit seiner Suche sichtlich gedemütigt, erst spät am Nachmittag zu ihnen zurückgekommen und hatte den dicken Guler mit ausgebreiteten Armen unter seinem maroden Arbeitstisch liegen sehen müssen. Der Alte hielt dessen hintere Beine gepackt, dort, wo sie sich nach den Basiswülsten noch einmal zierlich verjüngten, bevor sie als gleichmäßige Keulen dem randlosen Rechteck des weichen Glases entgegenstrebten. Guler hatte diese Position gleich nach Blenkers Abgang eingenommen, und seit er irgendwann darum gebeten hatte, die Decke aus seiner Schlafkoje zu holen und zusammengefaltet unter seinen Nacken zu schieben, war von ihm kein Mucks mehr zu hören gewesen. Als der Zurückgekehrte an seinen Tisch trat, ächzte Guler erleichtert auf, wälzte sich auf den Bauch, kroch unter der Platte hervor, verweilte noch ein Weilchen auf Händen und Knien, bis mehr als ein Dutzend Kollegen von ihren Plätzen herübergekommen waren und hören durften, wie eindrucksvoll seine Gelenke beim Aufrichten knacksten.

«Blenker, mein Lieber: Schwundraum! Das hier ist kein junger Tisch. Du bist durch und durch Rechtshänder. Ich denke, du schiebst zu arg. Mach ein paar Tage nur mit links. Aber bloß locken, nicht ziehen. Mit Gefühl. Das wird euch beiden, deinem Glas und dir, guttun.»

Als der ganze Bürotrupp wenig später zum abendlichen Essen in den akuten Nährflur hinübermarschierte, war sich Nettler sicher, dass er nicht als Einziger mit einer gewissen Befriedigung beobachtet hatte, wie Blenker der schmallippige Mund aufgeklappt war, wie ihr ungezählte Tage stets bildgewiss, bildstolz, ab und an bilddreist gewesener Rotschopf die rechte Hand gehoben hatte, um entgeistert auf deren Innenseite, dann auf ihrem Rücken, schließlich noch einmal lange im Handteller nach einem Hinweis für jenes ungut übermäßige Schieben zu suchen, von dem Guler orakelt hatte.

Der neue Nährflur lag angenehm näher als der vorige, in zäher Agonie zuletzt arg knauserig gewordene Gang. Vor fünf Tagen hatte Blenker endlich einen grell überbilderten, aber in seinen matt durchschimmernden Details vielversprechenden Hinweis durch das weiche Glas huschen gesehen. Und in der zweiten, der gemeinsamen Schicht ihrer Tische nach weiteren Anhaltspunkten forschend, war es ihnen mit einem simplen Ringschluss gelungen, den verheißenen Folgeflur zu orten. Schon am ersten Abend hatte sie dort eine üppige Menge dampfend heißer Süßkartoffeln erwartet, annähernd gleich große Portionen, verteilt auf mehr als zwei Dutzend Tellerchen aus einem nur fingernageldünnen, aber dennoch starren Blech. Und dass die einzige Gabel, die sie vorfanden, unbrauchbar gewesen war, weil sich deren Zinken krallig gegen ihren Ursprung bogen, hatte dem gemeinsamen Entzücken, der in jedem gewiss ähnlich hell aufflammenden Esslust keinerlei Abbruch getan.

Gestern, am zweiten Abend, waren sogar noch drei tiefe, bohnenförmige Schalen, bis zum Rand mit einer roten Tunke gefüllt, bereitgestanden. Guler behauptete, eine vor Jahr und Tag schon einmal ausgewandete süßscharfe Sauce am Duft wiederzuerkennen, und verzehrte sogleich eine gründlich eingetunkte Kartoffel. Nettler und alle anderen warteten vorsichtshalber noch ein bisschen ab. Bei dick- bis halbflüssigen Substanzen, bei Breien, Pasten und Soßen, war es in diesem Winter gleich viermal zu äußerlich nicht erkennbaren Fehlbildungen gekommen. Wenn das appetitlich anmutende Zeug ungenießbar gewesen wäre, hätten sich, darauf war Verlass, fast im Nu das bekannte Schwindelgefühl und der unverwechselbar spitz pochende Schmerz in den Schläfen eingestellt.

Nettler zog den Kopf zurück in seine Schlafkoje. Die Erinnerung an die Schärfe der roten Soße hatte ihn durstig gemacht. Er hätte sich eine Flasche Wasser mit auf seine Hängematte nehmen sollen. Aber er wusste sich auch so zu helfen. Die Wandknollen, die einst, irgendwann in seinen ersten Bürotagen, die einander entgegenzüngelnden Anfangsstränge seines Ruhenetzes aus sich herausgetrieben hatten, waren all die Jahre hindurch feucht geblieben. Seit den letzten, den neuartigen Nächten tropfte ein stummelig kurz gebliebener Auswuchs über seinem Kopf sogar so stark, dass er frühmorgens mit nass am Schädel klebendem Haar aus der Schlafnische kroch.

Nettler rutschte nach oben und stülpte die Lippen über den glitschigen Nippel. Was er heraussog, kam ihm ungewöhnlich kalt vor. Aber vielleicht täuschte er sich, denn der Kojenwind hatte wieder zu wehen begonnen und strich ihm, dem Schlückchen für Schlückchen Trinkenden, dem trotz des Wiederanflutens der Bilder erneut schläfrig werdenden Chef des Mittleren Büros, wie eine angenehm kühle Hand über den sich allmählich entspannenden Nacken.

## 2.

## KNÜPFWERK

### WAS DIESE FRAU ZUM GLÜCK NICHT RIECHT

Bereits am folgenden Abend erwies sich der neue Nährflur als so überaus ergiebig, dass sie nicht umhinkamen, Volk zum Mitspeisen einzuladen. An der letzten Krümmung des Hinwegs waren sie an einer Gruppe Frauen vorbeigekommen, die damit beschäftigt gewesen waren, Knüpfwerk aus der bleichen Wand zu ziehen. Die bereits gewonnenen Schnüre, die sich zum Trocknen auf dem Boden kringelten, waren recht stark, fast so dick wie die Stränge ihrer Büroschlafnetze.

Knüpfwerk zu gewinnen, verlangte Geduld und Fingerspitzengefühl. Erst neulich hatte Nettler im weichen Glas eine betulich voranzockelnde Bildsequenz verfolgt, die, untertönt von einem ulkig simplen Tuten, Schritt für Schritt demonstrierte, in welcher Höhe die Wand nach einschlägigen Stellen abgetastet werden musste, wie man die erfühlten Knoten durch rhythmisches Drücken stimulierte, auf welche Weise der allmählich hervorsprießende fadendünne Anfang zu fassen war und wie dann Zupfen, Ziehen und Wiederlockerlassen aufeinander zu folgen hatten, damit das Stück beim weiteren Hervorholen nicht abriss.

Nettler schickte Blenker und den schönen Schiller zurück, um die Frauen herzubitten. Blenker würde ausreichend Worte finden, und Schiller konnte ihm mit seinem hinreißend gewinnenden Lächeln beispringen, falls der Rotschopf sich im Ton vergriff. Die beiden hatten Erfolg. Und als man dann gemeinsam goldgelbe Süßkartoffeln mit roter, dieses Mal noch schärferer Tunke speiste, fasste Nettler sich ein Herz und richtete das Wort an eine der Knüpfwerkzieherinnen, an eine mattblond, fast graublond gelockte Frau mittleren Alters, die, den Blechteller in der Hand, neben ihm gegen die Nährflurwand lehnte.

Nettler sprach sie auf das ärmellose Oberteil an, das sie zu einem noch recht gut erhaltenen Materialschacht-Rock trug. Er lobte die Regelmäßigkeit des Knüpfwerks und fragte, ob sie es selbst hergestellt habe. Sie leckte sich sorgsam das Rot von den Fingern, hob dann den Saum des Kleidungsstücks vom bloßen Bauch und erklärte ihm bereitwillig, wie aus vier dünnen Stricken der stramme Ausgangszopf des unteren Randes geflochten werden müsse und wie dann das weitere Oberteil, Schlinge auf Schlinge, Knoten für Knoten, in Richtung Armlöcher und Kopfschlitz gearbeitet werde. Wichtig sei, dass das Material nicht mehr teigig weich, aber auch noch nicht spröde ausgetrocknet sei. Auf eine günstige Schlüpfrigkeit und auf ein flottes Arbeiten – am besten zu zweit! – komme es an.

Nettler nickte, obwohl er nicht alles verstanden hatte. Etwas an ihrem Gesicht hatte ihn abgelenkt, vielleicht das Fältchenspiel in ihren Augenwinkeln, das ihrem Blick etwas Spottlustiges gab, oder das Grübchen, das sich, während sie sprach, in irritierender Asymmetrie nur auf ihrer linke Wange bildete, um bei geschlossenen Lippen wieder völlig zu verschwinden. Er bemerkte, dass sie, als wäre er nun seinerseits mit einer Erklärung an der Reihe, seinen Büro-Overall musterte. Dessen Hellblau war schon recht ausgeblichen, in den Ellenbogenbeugen hatte der Stoff seine feste Glätte verloren, und feine Fasern sträubten sich nach oben.

Zudem waren, wie bei allen zuletzt ausgewandeten Overalls, die
Beine recht kurz geraten. Nettler genierte sich für seine halb
bloßliegenden Waden und bereute, das Gespräch derart hautnah
begonnen zu haben. Womöglich hatte ihn gar nicht das Strick-
werk des Oberteils, sondern der Anblick der auffällig braunen,
sehnig muskulösen Frauenarme hierzu verleitet. Ein Satz über
die Kartoffeln wäre unverfänglicher gewesen.

«Du hast dich bekleckert. Sieht aus wie Blut.»

Sie legte ihm den Zeigefinger gegen die Brust. Nettlers Kinn
sackte nach unten, er erspähte einen winzigen roten Fleck auf
dem Klettstreifen seines Overalls. Dicht darunter lag noch immer, obwohl es für sein Verweilen keinen ersichtlichen Grund
gab, der vom Fadenziehen mattweiß verfärbte Finger der Frau.
Sie drückte zu.

«Du bist der Anführer. Denk nicht, wir wüssten von nichts.
Womit macht ihr euch eigentlich den Bart weg? Ihr müsst besonders scharfe Messer haben. Und wie bekommt ihr die Haare kurz? Kannst du mir eine Schere besorgen? Wir beißen die
Fäden ab, solange sie feucht sind.»

Ihre Hand war nach oben gewandert, lag nun unter seinem
Kinn und drückte seinen Kopf in den Nacken. Dann griff sie ihm
an die Unterlippe, zog diese recht grob, er spürte die Schärfe
ihrer Fingernägel, nach unten, offenbar um sich seine Zähne anzusehen.

«Wir wollten gerade Dicksprossen kauen, als euer Rotköpf-
chen uns eingeladen hat. Glaub bloß nicht, ich wäre dumm. Ist
der Gang morgen noch offen?»

Nettler nickte, und sie nahm die Hand von seinem Gesicht,
um weiterzuessen. Erleichtert wandte er den Kopf und sah,
dass der schöne Schiller hinten, ganz am Ende des Nährflurs,
ebenfalls mit einer Volksfrau ins Gespräch gekommen war. Die

beiden beugten sich weit in die trichterförmige Öffnung, auf deren Boden ihre heutige Mahlzeit ausgewandet war. So würde das abendliche Essen noch mindestens ein Dutzend Mal in ähnlich guter, dann in zügig minderer Qualität zur Verfügung stehen. Und wenn der Gang abstarb, wenn Nahrung und Geschirr zunehmend missgebildet oder, wie zuletzt erneut geschehen, von einem Tag auf den anderen als spiralig ineinander verschmierte, halbgefrorene Klumpen ausgegeben wurden, würde sich unweigerlich ein Hinweis auf den nächsten Nährflur im weichen Glas finden lassen.

Seit Nettler das Mittlere Büro leitete, waren sie kein einziges Mal auf Dicksprossen angewiesen gewesen. Aber in der zweiten Schicht ihrer Tische war regelmäßig in kurzen, stummen Bildfolgen zu sehen, wie Frauen und Kinder, geduldig kauend, Dicksprossen verzehrten. Zweifellos enthielten diese alles, was ein Volkskörper zu seinem Gedeihen benötigte. Bereits in der Nähe des Büros, wo sich die nahezu immer gleich verlaufenden Hauptgänge wie ein Kreis von Strahlen ins Vorfeld der wilden Welt hinausschoben und von nicht ganz so stabilen Quergängen netzartig verbunden wurden, waren Keimstellen auf den Wänden zu finden. Und weiter draußen, in den nicht bloß geometrisch schwieriger zu begreifenden Gefilden, gab es an ihrer Häufigkeit erst recht nichts zu beanstanden. Dort waren die Sprossen allerdings häufig nur dicht unter den hell schimmernden Gangdecken zu finden, und aus dem weichen Glas hatten Nettler und seine Kollegen gelernt, dass sich dann ein Kind auf die Schultern seiner Mutter setzte, um die Sprossen mit dem Messer aus der Wand zu schneiden.

Die Messer waren während des letzten Sommers erstmals zu einem Problem geworden. Ohne bildliche Vorwarnung hatte ihre Haltbarkeit stark nachgelassen. Mittig, zwischen Griff und

Klinge, bildete sich eine feinlöchrige Bruchstelle. Und dass es deshalb bald an solidem Erntewerkzeug mangelte, hatte bei den allgemeinen Materialschachtöffnungen des Vorfelds zu Unruhen im Volk geführt. Einige Male war es unter den Frauen bei der Verteilung der neuen Messer sogar zu Handgreiflichkeiten gekommen.

Alle Arbeitsplätze hatten die beunruhigenden Vorgänge in der zweiten, der gemeinsamen Bildebene ihrer Tische gezeigt. Satzfetzen aus dem Wortwechsel der Streitenden gellten ihnen entgegen. Und ihre Tische hatten sich leider nicht mit der klanglichen Wiedergabe der Anfeindungen begnügt. Einmal, als ein wildes Geschubse losging, als Ohrfeigen klatschten und Tritte gegen Schienbein oder Knie mit spitzen Schmerzensschreien quittiert wurden, begann das weiche Glas, jäh und in unvorhersehbaren Intervallen, Reizwogen abzustrahlen. Hiergegen war kein Mittel bekannt. Mann für Mann krümmten sie sich über den Tischen. Dem alten Guler waren die Kraftschübe so schlimm in den Leib gedrungen, dass er es schließlich nicht mehr an seinem Platz ausgehalten hatte und ächzend, die Hände auf den kugeligen Bauch gepresst, an der bleichen Wand zu Boden gesunken war.

Schiller hingegen war, gleich allen anderen, tapfer an seinem Platz verblieben, obwohl ihm die Stoßwellen sichtlich zu schaffen machten. Nettler war keineswegs entgangen, dass ihr Hübscher weiterhin geschwächt war. Offensichtlich hatte er den im letzten Frühling erlittenen Verlust noch immer nicht verwunden. Morgens sah man ihm an, dass er elend schlecht schlief, abends fiel auf, wie lustlos er aß. Jede Materialschachtöffnung, die in der Bildtiefe ihrer Tische Wirklichkeit wurde, musste den armen Kerl, gleichgültig, ob sie mit oder ohne Streit vonstattenging, an seinen letzten Außeneinsatz, an ihren fatal verunglückten Vorstoß an den Rand der wilden Welt und damit an das Verschwinden des kleinen Wehler erinnern.

«Euer Hübscher ist gesprächiger als du. Guck nur, wie sich die beiden aneinander freuen. Vorhin, als er uns eingeladen hat, hat er sich das Lächeln noch ins Gesicht gezwungen. Er ist traurig, aber seine Traurigkeit steht ihm. Er heißt Schiller, stimmt's?»

Im Büro herrschte Unsicherheit darüber, wie es das Volk zurzeit mit dem Heißen und Benennen hielt. Aus dem schieren Flussmaterial ließ sich schon lange nichts Sicheres mehr folgern. Während der krisenhaften Materialschachtöffnungen des vorigen Sommers war es zwar zu zahlreichen, unüberhörbar persönlich gemeinten Beschimpfungen unter den aufgebrachten Frauen gekommen, und das Übertragene abgleichend, konnten sie Ausdrücke isolieren, die Namen zu sein schienen. Guler hatte allerdings Zweifel geäußert und nach einigem Grübeln fast alle frisch eruierten Wortgebilde ganz ohne erhellenden Glasbeleg, einfach aus dem vagen Dunkel irgendeiner verjährten Kenntnis, als früher gebräuchlich gewesene, aber mittlerweile rar gewordene Herabwürdigungen identifiziert.

Ein Grund für die Wiederkehr dieser Schimpfwörter wollte dem Alten allerdings nicht einfallen. Es blieb dabei: Feste Namen für einzelne Personen, also Namen in einem soliden Bürosinn, gab das weiche Glas seit geraumer Zeit nicht mehr preis. Womöglich verbargen sich derart verlässlich auf bestimmte Körper zielende Bezeichnungen in den langen schrillen Pfeiftönen, von denen die Wortwechsel zwischen den Frauen seit einiger Zeit durchsetzt waren, und den Tischen gelang es aus irgendeinem Grund momentan nicht, diese aufjaulenden Geräusche in eine wiederholbare Lautung, in etwas stabil Silbiges zu übersetzen.

«Schau dir an, wie brav dein Schillerchen sich alles gefallen lässt. Schönes Essen, schöne Zeit. Er ist wirklich ausnahmshübsch, trotz der garstig kurzen Haare. Und ein lieber Kerl dazu.»

Nettler sah wohl oder übel, was da, am Ende des Nährflurs, vor sich ging: Die Volksfrau, fast noch ein Mädchen, hatte damit begonnen, über Schillers Schultern zu streicheln. Jetzt kniff sie ihn in die Hüften. Schiller reagierte mit einer komisch schlängelnden Bewegung, als wollte er ihrer Hand entkommen, ohne die Füße von der Stelle zu rühren. Und wie um ihn zu beruhigen, schlug ihm die junge Frau nun, zweimal kräftig klatschend, rechts und links auf das Gesäß, bevor sie ihren Arm um die Taille seines Overalls legte. Nettler wandte den Kopf und blickte zum Eingang. Der Nährflurspalt schien sich bereits ein klein wenig verengt zu haben. Höchste Zeit, die Männer zum Rückmarsch ins Büro aufzurufen.

Als Stunden später erneut der Nachtwind zu wehen anhob, als Nettler, von dessen Kühle geweckt, eine vorsorglich aufs Schlafnetz mitgenommene Wasserflasche an die Lippen setzte, stellte sich zügig eine Vielzahl von Bildern ein, die ihn durch die Temperatur ihrer Farben und die Ordnung ihrer Formen an Schiller denken machte. Schiller war, falls er sich recht entsann, kurz vor Rotschopf Blenker zu ihnen gestoßen. In seiner erster Zeit hatten Nettler und Guler sich, so wie es irgendwann Usus geworden war, die Betreuung des Frischtischlers geteilt. Bis Schillers Platte die nötige Höhe erreicht hatte, ließen sie ihn an ihren Plätzen zusehen. Und als es nach einigen Tagen so weit war, als Schiller bei hüftweit gespreizten Beinen derart an die Vorderkante seines Arbeitstischs rührte, dass sein Bauch nach und nach, mit dem beflissen tiefen Einatmen des Anfängers, eine flache Delle in den noch extraweichen vorderen Rand des blutjungen Rechtecks drücken konnte, hieß es, Fluss und Verschränkung nicht weiter zu stören.

Einen Schritt zurückgetreten, die Hände auf dem Rücken, hatten sie schweigend verfolgt, wie Schiller und sein Tisch sich zügig einig wurden. Erst jetzt, wo ganze Wegstücke des Mitangeschauten erneut aufflammten und, vom Schlafnischenwind beschleunigt, weit schneller als damals im Glas, nach links, ins Nichts der Unsichtbarkeit stürzten, dämmerte Nettler die schon ein Weilchen im Dunkeln lauernde Dopplung. Mit einem Ruck rutschte er nach vorn und beugte den Oberkörper hinaus in die still stehende Luft des nächtlichen Büros, um den Bildfluss zu unterbrechen, um sich ohne Lenkung, ganz roh und plump und verwischt ungenau, an etwas zu erinnern, was dort draußen vor sich gegangen war.

Irgendwann, es musste in Schillers Anfangszeit gewesen sein, hatte ihn ein dünnes, flüsterleises Lachen aus dem ersten Dösen geholt. Sofort hellhörig und neugierig, hatte Nettler die Wange an die Kante seines Kojeneinstiegs gedrückt, um ins nächtliche Bürorund zu lugen. Genau gegenüber waren Schiller und der kleine Wehler vor dessen Nachtnische gestanden. Wehlers Rechte lag schon auf dem unteren Rand der Öffnung. Gleich würde das Kerlchen, Schwung aus den Knien holend, auf die Zehenspitzen wippen, um mit einem Hopser in die für seine Körpergröße recht hoch gelegene Schlafstätte zu gelangen. Aber noch war es nicht so weit. Noch hielt Wehler den linken Arm um Schillers Hüfte geschlungen. Und Schillers Rechte strich mit gespreizten Fingern über Wehlers schmale Schultern, über Wehlers Nacken, dann über Wehlers kurze, aber muskulöse Oberarme, so hingebungsvoll und zugleich besitzergreifend, wie die Hand der jungen Volksfrau heute über Schillers von allzu vielen Arbeitstagen vernutzten Overall geglitten war.

Nettler spürte einen leichten Schwindel, dann sogar den spitz piksenden Schmerz in den Schläfen, wie ihn der Verzehr einer Nährflurfehlbildung nach sich zog. Aber die Beschwerden kamen viel zu spät, um den süßen Kartoffeln oder der scharfen Soße geschuldet zu sein. Die neuen windigen Nächte schienen nun doch eine Art Tribut zu fordern. Er wollte versuchen, möglichst schnell wieder einzuschlafen.

Als Letzte waren die Volksfrau und er in der schmalen Öffnung des Nährgangs voreinander gestanden. Rumpf an Rumpf, so nah, dass Nettlers Nase den würzigen Geruch auffing, der ihren im Detail erstaunlich gleichförmigen, aber als Gesamtheit absolut wirren, aus einem aschigen Blond ins silbrig Graue spielenden Locken entströmte. Und vorsichtig inhalierend, hatte Nettler befürchtet, sie könnte nun ihrerseits riechen und als unangenehm empfinden, dass er sich gleich seinen Kollegen, seitdem ihr Vorrat an rosa Seife restlos aufgebraucht war, bloß noch mit klarem Wandwasser wusch. Aber zu seinem Glück, noch einmal war Nettler herzlich erleichtert hierüber, hatte nicht das kleinste Naserümpfen, kein Wangenzucken, kein zur Seite ausweichendes Rucken ihres Kopfs darauf hingedeutet, dass dem so gewesen wäre.

## 3.

## GRAUGLÖCKCHEN

### WO EINEM DIE HAND JUCKT

Im Mittagslicht lockte ihn Guler an Wehlers verwaisten Platz. Nettler hatte das Herschauen des Dicken gespürt, und sowie er den Kopf hob, fingen sich ihre Blicke. Guler musste nicht winken, ein Nicken genügte. Nettler griff nach der Flasche unter seinem Tisch und ging erst einmal an den nächsten Wandzapfen, um Wasser nachzufüllen. Dann folgte er einem Zufallspfad, schweifte durchs Büro, wie es immer seine Chefart gewesen war, schaute dem einen oder anderen kurz über die Schulter, murmelte etwas Ermutigendes, verschenkte einen Scherz, blieb sogar ein Weilchen bei Rotschopf Blenker stehen und hörte sich mit an, wie dieser lauthals und so selbstsicher, als wäre alles sein Verdienst, dem Kollegen linker Hand die sachte Rekonvaleszenz seines Arbeitsplatzes beschrieb.

Als ihn nur noch ein Dutzend Schritte von Wehlers herrenlosem Tisch trennte, hatte Nettler plötzlich den Eindruck, die Platten seien früher, irgendwann in seiner Anfangszeit, enger beieinandergestanden. In der Mitte des Bürorunds schienen die Zwischenräume bloß ein klein wenig größer geworden. Aber zum matten Weiß der Wand hin, auch dort, wo Guler ihn erwartete, waren die Abstände zwischen den Rechtecken fast derart weit, dass ein zusätzlicher Tisch in die Lücken gepasst hätte.

Nettler vermochte nicht zu sagen, ob dies dereinst, bei seinem allerersten, gewiss gierig wachen Blick ins Büro, bereits genauso gewesen war. Womöglich war ihre Gemeinschaft, ohne dass je mit einem Wort an ihre Zahl gerührt worden wäre, im Lauf der Binnenjahre tatsächlich nach und nach ein wenig kleiner geworden.

Wehlers Platz, um den sie wohl alle seit dem Unglück einen ähnlichen Bogen machten, war in verblüffend guter Verfassung. Nirgends zeigte die wässrig schimmernde Helle des Glases die geringste Spur schlieriger Eintrübung, geschweige denn den faserigen Durchwuchs beginnender Verhärtung. Nettler fuhr mit den Fingerspitzen unter den vorderen Rand. Auch auf der Unterseite ließ sich nichts Knotiges oder Rilliges ertasten.

Als wollte er just hierauf nicht gleich als Erstes zu sprechen kommen, meinte Guler, nun sei ja endlich der Frühling im Anmarsch. Ausgerechnet bei Blenker, dessen Tisch allmählich wieder in Schwung komme, habe er vorhin die ersten Schneeglöckchen sehen dürfen. Leider bloß in einem mehr oder minder schmutzigen Grau. Gruselig fremd, ja nahezu unwirklich wären ihm die Frühlingsboten, derart entfärbt, ohne das satt aus dem Glas protzende Giftgrün der Blätter, ohne das grell aufscheinende Bildweiß der Blütenkelche, vorgekommen.

Stumm schauten sie ein Weilchen zu Blenker hinüber. Dem Rotschopf war es inzwischen gelungen, vier Kollegen dauerhaft vor seine Platte zu locken. Mit der linken Hand tupfte und wischte er bereits wieder erstaunlich ungeniert über deren gesamte Fläche. Was es zu sehen und zu kommentieren gab, untermalte die freie Rechte mit großspurigen Gesten. Immerhin schien er sich noch an Gulers Ratschlag zu halten und war bloß einhändig am Glas zugange.

«Es sind nicht die Haare, Nettler. Es ist nicht das Rot. Du

kannst ihn nicht ausstehen, weil er ein Angeber ist. Aber wer weiß, wozu seine Großmäuligkeit noch gut sein mag. Oder meinst du, Schillers hübsches Näschen hat bei den Frauen den Ausschlag gegeben?»

Nettler dachte, dass es gestern weder Blenkers dreistes Drauflosschwatzen noch Schillers gefällige Züge gebraucht hätte, wenn Wehler bei ihnen gewesen wäre. Der kleine Wehler war mit Abstand ihr bester Mann in Sachen Volk gewesen, und dass er jetzt, hier an Wehlers Tisch, erneut gezwungen war, sich vorzustellen, beim nächsten ernsten Außeneinsatz ohne ihn auskommen zu müssen, schlug Nettler so unversehens auf den Magen, dass er ein krampfendes Schlucken nicht unterdrücken konnte.

Mit dem Volk auf eine absehbare, halbwegs kontrollierte Weise zu verkehren, war immer schwierig, manchmal schier unmöglich gewesen. Der Wegfall ihres einzigen instinktiv souveränen Könners in Sachen Leutseligkeit würde sich nicht ausgleichen lassen, sobald wieder ein Trupp Richtung wilde Welt ausrücken müsste. Auch wenn der Schock über die Umstände des Verlusts oberflächlich abgeklungen war, das Vakuum, das Wehlers Abwesenheit verursachte, sog im Rund des Mittleren Büros bestimmt nicht nur ihm und Schiller, sondern allen, wahrscheinlich sogar dem selbstgefälligen Blenker insgeheim weiter am Gemüt.

«Fass mal hin. Schön unauffällig, Nettler. Halt die Hand dicht drüber. Aber nicht dran rühren. Drückst du die kleinste Delle, klingt es ab, und wir müssen warten, bis es sich wieder aufbaut.»

Nicht zum ersten Mal tat es ihm gut, den Vorschlägen des Alten gleich Befehlen zu gehorchen. Sein Magen beruhigte sich. Und unwillkürlich gab er sich der Vorstellung hin, er selbst, also der Chef höchstpersönlich, wäre beim letzten Außeneinsatz statt Wehler verlorengegangen. Der kleine Wehler hätte dann, nach glücklich überstandenem Rückzug, im Büro in großer

Runde Bericht erstatten können. Am selben Tag noch hätte die Gegenspruchbeule des Leitungstischs unüberhörbar Laut gegeben, alle wären an die herrenlos gewordene Platte geeilt, um gemeinsam zu hören, wer – ja, wer? Am besten Guler! – zum neuen Leiter, also zu seinem Nachfolger berufen worden wäre, und ihr Dicker hätte seine Ernennung mit einem launig gebrummelten «Na, wenn's unbedingt sein muss!» akzeptiert.

Obschon Nettler, die gespreizten Finger über Wehlers Platte, dieses Wunschgebilde liebend gern noch ein schwebendes Weilchen genossen hätte, der Fluchtpunkt der Phantasie, die erlösende Chefwerdung Gulers ließ das Ganze zu widersprüchlichem Unsinn gerinnen. Als zukünftiger Büroleiter kam der Alte natürlich nicht in Frage, weil er Späterscheiner gewesen war. Nettler versuchte, sich zu entsinnen, wann und wie Guler zu ihnen gestoßen war, aber sosehr er sich mühte, es wollte sich kein Bild einstellen. Einen weniger dickleibigen, weniger hängebackigen, einen irgendwie jüngeren Guler bekam er nicht vors innere Auge. Stattdessen spürte er plötzlich überdeutlich, dass die Hand, die er über Wehlers Tisch hielt, wohlig schwer wurde.

«Nicht zucken, Nettler. Wird gleich noch stärker. Fühl bloß hin und sag mir, was dir dazu einfällt.»

Es musste vor etwa fünf Jahren gewesen sein. Nettler war sich plötzlich sicher, es konnte nicht viel länger her sein, dass der Alte im Büro aufgetaucht war. Er wusste nun sogar wieder, wie seltsam schrumpelig, von fein gekräuselten Falten durchzogen, die vier Bodenknospen des Arbeitstischs gewesen waren, deren Keimen Gulers Erscheinen vorausgegangen war. Welche Kleidung der Angekommene getragen hatte, enthielt ihm sein launiges Gedächtnis allerdings vor, und in sturer Unsinnigkeit malte es ihm den frisch eingetroffenen, den womöglich wüst vollbärtig gewesenen Guler bereits so glattwangig ins damalige Büro, wie dieser erst nach einem halben Arbeitsjahr, also nach dem glasbedingten Ausfall aller Gesichtshaare gewesen sein konnte.

«Unangenehm? So, dass du es nicht mehr aushältst?»

Nettler schüttelte bloß den Kopf. Im Gegenteil: Was Wehlers Tisch an seiner Hand bewirkte, tat ihm gut, und er spürte die nicht geringe Versuchung, gegen das weiche Glas zu drücken und zu spüren, ob Wehlers Platte, wie sie es gewohnt waren, schon beim allerersten, einschmeichelnd linden Nachgeben, differenzlos auf die Temperatur seiner Hand abgestimmt sein würde. Aber bevor es zu einer Berührung kam, begann es in seiner Rechten zu kribbeln, zwischen Zeige- und Mittelfinger, in der namenlosen Mulde, zu der die untersten Glieder der beiden Finger zusammenliefen.

«Juckt es dich schon? Da, wo sie ihre Stifte einklemmen?»

Natürlich verstand Nettler, was und wen Guler damit meinte. Die rare Gelegenheit, einen Wandler bei seinem Tun zu beobachten, ließ sich keiner im Büro entgehen. Zwar scheuchten die mundfaulen Kerle, sobald sie an einem kränkelnden Arbeitsplatz zugange waren, ausnahmslos jeden, der direkt neben oder allzu dicht hinter sie trat, mit einem garstig zischelnden, unweigerlich einschüchternden «Tsch! Tsch!» beiseite. Aber auch aus dem so erzwungenen Abstand ließ sich das eine oder andere erspähen. Was der jeweilige Wandler aus der Felltasche fischte, die an seiner linken Hüfte hing, was er dann am Tisch zur Anwendung brachte, war zum Glück immer so groß, dass sie sich ein Bild von der Gestalt des Utensils machen konnten. Meist waren es silbrig glänzende Stifte, unterschiedlich lang, aber stets so schlank, dass sie sich an die fragliche Stelle der Hand schieben ließen, um, derart festgeklemmt, mit dem vorderen, spitzen Ende unterschiedlich tief in das geschmeidig nachgebende, mehr oder minder laut aufschmatzende Glas gepresst zu werden.

«So viele Tage, Nettler! Nach all den Tagen, nach fast einem Jahr, sieht Wehlers Glas noch aus, als hätte unser Kleiner seinen Platz bloß eine Nacht allein gelassen. Auch die Höhe stimmt noch. Als würde der Tisch auf Wehler warten. Muss doch etwas Gutes zu bedeuten haben, oder?»

Guler hatte leicht reden. Guler war nicht dabei gewesen. Nettler hatte den kurzatmigen Dicken bei den anderen im Büro lassen müssen, weil der fragliche Materialschacht im Grenzbereich zur wilden Welt gelegen war. Nie zuvor in Nettlers Zeit hatten sie einen bürowichtigen Stollen so weit draußen geortet. Die Hinweise, aus denen sich auf die erforderliche Anmarschgeschwindigkeit schließen ließ, waren leider nicht eindeutig gewesen. Die in den Tischen angezeigten Gangführungen wichen ungewöhnlich stark voneinander ab. Immerhin so viel hatte sich mit einiger Sicherheit voraussagen lassen: Falls sich ihr Trupp nur kurz im prophezeiten Schacht aufhalten musste, falls das dort Ausgewandte, wie vom weichen Glas angekündigt, handlich war und nicht allzu schwer, konnten sie es gerade noch vor Einbruch der Dunkelheit zurück zu den anderen schaffen. Wenn nicht, würde sich ihre Exkursion zwangsläufig in eine fatal ernste, weil unberechenbare Übernachtaktion, in einen wahren Wildewelteinsatz, verwandeln.

Zu fünft waren sie im Morgenlicht aufgebrochen. Nettler gab ein zügiges Tempo vor. Die vier anderen gehörten zu den Jüngeren und sollten imstande sein, mühelos mitzuhalten. Zunächst verlief die Route exakt wie im Chefglas abgebildet. Nettler erlaubte eine einzige Pause und achtete darauf, dass jeder, an die Wand gelehnt, seine Wasserflasche um ein Drittel leerte. Erst auf dem letzten Stück zeigten sich die befürchteten Verlaufsstörungen. Mehrfach war die Gangdecke so weit abgesackt, dass sie nur gebückt weiterkamen. Auch der Lichtfluss schwankte stark, das

Kristall über ihren Köpfen hatte sich stumpffleckig eingetrübt, in einigen Wegkrümmungen war die blaue Linie auf beiden Seiten fast völlig erloschen, während aus abzweigenden Gängen ein verführerisch unreiner, zart ins Fahlgelbliche spielender Schimmer über den Boden strahlte.

Die Materialschachtöffnung sah dann allerdings genau so aus, wie in allen Tischen prognostiziert: fast mannshoch, trapezförmig, mit unten gut, oben knapp armlanger Kante. Nacheinander schlüpften sie hinein. Allein der kleine Wehler hielt für den Fall, dass Volk auftauchen sollte, am Eingang Wache. Drinnen war der Boden bereits vollständig abgetrocknet und senkte sich nur ganz leicht in Richtung Ausgabewand. Sie mussten die mitgenommene Stablampe, die letzte, die noch nennenswert Licht warf, nicht einschalten, die Decke war hell genug. Im Nu übersahen sie die ganze Bescherung: Die angekündigten frischen Overalls waren als ein wüster, schmierige Blasen werfender Haufen im rechten Eck zu erkennen. Darüber und daneben ragten vier Stableuchten, anscheinend gut ausgereift, aber rüsselartig verbogen, aus der Wand. Von den erhofften neuen Sandalen, von der ersehnten Seife entgegen der Ankündigung im Glas keine Spur. Und an einen Ersatz für die beiden Anfang Winter ausgewandeten, inzwischen wirkungslos gewordenen Schockstöcke war angesichts der lächerlich fehlgebildeten Lampen erst recht nicht mehr zu denken.

Was dann geschah, ließ sich mit früheren Widrigkeiten, mit den Vorkommnissen, vor denen Nettler erfahrungsgemäß auf der Hut sein konnte, nur schwerlich vergleichen. Zweimal, beide Male lagen schon lang zurück, hatte sich, gleich nach ihrem Eintreten, die Neigung des Bodens mit einem bedrohlich grunzenden Ruck erhöht, und sie waren, ohne das Ausgewandete, das mit der Ausgabeseite des Materialschachts Abgesackte, zu prüfen, so schnell sie konnten, zum Ausgang hinaufgestolpert. Ein andermal hatte sich ein Schockstock, als Schiller ihn aufnehmen wollte, in dessen Rechte entladen, und er war, den linken Arm um Wehlers Nacken, halblahm zurückgehumpelt. Ansonsten hatten sie sich in problematischen Materialschächten allenfalls die Finger mit der bräunlichen, unverwechselbar säuerlich riechenden Flüssigkeit besudelt, die, auch bei vorsichtigem Anrühren, aus mehr oder minder offensichtlich missratenen Objekten zu spritzen pflegte.

Damals, im bislang letzten Frühling, hatte Nettler nach kurzer Rundumschau aus einem unguten Vorgefühl heraus den sofortigen Rückzug befohlen, und nacheinander waren sie an Wehler vorbei hinaus in den Gang geschlüpft. Ihr Kleiner aber war an der trapezförmigen Öffnung stehen geblieben. Und wahrscheinlich weil er den Schacht als Einziger nicht hatte betreten dürfen, wandte er sich, sobald Schiller ihn als Letzter passiert hatte, noch einmal Richtung Eingang und steckte den Kopf, beide Hände an die seitlichen Ränder gestemmt, ins Stolleninnere. Dieses Hineinbeugen und das unmittelbar Folgende hatte allein Schiller beobachtet. Nettler, Blenker und der große, bullig starke Axler, für den es wider Erwarten nichts zu schleppen gegeben hatte, waren schon im Weggehen begriffen. Erst auf Schillers Schrei hin fuhren sie herum.

Wäre Schiller ihnen, ohne noch einmal den Blick zu wenden, gefolgt, hätte wahrscheinlich keiner etwas bemerkt. Denn von Wehler kam nicht ein Laut. Und falls ihnen dann, frühestens oder spätestens an der nächsten Wegkrümmung, aufgefallen wäre, dass sie nur noch zu viert waren, hätte sich ohne kollegiale Zeugenschaft vollzogen, was Schiller von Anfang an, was er, Blenker und Axler nach Schillers Aufschrei zusammen mit diesem bis ans schreckliche Ende miterleben mussten.

Erst am darauffolgenden Morgen war ihr Hübscher in der Lage, Nettler halbwegs anschaulich zu beschreiben, wie sich die Materialschachtöffnung, wie sich die vier Ecken des Trapezes vor seinen Augen zu einem schiefen Oval gerundet hatten, das sich gleitend zu einem makellosen Kreis verengte. Völlig geräuschlos und gar nicht besonders schnell sei dies zunächst geschehen. Rückblickend machte sich Schiller schlimme Vorwürfe. Selbstverständlich hätte er den in den Schacht gebeugten Wehler warnen müssen, aber das Erstaunen verzögerte den Ruf, der ihm in die Kehle stieg, um eine kleine, aber fatale Spanne. Erst als der Kreis zuschnappte und sich mit einem hellen Pfloppen um Wehlers Taille schloss, sei ihm etwas über die Lippen gekommen. Vielleicht Wehlers Name? Er sei sich nicht sicher. Ob Nettler ihm sagen könne, was er da, nach vorne gestürzt und Wehlers Unterleib packend, verspätet gerufen habe?

Zu viert hatten sie, keuchend und zerrend, an Wehlers Beinen gehangen, an seinen Knien, an seinen kräftigen, unglaublich hart gespannten Waden, schließlich bloß noch an den zierlichen Füßen des Kleinen. Zuallerletzt hatte Axler dem, der da fürchterlich gleichmäßig eingesaugt wurde, in hilflosem Ungestüm nach der linken auch noch die rechte Sandale von der Ferse gerissen. Danach lagen ihre Hände auf der vollständig geschlossenen, sich bestürzend zügig glättenden Wand. Nur dort, wo Wehlers Fußsohlen, zuletzt die hornigen Ballen seiner Zehen, verschwunden waren, hielt sich noch ein Weilchen eine Rosette feiner Runzeln. Und während sich auch diese Fältchen allmählich verzogen, spürte Nettler, spürte ein jeder für sich, noch war kein Wort zum Geschehenen gefallen, wie eine Auswallung der Wand seine Finger so arg kribbeln machte, dass einer nach dem anderen diese von der Verschlussstelle lösen musste, um sie auf der Brust an der harten Klettfalte des Overalls zu reiben.

«Ist es das gleiche Gefühl? Zumindest ungefähr? Streng dich an, Nettler. Tu mir bitte den Gefallen.»

Nettler gab sich Mühe. Ja, die Empfindungen waren ähnlich. Auch jetzt hielt er es nicht länger aus und musste die Finger, die er die ganze Zeit brav über Wehlers Tisch gespreizt hatte, nach vorne holen und mit der Linken kneten und kratzen.

«Hunger, Nettler? Mich hat es vorhin hungrig gemacht. Und euch? Wie war das, als der Schacht den Kleinen verschluckt hatte: Hättet ihr dennoch sofort etwas essen können?»

Nettler verkniff sich ein Nicken. Guler hatte recht, aber irgendwie schien es Nettler nun falsch, beschämend und unvorsichtig zugleich, dem Alten rückhaltlos zuzustimmen. Das Hungergefühl jedoch, das er auch jetzt, an Wehlers Tisch gelehnt, nicht vor sich verbergen konnte, war so stark, dass er seine Wasserflasche an die Lippen hob und nicht absetzte, bevor sie leer und sein Magen provisorisch gefüllt war.

Damals waren sie auf dem allerletzten Stück ihres in stummer Panik vonstattengegangenen Rückmarsches im frischen, zukunftsmunteren Abendlicht des Binnenfrühlings am akuten Nährflur angelangt. Und ohne den schon vor ihnen dort eingetroffenen, neugierig aufschauenden Kollegen ein Wort der Erklärung zu gönnen, hatten sie sich alle vier, selbst Schiller, auf das reichlich Ausgegebene, einen öligen, tief dunkelbraun, fast schwarz gebackenen Kuchen, gestürzt, mit zittrigen Händen große Stücke abgerissen und die klebrig weichen Brocken, ohne zu kauen, mehr als nur gierig hinuntergeschlungen.

## 4.

## ZINKENSPITZEN

WER AUS DEM GLAS ERZÄHLT

Im Lauf des Nachmittags kam Nettler nicht umhin, sich einzugestehen, welche Sorge in ihm keimte. Gelegentlich geschah es, dass sich ein noch ergiebiger Nährflur vorzeitig für immer versiegelte und sie, nichts ahnend anmarschiert, gezwungen waren, umzukehren, ohne einen Bissen zwischen die Zähne bekommen zu haben. Bis jetzt war dergleichen allerdings nie beunruhigend gewesen. Denn sie mussten bloß die anschließende Nacht und das folgende Arbeitsintervall mit leerem Magen durchhalten. Der nächste Gang, dessen Lage das weiche Glas bei einem derart jähen Ausfall prompt, spätestens in den Mittagsstunden, preisgab, würde, das wussten sie aus Erfahrung, fürs Erste nicht mit Speise geizen.

Heute jedoch hätte es zumindest für ihn, insgeheim und wohl ausschließlich für ihn, eine arge Enttäuschung bedeutet, wenn der junge Flur derart abrupt verendet gewesen wäre. Denn für das unstete Volk, für die kaum berechenbaren Frauen, vermutlich auch für eine braunarmige, im Großen wirr, im Kleinen gleichförmig graublond Gelockte gab es, genau dies hatte Nettler begonnen zu befürchten, womöglich keinen Grund, an der aushärtenden Naht einer unübersehbar final verwachsenen Öffnung auszuharren.

Aber dann waren die Frauen allesamt da, hockten schwatzend im Kreis neben dem weit offenen Eingang, hatten sogar zwei kleine Mädchen und einen alterskrummen, weißbärtigen Volkskerl mitgebracht, jedoch nicht gewagt, ohne die Büromannschaft einzutreten. Also ging Nettler voran, und mit dem ersten Hineinschnuppern hatte er das sichere Gefühl, erneut würde es leichthin für alle reichen. Fast zugleich bemerkte er, dass der Überfluss noch eine zweite dingliche Gestalt angenommen hatte: So regelmäßig verteilt, als müsste ihr Hingeworfensein einem Muster gehorchen, lagen auf dem Boden Gabeln, derart viele, dass die Volksfrauen, die hinter ihm hereindrängten, barfüßig, wie sie waren, darauf achten mussten, sich nicht durch einen Tritt auf die Zinkenspitzen zu verletzen. Da sich dann aber alle, auch seine Männer, sogleich bückten, um eine Gabel zu ergattern, und die beiden Mädchen eilig die überzähligen in den tiefen Taschen ihrer Röcke verschwinden ließen, war diese Gefahr im Nu, schon bevor die erste Süßkartoffel auf eines der wunderbar makellosen Esswerkzeuge gespießt wurde, aus der Welt.

Essend beobachtete Nettler den Weißbärtigen. Im Glas waren Volksmänner selten und meist nur an der Peripherie des jeweiligen Bildes zu entdecken. Auch bei ihren Exkursionen ins Vorfeld der wilden Welt hatte er nie einen mit Muße aus der Nähe betrachten können. Scheu waren die zotteligen Greise immer gewesen. Aber mittlerweile huschten sie, sobald ihnen ein Bürotrupp entgegenkam, so flugs in den nächsten Quergang, dass man kaum mehr als einen gekrümmten Rücken, einen flatternden Rock und das schulter-, manchmal sogar hüftlange weiße Haar zu sehen bekam. Auch jetzt stand der alte Volksmann im hinteren Winkel des Nährflurs, hatte sich gegen die Wand gedreht und hielt den Kopf dicht über den Teller, als wolle er möglichst wenig von seinem Gesicht preisgeben.

«Ich kenne ihn nicht besser als du. Aber ich kann euch ins Gespräch bringen.»

Die Wirrgelockte griff an Nettlers Ärmel und zog ihn, ohne ein Zustimmen abzuwarten, zwischen den Essenden hindurch. Der Alte zuckte zusammen, als sie bei ihm anlangten. Aber die Braunarmige fasste ihm an die Schulter, und so blieb ihm wohl nichts anderes übrig, als sich umzudrehen und den Kopf zu heben. Dann jedoch sah er Nettler ohne Zögern ins Gesicht – so fest, als käme es ihm darauf an, dass just diese Festigkeit bemerkt und mit einer Art Respekt anerkannt würde.

Derart fixiert, musste Nettler daran denken, wie bedauerlich selten Spiegel ausgewandet wurden. Bei den wenigen, die ihnen bislang in die Hände gefallen waren, hatte es sich stets um Einzelstücke gehandelt, der letzte war quadratisch gewesen, das grünlich getönte, knapp handhohe Hartglas umfangen von einem fast genauso breiten, sehr schweren, mattgrauen, vielleicht bleiernen Rahmen. Das wuchtige Ding hatte sich in einem ungewöhnlich reichhaltigen Schacht befunden. Dreimal waren sie ausgerückt, um ihn zu leeren, und erst beim dritten Mal hatte man sie entdeckt. Weil sich dann im Nu eine bedenkliche Überzahl Volk am Eingang versammelt hatte, waren sie gezwungen gewesen, über die Aufteilung der verbliebenen Artefakte zu verhandeln.

Dies verlief, da der kleine Wehler die Sache in die Hand nahm, ohne bedrohliche Unstimmigkeiten. Winzige Flüssiggasfeuerzeuge in verschiedenen Farben, alle so durchsichtig, dass man den Brennstoff in ihnen schwappen sah, und zwei Dutzend wunderbar gerade gewachsener, gleichmäßig daumendicker Kerzen befanden sich unter den letzten Dingen. Aus der Art, wie die Frauen beides in den Fingern drehten, hatte Wehler geschlossen, dass sie weder das eine noch das andere kannten, und er nutzte die Gelegenheit, sie mit Funken und Flamme, mit warmem

Schein und duftendem Wachs zum Staunen und mit den kleinen, scheinbar beiläufigen Scherzen, die ihm wie keinem gelangen, zum Lachen zu bringen.

Der Spiegel war zum Glück bereits in eine Decke eingewickelt gewesen, und der nicht bloß hochgewachsene und starke, sondern auch geschmeidig gewandte und reaktionsschnelle Axler, dem ihr einziger, noch halbwegs geladener Schockstock anvertraut worden war, hatte sich breitbeinig davorgestellt, zweifellos entschlossen, die schmerzhafte Waffe einzusetzen, falls neugierige Frauen versuchen sollten, sich des auffälligen Bündels zu bemächtigen. Später im Büro hatten sich alle um das ausgepackte Wunderding gedrängt, und vielleicht wäre es selbst unter ihnen zu einem bedenklichen Geschubse gekommen, wenn Nettler seine Leute nicht umgehend angewiesen hätte, sich ordentlich hintereinander aufzustellen. Erst dann hatte er, den Spiegel vor der Brust, jedem Kollegen einen ersten, ungefähr gleich langen Blick gewährt.

Die Augen des Volksmanns waren dunkel, die Iris fast so schwarz wie die Pupille. Und weil sein Gesicht selbst für seinesgleichen ungewöhnlich dicht, weit in die Wangen hinein, auf den Ohrläppchen und selbst auf dem Nasenrücken, weiß behaart war, weil die Brauen zu einem dichten, hellgrauen Riegel zusammenliefen, wirkten diese Augen größer und tiefer als diejenigen, die Nettler täglich aus haarlosen Bürogesichtern entgegenschauten.

«Keine Angst, Alterchen. Das ist bloß ihr Anführer. Er hat uns gestern eingeladen. Magst du ihm nicht die Hand geben?»

Der Volksmann schüttelte den Kopf. Das lange weiße Haar fiel ihm über die Schultern und auf die Brust, in Wellen, die Nettler, er konnte nicht anders, wahrscheinlich wegen ihres Glanzes und ihrer Gleichmäßigkeit, für schön halten musste. Fast war er froh, dass der Bart des Greises rund um den Mund, vor allem

zwischen Nase und Oberlippe, von etwas Gelbem, einem fahlgelben Staub verunreinigt war, als nähme der Alte regelmäßig
eine fein zerkrümelnde Nahrung zu sich, die ebendiese Spuren
hinterließ.

Nettler versuchte, sich zu erinnern, wie sein eigenes Gesicht,
damals als sie eine kurze Spanne im Besitz eines brauchbaren
Spiegels gewesen waren, in dessen Glas ausgesehen hatte. Aber
nur die Köpfe einiger Kollegen, am deutlichsten das verschmitzt
in den Spiegel hineingrinsende und noch ein Quäntchen gewitzter aus dem grünlichen Glas herauslachende Gesicht des verschollenen Wehler, gaukelte ihm sein Gedächtnis vor. Unwillkürlich griff er sich auf den Kopf, als ließe sich eine Strähne so
weit in die Stirn holen, dass er deren Farbe erkennen könnte,
aber natürlich war sein Haar hierzu, wie bei ihnen allen, nicht
annähernd lang genug.

Der Volksmann verzog die Lippen, vielleicht versuchte er,
Nettler anzulächeln. Dann öffnete sich sein Mund, und Nettler
konnte erkennen, dass auch die Zähne des Alten gelblich getönt
waren. Die Zunge zuckte zweimal nach vorne, aber außer einem
rauen Ausatmen war kein Laut zu hören.

«Er kann sprechen. Sie können alle sprechen, wenn sie wollen.
Pass auf, ich nehme ihm sein Essen weg.»

Schon hatte sie dem Alten den Teller aus den Fingern gezogen und war damit einen Schritt zurückgetreten. Der Beraubte
hob die Gabel, kurz befürchtete Nettler, er würde damit auf die
Räuberin losgehen oder ersatzweise nach ihm, der vor ihm stand,
stechen. Aber dann fiel ihm das Esswerkzeug bloß aus der Hand,
die beiden Mädchen sprangen herbei und schubsten sich grob
herum, bis es einer gelang, die Gabel einzusacken. Darüber war
Nettlers Augen der Moment entgangen, in dem der Weißbärtige
zu sprechen begonnen hatte. Sehr leise und zunächst arg nusche-

lig, allmählich aber klarer artikulierend, flüsterte der Alte, ohne die Stimme zu heben, flüsterte drauflos, als hätte er Angst, unterbrochen zu werden, und hörte gar nicht mehr zu flüstern auf.

Später, umfangen von der Dunkelheit seiner Koje, misslang es Nettler zum ersten Mal in seinem Büroleben, sogleich einzuschlafen. Er wälzte sich herum, er fingerte über die Stränge seines Hängenetzes, er wusste nichts mit dem ungewohnten Wachliegen anzufangen. Auch der kühle Wind, der ihn während der letzten Nächte in das Gleiten vergangener Glaserscheinungen gezogen hatte, wollte nicht zu wehen beginnen. Die knochentiefe Müdigkeit, die Erschöpfung durch die bang süße Aufregung des verflossenen Tages, genügte nicht, um das kalte Strömen aus der Wand zu locken. Offenbar mussten dem Bildfluss eine Wegstrecke Schlaf und dessen Selbstvergessenheit vorausgehen.

Der weißhäuptige Volkskerl hatte nicht in vollständigen Sätzen gesprochen. Aber obwohl ihm fast jeder sinnfällige Wortbogen vor dem finalen Fußfassen abgebrochen war, und er dazu meist mitten in einem vermutlich gedanklich eher begonnenen Satz angehoben hatte, war Nettler, in sich zurückhorchend, weiterhin sicher, einiges verstanden zu haben. Auch die Graublonde war ganz Ohr gewesen. Die beiden Teller hinter ihrem Rücken, trat sie dicht hinzu. Der Alte beachtete sie nicht, hielt seinen Blick fest mit Nettlers Blick verschränkt, während sie den nackten Oberarm gegen Nettlers Overall gedrückt hielt und schließlich ihren Kopf vor seine Brust schob, brav lauschend, aber auch ein wenig so, als ob sie, derart angelehnt, die Zielgerichtetheit der Rede von Mann zu Mann mit einer anderen Art von Aufmerksamkeit unterschlüpfen wollte.

Der Volksmann hatte aus dem Glas berichtet. Schon bald, nach wenigen seiner im Anhub und im Abschwung gekappten Sätze, hatte sich dies für Nettler nicht mehr bezweifeln lassen.

Das feste Flüstern beschrieb Vorgänge, die es nur im weichen Glas, durch dessen Schichten wandernd und in dessen Fluss wiederkehrend, zu sehen gab. Erst nachdem der Sermon des Alten zügig undeutlich und leiser geworden war, um schließlich ganz zu verstummen, als sich nur noch die Lippen vor den gelblich verfärbten Zähnen bewegten, drückte die Graugelockte ihm wieder seinen Teller in die Hände und schob ihm als Ersatz für seine verlorene Gabel die ihre zwischen die erkalteten Süßkartoffeln. Wie der Weißschopf nach dem Esswerkzeug griff, bemerkte Nettler, dass dessen andere Hand, die linke, auf der der Teller ruhte, versehrt war. Dem Zeigefinger fehlten die beiden vorderen Glieder. Und als spürte er Nettlers Hinschauen, ließ der Alte den glatt verheilten Stummel unter dem Blech des Tellerchens verschwinden.

Jener zuletzt ausgewandete Spiegel war nur knapp anderthalb Tage zu gebrauchen gewesen. Am frühen Nachmittag hatten ihn Axler und der kleine Wehler im Büro vorsichtig aus der schützenden Decke geschlagen, bereits am Abend des Folgetags begann sich das Hartglas einzutrüben. Blenker, wer sonst, hatte sich nicht damit abfinden wollen. Das schwere Ding mit ausgestreckten Armen in immer anderen Winkeln gegen die vom letzten Licht durchströmte Kuppel neigend, war er vor seinem Tisch gestanden und hatte versucht, sein Abbild am Leben zu erhalten. Nettler spürte, wie ihn diese Szene, die Erinnerung an Blenkers aussichtsloses Bemühen, rührte und zugleich beruhigte. Die Abendhelligkeit hatte Blenkers Haar fast kupfern glänzen lassen. Es war so lang gewesen, dass es die Ohren bedeckt hatte und über dem Nacken zu einem komisch abstehenden Zöpfchen zusammengebunden. Das hieß, Blenker war noch neu im Büro gewesen. Ob ihrem Rotschopf damals vielleicht sogar noch ein Bart im Gesicht gestanden hatte, konnte Nettlers Rückbesinnen nicht mehr bestimmen.

Nettler befühlte seinen Schädel mit beiden Händen. Auffällig wärmer als die tastenden Fingerspitzen fühlte sich seine Kopfhaut an und kümmerlich dünn seine unter der Kuppel des Büros herangewachsenen zweiten Haare. Vermutlich war mit ihrer Feinheit irgendeine besondere Brüchigkeit verbunden, die verhinderte, dass sie über die bei allen gleich armselige Länge hinauskamen. Aus dem, was er nun im Finsteren überdeutlich erspürte, schloss er zudem, dass ihm sein Schopf ähnlich wirr vom ungewohnt hitzigen Schädel stand, wie dies bei seinen Kollegen, rundum an allen Arbeitstischen, ausnahmslos der Fall war.

Ihm klappten nun endlich die Augen zu. So viel blieb, ob er nun gleich einschlief oder nicht, ein unbestreitbares Faktum: Jedem zum Bürodienst Eingetroffenen waren bisher bald nach dem Bart auch die Kopfhaare ausgefallen, um frühestens nach einem halben Jahr Glatzköpfigkeit erneut, allerdings nur kleinfingerlang nachzusprießen. Kinn, Wangen und Oberlippe blieben nackt, und auch die mehr oder minder dicht gewesenen Augenbrauen gehörten für immer der Vergangenheit an.

## 5.

# FEHLZEIT

WAS KEIN SPIEGEL IST

Die Stimme, die seinen Namen rief, war schmal und flach und fremd. Nein, Nettler wollte nicht, dass sie ihn weckte. Und weil sich die Ohren auch im allerbesten, also in einem selig tief dahindriftenden Schlaf nicht verschließen lassen, presste er als notdürftigen Ersatz die Lider so fest aufeinander, wie er nur konnte. Der Druck erzeugte sogleich ein Bild, er sah ein Band, rotbraun, folienartig glänzend und weniger als fingernagelhoch, das sich gegen die Glasflussrichtung von links nach rechts bewegte. Diesem Band und seinem Gleiten schien die Stimme, die keine Ruhe gab und die er nun doch einem bestimmten Sprecher zuordnen musste, zu entströmen. In einem letzten Versuch, dem Wachwerden zu widerstehen, sagte er sich, das Organ eines dicken, älteren Mannes müsse doch, immer und überall, voller und wärmer klingen. Dieses «Nettler, wach auf!» sei also überhaupt nicht Gulers Kehle, sondern einem künstlichen Ursprung, wahrscheinlich irgendeinem rätselhaften Vermögen des glatten Bandes geschuldet, und deshalb dürfe er, der namentlich Angerufene, getrost noch ein Weilchen weiterdösen.

«Du bist krank, Nettler. Dein Kopf glüht. Das ist Fieber!»

Erst nachdem ihm Guler nicht nur die Stirn, sondern auch die Wangen, den Hals und den Nacken betastet und sich dabei zu-

letzt weit in seine Schlafkoje hereingebeugt hatte, hörte sich für
Nettler das, was er sagte, so brummig volltönend an, wie Nettler
es gewohnt war, und ihm dämmerte, dass die Kante, auf deren
Vermögen, den hinausschwingenden Schall zu schwächen, ihr
Dicker erst neulich hingewiesen hatte, unter Umständen auch in
Gegenrichtung Ähnliches bewirken könnte. Er wollte sich auf-
richten, aber Gulers Hände drückten ihn zurück.

«Du bleibst brav liegen. Eben ist ein Wandler für Blenkers
Tisch gekommen. Sobald er das Glas versorgt hat, bring ich ihn
her, damit er nach dir sieht.»

Es war normal, es war vielleicht sogar eine Art Regel, dass ein
angeforderter Wandler, so er denn schließlich erschien, früh am
Tag im Büro auftauchte. Und weil die Schleuse, deren Blitzgewitter ihnen das Volk vom Leibe hielt, rund um einen Wandler, der
sie von außen durchschritt, nicht den kleinsten Funken ausspie,
standen die Gekommenen in ihren knöchellangen Kutten, die
große Felltasche an der Hüfte, immer eindrucksvoll jäh vor ihren
morgendlichen Tischen. Dann war es Aufgabe des Bürochefs,
den jeweils Erschienenen angemessen respektvoll, also weder
kränkend wortkarg noch mit aufdringlichem Überschwang, in
Empfang zu nehmen. Dies hatte Nettler, dem Fieberschlummer
geschuldet, nun erstmals versäumt. Aber von Guler, womöglich
unterstützt von einem dienstfertig vorpreschenden Blenker, war
das Nötige offenbar so geschickt bewerkstelligt worden, dass der
Wandler mit dem erhofften Tun begonnen hatte.

Hierauf war nur bedingt Verlass. Nicht wenige Male hatte
sich der Eingetroffene nach einem kurzen, geringschätzigen, ja
verächtlichen Blick auf die jeweilige Platte abgewandt, war, ohne
ihnen ein einziges Wort zu gönnen, wieder hinausmarschiert
und hatte den Arbeitsplatz und seinen Benutzer einem unge-
wissen Schicksal überlassen. So war es seinerzeit auch Blenkers

Vorgänger geschehen, und als dieser in seiner Verzweiflung versucht hatte, den Wegschlurfenden am Ärmel seines groben Gewands festzuhalten, hatte Nettler für beide, nicht bloß für das kränkelnde Glas, sondern auch für den Kollegen, der sich schon eine bedenklich lange Weile mit dessen Ausfällen abmühte, das Schlimmste befürchtet.

Nettler entschied sich, nach einem letzten kurzen Augenschließen, nach einem Moment des Kräftesammelns, aus seiner Schlafnische zu klettern, um den Wandler verspätet doch noch als verantwortlicher Chef zu begrüßen. Er war nie zuvor krank gewesen, er würde nun dem, was ihn da im Schlaf übermannt hatte, entschlossen die Stirn bieten und das Heft des Handelns willentlich zurückerringen. Gedacht, getan! Wie gewollt, so vollbracht! Leichthin, bei weitem leichter als erhofft, gelang ihm alles im Nu. Fieber hin, Fieber her. Geschwind flog er aus seiner Koje. Kein einziger der danach noch nötigen Schritte musste bewusst vollzogen werden. Schon stand er, unbeschwert wie nie, nahezu schwebend, an Blenkers Tisch. Bloß die richtigen Worte konnten vorerst nicht erklingen, denn noch suchten sie in seinem hitzig geweiteten Schädel und zugleich zwischen den Tischen der Kollegen, in zwingend gedoppelter Räumlichkeit, in einem einleuchtend gleichartigen Herumirren, nach einem Weg auf Nettlers gegen den Gaumen drückende Zunge.

Stattdessen, in einem zwingend bizarren Ausgleich, schüttelte ihm der Wandler, was bislang kein einziges Mal vorgekommen war, die rechte Hand, grob zudrückend und mit einer Heftigkeit, der Nettlers Arm und Nettlers Schulter leider nicht gewachsen waren. Das nächtliche Fieber hatte ihn offenbar nicht nur geschwächt, sondern dazu die Empfindlichkeit seiner Glieder unerhört gesteigert. Schon bereute Nettler, die Geborgenheit der Schlafnische verlassen zu haben. Denn der Wandler, dessen

Gesicht schlierig im mehr als vorfrühlingshaft hellen, in einem schmerzhaft blendenden Vormittagslicht verschwamm, ließ nicht los, warf seine Hand erneut mit Schwung nach oben, riss sie erneut mit einem scharfen Ruck nach unten. So tief drang Nettler, dem weiterhin Sprachlosen, die rohe Kraft in die Gelenke, ja bis ins Mark der größeren Knochen, dass ihm schließlich Sehen wie Fühlen verging.

Erst als er aus tauber Schwärze wieder zu sich kam, verstand er, dass es Guler war, der da weiterhin und bloß ganz sacht an seinem Handgelenk rüttelte, um ihn wieder wach zu bekommen. Unmittelbar darauf oder unbestimmbar viel später beugte sich neben dem Alten auch der angekündigte Wandler in die Koje. Mit einem schnellen Griff, mit einem Ritschen, dessen Schärfe ihm in den Schläfen weh tat, öffnete er den Klettverschluss von Nettlers Overall und legte ihm ein Ohr, eine Ohrmuschel so eisig kalt, dass ihm der Atem stockte, auf die verschwitzte Brust.

Dann kam ein Werkzeug zum Einsatz. Nettler schaffte es, für ein kurzes Hinschauen den Nacken anzuspannen. Es war eine runde Platte, dunkelgrau, kaum daumendick, gut handtellergroß, aber dennoch lastend schwer. Der Wandler schob sie in winzigen Rucken über Nettlers Oberkörper, ließ zwischen den Bewegungen lange Pausen, hob jedoch nie den Blick, sondern behielt die Scheibe im Auge. Und ein grüner Fleck, eine offenbar an den Ortswechsel der Scheibe gekoppelte Reflexion, kaum mehr als ein Punkt, leuchtete im Gesicht des Wandlers auf und erlosch, um an einer anderen Stelle erneut aufzuleuchten.

Alle Wandler, die zu ihnen ins Büro gekommen waren, und auch diejenigen, die sie im Vorfeld der wilden Welt bei einer ihrer undurchschaubaren Arbeiten angetroffen hatten, waren dunkelgesichtig gewesen. Guler hatte einmal behauptet, die Wandler hätten einen Weg gefunden, die durch das Deckenkristall der Gänge gedämpfte Strahlung der Außensonne inniger aufzunehmen. Im Volk gehe zudem das Gerücht, sie rieben sich die Haut mit etwas ein, das nur in den Hohlwurzeln, in die sie sich abseilten, ausgewandet wurde, um diese Bräunung zu befördern. Ein Wandler, der längere Zeit bei ihnen unter der einmalig hellen Kuppel des Mittleren Büros verweilen würde, könnte, Guler wagte diesen Schluss, eventuell sogar völlig schwarz im Gesicht, an den Händen und Knöcheln, also an allen dem Licht ausgesetzten Stellen, werden.

Nicht schwarz, aber doch weit dunkler als die Wangen Gulers, war das Gesicht des Wandlers, der sich da an seinem Rumpf zu schaffen machte. So dunkel, dass sich das schmale, von einer fingerbreiten Lücke geteilte schwarze Oberlippenbärtchen kaum von der Haut abhob. Der grüne Lichtpunkt hüpfte jetzt auf seine Stirn, verschwand, als die Scheibe quer über Nettlers Bauch geschoben wurde, erschien erneut auf der Wurzel der langen, spitzen Nase, flackerte zur Seite, sprang dem Wandler ins linke Auge und füllte dessen Pupille, während die Platte mittig auf Nettlers Unterleib zu liegen gekommen war, so bleiern ruhig, als wäre sie schon die ganze Zeit auf dem Weg dorthin gewesen.

Der Vorgänger von Rotschopf Blenker war damals, nachdem er vergeblich versucht hatte, den abgehenden Wandler am Ärmel festzuhalten, an seinen Tisch zurückgekehrt und über dessen Rechteck zusammengebrochen – still und zunächst unbemerkt, denn alle hatten zur Schleuse hinübergeschaut. Dort umfing den unwilligen Helfer jene knatternde Folge aus blauen Blitzen, die bei seinem Eintreffen ausgeblieben war. Denn im Weggehen löste auch ein Wandler dasjenige aus, was sonst jeden Fremden empfing, der in den Kreis des Büros vordringen wollte. Dieses Binnenunwetter, so laut und blendend blau, dass bislang alles Volk, ob Frau, Kind oder Greis, schon nach wenigen Schritten wieder zurückgeschreckt war, wollte sich auch damals keiner entgehen lassen.

Das Licht im Auge des Wandlers, der nun die Scheibe, ihr Gewicht noch weiter verstärkend, auf Nettlers Unterleib presste, schien langsam an Strahlkraft zuzunehmen, und als Nettler die Lider nicht mehr offen halten konnte, leuchtete es bereits so ungemein kräftig, dass sein Grün deren herabgeklappte Häutchen zart schimmernd durchdrang. Damals hatte Axler den bäuchlings über seine Arbeitsplatte Gekippten auf die starken Arme genommen, zu dessen Schlafnische getragen und auf das Ruhenetz gehoben. Nettler und Guler hatten ihn begleitet, und zu dritt hatten sie sich, Ellenbogen an Ellenbogen, noch ein stummes Weilchen in die Koje des Toten gebeugt.

Als sie später vom Essen zurückgekommen waren, hatte sich das Oval bereits deutlich verengt. Von einem Fieberschub geschüttelt, konnte sich Nettler plötzlich an den gelben Pudding erinnern, den sie an jenem Abend mit langstieligen Löffeln aus tiefen, sich nach unten verjüngenden, schwarzen Behältern Richtung Mund befördert hatten. Und nicht nur die Farbe, sondern auch die Klebrigkeit und die Übersüße dieser Speise war ihm wieder gegenwärtig, nur der Name jenes am Folgemorgen schon spaltlos Eingewandeten blieb Nettler unerreichbar, so hitzig, so fröstelnd und schwitzend er sich darum mühte, bis ihn auch hierfür die Kraft, die jede Vergegenwärtigung braucht, verließ.

«Ganz langsam, Nettler! Das waren schlimme Tage. Von den Nächten wollen wir lieber schweigen. Aller Wiederanfang ist schwer. Axler kann dich noch einmal tragen. Oder du läufst so weit, wie du kommst, und er nimmt dich nur für das letzte Stück vor die Brust. Unser Starker sagt, du bist erheblich leichter geworden.»

Nettler war elend schwach, aber endlich wieder klar im Kopf

und entschlossen, den anstehenden Weg hinüber in den Nass-
bereich Fuß vor Fuß, Schrittchen für Schrittchen, ohne die angebotene Hilfe zurückzulegen. Aber schon hatte Guler Axler
hergewinkt, und es beruhigte Nettler nun doch, dass er sich auf
dessen breiten Unterarm stützen konnte. Während er seine Sandalenspitzen vorwärtsrucken sah und die Blicke der Kollegen
spürte, schwatzte Guler ohne Pause weiter, als ahnte der Dicke,
wie gut es ihm tat, von der Unsicherheit seiner Beine und dem
Herschauen der vielen Augen abgelenkt zu werden.

«Wir haben einen frischen Overall für dich. Und Seife! Und
überhaupt: Du wirst dich wundern! Aber eins nach dem anderen.»

Nettler wagte nicht zu fragen, wie oft ihn Axler so quer durch
das Büro getragen hatte. Wobei man ihm während der Fieber-
fehlzeit behilflich gewesen war, konnte er sich, ob er wollte oder
nicht, leidlich vorstellen, und wenn der Dicke in dieser Hinsicht
nun nicht ins Detail ging, sollte es ihm mehr als nur recht sein.

«Du hast wirklich kein bisschen Fett mehr auf den Rippen.
Wir haben dir die Kartoffeln zu Brei zerdrückt, aber was davon
in dich hineingegabelt wurde, hast du gleich wieder hochgewürgt.
Nur die durchgekauten Dicksprossen, die sie uns für dich mit-
gegeben hat, sind in dir dringeblieben. Du hast dich fünf Tage
lang von Wasser, Sprossenbrei und Weiberspucke ernährt. Unter
uns, Nettler: Weißt du, wie sie heißt?»

Als er wenig später in einem herrlich neuen, ungewöhnlich
weiten, ungewohnt steifärmeligen Overall steckte, als nicht nur
seine Hände nach der Seife dufteten, die sie so lange entbehrt
hatten, wollte er an seinen Cheftisch hinüber, aber Guler meinte,
dies habe wirklich bis morgen Zeit. Sein Glas würde ihm, aus-
gehungert, wie es auf seine Art war, bestimmt sogleich eine Menge abverlangen. Nettler solle sich doch, wenn er nach und nach
wieder auf den Stand der Dinge kommen wolle, lieber erst anse-

hen, wo an seinem zweiten Fiebermorgen eine Büroauswandung entdeckt worden war.

Ungestützt und mit allmählich sicher werdenden Schritten schaffte Nettler es an die fragliche Stelle. Auswandungen im Büro waren sehr selten. Seit Nettler die gemeinsame Arbeit leitete, hatte es kein einziges Vorkommnis dieser Art gegeben. Und das wenige, was ihm irgendwann in seiner ersten Zeit, falls er sich nicht fehlerinnerte, vom damaligen Chef hierüber erzählt worden war, hatte sich womöglich auch nur auf ein noch älteres Hörensagen bezogen. Guler führte ihn an Wehlers verwaiste Schlafkoje. Genau unter deren Einstieg war die bleiche Wand in Kniehöhe horizontal aufgeplatzt. Ursprünglich war die Öffnung mehr als armlang gewesen, hatte sich aber inzwischen bis auf einen schmalen Spalt bereits zu einem rosa schimmernden Wulst geschlossen.

«Overalls! Leider bloß fünf Stück. Du hast ja schon deine Freude dran. Die restlichen vier solltest du demnächst verteilen. Außerdem zwölfmal Seife, die dickeren Quader. Ein Schockstock, so lang und schwer, wie wir noch keinen hatten. Bestimmt hast du ihn vorhin vor deiner Koje liegen sehen. Und das da: Fällt dir hierzu etwas ein?»

Gulers Rechte tauchte in die Hüfttasche seines Overalls. Nettler bemerkte, wie elend schäbig das Kleidungsstück mittlerweile war. Dort, wo es sich über Gulers Wampe spannte, klaffte ein fransiges Loch. Wenn der Alte an seinem Tisch zugange war, drückte er höchstwahrscheinlich bereits mit der bloßen Haut gegen dessen Kontaktrand.

«Das Ding hier sagt keinem etwas. Auch in den Tischen gab's in den letzten Tagen nichts, was uns weiterhelfen könnte. Erinnert es dich an etwas? Schiller und Blenker meinen, es könnte ein fehlgebildeter kleiner Spiegel sein.»

Nettler ließ das, was ihm Guler hinhielt, auf den allerersten Blick eher an die dunklen Schokoladentafeln denken, die im letzten Sommer gleich in zwei aufeinanderfolgenden Nährfluren, eine jede auf einem großen Fetzen silbriger Folie platziert, zum Verzehr bereitgelegen hatten. An einen Spiegel erinnerte ihn allenfalls die glatte, harte Oberfläche des schwarz glänzenden Gegenstands. Nettler wog ihn kurz in der Hand, er war sehr leicht, leichter, als es die bittere Schokolade gewesen war, und auch die Form wich von den damaligen Tafeln ab. Die Dicke stimmte in etwa, auch das Verhältnis von Länge und Breite, aber das Viereck auf Gulers Hand war nicht rundum rechtwinklig, sondern zu einem schiefen Trapez verzogen. Nettler überlegte, aber es dauerte eine zähe Weile, bis ihm schließlich einfiel, wo ihm, Guler war nicht dabei gewesen, diese Winkelverhältnisse, ins Mannshohe und damit in eine andere Qualität hinüber vergrößert, schon einmal vor Augen gekommen waren.

# 6.

## GRUNDGEPÜNKTEL

### WIE IHRE SPUCKE SCHMECKT

Obschon das Fieber weiterhin ausblieb, traute Nettler sich dann noch nicht zu, gleich den anderen zum Nährflur aufzubrechen. Auch Guler machte sich nicht mit den Kollegen auf den Weg. Und als sie nur noch zu zweit im Büro waren, fragte Nettler den Alten, wie sie es in den letzten Tagen denn genau mit dem Essen gehalten hätten. Guler erklärte, er und Schiller hätten sich bei ihm abgewechselt und einander jeweils etwas mitgebracht. Übrigens habe er die ganze erste Nacht auf der grausam unbequemen Kante von Nettlers Schlafkoje ausgeharrt – sicherheitshalber, denn dass Nettler sich stöhnend und mit den Zähnen knirschend, so unermüdlich, als läge in der Fieberschwäche eine eigene Kraft, auf seinem Schlafnetz hin und her geworfen habe, sei ihm doch arg bedenklich vorgekommen.

Auch Schiller habe, nachdem er ihm am nächsten Morgen von diesem Delirium erzählt hatte, das Schlimmste befürchtet und vorgeschlagen, die kommende Nacht gemeinsam mit ihm zu wachen, um Nettler notfalls noch vierhändig herauszerren zu können. Aber dann habe man die Auswandung unter Wehlers verwaister Nische entdeckt, und Schiller sei, gleich mit dem ersten Hineinlugen in den noch tropfnassen Spalt, die Idee gekommen, den neuen Schockstock als sichernde Blockade zu benutzen.

«So haben wir es gemacht! Siehst du: Der Stock hat genau die richtige Länge. Besser gesagt, er ist exakt die rechte Spanne, zwei Daumenbreit, zu lang. Genug, um ihn schräg einzuklemmen. Für den nötigen Druck hat unser Starker gesorgt. Ein bisschen Gewalt ist gelegentlich nicht verkehrt!»

Guler hielt den Stock vor den Einstieg von Nettlers Nische, und der begriff, wie Axler den starren Stab in das Oval gezwängt haben musste: Links oben und rechts unten konnte er, dort wo die Enden in die bleiche Wand gepresst worden waren, bläulich schimmernde Dellen als Folge der gewaltsamen Dehnung erkennen.

«Muss einem erst mal einfallen, oder? Du darfst uns ruhig loben. Übrigens wäre ausgerechnet unser Rotschopf dein Nachfolger geworden. Komm mit und schau es dir an. Solang wir allein sind, ist Gelegenheit hierfür.»

Was die vorerst aufgeschobene Nachfolge anging, war, als sie dann an Blenkers Platz standen, kein Zweifel möglich. Der Bildstrom des verlassenen Tischs hatte sich bereits abendlich entfärbt, letzte schwach konturierte, dunkelbraune und rostrote Flecken krochen durch die Tiefe des Glases. Die fingernagelgroße Keimstelle der Spruchbeule jedoch verriet sich allein durch ihre Wölbung auf den ersten forschenden Blick. Falls sie weiter ausreifen sollte, wäre Blenkers Tisch als kommender Cheftisch ausgewiesen. Nettler bat Guler, ihn auch noch an seinen, an den bisherigen und bis auf weiteres gültigen Leitungsplatz zu begleiten.

Dort hieß es erst einmal ein Weilchen warten. Ans gewohnte Glas gelehnt, spürte Nettler seine Hüftknochen so deutlich, so mineralisch hart, wie er sie während seines ganzen Bürolebens nicht wahrgenommen hatte. Das Rechteck des Cheftischs hatte sie mit einem reinen, sacht fließenden Mittelgrau empfangen.

Auch nach einer einzigen Nacht allein mit sich selbst hätte die Platte nicht anders ausgesehen. Dass der monochrome Strom, mit dem jeder ihrer Arbeitstage anhob, stets ohne erkennbare Tiefe und ohne sicher bestimmbare Geschwindigkeit vonstattenging, war einhellige Büroerfahrung. Natürlich spürte man morgens, an den Tisch zurückgekehrt, das hauchfeine Gleiten in den Fingerspitzen, dann das sacht anziehende Tempo am Bauch und vernahm ein gerade noch hörbares Knistern. Den Augen aber gab ein erwachender Tisch erst einmal so gut wie nichts zu tun.

Der kleine Wehler hatte behauptet, dies gelte nicht ausnahmslos, sondern hänge vom Außenwetter ab. Jedes Jahr, wenn die Morgenstunden auf dem Höhepunkt des Winters maximal trüb seien, ergebe sich die Gelegenheit, mehr zu sehen und eine Art klandestinen Rückstand vom nächtlichen Treiben ihrer Tische zu erhaschen. Allerdings müsse man an den fraglichen Tagen schon selbst etwas dazutun, um dem vertrauten Gegenüber auf die Schliche zu kommen. Auf das richtige Hinschauen komme es an! Mit aller Willenskraft gelte es, das Blinzeln so lang hinauszuschieben, bis einem noch vor den ersten Tränen andersartige Schlieren, etwas, was die austrocknenden Augäpfel offenbar auf mirakulöse Weise der Büroluft entzögen, über die Linsen gleite. Dieses schmierige Gekräusel rutsche dann – unweigerlich und immer gleich! – wie ein Wellenkamm, wie das Bild windgetriebenen Wassers – von oben nach unten! – durch das Grau. Und kurz bevor der Schmerz den willentlichen Widerstand bezwinge und Tränen alles überschwemmten, unmittelbar vor dem maximal weit hinausgezögerten erneuten Lidschlag sei ganz kurz die insgeheime Struktur des Graustroms, der jedem Bildfluss vorausgehe und diesen unter den fünf mehr oder minder bunten Schichten grundiere, als ein irrwitzig hüpfendes Gepünktel zu erkennen.

Viele, vielleicht sogar ausnahmslos alle hatten es damals, vorletzten Winter, ausprobiert. Und Nettler fühlte sich unwillkürlich erneut versucht, das Blinzeln, so wie Wehler es beschrieben hatte, bis an die fragliche Grenze hinauszuzögern. Ihr Kleiner war nicht bloß ein verlässlicher Volksbeschwichtiger gewesen, auch seine Kollegen waren nicht ungern der Gewitztheit seiner Einfälle erlegen. Niemand hatte ihm im damaligen Binnenwinter, im dürftigen Licht der kürzesten Tage, übelgenommen, dass sich das fragliche Experiment an keinem einzigen Tisch erfolgreich wiederholen ließ. Und jene angebliche Unterströmung aller Bilder war danach einfach in den Worten geborgen geblieben, aus denen Wehlers Beschreiben, Vergleichen und Spekulieren bestanden hatte.

«Dieser Brei, Nettler? Wie hat er eigentlich geschmeckt?»

Nettler schrak hoch. Während er an Wehler dachte, waren ihm die Augen zugefallen. Die Platte seines Tischs war unverändert grau, aber rechts unten und links oben, wo seine Fingerspitzen in die gewohnte Ausgangsstellung gefunden hatten, hatte das Glas schon merklich nachgegeben, genau auf die erwartbare Weise. Auch die Kontaktkante schien sich, der neue, ungewöhnlich feste Overall dämpfte die Empfindung, allmählich einzudellen. Das waren gute Zeichen.

«Schiller hat dir die erste Portion mitgebracht. Du hättest sein Gesicht sehen sollen, als er mir den Teller hinhielt. Gerochen hat der Brei nach nichts. Aber geschmeckt? Schade, dass du dich gar nicht daran erinnern magst.»

Im Grau des Rechtecks zeichnete sich eine erste stabile Flusslinie ab. Daumenbreit und silbrig schillernd teilte sie die Platte in eine obere und etwas breitere untere Hälfte. Das war nicht ungewöhnlich. Nettler überlegte, ob es überhaupt jemals vorgekommen war, dass ein Tisch wie jetzt, während alle anderen Plätze in trauter Gemeinsamkeit am abendlichen Abklingen waren, in Gang gebracht wurde. Womöglich war irgendein Nachteil damit verbunden. Das silberne Band sackte mit einem leisen Pfloppen tiefer ins Glas. Die oberste Schicht durchzog, sehr langsam von rechts nach links wallend, ein gelbstichig griesiger Nebel. Auch dies war eine geläufige Anfangserscheinung.

«Wenn mich meine alten Ohren nicht trügen, kommen unsere Leute zurück. Das ist doch Blenker, oder? Leise hat er ja nie gesprochen, aber seit neuestem ist unser Rotschöpfchen richtig am Röhren. Dass seinem Tisch eine Spruchbeule wächst, hat er übrigens noch nicht an die große Glocke gehängt. Schiller hat es heute früh im Vorbeigehen erspäht. Und die anderen sind auch nicht blind. Komm, gehen wir ihnen an die Schleuse entgegen.»

Ja, die anderen am Büroeingang zu empfangen, würde ein Zeichen setzen. Nettler löste Hände und Bauch vom Tisch. Der gelbe Dunst, der sich mittlerweile zu wirbeligen Flecken verdichtet hatte, reagierte mit einem Flusssprung: Ein schmales ovales Gebilde hüpfte von rechts in die Bildmitte, flammte orange auf, sackte dann, größer und schmaler werdend, eine Glasebene tiefer und gewann, dort verharrend, noch einmal an Kontur. Das silbrige Band stauchte sich an seiner rechten Flanke, drang dann in das langgezogene Ei, blähte es so stark auf, dass es sich illusorisch dreidimensional hinauf in die oberste und hinab in die dritte Weichglasschicht wölbte.

«Na, schau: Dein Tisch ist bei Kräften. Sogar ohne dein Zutun baut er dir noch fix ein Männchen zurecht. Sieht unserem kleinen Wehler ähnlich, oder?»

Guler hatte recht. Nachdem sich armähnliche Schläuche aus dem Korpus gestülpt hatten, nachdem dessen untere Rundung zu einem beinartigen Spalt aufgegangen war, entstand an der Spitze ein stabiler, kopfartiger Auswuchs. Und die Proportionen, das Verhältnis des schmalen Rumpfs zu den kräftigen, allenfalls ein bisschen kurz geratenen Gliedern und zum eindrucksvoll voluminösen Kopf erinnerte wirklich an den Verschollenen. Sogar dessen typisches Dastehen, die leicht gespreizten, minimal geknickten Beine und der nach vorn geschobene Unterleib, schien das Glas mit seiner ersten Gestaltbildung trügerisch gut getroffen zu haben. Aber Wehler konnte es nicht sein, weil sich nie, Nettler war sich absolut sicher, weil sich wirklich niemals in seinem ganzen langen Büroleben das Abbild eines Kollegen im Glas gezeigt hatte.

Wenig später reichte ihm Schiller sein Essen. Durchgekaute Dicksprossen! Das also war der Brei, dem er womöglich sein Gesunden, vielleicht sogar sein Überleben verdankte. Nettler hielt sich den Teller mit dem hellgrauen, sichtbar feinfaserigen Klumpen erst einmal unter die Nase, um vorsichtig daran zu schnuppern. Schiller hatte fünf kleine Süßkartoffeln rundum an den Tellerrand gelegt. Größere Exemplare seien heute nicht mehr ausgewandet. Die bescheidenen Kartöffelchen müsse man zudem mit einer gewissen Vorsicht genießen, denn inzwischen enthielten fast alle einen kleinen, steinharten Kern.

Nettler bemerkte, dass der Teller nicht mehr korrekt kreisrund war und die Stärke des Blechrands zwischen messerschneidedünn und fast kleinfingerdick schwankte. Er nahm eine der Kartoffeln und hatte, als er vorsichtig hineinbiss, den Kern, vor dem er gewarnt worden war, zwischen den Schneidezähnen. Er spuckte ihn auf die Linke und sah ihn sich an.

«Ich habe ihr übrigens verraten, dass es dir seit heute viel besser geht. Sie hat danach gefragt. Das ist dir hoffentlich recht?»

Schiller, dem ein Nicken als Antwort genügte, war als Einziger bei ihm und Guler stehen geblieben, alle anderen hatten sich schon zu ihren Schlafkojen begeben. Der Kern, den die

Süßkartoffel enthalten hatte, war schwarz und sah schwer aus, aber es hätte ein Dutzend oder mehr davon gebraucht, um mit einem Wägen der Hand verlässlich auf die Dichte der Substanz zu schließen, aus der das Kügelchen bestand.

Nettler ließ es zu Boden fallen, bohrte den Zeigefinger in den Brei, hebelte einen Klacks heraus und schob ihn sich in den Mund. Seine Zungenspitze und sein Gaumen erspürten eine feine Fasrigkeit, die ihn an keine Speise, die ihnen je von einem Nährflur aufgetischt worden war, erinnerte. Ein Geschmack, der sich hätte vergleichen lassen, wollte sich nicht einstellen. Er bemerkte, wie aufmerksam ihn Guler und Schiller beim Kauen und Schlucken beobachteten. Etwas Andächtiges, fast etwas Gläubiges lag in ihrem Blick, und er fühlte den Drang, die Spannung, die daraus entstand, durch irgendeine launige Bemerkung, am besten durch einen harmlosen Scherz aufzulösen.

«Hat der Wandler gesagt, dass ich Volksspucke brauche, um wieder auf die Beine zu kommen?»

Guler schüttelte bloß den Kopf, Schiller jedoch verzog das hübsche Gesicht zu einer unschönen Grimasse. Und weil dies auch ihrem Dicken nicht entgangen war, kam er einem Nachfragen Nettlers zuvor und meinte, der Wandler habe, so wie sie es seit Jahr und Tag gewohnt seien, nicht viel Worte gemacht. Schweigend sei er an Nettler zugange gewesen, schweigend habe er das Werkzeug, welches er auf ihm zur Anwendung gebracht hatte, wieder in seiner Felltasche verstaut, schweigend sei er zur Schleuse marschiert. Und erst unmittelbar bevor er in den Übergangsbereich getreten sei, habe er sich noch einmal zu ihm, zu Schiller und zu Axler – zu dritt seien sie dem Kerl auf den Fersen geblieben! – umgedreht und ihnen mitgeteilt, das Fieber werde binnen weniger Tage zu Nettlers Einwandung führen. Alles gehe einen der geläufigen Wege. Das Glas gebe in Bälde Bescheid.

Guler nahm ihm den leer gegessenen, den blank geleckten Teller aus der Hand. Schiller sah verlegen Richtung Boden. Und auch Nettler senkte den Blick. Er entdeckte den Kern, den er ausgespuckt hatte, und rührte mit dem vorderen Rand der Sandalensohle an ihn, um ihn wegzuschubsen. Aber das schwarze Kügelchen, dinglicher Hinweis darauf, dass ihr gegenwärtige Nährflur außerordentlich früh mit den unumgänglichen Fehlbildungen begonnen hatte, klebte fest. Nettler sank in die Knie. Der Boden des Mittleren Büros war fast überall glatt und auch farblich nicht von der bleichen Wand zu unterscheiden. Nur direkt vor den Einstiegsovalen der Schlafnischen zeigte die matt glänzende Fläche ein unregelmäßiges Muster aus augapfelgroßen Noppen. Vermutlich waren sie dazu da, ein Wegrutschen der Sandalensohlen beim Hineinklettern zu verhindern. Nettler kratzte mit Zeigefingernagel an der kleinen, harten Kugel. Sie war bereits ein wenig eingesunken und würde morgen, wenn sie, freiwillig wie immer, an die Arbeit gehen mussten, vollständig verschwunden sein.

## 7.

## ZAHLENZIRKEL

WER BALD MITGEHEN WIRD

Kaum eingeschlafen, träumte Nettler, der kleine Wehler komme zu ihnen zurück. Und seine Heimkehr vollzog sich auf eine Weise, die es in keiner ihrer tagtäglichen Wirklichkeiten, also weder im Rechteck des weichen Glases noch unter der Kuppel des Büros oder in den angrenzenden Gängen, sondern nur im Traum geben konnte. Einleitend und trügerisch selbstverständlich war es zunächst darum gegangen, die fünf neuen Overalls zu verteilen. Als kleiner Stapel lagen sie neben dem Spalt, in dem sie während seines Fiebers aufgefunden worden waren. Im Traum hatten sich seine Männer eben erst mit der frisch ausgewandeten Seife gewaschen, alle standen als lange Reihe, die bloße Brust hinter einem bloßen Rücken, vor ihm. Einem nach dem anderen drückte er, der selbst nackt war wie die Wartenden, feierlich langsam ein frisches Kleidungsstück in die Hände und bedachte dabei jeden mit dem gleichen heiteren Spruch.

Still für sich zählte er dabei in ernster Achtsamkeit von eins bis fünf, immer wieder erneut von eins bis fünf, ein ums andere Mal bis fünf, denn es waren ja bloß fünf Overalls vorhanden. Und um die bei weitem größere Menge der nackten Kollegen versorgen zu können, musste das innere Abzählen ohne Stocken in seine nächste Runde springen. Dies war zum Glück nicht schwierig zu bewerkstelligen. Denn die einsilbigen Wörtchen hüpften selbsttätig und richtig gereiht in sein Bewusstsein, sogar wie die dunkel auftrumpfende Fünf stets einer neuen, hell munteren Eins Platz machte, bedurfte keines Zwangs. Auch der Übergabesatz, das immer gleiche «Eile mit Weile!», war auf eine undurchschaubar traumtriftige Weise mit der sich spiralig fortschraubenden Nummerierung synchronisiert. Und als Nettler beiläufig bemerkte, dass dieser Dreiwortsatz selbst wiederum aus fünf Silben bestand, schien ihm vollends alles in schönster Ordnung.

Dann erschien der kleine Wehler! Und weil die Blickrichtung gewechselt hatte, weil er mit seinen Traumaugen nun gleich den anderen sich selbst, den unablässig Overalls verteilenden und dabei unbekleidet bleibenden Bürochef, beobachtete, entging ihm nichts von dem, was da an der Wand, hinter seinem traumeigenen Rücken, geschah. Plötzlich waren Wehlers nackte Füße, die gespreizten Zehen, die schmalen Fußsohlen, im Schlupfloch der so lang verwaist gewesenen Koje zu sehen. Bis über die Fersen ragten sie schon ins Freie, den Knöcheln folgten die unerhört kräftigen Waden, und Nettler war klar, dass sich nun, in umgekehrter Richtung und ins Glückliche gewendet, dasjenige vollzog, was im zurückliegenden Frühling im Vorfeld der wilden Welt ein schreckliches Eingesaugtwerden gewesen war.

Im Büro brach Jubel aus. Man klatschte in die Hände und schrie durcheinander. Auch weibliche Stimmen waren zu hören, und Nettler bemerkte erst jetzt, dass die Frauen, mit denen sie sich die Gaben des akuten Nährflurs teilten, anwesend waren. Ganz vorne, dort wo sich mittlerweile schon die Kniekehlen des lange verschollen Gewesenen ins mittäglich helle Licht der Kuppel geschoben hatten, hüpften die beiden Mädchen mit schwingenden Röcken herum und riefen Wehlers Namen, offenbar um ihn anzufeuern. Denn mittlerweile stockte dessen Wiedererscheinen, die drallen Oberschenkel, auf denen sich die Beinröhren seines in irgendeiner Fremde fürchterlich verschlissenen Overalls stauchten, wollten sich erst knapp zur Hälfte zeigen. Vielleicht brauchte ihr Kleiner eine kleine Verschnaufpause, bevor er, rückwärts robbend, den Unterleib zu ihnen herausarbeiten konnte.

Warum nur, dachte sich Nettler und staunte darüber, dass nicht einmal er, der Chef, bis jetzt auf diesen Gedanken gekommen war, warum hilft unserem Kleinen keiner dabei, vollständig, von Fuß bis Kopf, zu uns zurückzukehren? Schon wollte er hinzutreten und an Wehlers Waden greifen, als er selbst männlich grob von hinten gepackt und zurückgezerrt wurde, so heftig, dass er mit dem Rücken gegen die Brust desjenigen prallte, der mit seinem Vorhaben, Wehler beizustehen, offenbar nicht einverstanden war.

«Der Kopf von eurem Kleinen aussieht! Mit seinem Gesicht angestellt worden?»

Nettler erwachte, bevor er sich umdrehen und den derart bruchstückhaft Warnenden, bruchstückhaft Fragenden anschauen konnte. Der Nachtwind hatte seinen Traum gestört, er wehte kälter und drängender als je zuvor, und die Bilder, die er mit sich führte, wälzten sich fast absichtsvoll eilig über das eben noch trügerisch taghell Erlebte. Die Eintönung des Herangewehten, ein silbriges Schimmern, schien auf seine frühste Bürozeit zu verweisen. Aber was es Bild für Bild zu sehen gab, hätte genauso gut morgen oder übermorgen im weichen Glas erscheinen können. Dem eisigen Wehen ging es offensichtlich um Nebenfunde, um Dinge, die bei den Materialschachtöffnungen meist als Einzelstücke mitten unter den Standardgaben, den Seifenblöcken, den Sandalen, den Wolldecken, den Wasserflaschen mit Schraubverschluss, den schweren Stableuchten oder den noch gewichtigeren Schockstöcken, lagen. Nettler sah Fingerkuppen eine Klinge

aus einem der sehr seltenen Klappmesser ziehen. Ein Daumen
fuhr über das geriffelte Rädchen eines ungewöhnlich großen, silbrig glänzenden Feuerzeugs. Auch singuläres Gut, das man noch
nie, zumindest nicht in seiner Zeit, aus den Schächten geborgen
hatte, zog vorüber, darunter eine ganze Serie unterschiedlich
breiter, verschieden bunter Armreife, die sich beim Hineinschlüpfen dehnten, um sich dann sogleich eng an das Handgelenk
zu saugen. Und schließlich lag sogar das flache, trapezförmige
Ding, das ihm Guler vor ein paar Stunden gezeigt hatte, auf
einer Hand. Genau wie in der letzten Tageshelle des Büros war
der Gegenstand auch jetzt völlig schwarz, so tiefschwarz und
kontrastfreudig, dass Nettler sofort die gelbliche Verfärbung
der Fingerkuppen auffiel, an die der obere Rand des Täfelchens
rührte. Ja, das kannte er. Nettler erkannte dieses Gelb, und
plötzlich schien es ihm, auch zwei, drei der vorausgegangenen,
inzwischen nach links, ins Nichts, verschwundenen Hände, die
fast lehrhaft anschaulich mit Messer, Feuerzeug oder Armreif
zugange gewesen waren, seien an den oberen Fingergliedern
derart verfärbt gewesen.

Hierauf wollte sich Nettler ohne Ablenkung besinnen. Schon
war er entschlossen, den Kopf, um den voranstürzenden Bildstrom zu unterbrechen, aus dem Schlupfloch seiner Schlafnische
zu stecken. Schon spannten sich die dazu nötigen Muskeln,
schon beugte sich sein Rumpf, schon wollte er sich mit dem gewohnt bedenkenlosen Schwung, nichts ahnend, nichts befürch-
tend, in den Sitz aufrichten. Aber just hierbei traf ihn ein Schlag.
Ein Hieb schmetterte gegen seine Stirn und warf ihn aufs Netz
zurück. So fürchterlich dröhnte ihm der Schädel, dass ihm als
einzig mögliche Erklärung ins Bewusstsein flammte, ein bös-
artig gewordener Blenker sei der Angreifer. Ihr Rotschopf hatte
sich also entschlossen, das Versprechen seines Tischs, den mög-

lichen Chefwechsel, noch in dieser Nacht Wirklichkeit werden zu lassen. Blenker, dem er schon immer Übles zugetraut hatte, würde nun gleich ein zweites Mal zuhauen. Gewiss mit dem neuen Schockstock! Und obgleich schlimm benommen, warf Nettler sich zur Seite, hechtete, seine Decke mit sich reißend, hinaus, spürte dabei den Rand der Nischenöffnung nicht bloß an Brust, Bauch und Knien, sondern zugleich am Rücken, am Gesäß und zuletzt an den hochklappenden Waden. Und weil dies eigentlich so nicht sein durfte, weil das Oval des Durchstiegs niemals derart eng gewesen war, begriff er, über den Büroboden rollend, was wirklich der Fall war.

Viel später, als sich sein Atem längst wieder beruhigt hatte, hörte Nettler, an die Wand unter seiner Koje gehockt, ein sehr leises, helles Knistern, fast ein Wispern. Hätte ihn der kalte Wind nicht beizeiten geweckt, wäre er vielleicht erst durch diese Laute aus Schlaf und Traum geholt worden. Dann allerdings wäre sein Erwachen wohl zu spät gekommen. Denn mittlerweile hatte sich die Deckenwölbung seiner Schlafnische, hatten sich die hornigen Rippen, die er in Morgen- wie Abenddämmer tausendundeinmal gedankenlos betrachtet hatte, wahrscheinlich schon so weit gesenkt, dass jetzt, läge er noch dort, kein Hochwippen und damit auch kein schwungvoll heftiges Anschlagen des Kopfes mehr möglich wäre. Nettler tastete über die Schwellung, die sich vom Haaransatz Richtung Schädeldach zog, und staunte darüber, wie anhaltend köstlich, wie nicht endend süß es sich anfühlte, davongekommen zu sein.

Morgen würde er keine Koje mehr haben, ein Umstand, für den ihm kein zweites Beispiel einfiel. Nettler stand auf. Sein Blick fiel auf den Schockstock, der während der Fiebernächte, geklemmt in das Oval seiner Schlafnische, verhindert hatte, dass sein Schlafnetz, seine Decke und er gemeinsam denselben Weg gehen mussten. Still pries er Schillers Einfallsreichtum, er lobte die Kraft und das Geschick Axlers, er dankte Guler in Gedanken, dass dieser mechanische Gewalt nicht für eine in jedem Moment verkehrte Sache gehalten hatte. Und womöglich bewies das Zusammenwirken der drei zudem, dass er alles in allem, während ungezählter Arbeitsjahre, kein übler Chef gewesen war. Er sah den Stapel der vier restlichen Overalls neben dem Schockstock an der Wand. Deren Leuchtband hatte den Tiefstand der Winterzeit überwunden und strahlte bereits wieder stark genug, um mit seinem Blau dem Hellblau der neuen Overalls schimmernden Glanz zu leihen.

Nettler lauschte dem Zischeln, zu dem im Rund des Büros die Schlafgeräusche der vielen verschmolzen, die er und die anderen drei nun bald verlassen würden. Axlers Nische lag am nächsten. Dann würde er Schiller wecken gehen. Und als Letzter sollte Guler den massigen Rumpf in eines der neuen, wunderbar festen, ja steifen, beim Beugen der Ellenbogen und der Knie lustig knackenden Kleidungsstücke schieben. Kurz irritierte ihn, dass er keinen Mann für den fünften neuen Overall wusste, aber schon kam ihm eine Idee, wozu sich dieser erst einmal anderweitig verwenden ließ.

Die Windnächte waren vorüber. Nettler bereute, dass er Guler, dem er doch zu vertrauen glaubte, nichts von dem kalten Wehen und der glasfernen Wiederkehr der Bilder erzählt hatte. Dem Alten wäre womöglich auch hierzu etwas eingefallen, irgendein hübscher Grund, der dann wiederum ihm, dem nächtlich Angehauchten, Anlass zu einem findigen Weitergründeln geben hätte können. Selbstsüchtig erschien Nettler sein Schweigen nun, da es mit dem besonderen Binnenwetter seiner Koje ein Ende hatte. Und falls er sich morgen, auf dem Weg an den Rand der wilden Welt, dazu durchringen würde, verspätet doch noch davon zu berichten, müsste die Selbstsucht, mit der er den kühlen Bildstrom für sich behalten hatte, beschämend deutlich in Erscheinung treten.

Nettler legte den Kopf in den Nacken und blickte nach oben. Die Kuppel des Büros schimmerte in einem dunklen Grau. Dies war die Tönung der mittleren Nacht. Morgen, sobald die Spruchbeule von Blenkers Tisch Laut gegeben, sobald Blenker die Führung der verbliebenen Männer übernommen hatte und alle, kaum anders als unter seiner Leitung, an die gewohnte Arbeit gegangen waren, würde sich das Kristall nach und nach zu einem milchigen Weiß klären. Und im kommenden Sommer musste es unweigerlich wieder drei, vier, fünf Tage geben, an denen sich diese Helle so steigerte, dass die Augen zu schmerzen begannen, falls man zu lange Richtung Kuppel sah.

Viel mehr ließ sich nicht über die inwändigen Wirkungen des Außenwetters sagen. Jetzt, wo er mit einigen wenigen, mit den Seinen, weggehen musste, hinaus unter die weniger lichten, niedrigen Decken der Gänge, spürte Nettler eine zagende Wehmut, und er begriff, dass ihm der Kreis des Mittleren Büros samt der Vielzahl der rundum übers weiche Glas geneigten Kollegen fehlen würde – vielleicht wie das, was in ihren Tischen einmal, in einem jener glücklicherweise seltenen, stets nervenaufreibenden Momente, wenn es galt, Schrift zu entziffern, von seinem Blick mühselig zu einem Wort zusammengelesen, Zuhause geheißen hatte.

**8.**

## KERBCHENKALENDER

WAS WEITERHIN EIN VORTEIL BLEIBT

Axler ließ sich gehörig Zeit. Schließlich gab es keinerlei Anlass zur Eile. Und zudem rieten ihm die auf den planen Boden drückenden Partien seines Körpers mit einer besonderen, ganz ungewohnt wohligen Schwere, das Raumgreifen ihrer ersten nischenlosen Nacht nicht mit Ungeduld zu stören. Der Tag, der nun zu Ende ging, hatte sich anders als alle früheren in die Länge gezogen. Also belauschte er, wie die Atemzüge seiner Gefährten allmählich gleichmäßiger wurden. Axler wollte stillhalten, bis sein Horchen ihm versichern würde, dass Nettler, Guler und Schiller eingeschlafen waren.

Nach dem überraschend mühseligen Zerkauen der faserigen Dicksprossen waren sie nicht allzu weit voneinander, fast in Reichweite, unter ihre Decken gekrochen. Mittlerweile schenkte nur noch das Schimmern der schmal gewordenen Wandlinie dem jeweiligen Daliegen eine letzte unrein verwischte Kontur. Die zurückgelegte Wegstrecke konnte nicht der Grund dafür gewesen sein, dass sogar Schiller, ihr Jüngster, sich sofort auf die Seite gedreht und sich die Decke übers Ohr gezogen hatte. Schließlich war ihr Marschtempo die ganze liebe, lange Zeit zwangsläufig an Guler ausgerichtet gewesen. Der Alte schlurfte mehr schlecht als recht mit, scheute sich nicht, hin und wieder

eine Pause zu fordern, und vermutlich hatte der frisch genese-
ne Nettler, obwohl er mit bemühter Zielstrebigkeit stets an der
Spitze gegangen war, insgeheim nichts gegen die Gemächlich-
keit gehabt, mit der sie unterwegs gewesen waren. Ihm hingegen,
hiervon war Axler überzeugt, hätte auch ein doppelt so schnelles
Ausschreiten ohne einen einzigen Halt keinerlei Schwierigkeit
bereitet, obwohl er – wer sonst! – es übernommen hatte, den neu-
en, verheißungsvoll schweren Schockstock und den zum Bündel
geknoteten, fünften Overall mit ihren Wasserflaschen zu tragen.

Vielleicht waren Nettler, Schiller und Guler sogar weniger
über die Beine als über die Augen müde geworden. Gleich anfangs, in der bislang meist stabil gewesenen Umgebung des Büros,
hatte sie die Strecke, bald nachdem sie an der Verschlussfalte des
akuten Nährflurs vorübergekommen waren, mit einer Sackgas-
se überrascht. Am frühen Nachmittag dann versuchte ein Gang,
den Nettler, Schiller und auch er zunächst als beruhigend unverändert wiederzuerkennen glaubten, sie in tückisch weitem Bogen
in irgendein Abseits zu führen. Zuletzt hatten sie sich zweimal an
zweifellos neu entstandenen Gabelungen zwischen rechts und
links entscheiden müssen. Und obschon Nettler beide Male bloß
kurz gezögert und, nach verhohlenem Blickwechsel mit Guler,
scheinbar zielgewiss seine Wahl getroffen hatte, argwöhnte Axler, dass auch ihr Chef insgeheim nicht mehr wusste, ob sie die
gewünschte Richtung hielten oder bereits folgenschwer weit von
ihr abgekommen waren.

Axler drehte sich so langsam und leise, wie er es zustande
brachte, auf den Rücken. Dann schob er die rechte Hand durch
den angenehm weiten Halsausschnitt des neuen Overalls. Die
Finger tauchten in die Brusttasche und legten sich um das Messer. Es einfach so mit festem Druck gepackt zu halten, steigerte
nicht bloß seine Wachheit, sondern auch seinen Tatendrang,

aber er musste noch warten, bis er es hervorholen und die Klinge herausklappen durfte. Das helle Klicken, mit dem sie einrastete, könnte Nettler ins Wache zurückschrecken. Gut möglich, dass dessen Verantwortungsnot den Schlummer noch ein erstes Teilstück weit dünnhäutig und anfällig für Störungen machte.

Von Nettlers Führungskunst hatte Axler, zumindest soweit sich diese auf Wegkontrolle bezog, nie besonders viel gehalten. Im Rund des Büros, in der Ordnung ihrer Tische, im chronisch ähnlichen, chronisch beruhigenden, chronisch stupiden Ablauf ihres Tagwerks hatte Nettler zweifellos ein gewisses Leitungstalent entfalten können. Spätestens jedoch, seitdem sie Wehler verloren hatten, war klar, wie wenig ihr Chef abseits ihres überkuppelten Tuns vermochte. Der Verlust des Kleinen war offenbar bereits ein Vorzeichen dafür gewesen, dass Nettlers Ablösung anstand.

Axler presste die rechte Hand zur Faust, so fest, bis er spürte, wie ihm der Nagel des Mittelfingers in den Daumenballen schnitt. Gut möglich, dass er nicht als Einziger im Mittleren Büro ein Ding beiseitegeschafft hatte, um es in der Folgezeit Tag und Nacht am Leib zu tragen. Zuletzt hätte er sich zugetraut, allein aus der mehr oder minder zögerlichen Sorgfalt, mit der ein Kollege seinen Overall zusammenlegte, bevor er nackt zu den anderen unter die gelochte Decke des Nassraums trat, mit einer gewissen Wahrscheinlichkeit zu schließen, ob der Betreffende etwas vor den anderen verbarg.

Völlige Klarheit hatte er allerdings bloß in dem einen Fall erzielt, der ihn dann selbst zum geheimen Eigentümer machen sollte. Von seinem Platz aus hatte Axler beobachtet, wie häufig Blenkers Tischvorgänger die linke Hand in die Hüfttasche schob, um etwas darin zu betasten. Schon bald nachdem ihm dies aufgefallen war, gelang es Axler, während ihr Pulk gemeinsam

Richtung Nährflur marschierte, zweifelsfrei zu erkennen, dass sich seitlich am rechten Oberschenkel des Heimlichtuers etwas Schmales unter der engen Beinröhre des Overalls abformte.

Als Blenkers Vorgänger dann am Tisch zusammenbrach, sprang Axler als Erster hinzu. Bis Nettler zur Stelle war, hatte er den Reglosen schon hochgehoben, dessen Kopf an seine Achsel gebettet und den schlaffen Leib so selbstverständlich stramm an sich gezogen, dass kein Kollege auf den Gedanken kam, ihm beim Tragen zu helfen. Aber natürlich waren Nettler und Guler mit an die Schlafnische gekommen. Zu dritt schoben sie Köpfe und Oberkörper durch das breite Oval. Damals, Schulter an Schulter mit dem Chef und ihrem Dicken, den Blick auf dem schweißnassen, fahlgrauen Gesicht des Leichnams, hatte Axler behutsam die Fingerspitzen an dessen Hüfte gelegt und die trügerische Wärme des gewiss bereits unmerklich erkaltenden Fleisches gespürt. Seine Rechte fand den Schlitz der Tasche, glitt hinein, und schon rührte er an das darin Verborgene, noch ohne sofort auf etwas Bestimmtes schließen zu können. Und während Nettler die Decke über Gesicht und Haar zog, Guler deren anderes Ende über die Knöchel und die Sandalen des Toten zupfte, war es ihm gelungen, das noch unerkannte Objekt unter das eng sitzende Bündchen seines Ärmels zu schieben.

Dort, in seinem rechten Ärmel, war es noch die ganze, sich schwer erträglich dehnende abendliche Essenszeit geblieben. Axler erinnerte sich an den Geschmack der kleinen, glasierten Rübenschnitze, die der damalige Nährflur auf einer einmalig großen, farblich wunderbar passenden Messingplatte ausgegeben hatte, und daran, wie er an jenem Abend stets nur mit links zugegriffen hatte, weil er befürchtete, was da rechts bis unter seinen Ellenbogen gerutscht war, könnte sich bei einem Nach-vorne-Gleiten verräterisch unter dem Stoff des Overalls abbilden. Erst nachdem sie ins Büro zurückgekehrt waren, nachdem er noch übervorsichtig darauf geachtet hatte, nicht gleich als Erster in die Schlafkoje zu klettern, war der Moment gekommen, wo er klopfenden Herzens nachprüfen durfte, ob wirklich dasjenige in seinen Besitz gelangt war, wofür er das Ding mittlerweile hielt.

Zweimal hatte Axler im Glas gesehen, dass ein Messer nicht nur Werkzeug war. Beide Sequenzen waren in der fünften, der tiefsten, der einsamen Schicht, transparent überbildert und getaktet von handbreit aufklaffenden grauen Lücken, vorübergezogen. Beide Male war eine Faust, aus der eine Klinge ragte, auf einen Rumpf zugeschnellt. In der Rückschau war dieses Zustechen jedes Mal von saugender Lautlosigkeit begleitet gewesen. Nun aber stellte sich in später Ergänzung doch noch ein Begleitgeräusch ein. Dies ging ganz von selbst. Sein inneres Ohr nahm einfach das Ritschen und Ratschen zu Hilfe, mit dem er letzte Nacht die elend mürbe Hülle seiner alten Bürokluft herrlich unbeherrscht über die linke und dann, vollends köstlich roh, über die rechte Seite seines Oberkörpers herabgerissen hatte.

Was konnte er weiter wissen? Kein Glasbild hatte ihm je vorgemalt, was inwändig geschah, wenn ein spitzer, geschärfter Gegenstand die mehr oder minder fettgepolsterte Haut eines Menschen durchdrang. Auch hiervon musste es Bilder geben, weil es von allem und jedem, was denkbar, also möglicherweise wirklich war, zwangsläufig Bilder gab. Axlers Rechte ließ das Messer los, die Finger schlüpften aus der Tasche und tasteten über den gespannten Brustmuskel. Er suchte seinen Herzschlag, aber es gelang ihm nicht, eine Stelle zu finden, wo er ein Zucken oder Pochen erspüren konnte. Als Ersatz stellten sich Glaserinnerungen ein, farbige Abbildungen, zweckhaft vereinfachte Modelle, in denen Flüssigkeiten durch jene Organe gepumpt wurden, die sein Rumpf und zweifellos auch die Rümpfe von Nettler, Guler und Schiller beherbergten.

Allerdings lagen Gulers Herz und Gulers Lungen, vor allem aber dessen Magen und Leber, von Fett gepolstert, bestimmt ein gutes Stück tiefer unter der Haut, als dies bei Schiller und Nettler der Fall sein musste. Die ganzen Jahre hindurch war Guler unter den vielen mehr oder minder Schlanken ihr einzig wirklich Dicker gewesen, so wie Axler immer denjenigen abgegeben hatte, dessen Overall deutlich mehr als die büroübliche Menge an Muskeln umspannte. Und ähnlich wie Guler bis auf den heutigen Tag stets davon profitiert hatte, dass man einen sichtlich Fettleibigen unbedacht für einen humorig gemütlichen Burschen hielt, stellte es bis auf weiteres für ihn einen beachtlichen Nebenvorteil seiner Stärke dar, von den anderen, den Schwächlingen, für dumm gehalten zu werden.

Vorhin, als es über ihren Köpfen zu dunkeln begann, als die blaue Wandlinie bloß ein wenig langsamer als im Büro an Leuchtkraft verlor und sich angesichts dieses doppelten Schwindens die Entscheidung für einen Rastplatz nicht länger aufschieben ließ, hatte Nettler in einen stummelkurzen Abzweig gewiesen. Und während Axler das Bündel aufknotete, das außer ihren Wasserflaschen bloß noch ihre stramm aufgerollten Decken enthielt, waren Schiller am Ende des Gangs günstig niedrig liegende Dicksprossenkeimstellen aufgefallen. Mit der Gabel, die dazu gedient hatte, den fieberkranken Nettler zu füttern, hatte Guler arg umständlich die erste Sprosse freigekratzt. Schließlich hatte Axler ihm das Ding aus den plumpen Fingern genommen und zügig, beide Enden des gar nicht so ungeeigneten Werkzeugs nutzend, sieben weitere Keimlinge aus der Wand gepult.

Er hielt die Luft an und horchte zu den Schlafenden hinüber. Obwohl Guler rasselnd und pfeifend zu schnarchen begonnen hatte, gelang es ihm, die flach gewordenen Atemzüge der beiden anderen davon zu unterscheiden. Er wälzte sich auf den Bauch, um das Geräusch, mit dem die herausgeklappte Klinge einrastete, mit der Masse seines Rumpfs zu dämpfen. Dann drehte er sich zurück auf die Seite und zog den Schockstock heran. Wie alle Exemplare, die er bislang in Händen gehalten hatte, war er mittig mit einem elastisch nachgebenden Material ummantelt. Dessen feine Poren besaßen die famose Eigenschaft, sich rutschfest an die Handflächen zu saugen, so man nur fest genug zupackte und im Folgenden, bei Schwung, Hieb und Stoß, kein bisschen locker ließ. Zweifellos war er der Einzige, der sich hierauf verstand. Als sie bei den krisenhaften Materialschachtöffnungen des letzten Sommers gezwungen gewesen waren, ohne Wehlers Vermittlungskünste auszukommen, hatte er einen früheren Stock einen ganzen Rückzug lang über dem Kopf kreisen lassen, um einen Pulk beutegieriger Frauen und eine Handvoll frech angriffslustiger Mädchen auf Abstand zu halten.

Axler atmete so lang und tief aus, wie er konnte. Ja, er war aufgeregt, aber seine Hände zitterten kein bisschen. Er wusste, dass ihn die anderen drei für eine Art Klotz hielten, für einen, an dem sich die schiere Muskelmasse rundum zu etwas Verlässlichem verfestigt hatte. Wie viel er Tag für Tag mit Bedacht, mit überlegter Selbstbeherrschung zu diesem Bild beitrug, hatte allenfalls der kleine Wehler gespürt. Damals, als es darum gegangen war, den raren Spiegel ins Büro zu transportieren, waren die Frauen, obschon Wehler sie mit Feuerzeugen und Kerzen, mit kleinen Tricks und überraschenden Scherzen ungewöhnlich reich bedacht hatte, merkwürdig misstrauisch geblieben, als spürten sie, dass der Materialschacht noch etwas anderes, wirklich Exquisites bereitgehalten hatte.

Schließlich war Wehler vor Axler in die Hocke gesunken, um

das Bündel, das hinter dessen Fersen lag, die Decke und das kostbare Stück, das in sie geschlagen war, nach vorn zu heben. Und während er sich wieder aufrichtete, hatte ihr kluger Kleiner ihm ein gerade noch hörbares «Ganz ruhig! Ganz ruhig wie immer, Axler!» zugeraunt.

Genug gewartet. Zeit, sich für bewiesene Disziplin, für die Zügelung des drängelnden Verlangens zu belohnen. Die Schneide seines Klappmessers war einmalig scharf, und auch an der im letzten Sommer bei den Volksmessern heikel gewordenen Stelle, am oberen Ende der Klinge, ließ sich bis jetzt keine Veränderung der harten Glätte, kein beginnender Materialverfall ertasten. Gleich würde er mit Hand, Arm und Schulter genießen, was seine Vorstellung schon den ganzen schleppenden Marschtag hindurch immer aufs Neue als ein Vorausbild, wie durch eine Art Kopfglas gleitend, genießen hatte dürfen.

Ein erstes Mal und dann, ohne ein Wimpernzucken lang zu zaudern, ein zweites Mal setzte Axler die Klinge an den Griff des Schockstocks. Dann prüfte er die Stelle mit dem Daumen. Die entstandene Kerbe fühlte sich makellos an. Höchstwahrscheinlich war er eben der Erste gewesen, der mit diesem Messer schnitt, und wenn er weiterhin schön vorsichtig war, würde ihm das nun endlich eingeweihte Werkzeug dabei helfen, die Zahl der kommenden Tage in eine Folge gleich tiefer, säuberlich gereihter und damit wunderbar leicht abzählbarer Kerbchen zu bannen.

**9.**

## DURSTVERGLEICH

WIE WEHLERS WASSER SCHMECKT

Seit ihrer letzten Rast, seitdem sie am frühen Nachmittag alle
mitgeführten Flaschen leer getrunken hatten, wunderte sich Axler, wie wenig er über die Verfügbarkeit von Wasser sagen konnte.
Im Büro hatte er nie einen Gedanken darauf verschwenden müssen, wo er den Durst stillen würde, der sich unweigerlich schon
bald erneut bemerkbar zu machen pflegte. Wie alle anderen war
er mehrmals am Tag einfach zu einem der Zapfstummel hinüber-
gegangen. Ein simples Aufstülpen der Flasche genügte, schon
spritzte das Wasser als dünner, harter Strahl aus der Wand. Beim
Abziehen war stets das gleiche, laut schnappende Geräusch zu
hören gewesen, offenbar dehnte sich der Wandnippel während
des Nachfüllens ein wenig aus und setzte sein Gegenstück, das
Ende des Flaschenhalses, zuletzt unter Spannung.

Glasarbeit machte durstig. Sobald man das Büro für eine Exkursion verließ, kam man nicht umhin, den Unterschied zu bemerken: Auf dem Marsch zu einem Materialschacht schien der
Körper trotz des zügigen Ausschreitens, trotz der unvermeid-
lichen Anspannung weniger Flüssigkeit zu benötigen. Selbst das
eine Mal, wo es für sie bis an den Rand der wilden Welt gegangen
war, hatte Axler der Inhalt einer einzigen Flasche für Hin- und
Rückweg ausgereicht. Was hier draußen von Frauen und Kin-

dern und von den alten Volksmännern getrunken wurde, war unbekannt. Falls je einem von ihnen hierzu etwas im weichen Glas untergekommen sein sollte, hatte der es entgegen den Gepflogenheiten nicht auf die zweite, die allgemeine Ebene verschoben, sondern als stillen Besitz für sich behalten.

Frische Dicksprossen waren trotz ihrer faserigen Zähe recht saftig. Zumindest dies hatten sie gestern Abend mit Lippen, Zunge und Gaumen gelernt. Aber es musste auch hier draußen einen Weg geben, unmittelbar an das in der bleichen Wand enthaltene Wasser heranzukommen. Axler fand, dass ihnen eigentlich ihr Dicker hierzu einen Einfall schuldig war. Schließlich hatte Guler oft genug den Wandkundigen gegeben, mit Mutmaßungen und Vorschlägen, die auf irgendein besonderes Bescheidwissen, zumindest auf ein Bescheidfühlen schließen ließen.

Heute Morgen hatte der Alte die Mulden betastet, die vom Herauspulen der Sprossen zurückgeblieben waren, und zuletzt sogar die Zunge recht lang in eine der flachen Vertiefungen gedrückt. Auch Schiller und Nettler waren sichtlich auf irgendeinen Kommentar gespannt gewesen. Aber mehr als ein langes, heiseres Räuspern und ein gemurmeltes «Ganz feiner Draht!» war ihnen von Guler nicht gegönnt worden. Schließlich gab Nettler mit einem Winken das Zeichen zum Aufbruch. Das war auch für Axler in Ordnung. Noch schwang Nettlers Chef-Sein hinreichend nach, noch verstand es sich von selbst, dass er auf diese beiläufig stumme Weise erneut die Führung übernahm.

Gestern im Büro hatten sie, ohne sich ein einziges Wort zuzuraunen, vor Nettlers Schlafkoje auf den ersten Morgendämmer gewartet. Ihre alten Overalls waren von Guler aufgesammelt und durch den gerade noch handbreiten Spalt in Nettlers Nische gestopft worden. Offenbar wollte der Dicke den unter der Kuppel verbleibenden Kollegen nicht einmal diese erbärmlichen

Lumpen als ein Zeichen ihres Weggangs, als eine Art Abschieds-wink zugestehen.

Die Wand hatte auf Gulers Gabe reagiert. Das leise Knis-tern, das zuvor aus dem schrumpfenden Hohlraum gedrungen war, steigerte sich zu einem Glucksen, dann Schnalzen und Schmatzen. Aber erst jetzt, wo Axler sich dürstend daran er-innerte, machten ihn diese Geräusche an die vielen Formen von bewegtem Wasser denken, die er im weichen Glas gesehen hatte: Bächlein, die, so er sich tief genug über seine Platte gebeugt hatte, gerade noch hörbar über felsige Abhänge geplätschert waren, Ozeane, die in den Tischen der Zurückgebliebenen wahrschein-lich weiterhin mit einem wie aus großer Ferne herbeiflüstern-dem Brausen an die weißen, roten und schwarzen Strände der Außenwelt zu branden verstanden.

«Wir sind richtig. Wir sind bereits ganz nah. Das ist der Be-weis!»

Schiller, der das letzte Stück, als ziehe ihn eine Erwartung, vorangegangen war, wies auf eine Absenkung der Gangdecke. Ein mehr als mannslanges Stück hing bauchig nach unten, so tief, dass ihr Hübscher, unter dessen bräunlich trüber Helle auf die Sandalenspitzen schnellend, mit der Zeigefingerspitze daran tupfen konnte.

«Hier sind wir beide damals stehen geblieben. Weil Wehler das da aufgefallen war.»

Axler erinnerte sich daran, dass Schiller und Wehler, kurz bevor sie den fraglichen Materialschacht erreichen sollten, ein Stück zurückgefallen waren. Zugleich war er sich sicher, dass im Büro nie, zumindest nicht, wenn er dabeigestanden hatte, von den Decken der Gänge die Rede gewesen war. Immer hatte dieses lichte Oben zu dem gehört, was sich von selbst verstand. Dass es meist mehr oder minder tonnenförmig gewölbt war, gelegentlich plan parallel zum Gangboden verlief und sich seltener, aber doch ab und an, unterschiedlich stark nach unten rundete, erschien ihm auch jetzt keines besonderen Bedenkens wert.

«Wehler hat gesagt, falls es wirklich ein Vogel ist, dann müsste er oben, also außen aufliegen.»

Axler trat unter die fragliche Stelle, streckte die Hand aus und wippte auf die Zehenspitzen. Als Einziger war er groß genug, um das Hinschauen mit einem Tasten verbinden zu können. Die Gangdecke schien auf den ersten Blick glatt zu sein, aber mit den Fingerkuppen ließen sich feine Kanten erspüren, als bestehe sie aus dünnen Schichten, die alles in allem hinreichend Licht passieren ließen, dieses aber so unregelmäßig brachen, dass in der Summe kein scharf konturiertes Bild irgendeines Draußen entstand.

«Das müssen doch Flügel sein! Was sonst?»

Niemand stimmte Schiller zu, aber es wollte ihm auch keiner widersprechen. Nettler pendelte mit dem Oberkörper hin und her, als suche er nach einer günstigen Perspektive. Guler jedoch schob sich von hinten dicht an ihren Hübschen und legte sogar das Kinn an dessen Wange, offenbar um so annähernd den gleichen Blickwinkel zu haben.

«Die Brust war damals breiter. Auch der Kopf ist, glaube ich, geschrumpft. Der Schnabel steht noch genau gleich offen. Wenn das ein toter Vogel ist, dann wird er seitdem weiter…, weiter… Wie sagt man? Mir fällt das richtige Wort nicht ein. Weiter…, weiterver…»

Dann gelang es Schiller doch noch, das begonnene Wort zu vollenden, und Axler zuckte unter den nachgetragenen Silben zusammen, so heftig, dass der Schockstock auf seiner rechten Schulter die unkontrolliert ruckende Bewegung wippend mitvollzog. Fast wäre ihm das Bündel nach hinten weggerutscht.

Seine freie Hand griff ans Ohr und drückte darauf, als könnte es noch helfen, zumindest den linken Gehörgang auf diese Weise zu verschließen. Aber das Eindringen der schließlich doch noch komplett über Schillers Lippen gelangten Silben hatte bereits Wirkung gezeitigt. Kurz hatte er dieses «verwest» als Buchstabenfolge über sich aufflackern gesehen, als wäre die Gangdecke gleich der tiefsten Strömungsebene ihrer Tische in der Lage, Wörter ins Sichtbare hinüberzubilden.

Wie bestimmt jeder im Büro hatte Axler die raren Momente gefürchtet, in denen das Glas hiermit begann. Fast immer war das Aufflammen von Lettern zunächst mit einer trügerischen Flussverlangsamung verbunden. Und dass dann die ersten Wörter träge und vereinzelt, nicht selten sogar in Stücke zerlegt, von rechts in den Tisch krochen, musste, gemessen an ihren unguten Erfahrungen, unweigerlich als eine Art Spott, als ein höhnisches «Gleich! Gleich geht es los!» verstanden werden. Denn sobald sich eine geschlossene, quer über ganzen Tisch reichende Zeile ergeben hatte, rutschte diese an den oberen Rand, was immer, ausnahmslos immer, zur Folge hatte, dass die Spitzen der Buchstaben, ungefähr ihr oberes Viertel, abgeschnitten wurden. Dies erschwerte das Ablesen noch nicht allzu sehr, denn immerhin konnte man nun den Satzzusammenhang zu Hilfe nehmen. Jedoch verführte die Sorge um das weitere Verständnis unweigerlich dazu, dass die linke Hand den Glasfluss zu bremsen versuchte, was bei einem rein bildlichen Strom so gut wie immer möglich war, aber bei Texterscheinen fatalerweise verursachte, dass die Wortgruppen, als vertrügen sie nicht den geringsten Rückstau, zuerst abrissen, dann aber wie losgelassen nach links hinüberschnellten und ihr Durchs-Glas-Sausen Wahrnehmung wie Verständnis im Nu zu überfordern begann.

Damit wurde das Lesen zur Tortur. Und weil es bestimmt

allen stets so ergangen war, hieß es an jedem Tisch die Qual gleich fraglos erdulden. Nun aber, ins bräunlich Lichte starrend, wunderte sich Axler das erste Mal darüber, dass ein derart natürliches Vermögen wie das Buchstabieren, das doch jedermann ab dem ersten Tag, also von Bürogeburt an, ohne helfende Hinführung, ohne umständliches Einüben, ganz ähnlich wie Gehen, Stehen oder Sprechen zu Gebote stand, offenbar unausweichlich mit derart verstörenden Unannehmlichkeiten verbunden sein musste. «Es ist nicht gerecht!», dachte Axler so heftig, dass er die Lippen dazu bewegte, und so grimmig, dass er sich nicht sicher war, ob ihm eben, fauchend ausatmend, nicht auch zwei, drei verständliche Silben durch die Zähne gezischt waren.

«Schiller, mein Lieber! Du hast recht: Wenn das da oben nicht irgendwann einmal ein Vogel gewesen ist, habe ich nie Vögel durchs Glas flattern sehen.»

Gulers Kinn lag noch immer in Schillers Achselmulde, und vielleicht war es der Druck auf seinen Kehlkopf, der seine Stimme noch ein wenig brummiger klingen ließ, als sie es bislang gewohnt gewesen waren. Dann, in ganz erstaunlichem Gegensatz, ließ der Alte plötzlich ein moduliertes Pfeifen, eine Art Zwitschern folgen, ähnlich wie Axler und sicher auch Nettler und Schiller es gelegentlich schon gehört hatten, wenn ihnen das Glas, meist in mittiger Tiefe, in der dritten Schicht, stumpfschnäbelige, braungraue Vögelchen gezeigt hatte, die, wirr und zugleich in rätselhafter Abstimmung geordnet, hin und her gehüpft und geflattert waren.

«Wichtig ist nur, dass wir richtig sind. Gehen wir endlich weiter.»

Durstig rau, fast schon heiser hörte sich Axler dies verlangen, und Nettler, der als Einziger nichts zu diesem möglichen Vogel, zu dessen eventuellem Totsein und wahrscheinlichem Verwesen gesagt hatte, drückte mit der Hand gegen Gulers Schulter. Der schlang den Arm um Schillers Taille und zog ihren Hübschen mit sich weiter, weiter den Gang hinunter, der sich deutlich krümmte, als wollte er ihnen jetzt, wo sich ihr Ankommen offenbar nicht mehr verhindern ließ, zumindest einen frühzeitigen Blick auf ihr Ziel verweigern.

Später, eine durch und durch erquickliche Weile später, nachdem sie alle, abwechselnd und gleichzeitig, stehend oder nebeneinander kniend, in vielen kleinen Schlucken genug getrunken hatten, als sie vor der gesuchten und nun zweifelsfrei gefundenen Stelle auf dem Boden hockten, wäre Gelegenheit gewesen, mit erfrischten Kehlen noch einmal über Schnabel und Flügel, über Federn, Horn und schwindendes Fleisch zu reden. Mittlerweile jedoch schlug das Wasser sie in seinen Bann.

Das Wandstück, in dem ihr kleiner Wehler verschwunden war, hatte sich auf die denkbar einfachste Weise wiedererkennen lassen. Der eigentümliche Umriss der einstigen Materialschachtöffnung war als eine fingerbreit, fingergliedtief eingesenkte Vernarbung erhalten geblieben, als eine rosige Rille, die lückenlos jenes schiefe Viereck ins Weiß der Wand zeichnete, das sie damals, vor einem Jahr, in ihren Tischen angekündigt gesehen hatten. Ganz oben, im linken oberen Winkel, entsprang nun die Quelle, und in erstaunlich inniger Haftung folgte das Wasser der Kerbe nicht nur steil nach unten, sondern auch schräg nach rechts hinüber und rann so auf den beiden Wegen, die sich ihm boten, dem Boden entgegen.

«Es schmeckt anders. Leer. Es fehlt etwas. Aber dass es nicht vorhanden ist, tut gut.»

Axler war sich nicht sicher, ob Schiller da Unsinn redete. Auch ihr Bürowasser war doch immer ohne Beigeschmack gewesen. Wenn sie abends aus dem jeweiligen Nährflur zurückgekehrt waren, hatte ihr letztes Beisammenstehen stets auch einem gemeinsamen Trinken gegolten. Im Sommer waren die Flaschen gelegentlich knapp geworden, nicht nur an den Böden, sondern rundum begannen sie zügig porös zu werden, als mache der dünnen Wandung das jahreszeitliche Mehr an Licht zu schaffen. Dann reichte man die verbliebenen Behälter im Kreis herum, und alle spülten sich nach und nach den salzigen, süßen, pfeffrig scharfen oder namenlos würzigen Nachgeschmack von den Zähnen.

Axler beobachtete, wie sich Guler noch einmal hinkniete und den Kopf über die Stelle neigte, an der sich die beiden Wasserlinien vereinigten und ein perlender Strudel entstand. Dort hatten sie eben alle am liebsten getrunken, und vermutlich hatte dabei jeder ähnlich laut geschlürft, auch wenn das Geräusch, das die Lippen des Dicken nun erneut hervorriefen, Axler besonders aufdringlich, unangenehm hemmungslos in die Ohren stieß. Um sich abzulenken, verfolgte er den weiteren Verlauf des Wassers. Gut zweifingerbreit floss es an der Wand entlang. Sein Strömen schien genug Zeit gehabt zu haben, sich ein Bett in den Boden zu graben, und dass sich, so weit er sah, nirgends eine Lache gebildet hatte, bedeutete wohl, dass sich der Gang, unmerklich für ihre Augen, abwärts neigte.

Axler kramte eine ihrer Flaschen aus seinem Bündel, stand auf und drückte sie unter die Stelle, an der das Wasser entsprang. Gestern in aller Frühe hatten sie stumm, aber zuletzt ungeduldig mit den Sandalen scharrend, gewartet, bis, schwach wie eine Ahnung, Helligkeit durch die Kuppel ins Rund des Büros zu sickern begann. Axler hatte dieses allerfrüheste Lichtwerden zum ersten Mal miterlebt, aber gestern wäre er noch nicht darauf verfallen, sich zu fragen, ob es sich bei Nettler, Guler und Schiller ebenso verhielt. Stumm hatten sie die Schleuse durchschritten. Und erst als sie schon ein schönes Stück unter den zunächst noch dunkelgrauen, dann in feinen Adern bräunlich, nach und nach gelbfleckig aufglimmenden Gangdecken zurückgelegt hatten, war ihm und Schiller verraten worden, wohin es ging. Der kleine Wehler lebe. Das Chefglas und Wehlers verwaister Tisch hätten zwingende Hinweise gegeben. Sie würden den Kleinen dort suchen, wo sie ihn im zurückliegenden Frühling verloren hatten.

Die Flasche lief über. Axler nahm sie von der Wand und setzte sie an die Lippen. Schiller hatte recht. Dieses Wasser schmeckte wirklich ein klein wenig anders, womöglich ärmer, auch wenn sich nicht sagen ließ, was für ein Weniger den Unterschied ausmachte. Axler senkte den Kopf und ließ sich das, was er eben erst sorgsam aufgefangen hatte, über den Nacken sickern, als könnten dessen Haut und deren Härchen mit einem eigenen Feingefühl ein geringeres Gewicht oder eine erhöhte Schlüpfrigkeit der Flüssigkeit feststellen. Aber verglichen mit dem, was ihm im Nassraum des Büros an jedem fünften Tag, am obligatorischen Reinigungsabend, über den ganzen Körper geströmt war, ließ sich allenfalls eine kleine Temperaturdifferenz, eine frischere Kühle bemerken. «Das ist Wehlers Wasser!», hatte Guler vorhin wie zu sich selbst gemurmelt, als er den Mund nach einem letzten Schlürfen vom Boden löste. Was konnten sie nun anderes tun, als diesem Wasser, dem Wasser des kleinen Wehler, in die Tiefe der wilden Welt zu folgen?

## 10.

## FLASCHENGLASGRÜN
### WAS BEINAHE ERSTMALS BERÜHRT WIRD

Die Gänge, in die das Rinnsal sie führte, hatten nach und nach
an Breite zugenommen. Erstmals wäre es nun möglich gewesen,
zu dritt, auf manchen Wegstücken sogar zu viert nebeneinander
zu gehen, ohne dass ihre schwingenden Arme mit Händen oder
Ellenbogen aneinandergerieten. Aber im Unterschied zu gestern, wo es den Dicken, wie zu erwarten, neben Nettler, ihren
Hübschen jedoch zu Axlers Verwunderung mehr als einmal
eng an seine Seite gezogen hatte, neigten sie nun alle dazu, ausschließlich die Nähe zu Wehlers Wasser zu suchen, als wäre ihr
Kleiner in dessen Fließen auf eine Art enthalten, die jeden auf
eine besondere, auf eine vereinzelnde Weise an sich zu binden
verstand.

Mit dem Wasser zu gehen, begann seine Begleiter zu verändern. Und Axler argwöhnte, dass auch er, seit sie den Wand-
quell entdeckt hatten, nicht mehr ganz der Vorige für Nettler,
Guler und Schiller war. Es galt, den eigenen Ausdruck, möglichst
viel von dem, was sich den anderen mitteilte, noch genauer als
bisher zu beobachten. Also ließ er sich zurückfallen, obwohl
es ihn nicht wenig Beherrschung kostete, zunächst ein langes
Weilchen als Vorletzter zwischen Guler und Schiller und dann
als Letzter in ein gleichmäßiges Ausschreiten zu finden.

Nettler hingegen ging sichtlich zügiger als gestern voran. Axler fiel auf, wie lang er dabei den Kopf immer wieder in den Nacken legte. Irgendein Nachdenken, vielleicht ein erneutes Grübeln über den vogelähnlichen Umriss brachte ihren Anführer dazu, in einem fort nach oben zu sehen. Und deshalb, weil Nettler ins Lichte guckte und weil dem dicht hinter ihm tapsenden Guler der Blick nach vorn durch Nettlers Rumpf verstellt war, sah keiner der beiden die Gefahr beizeiten kommen.

Im Nachhinein kam Axler dann nicht umhin, den Dicken zu loben. Hätte Guler dem Weg, den ihnen Wehlers Wasser wies, so blindlings vertraut wie ihr einstiger Bürochef, wäre er nicht imstande gewesen, derart fix nach dessen Overall zu greifen. Nettler wäre in die Tiefe gestürzt. Auch so kam er zu Fall, plumpste ungeschickt zur Seite, rutschte mit einem Bein über den tückisch wulstlosen Rand, aber zum Glück hielt ihn der Alte fest gepackt. Schiller und er waren hinzugesprungen und verhinderten, dass Nettler doch noch, mit dem Rücken voran und den Dicken womöglich mit sich reißend, in die kreisrunde Öffnung hinabkippte, in das Wurzelloch, das sich mitten im Gang auftat. Und derart aneinander zugange, stolpernd und rutschend, hatten sie alle wie mit einem gemeinsamen Blick entdeckt, dass Nettler offenbar nicht der Erste war, der das Aufklaffen des Weggrunds zu spät bemerkt hatte.

«Vielleicht schläft er bloß?»

Axler leuchtete ein, dass sich Schiller in diese Vermutung flüchtete. Eine Gestalt, die man immer nur handelnd, immer nur zielstrebig tätig vor Augen bekommen hatte, reglos daliegen zu sehen, musste dazu führen, dass man wünschte, der, dessen Rumpf sich da unten den Knien entgegenkrümmte, dessen schlaffer Arm den Kopf beschwerte, wäre bloß in irgendeinen beliebigen Schlummer gefallen. Axler setzte sich an den Rand des Wurzellochs und schwang die Füße über die Kante. Er schätzte die Tiefe ab. Er war groß genug, und er war sich seiner Kraft sicher. Er traute sich zu, auch ohne die Hilfe der anderen wieder von dort unten hochzukommen. Also sprang er hinab.

Ein Wandler war immer ein Wandler gewesen, weil er von Kopf bis Fuß genau wie ein solcher, also wie alle früheren Wandler, ausgesehen hatte. Aber vielleicht war es dennoch möglich, sie voneinander zu unterscheiden, und folglich auch einen von ihnen als einen bestimmten wiederzuerkennen. Axler zog den rechten Arm am weiten Ärmel der Kutte von Schläfe und Wange. Aber obwohl er sich dann, in die Hocke gesunken, Zeit zu einem forschenden Hinschauen ließ, war er außerstande zu sagen, ob dieses dunkle, spitznasige Antlitz, ob dieses schmale, säuberlich halbierte Oberlippenbärtchen dem gehörte, der sich vor wenigen Tagen erst um Blenkers maroden Tisch gekümmert hatte.

Der jetzige Wandler rührte sich nicht. Aber die Härchen in seinen Nasenlöchern schienen zu vibrieren. Axler befeuchtete eine Zeigefingerkuppe mit Speichel und hielt sie dicht davor. Dann rief er nach oben, dass der Gefundene am Leben sei. Guler, nicht Nettler, forderte ihn auf, ihn genauer zu untersuchen. Also drehte Axler den Bewusstlosen auf den Rücken und begann, Rumpf und Glieder abzutasten, so weit dies durch den groben, erstaunlich dicken Stoff der Kutte möglich war. Als er dabei das rechte Knie mit beiden Händen drückte, ächzte der Wandler auf, und Axler roch den ausgestoßenen Atem. Der Geruch war stark und kam ihm unwillkürlich bekannt vor, aber es fiel ihm keine Nährflurspeise ein, die das gleiche oder ein ähnliches Aroma verströmt hätte.

«Sieh dir seine Tasche an!»

Schon vorhin hätte Axler beinahe, seine rechte Hand war schon auf dem Weg gewesen, gleich als Erstes nach der Felltasche gegriffen. Jetzt, wo Nettler es ihm auftrug, ging dies in Ordnung.

Er zog die Tasche ganz unter dem Rücken des Bewusstlosen hervor, fädelte den breiten, aus einem glatten, elastischen Material geschnittenen Schultergurt über dessen Kopf und schlug die breite Lasche zurück, so wie er es bislang nur die Wandler selbst, mit stets lässiger und zugleich herrisch selbstgewisser Geste, vor einem hilfsbedürftigen Tisch hatte tun sehen.

Um ein Haar hätte er sich dann einfach über den aufklaffenden Spalt gebeugt und mit beiden Händen zu kramen begonnen, aber zum Glück fiel ihm ein, dass er für die anderen weiterhin der brave Axler ungezählter Bürotage sein wollte. Die drei da oben kannten ihn als einen, der verrichtete, was man ihm auftrug, und dann abwartete, was man ihm des Weiteren anschaffen würde. Also erhob er sich und stemmte Nettler, Guler und Schiller, die am Rand des Wurzellochs knieten, die auseinandergezogene Tasche für einen ersten Einblick entgegen, als hätten sie bessere, klügere Augen für das, was sie enthielt.

Wieder zu ihnen zu gelangen, war dann doch schwieriger als gedacht. Nachdem Nettler ihm die Tasche abgenommen hatte, wollte sich Axler am Rand des Wurzellochs hinaufziehen, aber die Kante zerbröckelte unter dem Druck seiner Finger. Er erinnerte sich daran, mindestens einmal gesehen zu haben, dass in ein derart tiefes Wurzelloch ein bemerkenswert dünner, knallroter Strick hinabgegangen war. Wie ihn der damalige Wandler aber oben befestigt hatte – mit einem Pflock im Boden, mit einem Haken in der Wand? –, hierauf war der einstige Axler auf dem Rückweg von einer bürowichtigen Materialschachtöffnung, eine neue Decke voll mit kostbaren Seifenklötzen über der Schulter, noch kein bisschen neugierig gewesen.

Also ließ er sich den Schockstock herunterreichen, bohrte mit dessen ungefährlichem Ende ein Trittloch und schaffte es, den linken Fuß bis an den Absatz der Sandale in der Wand, in den

Stütz zu springen. Das rechte Knie neben die rechte Hand zu schieben und den Rumpf in den Gang zu robben, gelang dann mit fast selbstverständlicher Leichtigkeit, und er freute sich, dass keiner seiner Gefährten wissen konnte, wie tief es ihn befriedigte, dieses kleine Hinauf ohne ihre Hilfe, ohne den Beistand kollegialer Hände, geschafft zu haben.

Der Inhalt der Tasche erwies sich dann, Axler spürte, dass es die drei anderen ähnlich empfanden, als Enttäuschung. Jenen silbernen Stiften, die von den Wandlern im Büro mit Achtung gebietender Geste gezückt und sacht an das Glas gesetzt wurden, um dann umso energischer, ja erschreckend roh in dessen weiche Tiefe gestoßen zu werden, schien fern ihrer Arbeitstische viel vom Gewicht ihrer Bedeutsamkeit abhandengekommen. Fünf der blanken Griffel lagen lose, fast verloren, in der Tiefe der Tasche, zusammen mit einer flachen, dunkelgrauen Scheibe, die Guler als das Werkzeug wiedererkannte, mit dem der fieberkranke Nettler untersucht worden war. Womöglich war es sogar dieselbe, und die Prophezeiung des Wandlers, die im Einsatz des Dings ihren Ursprung gehabt hatte, verhinderte nun, zu einer fatalen Scheu geronnen, dass es einer von ihnen aus der Tasche hob. Stattdessen griff Guler nach etwas anderem. Und wahrscheinlich waren sie dann alle froh, dass ihnen etwas Unerwartetes zu staunen und zu reden gab.

Die große Flasche war aus hartem, dunkelgrünem Glas. Anders als die farblosen gläsernen Platten, auf denen gelegentlich die Nährflurspeisen ausgegeben wurden, war sie perfekt glatt, gleichmäßig durchsichtig und überhaupt rundum, wie ihre Hände das wundersame Objekt auch wendeten, völlig dellen-, kratzer- und blasenfrei. Flaschen dieser makellosen Art hatten sie bislang bloß in ihren Tischen vorüberziehen sehen. Farblos durchsichtig, braun oder eben derartig grün waren sie dort, meist in der vierten, nicht immer überall lichtsatten Schicht, bei röhrenförmigen oder bauchig gerundeten Gläsern gestanden, in die mehr oder minder transparente Flüssigkeiten gegossen worden waren. Bestimmt hatten auch jene in den Bildstrom gebannten Behälter auf eine ihrer täglichen Arbeit gemäße Art schön ausgesehen. Aber dieses Exemplar in den Fingern zu wiegen, zu drehen und die Flüssigkeit mit der es zu mehr als zwei Dritteln gefüllt war, hin und her schwappen zu lassen, überbot jedes noch so gefällige Erinnern.

«Machen wir sie endlich auf!»

Aber weil Schiller, der auf Nettlers Geheiß entschlossen an den Drehverschluss gegriffen hatte, dann doch zögerte, nahm ihm Guler die Flasche aus der Hand, um sie zu öffnen. Für einen Moment schien er sie umgehend an die Lippen setzen zu wollen, hob sie dann jedoch unter seine Nase, sog Luft ein, und Axler, der bemerkte, wie flatterig die Lider des Alten sich dabei schlossen, war unwillkürlich sicher, dass Guler nun dasjenige erschnüffelte, was er selbst vorhin, unten im Wurzelloch, über den bewusstlosen Wandler gebeugt, in dessen Atem gerochen hatte.

Natürlich war es dumm unvorsichtig, dass sie dann alle davon tranken. Axler hatte es anfangs noch geschafft, sich zu beherrschen, war sogar ganz zuletzt, als ihm die Flasche von Nettler erneut hingehalten worden war, auf den Einwand verfallen, so wie diese Flüssigkeit rieche, würde sie ihm gewiss nicht schmecken. Doch als er sah, wie sich der Rest in Schillers Kehle zu ergießen drohte, riss er ihrem Hübschen das grüne Glas von den Lippen, um sich das, was darin noch verblieben war, ohne abzusetzen, in den Mund zu schütten. Es war gerade so viel, dass er nicht sogleich zu schlucken brauchte. Und als ließe sich seine Gier damit ein Stück weit rückgängig machen, spülte er das unbekannte Getränk vor die Zähne, bevor er es Richtung Kehlkopf schwappen ließ.

Er genoss, wie eine eigentümliche Schärfe die Wahrnehmung des Geschmacks fast gänzlich auslöschte, bevor ihm beide Empfindungen, verschmolzen zu einem aromatischen Brennen, aus der ruckenden Kehle, über Gaumengrund und Nasenwurzel, hinter die Stirn stiegen, um sich dort, wie eine Farbe, wie ein hitziges Rot um seine Gedanken zu legen. Und Axler dämmerte: Deshalb, weil er weit mehr als einen Mundvoll des Flascheninhalts getrunken hatte, lag der Wandler bewegungslos und andersartig schlafend, als sie es von sich selbst aus ihren Büronächten kannten, dort unten im Wurzelloch.

Schiller lachte laut auf, ein erstes, dann noch ein zweites stechend schrilles Mal. Tief hinten in Axlers Kopf, nahe seinem glühenden Nacken, erklang hierzu, wunderbar passend, das Geräusch, mit dem erst neulich eines der Tellerchen, auf denen ihre letzte Speise ausgewandet war, fallen gelassen von einem der Volksmädchen, über den Boden des Nährflurs gescheppert war. Nettler und Guler lachten mit, als verstünden sie Schillers Ausbruch, als erheiterte sie das unausgesprochen Gleiche. Eben waren die drei noch, in die Tasche des Wandlers gaffend, neben ihm gekniet, nun saßen sie, ein Stückchen vom Wurzelloch abgerückt, beieinander. Der leise glucksende Schiller ließ sich mit ausgestreckten Armen auf den Rücken fallen, und Nettler fingerte merkwürdig unbeholfen an ihrem Bündel herum, zog schließlich eine der Wasserflaschen heraus, trank und bot sie Guler an, der dies jedoch ignorierte und sich stattdessen die leere Glasflasche des Wandlers vors Auge hielt, als wollte er durch ihren Boden in eine grün gewordene Welt hinüberspähen.

Axler krabbelte ein Stück beiseite. Er verspürte das Verlangen, über das zuletzt Geschehene, über den verunglückten Wandler und über dessen Getränk nachzudenken. Eine gewisse Distanz, zwei, drei, besser vier oder gar fünf Körperlängen leere Luft zwischen ihm und den anderen, schien ihm hierzu zwingend nötig. Bereits auf dem Weg wunderte er sich darüber, dass er zu diesem Abstandnehmen nicht aufgestanden war. Sich auf allen vieren voranzubewegen, kam ihm fremd und zugleich auf eine innige Weise bekannt vor. Wann hatte er dieses kommode Krabbeln derart gut erlernt? Obwohl er sich nicht entsann, jemals in seinem Leben, jemals im Büro, so lustig mechanisch auf Händen und Knien unterwegs gewesen zu sein, beherrschte er diese Fortbewegungsart ganz vorzüglich. Ja, sie bereitete ihm eine solche Freude, dass er sich versucht fühlte, noch ein schönes weiteres Weilchen gegen ihre Marschrichtung, also in die Vergangenheit, zurückzukriechen, um dabei, die Nase armweit über dem Boden, das eine oder andere zu bemerken, was ihnen, ausschreitend auf den platten Sohlen ihrer Sandalen, notwendigerweise entgangen war.

Sein Blick pendelte zur Seite. Die blaue Wandlinie war so schmal, wie sie es aus den zurückliegenden Wintern und bis in die erste Frühlingszeit hinein gewohnt waren, aber sie nun nicht schräg von oben herab, sondern aus dieser neuen Augenhöhe zu betrachten, stiftete eine andersartige Vertrautheit, ja ein Zutrauen, das, so schien es ihm, längst überfällig war. Er drehte sich zur Seite und näherte sich der Wand, an der das Wasser des kleinen Wehlers entlangrann.

«Du siehst jetzt anders aus!», hörte Axler sich mit merkwürdig ungelenker Stimme sagen. «Ich muss dich anfassen.» Doch als er die rechte Hand vom Boden hob, um das Blau, das ihn, zu leuchtenden Knoten anschwellend, zu schmalen Bändern abschwellend, in beflissener Beiläufigkeit durch seine Bürotage begleitet hatte, erstmals zu betasten, musste er erfahren, dass er offenbar doch kein so gewandter Vierfüßler war, wie ihm dies sein bisheriges Vorankommen vorgegaukelt hatte. Er verlor das

Gleichgewicht, er kippte um, die ausgestreckte Hand patschte in Wehlers Wasser, und auf der Seite liegend, wunderte er sich, dass er erneut laut sprach, als gehe etwas in seinem Kopf davon aus, dass die blaue Linie ihn hören könne.

«Entschuldige, bitte!», hörte sich Axler flüstern, und nachdem er dies wiederholt hatte, zweimal, dann ein drittes und schließlich sogar ein viertes, seltsam brummiges Mal, wies ihn die gewohnt tonlose Stimme seines Gedächtnisses darauf hin, dass er überhaupt noch nie, kein einziges Mal in seinem Arbeitsleben, für irgendetwas um Verzeihung gebeten hatte.

# 11.

## DENKVERHINDERUNG

WAS SO GUT WIE NICHTS BEDEUTEN KÖNNTE

Axler gefiel ihm. Dieser Axler da hatte ihm wahrscheinlich schon früher, vielleicht sogar seit jeher, also die ganze nun zu Ende gegangene Bürozeit lang gefallen. Aber erst jetzt, im ersten Morgenlicht, wo ausgerechnet ihr Starker am längsten brauchte, um wieder auf die Beine zu kommen, wo er aus wackeligem Stand noch einmal auf die Knie sank und dann sogar, kläglich japsend, wieder ins Sitzen zurückplumpste, besaß dieses Schwächeln, gerade weil es Axlers stets einschüchternd kraftsatt scheinende Glieder so drollig hilflos erscheinen ließ, für Schiller einen ganz besonderen, einen fast unwiderstehlichen, weil unmittelbar kitzeligen Reiz.

Nettler und Guler, die Axler erfolglos hochgeholfen hatten, sahen hingegen ungeduldig, fast ein wenig ärgerlich auf den hinunter, der ihnen bislang weder Gelegenheit zu einem solchen Blickgefälle noch Anlass zu einem Abwartenmüssen gegeben hatte. Offenbar bemerkten die beiden gar nicht, wie Axlers Oberschenkel nun, wo er mit weit gespreizten Beinen dasaß, die Schrittnaht des neuen Overalls zum Zerreißen spannten. Schiller gefiel genau dies. Womöglich hatte ihm dergleichen schon immer mehr als alles andere gefallen. Zumindest war er sicher, dass ihm, wenn er im zurückliegenden Jahr an Freund Wehler zurückdenken hatte müssen, dessen wunderbar stramme Glieder stets als Erstes, noch vor Wehlers Gesicht, noch vor dessen ansteckendem Grinsen, in den Sinn gekommen waren.

Guler und Nettler streckten Axler erneut die Hände entgegen und zogen ihn zum zweiten Mal in die Höhe. Ihr Großer wankte, aber dann ruckte ein Anspannen durch seinen Rumpf, er hob den Kopf, und sein Blick ging Richtung Wurzelloch. Dort lagen sein Bündel und der Schockstock, und daraus wie Axlers Augen sich verengten, wie seine zuckende Oberlippe die Zähne entblößte, schloss Schiller, dass ihm das Fehlen der Felltasche aufgefallen war.

Später dann, als sie wieder unterwegs waren, als sie dem stetig voransickernden Wasser von Wehlers Quelle folgten, bemühte sich Guler auf seine Weise, den in ihren Köpfen wohl ähnlich dumpf verstockten Verdruss zu lockern. Er scherzte über die Wandler. Verblüffend wortreich beschrieb er den Stoff und den Schnitt ihrer langen Kutten und fragte, ob sie sich vorstellen könnten, selber vom Hals bis über die Waden in derart derben Säcken zu stecken. Gesetzt den Fall, die bürowichtigen Materialschachtöffnungen hätten irgendwann bloß noch solche Gewänder bereitgestellt und ihre Overalls wären noch fadenscheiniger als die zuletzt getragenen gewesen? Dann hätten sie doch gar keine andere Wahl gehabt, als sich die beinröhrenlosen Hüllen über den Kopf zu ziehen. Sogar wenn die Kutten wie die gewohnte Bürokluft hellblau wären, würden sie darin wohl kaum wie eine spezielle Art von Wandler, sondern eher wie eine komisch kurzhaarige Volksfrau aussehen.

Nicht einmal Nettler, der im Büro stets unübersehbar Freude an Gulers launigen Sprüchen gehabt hatte, mochte darüber lachen. Aber ihr Dicker ließ nicht locker. Die Röcke der Frauen würden doch in allen nur denkbaren Farben ausgegeben. Oder sei ausgerechnet ihr Blau, dieses Bürohellblau, dem Volk bislang vorenthalten geblieben? Hierauf habe er leider nie geachtet. Bunt, kunterbunt sei doch stets gewesen, was den Frauen um Hüften, Knie und Waden geschwungen war. Er sei sich fast sicher, dass keine, auch keine von denen, die sie erst unlängst kennenlernen hatten dürfen, einen schlicht einfarbigen Rock getragen habe.

Schiller spürte, dass Guler damit auf Nettler zielte, dass er ihn verleiten wollte, ein Wort über seine besondere Nährflurbekanntschaft zu verlieren. Immerhin hatte Nettler der Volksfrau sein Fortleben zu verdanken. Aber Nettler reagierte nicht, und Guler kam auf die Wandler zurück. Er frage sich jetzt, was ihr spezieller Wandler – er nenne ihn, der Einfachheit halber, den Flaschenwandler –, was ihr Flaschenwandler unter seiner Kutte noch am Leibe getragen habe.

Damit war Axler angesprochen. Aber ähnlich wie Nettler ließ auch er Gulers Schwatzlust ins Leere laufen. Vorhin, als ihr Starker entdecken musste, dass die Tasche des Wandlers verschwunden war, hatten sich seine Finger aus Gulers und Nettlers Händen gelöst, und er war an den Rand des Wurzellochs getaumelt, so hastig, dass sie wohl alle drei befürchteten, nun könnte doch noch einer von ihnen Hals über Kopf in die Grube stürzen. Aber Axler kam rechtzeitig zum Halt und gaffte entgeistert in das leere Loch. Dort unten hatten sie ihn gestern die Glieder und den Rumpf des Wandlers mit festen, langsam voranruckenden Griffen abtasten sehen, und gewiss hatte er dabei erfühlt, ob es zwischen Kutte und Haut noch etwas zu erfingern gab.

Schiller war froh, als Guler verstummte, ohne auch ihn noch mit einer Neugier zu traktieren, die das Maß des bürolich gewohnten Wissenwollens derart unangenehm überschritt. Aber irgendein Stachel war durch das Gerede ihres Dicken gesetzt und zwang ihn zu bedenken, ob etwas von dem, was ihre einstige Gemeinschaft in alltäglicher Regelmäßigkeit durchlebt hatte, in ihren Gesprächen ohne Widerhall geblieben war. Und bestürzend schnell fiel ihm zumindest ein, wo er just diese Überlegung schon einmal angestellt hatte. Irgendwann in einer der Nächte, die er, den kleinen Wehler im Arm, auf dessen Schlafnetz gelegen hatte, war ihm genau diese Frage schon einmal hinter die Stirn gestiegen, hatte ihn aber sogleich unmäßig angestrengt, ja im Nu derart erschöpft, dass er Gefahr gelaufen war, in der fremden Koje einzunicken.

Sogar jetzt, wo er dasselbe weit länger als damals im Sinn zu halten vermochte, haftete der hellen Schlichtheit der Frage etwas Zähes, eine dunkle, ins Nicht-mehr-denken-Mögen hinabziehende Beschwerung an. Schiller suchte in seinen Glaserfahrungen nach einem Vergleich, der mithelfen könnte, dieses Wissenwollen zusammen mit der klebrigen Kraft, die ihm entgegenwirkte, dauerhaft im Aufrufbaren zu halten. Eine Maschine und ein Material fielen ihm ein. Einmal hatte er ein Fahrgerät im weichen Glas gesehen, das einen schwarz dampfenden Brei auf eine nicht im Detail durchschaubare, aber im Ganzen zwingend überzeugende Weise aus einem bestimmt zwei, drei mannslang breiten Spalt auf eine werdende Straße spie. Asphalt? War Asphalt das richtige Wort?

Dieses Denkverhindern, das ihm nun wie die Umstände, die es zum Verschwinden nötigte, selbst zu entgleiten begann, glich jenem fugenfüllenden, zunächst dampfend schwerflüssigen, dann zügig zu einer festen Bahn aushärtenden Stoff, auf dem noch während desselben Arbeitstags die grobstolligen Räder eines Konvois aus dunkelgrünen LKWs durch den Tisch gezogen waren. Er musste versuchen, Wort und Bild in einem später erneut greifbaren Zusammenhang mit dem inneren Vorgang zu halten, der ihm bestimmt gleich wieder entfallen sein würde, obwohl er sich eben noch so bestechend klar auf ihn besonnen hatte.

«Woran denkst du, Schiller?»

Axler hatte die Frage nur gehaucht, so gekonnt leise, nahezu tonlos, als hätte er ein derartiges Flüstern irgendwann eingeübt. Zusammen waren sie ein Stück zurückgefallen. Wahrscheinlich hatten Nettler und Guler das Marschtempo erhöht, und er und ihr Starker hatten, warum auch immer, nicht mitgezogen. Als sie aufgebrochen waren, hatte Axler Nettlers Angebot, ein anderer könne Schockstock und Bündel so lange tragen, bis er sich wieder ganz bei Kräften fühle, mit einem mürrischen Schnauben abgelehnt, und inzwischen war seinem Ausschreiten keinerlei Unsicherheit mehr anzumerken.

«Sag schon, woran denkst du, Schiller?»

«An diese grüne Flasche …», schwindelte Schiller und dachte in Wirklichkeit daran, wie seltsam, wie bürofremd ihm sowohl Axlers Nachhaken als auch die prompte Verlogenheit seiner Antwort vorkamen. Beides wäre zwischen ihren Tischen gewiss niemals so aufeinandergefolgt. Vielleicht weil dort jeder davon ausging, dass der andere immerzu an die Arbeit, an die Handhabung des Glasflusses dachte, so wie man dies selbst tat oder zumindest zu tun glaubte. Der Abstand auf Nettler und Guler war noch größer geworden. Vielleicht verstand es Axler, das Tempo ihres Folgens unmerklich zu senken.

«Warum bist du mitgekommen, Schiller? Glaubst du wirklich, die beiden wissen, wie wir Wehler finden können?»

Axler machte ihm Angst. Schiller glaubte sogar zu spüren, dass Axler ihn absichtlich ängstigte. Hatte er eben «deinen Wehler» gesagt? Jede mögliche Antwort, zumindest jedes Ja oder Nein, würde seine Furcht nun weiter vergrößern. Er musste sich diesen irgendwie veränderten Axler, so gut es augenblicklich ging, vom Halse halten. Womöglich half es, ihn im Gegenzug selbst etwas zu fragen.

«Als du den Wandler untersucht hast, ist dir da etwas aufgefallen? Guler hat es vorhin wissen wollen.»

Axler schüttelte den Kopf. Aber dann begann er mit der freien Hand über seinen Rumpf zu tasten. Er fingerte sich über die breite Brust, dann über den Bauch, schob sich die Linke unter die Achsel und strich von dort langsam nach unten, gelangte auf die rechte Hüfte, griff sich, mehrmals kräftig zukneifend, auf den Oberschenkel und wechselte, nachdem er ganz kurz sein rechtes Knie gepackt hatte, auf die Schenkelinnenseite, um die Hand wieder nach oben wandern zu lassen. Schiller entging nicht, dass Axler dabei Guler und Nettler im Auge behielt. Was Axlers Linke da unternahm, war offenbar ausschließlich für ihn bestimmt. Und als Axler sich abschließend mit weit gespreizten Fingern ruckartig in den Schritt griff, sah er ihn an und schüttelte zweimal den Kopf. «Nicht» konnte das bedeuten, zum Beispiel: «Dorthin habe ich nicht gegriffen!» Aber vielleicht, Schiller erschrak über diese Möglichkeit, hieß es auch etwas anderes, nämlich «Nichts!». Dann könnte Axler ihm bedeuten wollen, dass dort, wo seine Hand eben noch die Fingernägel in den Overall gepresst hatte, bei ihrem Flaschenwandler nichts, zumindest nicht das Erwartbare zu ertasten gewesen wäre.

# 12.

## QUERWASSER

### WER EINFACH UNVERSEHENS ZURÜCKKOMMT

Zu seinem Erstaunen, denn bei den früheren Gelegenheiten hatte Schiller nie dergleichen, sondern im Gegenteil stets nur ein nervöses Unbehagen empfunden, war er dann froh, als sie endlich auf Volk trafen. Und sogar dass es eine ungewöhnlich große Gruppe war, mehr als zwei Dutzend Frauen unterschiedlichen Alters, trug zu seiner freudigen Erleichterung bei. Nun war es an Nettler zu zeigen, ob er auch fern des Büros noch eine Art Anführer darstellen konnte. Falls es Ärger geben sollte, würde Axler den Schockstock von der Schulter nehmen und das lange Ding gewohnt eindrucksvoll vor der Brust und über dem Kopf wirbeln lassen. Immer hatte Schiller den Eindruck gehabt, das Volk wisse, ahne zumindest, was es damit auf sich habe. Und bis jetzt war nie mehr nötig gewesen, als mit der Waffe, deren schmerzhafte Wirksamkeit er selbst einmal bei einem Materialschachtmissgeschick am eigenen Leib erfahren hatte, so eindrucksvoll zu drohen, wie es ihr Starker seit jeher verstand.

Die Frauen schienen ihr Näherkommen abzuwarten. Einige waren in die Hocke gesunken, und erst nachdem Nettler und Guler stehen geblieben waren, sah Schiller, dass es außer ihrem Kommen noch einen zweiten Grund für das Verharren der Volksfrauen gab. Das Wasser, das von der Quelle an immer rechts an der bleichen Wand enlanggesickert war, wechselte die Seite. Und während es bislang stets in einer Rille geströmt war, die es vermutlich selbst in den bleichen Grund gegraben hatte, verzog es sich nun auf seinem Weg nach links zu einer erstaunlich großen Fläche, einer Lache, die selbst ihr langbeiniger Axler nicht mit einem einzigen Schritt hätte überqueren können.

Später, nachdem sie alle vier auf die andere Seite hinübergewechselt waren, ergab es sich erfreulich beiläufig, dass man mit den Frauen auf dem Gangboden saß, rund um eine mannslang frei bleibende Mitte, über deren Leere hinweg ihnen ein langsames, aber trotz seines ein wenig zähen Hin und Hers nicht unangenehmes Miteinanderreden gelang. Guler, nicht Nettler, hatte gleich anfangs, noch von der anderen Seite des querströmenden Wassers her, beteuert, dass sie nicht zu einer Schachtöffnung unterwegs seien, auch nicht von einer solchen kämen, sondern dass sie vor zwei Tagen aufgebrochen seien, um einen Verlorengegangenen zu suchen, zu finden und heim ins Mittlere Büro zu holen. Die Frauen schienen dem Dicken dies ohne weiteres abzunehmen, zumindest entdeckte Schiller in keinem der Gesichter, die sein Blick überflog, einen Ausdruckswechsel, der auf Ungläubigkeit oder Misstrauen schließen ließ.

Irgendwann hatten die Volksfrauen dann getrocknete Dicksprossen aus den Taschen ihrer Röcke gezogen, sie mit einem besonderen Drehgriff beider Hände in Stücke gebrochen und ihnen davon angeboten. Auch hierüber ließ sich ein Weilchen reden. Geduldig kauend, die harten Bröckchen gründlich speichelnd, beobachtete Schiller, wie sich Guler und Nettler darin abwechselten, sie, den Bürotrupp, im Gespräch zu halten, während auf der Gegenseite immer neue Frauen das Wort ergriffen. Wenn es eine Anführerin gab, dann hielt sie sich absichtlich zurück oder blieb vorerst in diesem zufällig scheinenden, aber insgeheim vielleicht doch geregelten Nacheinander verborgen.

Nettler hatte, ohne dass er von einer der Frauen danach gefragt worden wäre, damit begonnen, den kleinen Wehler zu beschreiben. Jetzt stand er auf, um, die Handkante in Kehlkopfhöhe, Wehlers Größe zu markieren. Er zupfte an seinem neuen Overall, als er die Vernutztheit von Wehlers Bürobekleidung zur Sprache brachte, hob, einbeinig balancierend, eine Sandale vom Boden, weil ihm einfiel, dass Wehler barfüßig unterwegs sein musste.

Schiller fühlte sich unwohl. Ihn sorgte, Nettler könnte nun auch noch, von der eigenen Darstellung mitgerissen, Wehlers besondere Talente in Worte fassen. Anders als ihrem schlau vorsichtigen Dicken traute er Nettler nicht recht zu, ein Bild von Wehlers spezieller Umgänglichkeit, ja Geschmeidigkeit zu geben, ohne dabei ungut weit auf das heikle Terrain der Frauenbeschwichtigung, ja Frauenlenkung zu geraten.

Guler schien Ähnliches zu befürchten, zumindest nutzte er ein kleines Stocken Nettlers, um sich erneut ins Gespräch zu mischen, und während er sich danach erkundigte, ob es hier draußen zurzeit an irgendeinem Gut in besonderer Weise fehle, zog Axler ihren Bürochef mit einem schnellen Griff an den Overallhosenboden wieder neben sich ins Sitzen herab. Auf Gulers Frage sahen sich die Frauen an, blickten sogar, die Köpfe wendend, ihren in zweiter und dritter Reihe hockenden Gefährtinnen ins Gesicht, als schien jede darauf zu warten, dass eine andere für alle antwortete.

Schließlich ergriff eine der Älteren in einem überraschend harschen, ja unüberhörbar vorwurfsvollen Ton das Wort. Nur einmal – bloß ein einziges Mal! – habe ihnen, sie sei damals noch ein kleines Mädchen gewesen, ein Trupp des Mittleren

Büros einen Teil der Sandalen überlassen, die in einem frisch aufgegangenen Materialschacht gefunden worden waren. Exakt fünf Paar habe man ihnen damals zugestanden. Ihre Mutter und die neun anderen erwachsenen Frauen hatten sich, damit keine leer ausgehen musste, mit je einem Schuh begnügt. Und bereits am nächsten Tag war dann, weil sie auch ihren Füßen Gerechtigkeit widerfahren lassen wollten, ein linker gegen einen rechten beziehungsweise einen rechten gegen einen linken Schuh eingetauscht worden. Selber habe sie damals ungezählt viele Folgeabende, so kräftig, wie dies gerade noch auszuhalten gewesen sei, an ihren Kleinmädchenzehen gezogen, in der Hoffnung, damit das Wachstum ihrer Füße anzuregen. Aber leider seien diese, obwohl sie sich gewiss auf ihre inwändige Weise darum bemüht hätten, nicht schnell genug größer geworden, um noch in den gewiss einmalig köstlichen Genuss einer künstlichen Sohle zu kommen.

Wenig später waren die Frauen ohne Abschiedsgruß weitergezogen. Und in der geschwinden Lässigkeit, mit der sich eine nach der anderen, ohne jedes Drängeln, in den nächsten sehr schmalen Seitengang gefädelt hatte, war ein stiller Triumph gelegen. Sie hatten Beute gemacht. Schiller war sich unschlüssig, ob Nettler und Guler im entscheidenden Moment, nach einem schnellen Blickwechsel, die richtige Entscheidung getroffen hatten oder letztlich vom Gang der Ereignisse übertölpelt worden waren.

Rückblickend leuchtete ihm zwar ein, dass es für die beiden nicht in Frage gekommen war, sich noch mit Axler und ihm abzustimmen. Jedes mithörbare Abwägen, vor allem jedes Widerwort, durch das Uneinigkeit zwischen ihnen, den Overallträgern, offenkundig geworden wäre, hätte ein kaum einschätzbares Risiko bedeutet. Denn durch die Frauen war, kaum dass von jenen einfüßig Beschuhten erzählt worden war, ein Ruck gegangen. Diejenigen, die mit ausgestreckten oder überkreuzten Beinen dagesessen hatten, waren, wie auf ein bloß für ihre Ohren hörbares Kommando, auf die Knie oder in die Hocke gewechselt. Das Volk schien auf dem Sprung. Und Schiller war sich sicher gewesen, dass nicht nur die, welche mit ihnen den engsten Kreis bildeten, dabei ihren Starken fixierten, der sie alle auch im Sitzen ein merkliches Stückchen überragte.

Axler hatte den Schockstock quer auf den gespreizten Oberschenkeln liegen. Aber selbst wenn er kaltblütig fix auf die beklemmend vorstellbar gewordene, auf die in der Luft schwärende kollektive Attacke reagiert hätte, wäre ihre Chance, die Frauen zu besiegen, nicht allzu groß gewesen. Axlers Waffe hätte sich in die erste, in eine zweite, allenfalls noch in eine dritte Angreiferin entladen können. Währenddessen aber hätten sich weitere von allen Seiten andrängende Frauen auf Axler gestürzt, um ihn mit ihrem schieren Gewicht niederzudrücken. Und womöglich wären die Hände, die mittlerweile in die Taschen vieler Röcke geglitten waren, mit Messern wieder ans Licht gekommen. Es war bereits ein Fehler gewesen, auf die andere Seite von Wehlers Wasser zu wechseln, und unverzeihlich töricht, sich inmitten einer solchen Überzahl auf den Boden zu setzen.

Also waren sie gezwungen gewesen, der in aller Unausgesprochenheit eindeutigen Forderung zu gehorchen. Guler hatte stöhnend, als koste ihn der fragliche Akt besondere körperliche Anstrengung, den Anfang gemacht. Nettler hingegen beteuerte, während er dem Beispiel ihres Dicken folgte und sich die Sandalen von den Füßen zog, mit verblüffend glaubwürdig klingenden Sätzen, wie gern sie den Frauen ihr Schuhwerk überließen. Axler war, solange Nettler heuchelte, als Einziger ganz langsam aufgestanden, und kurz hielt Schiller es für möglich, ihr Starker

105

würde das anstehende Opfer verweigern. Aber dann setzte er das Ende des Schockstocks an die linke Ferse und schob sich auf diese Weise die Sandale vom Fuß.

Vor Jahren, als sich in einer Materialkammer die gestaute Wucht eines frisch ausgewandeten, scheinbar makellosen, aber insgeheim defekten Schockstocks über seine Hand in seine rechte Körperhälfte entladen hatte, war Schiller auf den halb fühllos gewordenen Hintern geplumpst. Der Arm, mit dem er sich abstützen wollte, gehorchte ihm nicht mehr, sein Rumpf sackte auf die taube Seite. Aber Freund Wehler war schon herbeigesprungen, hatte ihn aufgerichtet, ihm dann die Hände unter die Achseln geschoben und ihn mit einem kraftvollen Ruck wieder in den Stand gezogen.

Einbeinig war dieses Stehen gewesen, und Schiller erinnerte sich jetzt überdeutlich, wie er damals staunend auf seinen linken Fuß hinabgeblickt hatte, der doch eigentlich bloß weiterhin tat, was er ihr ganzes gemeinsames Büroleben, Tag für Tag vor dem weichen Glas, getan hatte. Nicht die ins Unspürbare geschockten Zehen des rechten Fußes, nicht dessen taube Sohle und die ebenso fühllos gewordene Ferse, sondern dieses weiterhin verlässliche, nach vorn gewinkelte Endstück seines linken Beins kam ihm, von Wehler in einer fragilen Balance gehalten, auf eine seltsam hellsichtige Art fremd vor. Und obwohl dann auf dem mühseligen Heimweg mit hitzig pulsierenden Schmerzen das Empfinden in seine geschockte Leibeshälfte zurückgefunden hatte, war ihm die andere Seite, das gehorsam voranhinkende linke Bein und dessen brav über der dünnen Sandalensohle abrollender linker Fuß, befremdlicher als fremd geblieben.

Vorhin, nachdem auch er und Axler den Frauen ihre Sandalen ausgehändigt hatten, waren diese eilig herumgereicht worden. Obwohl sich das Maßnehmen der Schuh- an der Fußsohle und das probeweise Hineinschlüpfen und Auftreten kommentarlos vollzogen, hatten die Räuberinnen schnell, in irgendeiner für die Männer nicht beobachtbaren Abstimmung, entschieden, wer welches Paar anbehalten durfte. Und während Schiller nun, nacktfüßig an Wehlers Lache hockend, daran zurückdachte, keimte ihm plötzlich der Verdacht, jene anrührende Geschichte von den Frauen, die einstmals mit jeweils nur einer Sandale den damaligen Materialschacht verlassen hatten, weil keine von ihnen mehr für sich beanspruchen wollte als die andere, könnte nicht der Wahrheit entsprochen haben und sei nur vorgebracht worden, um sie, die Büroler, zu verunsichern und ihre Enteignung vorzubereiten.

«Achtung! Da kommt eine zurück. Barfuß …»

Axler war als Einziger nicht Gulers Beispiel gefolgt, der, kaum waren die Frauen verschwunden, damit begonnen hatte, sich unter wohligem Ächzen die Füße in Wehlers Wasser zu waschen. Axler allein war stehen geblieben, und als er jetzt den Schockstock vor die Brust hob, hielt Schiller es für möglich, die, welche sich da näherte, würde gleich exemplarisch für das Geschehene büßen müssen.

Die Rückkehrerin ging langsamer, hätte vielleicht sogar in einem gehörigen Abstand innegehalten, wenn Axler ihr nicht mit einem Wink signalisiert hätte, ganz zu ihnen heranzukommen. Und erst bei ihren letzten, zögerlich kleinen Schritten hatte Schiller den Eindruck, etwas im Faltenfall ihres Rocks oder in der Art, wie sie die Knie hob, entspreche nicht dem zu erwartenden Anblick. Er fixierte ihre bloßen Füße, sie schienen ihm außergewöhnlich groß, und ein unwillkürliches Vergleichen sagte ihm, dass Axlers Füße nicht erkennbar länger oder breiter waren. Ja, Axlers Sandalen hätten dieser jungen Volksfrau, wären sie ihr zugefallen, höchstwahrscheinlich gut gepasst.

«Zum weichen Glas! Bitte, ihr müsst mir helfen.»

Mehr brauchte keiner von ihnen zu hören. Schon standen sie neben Axler, schon umringten sie die Person, die sie derart wortgenau um Hilfe gebeten hatte. Nettler zupfte an ihrem Rock, tupfte dann mit einer Fingerspitze an den Saum des Oberteils aus Knüpfwerk. Axler aber legte den Schockstock hinter sich auf den Boden, griff mit beiden Händen unter die Achseln der stumm Abwartenden, ballte die Fäuste und zog mit einem rabiaten Ruck das großzügig weit gearbeitete Oberteil stramm: Fest und glatt spannte es sich um einen unübersehbar flachen Brustkorb.

Die derart Erfasste, der derart Entlarvte japste erschrocken auf. Für einen Moment ließen sie noch einmal von ihm ab, und Schiller suchte vergeblich nach einem Wissen, das ermöglicht hätte, die Ankunft eines Büroneulings mit dem eben Erlebten zu einem stimmigen Ineinander zu verzahnen. Axler und Nettler schien es nicht anders zu gehen. Zumindest wanderten ihre Blicke ähnlich entgeistert über den, der sich da als Aspirant zu erkennen gegeben hatte.

Nur Guler war offenbar auch hiervon nicht aus der Fassung zu bringen. Schiller fiel auf, wie der Alte atmete, so gleichmäßig langsam, als sei dieses wiegende Schnaufen irgendwann eingeübt worden. Womöglich beherrschte ihr gemütlicher Schlaumeier eine Art Technik, um sich damit zu beruhigen. Dann streckte er die Hand aus. Sein rechter Zeigefinger fuhr dem Aspiranten über die Oberlippe. Vielleicht traute er seinen alten Augen nicht und musste mit der Fingerkuppe spüren, dass der sehr helle, sehr feine, aber schon hübsch dichte Flaum einen zukünftigen Bart versprach.

Schiller versuchte zurückzudenken. Er wusste, wie mühsam dergleichen war, aber dann gelang es ihm unvermutet leicht. Wenn ihn nicht alles täuschte, hatte nach ihm bloß noch Blenker ins Mittlere Büro gefunden. Und plötzlich stand ihm vor Augen, wie ihr Rotschopf damals die blaue Schleuse überwunden hatte. Den Kopf tief geneigt, die Hände auf dem Nacken, war er durch die knatternden Entladungen getaumelt. Auf halber Strecke war er hingestürzt, und kurz sah es so aus, als verließe ihn der Mut, denn er drehte sich auf allen vieren um, richtete sich schwankend wieder auf, hielt sich mit beiden Händen das Knie, humpelte zwei Schritte zurück, bevor sich etwas in ihm besann und er sich wieder zum Büro hin ausrichtete, um das verbleibende Stück in einem staksigen Zickzack doch noch hinter sich zu bringen.

Das ganze weite Rund hatte damals der Geruch von verbranntem Haar durchweht. Schiller erinnerte sich so deutlich, dass er unwillkürlich die Nase rümpfte. Und bevor das letzte erreichbare Bild – tränenfeuchte, von großer Angst und großer Freude geweitete Augen und ein kreideweiße Zähne bleckender, von einem rötlichen Bart umrandeter Mund! – in seiner Vorstellung erlosch, umfing Schiller dieser unverwechselbar brandige Duft für einen Moment so eng, als trüge er selbst tausendundein angeschmorte Härchen auf dem Schädel, als träfe er selbst ein zweites Mal aus dem Irgendwo ein im Mittleren Büro.

## 13.

## GOLDKARPFEN

### WAS ICH MIR MERKEN MUSS

Immer hübsch vernünftig bleiben. Und – das gehört unbedingt hinzu! – stets nach dem Guten im Unguten lugen. Abendzeit. Dämmerstündchen an Wehlers Pfütze. Womöglich ist alles halb so schlimm. Zumindest scheint es die letzten Tage, während unseres gemeinsamen Marschierens, nicht schlechter geworden. Die fatalen Lücken stagnieren, meine Blindstellen halten still. Der routinierte alte Ich-Sager in meinem Kopf darf sich vorerst damit trösten, dass ihm, seitdem wir vier unterwegs sind, kein merkliches Bröcklein mehr weggebrochen ist.

Wie es aussieht, beugt die ungewohnte Bewegung weiteren Verlusten vor. Dann könnte es auch an den kommenden Tagen helfen, die schlappe alte Blutpumpe und die faul gewordenen Lungen auf Trab zu halten. Mach dir gehörig Dampf, Dicker, werde ich mir morgen früh, sobald es weitergeht, wieder zuraunen. Arsch hoch, Brust raus, Fuß vor Fuß! Und beim plattfüßigen, nun nacktsohligen Mitzockeln, nicht hektisch flach, aber auch nicht übertrieben tief, sondern so gleichmäßig wie immer durchatmen. Tapp-tapp! Schnauf-schnauf! So könnte es auch die nächste Etappe klappen. Nur Mut, Gulerchen!

Guler sagt Gulerchen. Klingt ulkig, macht trotzdem kein bisschen Spaß. Im Gegenteil, wieder gibt es mir einen üblen Stich ins Gedärm, mich selber derart, halb salopp, halb kindisch, anquatschen zu müssen. Jedes einzelne, notdürftig gekünstelte Gulerchen erinnert mich daran, dass mein wahrer Name, der mir fünf volle Bürojahre seine insgeheime Unvergesslichkeit vorgegaukelt hat, schwuppdiwupp über die schwarze Kante gegangen ist. Futsch ist kein Wort dafür. Aber noch weiß mein Kopf wann: in Nettlers Fiebernächten. Vergiss das nicht, Gulerchen! Zumindest dieser Notknoten darf nicht verlorengehen.

Der Aspirant hat vorhin, als Nettler ihn fragte, behauptet, dass er Jessmann heiße. Absolut sicher schien sich das berockte Kerlchen aber nicht zu sein. Oder warum hat er die beiden Silben erst nach einem Zögern und dann bloß stotternd über die Lippen gebracht? Jessmann? Ach was, Jessl! «Jessler!» wird der zart beflaumte Jüngling ohne verräterische Zungenhemmung hinausposaunen, wenn unser Rotschopf ihn demnächst an der Schleuse in Empfang nimmt und sich nach seinem Namen erkundigt. Als fix und fertig gebackenen Jessler wird ihn Blenker an einen unserer ehemaligen Tische führen und so geduldig, wie es sich für ihn mittlerweile bestimmt gehört, beobachten, ob der Neue sein Glück am weichen Glas macht.

Für Schiller und Axler, für Nettler und mich ist dieser zukünftige Jessler jetzt schlicht weg. Ganz aus den Augen und schon halb aus dem Sinn. Abendzeit, Schlummerstündchen. Meine Füße sind heilfroh, dass sie heute nicht mehr weitermüssen. Und hier lässt es sich doch aushalten. Saubere Zehen, saubere Sohlen, kühl benetzte Waden. Braucht's noch ein tieferen, früheren, knochenalten Grund? Dann Goldkarpfen. Gulerchen mag diese flache Pfütze leiden, weil sie es geschafft hat, mich – Wasser zieht Wasser! – an den Zierteich im Innenhof des Hohen Büros zu erinnern. Ein Wasser, an dem man gemeinsam verweilte. Ein Wässerchen, auf dem sich das schulungsmüde Auge ausruhen durfte.

War alles in allem eine prima Zeit. War, in dichten Stunden, in proppenvollen Tagen gemessen, das mit Abstand längste Jahr in meinem flach und schnell gewordenen Männerleben. Wir Neuschüler, das stolze Aufgebot des Hohen Büros, saßen in der Mittagspause, in den zwei Freistunden zwischen den Unterrichtsblöcken, immer rund um den Teich, auf dessen aus grauen Feldsteinen gemauertem Rand, und haben die riesigen, rotgoldenen Karpfen beobachtet. Mit Brotstückchen wurden die dicklippigen Prachtburschen nach und nach ganz herangelockt, obwohl ein Schild in eindringlichen Großbuchstaben gebot, kein Futter ins Wasser zu werfen.

Schon Ende Mai, als es vorzeitig sommerlich heiß geworden war, haben wir Halbschuhe und Socken ausgezogen und die Hosenbeine hochgekrempelt, um die Füße und die mehr oder minder krampfadrigen Knöchel und Waden im Teich zu kühlen. Hielt unsereins dann geduldig still, kamen dessen Insassen ganz nah und stupsten mit den gummiweichen Mäulern gegen unsere Zehen. Goldkarpfenködern! Neuschülerzeitvertreib! Du darfst die Karpfen, den flach ummauerten Teich, den beißend grellen Außensonnenschein, die nassen Flecken auf den weißgrau gefleckten Steinen, die staubgepuderten schwarzen Schuhe und dieses FÜTTERN VERBOTEN! nicht über die Kante rutschen lassen. Schreib dir das hinter die Ohren, Gulerchen!

Später dann, auf Einsatz im Mittleren Büro, wäre schon Karpfen, erst recht Goldkarpfen, ein Unwort gewesen. Fische hat es im weichen Glas, Gott weiß, warum, nur ganz selten zu sehen gegeben. Wenn überhaupt, dann huschte ein Schwarm immer gleich schlanker Silberlinge durch die dritte, die mittlere Schicht. Sie hießen schlicht Fische, so wie die kleinen graubraunen Vögel in unseren Tischen nicht Spatzen oder Sperlinge, sondern immer nur Vögel gewesen sind und für Jessmann in Bälde, sobald er, inwändig wie auswändig, ein rechter Jessler geworden ist, ebenfalls bloß noch Vögel heißen werden. Was Schiller und der kleine Wehler vor Jahr und Tag entdeckt hatten, was, geschrumpft, vielleicht verwest, von uns erneut vorgefunden worden ist, muss den beiden und später auch Axler und Nettler verstörend ungewohnt erschienen sein. Ganz ohne seinesgleichen, ganz mit sich allein: eine vereinzelte Taube, eine einsame Möwe. So bizarr wie ein aus irgendeinem Käfig entflogener knallbunter Papagei. Noch kapierst du den Unterschied. Halt ihn gut fest, Gulerchen!

Schöne Aufregung heute: zuerst Schuhraub, dann Aspirantenerscheinung! Die wilde Welt lässt sich nicht lumpen. Aber mittlerweile hat sich jeder schon wieder, auf seine verhohlen eigenbrötlerische Art, beruhigt. Natürlich ist es übertrieben gewesen, den Jüngling derart heftig anzugehen. Kaum dass Axler mit einem groben Strammziehen des Oberteils bewiesen hatte, dass keine Brüste darunter steckten, hing Schiller dem armen Kerl schon am Rock. Wahrscheinlich wäre das schöne, bunte Stück kaputt gerissen worden, wenn der Bedrängte nicht freiwillig die Schleife unter seinem Bauchnabel aufgezogen hätte, um sich alle Farben, das Rot, das Grün und das Gelb, über die knochig mageren Hüften rutschen zu lassen.

Zum Glück hat Nettler, der als Bürochef oft nicht der Schnellste war, dann sofort entschieden, dass der Entblößte den fünften Overall bekommen solle. Brav knotete unser Starker sein Bündel auf, Wasserflaschen und Decken rutschten auf den Boden, und schon waren wir alle, auch Gulerchen durfte da sicherheitshalber nicht abseits stehen, damit zugange, den zitternden Aspiranten so schnell, so langsam, so ulkig umständlich, wie sich dies achthändig machen ließ, in die Kluft seiner zukünftigen Zunft, in hellblaue Beinröhren und Ärmel zu kleiden.

Bald wird es dunkel werden. Weit sind wir heute wahrlich

nicht gekommen. Aber offenbar verlangt es keinen danach, noch ein Stückchen tiefer ins Unbekannte vorzustoßen. Nettler hat schon seine Decke ausgebreitet, gerade mal armlang von Wehlers flachem See entfernt. Offenbar befürchtet er nicht, dass die Lache, während wir schlummern, ihre Ausdehnung verändern könnte. Gottvertrauen schafft Weltvertrauen. Gilt gelegentlich auch umgekehrt. Fünf volle Binnenjahre lang hat sich Gulerchen als immer gutmütiger, maßvoll gewitzter Guler um Nettler gekümmert. Halten Sie Ihren Mann bei Laune! Sie haben den richtigen Humor. Keine Angst, wir garantieren Ihnen einen freien Kopf.

Und wie versprochen, hat das eingeimpfte Depot fünf Jahre hingereicht: mehr als zweihundertfünfzig Eierchen! Immer aufs Neue war es wunderbar beruhigend gewesen, dass sich ihre Schicht, Kügelchen neben Kügelchen, rechts unterhalb meiner Wampe, in Leistenhöhe, dicht unter der Haut ertasten ließ. Über ein halbes Jahr hat es gedauert, bis überhaupt ein Wenigerwerden fühlbar wurde. Zeitlaich. Kuckucksuhr-Eier. Keine Sorge, bevor der Vorrat verbraucht ist, holen wir Sie da raus! So tönte das Hohe Büro. Folglich hat der, dessen Name nun gelöscht ist, bis zuletzt keinen Verdacht geschöpft. Denn auf das Hohe Büro war ja angeblich, Gott weiß den Grund, seit grauer Vorzeit immer Verlass.

Dem allerletzten Kügelchen haben meine Fingerspitzen durch Haut und Fett und Bindegewebe hinterhergefummelt, nachdem Nettler im Nährflur mit der Wirrgelockten bekannt geworden war. In diesem Punkt ist sich Gulerchen ganz sicher. Hier muss der Anker in den schmierigen Schlick der Zeit! So muss es unbedingt weiterhin zusammenhängend gemerkt werden: Guler liegt auf dem Schlafnetz. Guler hat wieder mal deutlich zu viel gefuttert, fast ein Dutzend Kartoffeln mit dieser herrlich scharfen

Tunke, obwohl ich doch längst wusste, dass es dann mit dem Einschlafen schwierig wird.

Im Nährflur hatte sich diese Frau Nettlers Zähne angesehen, als wäre er ein Pferd, dessen Alter sie prüfen möchte, oder als wüsste sie irgendwie Bescheid. Das hat mir damals im Dunkeln zu denken gegeben. Und während mein Kopf über das Volk und über Nettlers jählings akut gewordene Volksschwäche nachgrübelte, fahndete meine Rechte, vorbei an der arg vollen Wampe, nach dem letzten, dem allerletzten Kügelchen. Frühmorgens war es mir so vorgekommen, als könnte es noch eine Weile, vielleicht sogar ein Quäntchen länger als seine Vorgänger Bestand haben. Aber dann, im Kojendunkel, war kein Restchen mehr zu finden. Das ließ den, der damals noch seinen wahren, seinen alten Namen wusste, glauben, dass man ihn demnächst, dass man ihn höchstwahrscheinlich noch vor dem Morgengrauen aus dem Spiel ziehen würde.

Ist prompt meine erste restlos schlaffreie Nacht unter Kollegen geworden. Treudumm, wie ich war, schien mir sicher, dass man mich an Ort und Stelle durch die Wand, durch die Rückwand meiner Koje aus dem Mittleren Büro herausholen würde. Erst klamme, bald jedoch hell prickelnde Vorfreude: War da nicht eine Kante und sogar schon ein Scharnier zu erspüren? Bestimmt war die Wand dahinter hohl. Gewiss würde gleich eine wunderbar altmodische Klappe aufschnappen. Und falls man mich dann aus der klaffenden Öffnung heraus, um jeden Irrtum, jede bürobedingte Verwechslung auszuschließen, flüsternd nach meinem Außenweltnamen fragen sollte, würde es mir ein Vergnügen sein, mich mit der korrekten Lautfolge zur Stelle zu melden.

Pustekuchen: Keine Klappe. Kein rettendes Schlupfloch. Keine Silbe, kein Wink. Der folgende Bürotag ist dann höllisch strapaziös geworden. Viel schlimmer als die oft genug ödblöden Glastage, die ihm vorausgegangen waren, und weit ärger als die wenigen, die noch kommen sollten. Ohne Kügelchen in der Leiste war Guler, die gute fette Seele dieses Mittleren Büros, genauso schutzlos geworden wie die schlankeren Kollegen. Also Angst. Mühsam gedeckelte Angst. Verlogenes Gewitzel und Angst und Abstinenz. Den ganzen Tag keinen Tropfen getrunken und am Abend, um keinen Verdacht zu erregen, eine einzige trockene Süßkartoffel mit der pelzig gewordenen Zunge unter dem schmerzenden Gaumen hin und her geschoben. Die Schärfe der roten Soße hätte den Durst umgehend ins Unerträgliche gesteigert. So hielt der, der sich noch nicht Gulerchen nennen musste, mit hart gewordenem Magen, mit krampfenden Eingeweiden noch fast die ganze folgende Nacht durch.

Üble Nacht, hellsichtiges Dunkel. Auf unsere alten Tage hat mein Schädel noch erfahren dürfen, was ein unerträglicher Durst, so ihm der Wille bloß lang genug widersteht, schließlich im Vorstellen anrichtet. Zuletzt, gegen Morgengrauen, hatten sich beide Welten, die alte und die neue, die innere und die äußere, hinter den Rand des Goldkarpfenteichs zurückgezogen. Im Wasser vereint! Das brachte das schiere Dürsten zuletzt zustande: Mitten im Büro planschten die fetten Goldkarpfen um unsere Tische und bliesen Fontänen Richtung Kuppel. Klares, kühles, schiere Leere vortäuschendes Bürowasser, das in lustig hohem Bogen auf das weiche Glas stürzte und dort zu blitzenden Kügelchen zersprang. Die Kollegen, knietief im Nassen, streckten reptilienhaft lange Zungen aus dem Hals und fingen sich so, animalisch geschickt, die größten Tropfen aus der Luft.

«Komm trinken, Guler!», riefen die fröhlichen Idioten im Chor. «Ihr habt keine Ahnung!», krächzte meine arme Kehle als Antwort. «Ihr wisst nicht, was Wasser und Durst in Wirklichkeit bedeuten!» Und dann bemerkte der, der damals noch ein schwindendes Weilchen seinen wahren Namen parat hatte, dass sich sein brennender Bauch bereits eigenmächtig auf die Seite gewälzt hatte. Schon waren meine Hände auf dem Rand des Ausstiegs, und mein linkes Bein schob den Fuß hinaus ins dämmrige Büro. Draußen war natürlich noch niemand zugange. Alle Tische nächtlich verwaist, jede der vielen Platten wie seit tausend und einem Jahr erloschen.

Umso deutlicher hörten meine Ohren, bald würden es Gulerchens Öhrlein sein, ein einsames, von der Stille scharf umrissenes Platschen. Einer der Wandzapfen hatte einen besonders voluminösen Tropfen auf den nicht mehr völlig finsteren Boden stürzen lassen, so wie dies untertags regelmäßig vorkam, wenn man die Trinkflasche in schönster Vorlust ein bisschen zu heftig abzog, mit Schwung, weil einem gleich, bereits im Gehen trinkend, auf dem Weg zurück ans weiche Glas, die herrlich quellfrische Absonderung der bleichen Wand die Kehle hinabrinnen würde. Platsch!

Und noch einmal: platsch! Da gab es kein Halten mehr. Gleich! Gleich! An die nächste Zapfstelle hättest du auch blind gefunden. Gleich würde mir das fatale Wasser den schrundig ausgedörrten Schlund benetzen. Erst gleich und dann schon jetzt! So ist es, Gott verflucht, zuletzt gekommen, weil man mich nicht wie versprochen aus dem Mittleren Büro, aus dem Reich der höchstnützlichen Idioten, herausgeholt hat. Vergiss das nicht. Und jetzt: Gute Nacht, Gulerchen!

## 14.

# SONNENBLUMENBRUMMEN

### WIE VIELE ES GEWESEN SEIN KÖNNTEN

Im Ernst: Man muss das Gute im Üblen erkennen können. Wieder ist der Boden dort, wo wir, in unsere Decken gewickelt, nebeneinander geschlummert haben, bis an das Ende der Nacht angenehm temperiert und knochentrocken geblieben. Ja, er kam mir, als ich die leidige Altmännerspanne vor den anderen erwacht war, sogar ein Quäntchen wärmer vor als gestern, obwohl doch, so dicht an Wehlers Pfütze, das Gegenteil, eine gewisse Verdunstungskühle keine Überraschung gewesen wäre. Die bleiche Welt geht weiter schonend mit mir um. Drei Nächte auf einem kalt zehrenden Untergrund hätten gewiss genügt, um meine alten Gelenke rheumatisch werden zu lassen. Gib's ruhig zu, Gulerchen: Vor einem gehörigen Knochenweh hat sogar einer Angst, der fast nichts mehr fürchtet.

Axler und Schiller sind noch nicht zurück. Nettler hat sie, kaum war unser Hübscher als Letzter aufgewacht, Knollen suchen geschickt. Über den Quergang, in dem gestern das Volk verschwunden ist, wölbt sich eine Decke, deren Helle ganz leicht ins Rötliche hinüberspielt. Das ist, wie wir gestern gelernt haben, ein sicheres Zeichen für Dicksprossenkeimstellen, die günstig niedrig in der Wand sitzen. Nettler meinte, was uns die Frauen, bevor sie uns beraubten, von ihrem Trockenvorrat zum sofortigen Verzehr abgegeben hätten, sei doch arg wenig gewesen, und wir sollten besser nicht hungrig aufbrechen. Axler und Schiller sind ohne Widerspruch losgetrottet, obwohl wir im Büro doch Morgen auf Morgen mit leeren Mägen vor die Tische getreten sind, gleichgültig, wie ergiebig oder knausrig der jeweilige Nährflur am Abend zuvor gewesen war.

Eine einzige Mahlzeit pro Tag! Wir Neuschüler wussten, dass dies auf uns zukommen würde. Aber eingeübt wurde es während des Lehrgangs nicht. Ganz im Gegenteil: Ein Jahr lang ließen wir in der Kantine dreimal am Tag Messer, Gabel und Löffel über die Teller klappern. Lernen macht Appetit. Was gibt's denn heute, Leute? Das Hohe Büro war alles andere als geizig. Ordentlich Frühstück, mittags Suppe vor dem Hauptgang und danach duftend warmer Kuchen zum Verdauungskaffee. Am Abend kaltes Buffet, immer abwechslungsreich, immer reichlich, immer auf Niveau.

Später dann, in irgendeinem Nährflur, ist mir in lustiger Regelmäßigkeit das eine oder andere, meist eine Beilage, manchmal auch ein Dessert, noch einmal, denkwürdig isoliert wie ein Zitat, entgegengekommen: Süßkartoffeln mit Chili-Sauce. Witziges Wiedersehen. Exakt so waren die besonderen Erdäpfel, als wir Neuschüler für das Hohe Büro am Büffeln waren, ein paarmal zu delikat gedämpftem, pikant gewürztem Fisch gereicht worden. Forelle, Karpfen oder Hecht? Fisch-Erkennen, Fisch-Benennen! Vielleicht kein schlechtes Zeichen, dass Gulerchen sich jetzt am Rand von Wehlers Pfütze noch so prima daran erinnern kann.

Wenn mich nicht alles täuscht, hat Nettler die beiden weggeschickt, weil er ohne weitere Ohren mit mir reden will. Aber jetzt kriegt er die Zähne nicht auseinander. Falls ihm tatsächlich eine Art Neugier im Schädel keimt, hat sie Mühe, einen Weg auf seine Zunge zu finden. Immerhin wollte er eben von mir wissen, ob der Grund von Wehlers Lache auch gestern schon so grünlich geschimmert habe. Ja, hat er! Aber das Volk und dann der falsche weibliche Aspirant haben euch so gründlich abgelenkt, dass es keinem von euch gelang, einen Blick dafür zu erübrigen. Gegen all die bunten Röcke ist das diskrete Grün einfach nicht angekommen.

Nun aber, im Morgenlicht, gibt sich zumindest Nettler, mein Bürosorgenkerlchen, richtig Mühe mit dem Wahrnehmen und denkt sich seinen Teil dazu, so gut er kann. Er meint, weil Wehlers Wasser hier, in die Breite gezogen, langsamer fließe, weil zudem die Gangdecke just hier auffällig viel Licht passieren lasse, sei es zu diesem merkwürdigen Bewuchs gekommen. Samtig nennt er ihn, während seine Fingerspitzen drüberstreichen, ganz sacht, als hätte er Sorge, etwas kaputt zu machen. Keine Angst, Nettler, auch wenn du die Algenschmiere komplett mit den Nägeln abkratzen würdest, in drei Tagen, der Teufel weiß, wo wir uns dann herumtreiben werden, wäre hier wieder alles so grün, als hätten wir vier nie einen Blick darauf geworfen.

Kann es wirklich sein, dass die Luft wärmer als gestern und vorgestern ist? Ich bin mir nicht sicher, ob ich Nettler danach fragen soll. Fünf volle Jahre sind wir beide, gleich allen anderen, ohne ein Gespräch über das Klima des Büros, der Nährflure und der Materialkammern ausgekommen. Nicht einmal das Mehr- oder Wenigerwerden des Lichts, sein herbstliches Schwinden und seine Zunahme im Binnenfrühling, haben je einen der Kollegen zu einem meteorologischen Kommentar, geschweige denn zu einem kritischen Abwägen oder gar zu einer neugierigen Frage verleitet.

«Kein Wort zum Wetter!» So kurz und bündig, als getreu zu wiederholender Merksatz, wurde es uns in der Ausbildung eingebläut. «Am besten, Sie schauen grundsätzlich niemals länger nach oben. Die Welt und jegliches Klima sind im Tisch zu Hause.

Frühling, Sommer, Herbst und Winter, Hitze wie Kälte, Trockenheit und Niederschlag regeln sich im weichen Glas. Das Mittlere Büro kennt weder Regen noch Wind. Und falls Sie bei einem der höchstnützlichen Idioten eine auffällige Kuppelfixierung beobachten sollten, kümmern Sie sich einfach nicht darum. Das bleibt auf den Betreffenden beschränkt. Jede Himmelsguckerei geht geschwind von selbst vorbei, allein schon weil Ihre Haut im Mittleren Büro keine bewegte Luft zu spüren bekommen wird.»

So ist es dann tatsächlich der Fall gewesen: nicht einmal Tau, geschweige denn Dunst oder Nebel, und nie ein einziges Wölkchen! Kein Wind, kein lauer, erst recht kein bestürzend eisiger Hauch. Bei Tag genügte der Overall, bei Nacht die leichte Decke. Dennoch hat mir der erste Binnenfrühling arg zu schaffen gemacht. Schließlich steckte mir schon mehr als ein halbes Jahrhundert tief im Mark der Knochen, dass alles, was kreucht und fleucht, was wächst und wuchert, unmittelbar oder zumindest mittelbar am Lichttropf hängt.

Aber das weiche Glas ist nicht faul. Es sorgte für exemplarischen Ersatz. Binnensommer auf Binnensommer hat Guler sagenhaft prächtige Sonnenblumen im Tisch heranwachsen sehen. Übergroße, überwirklich knallgelbe Exemplare, die bis weit in den Herbst hinein ihre zuletzt unheimlich massiv gewordenen Köpfe zu drehen verstanden, immer von rechts nach links, immer dem Bildfluss gehorchend und zunächst mit einem wunderbar hölzernen, zuletzt mit einem merkwürdig kehlig klingenden Quarren, mit einem beinahe tierhaften Lautgeben, wie es meine Ohren erstmals im Mittleren Büro haben kennenlernen dürfen. Sonnenblumenbrummen! Das Gestirn jedoch, dessen Bahn diese augen- und mundlosen Häupter folgten, ist nur wenige Male, ausschließlich in schematischen Darstellungen des Planetensystems, Gestalt geworden. Aus dem Tisch heraus hat mir kein einziges Mal ein licht- und wärmespendendes Sönnlein ins Gesicht geschienen.

Axler und Schiller sind zurück. Viel haben die beiden nicht gefunden. Für jeden zwei mickrig kleine, allerdings mundfreundlich weiche Knollen. Es lohnt nicht, sich hierfür hinzusetzen. Nettler meint, wir sollten noch unsere Wasserflaschen füllen. Wir dürften uns nicht darauf verlassen, dass uns Wehlers Bächlein treu bleibe. Axler hat diese Arbeit auf sich genommen und ist, unsere vier Flaschen vor der Brust, noch einmal quer durch Wehlers Pfütze zurück an deren Zufluss gestapft. Schiller hat sich darüber gewundert. Schon wies sein Zeigefinger auf die Kante, über die das Wasser aus seinem breiten Bett in eine günstig tiefe und mehr als flaschenlange Mulde abfließt, aber dann hat er, als besinne er sich eines Besseren, nichts gesagt. Denn Axler hat natürlich recht. Grün ist nicht sauber. Grün ist das Gegenteil von rein. Grün macht unter Umständen sogar krank. Gut möglich, dass wir nun, in diesem Augenblick, alle vier, jeder für sich, genau dies denken. Obwohl Wehlers Wasser die Lache scheinbar klar verlässt, könnte es Partikel des grünen Flaums enthalten, der sich auf dem bleichen Grund gebildet hat.

Damals, im Lichthof des Hohen Büros, im knallprallen Sonnenschein, griffen wir Neuschüler gern in die laue, von unzähligen Schwebeteilchen getrübte Brühe des Zierteichs. An den Steinen, aus denen sein Rand gemauert war, hatte sich unter Wasser ein zottiger Bewuchs gebildet. Wenn wir die giftgrünen Bärte mit den Fingern kämmten, löste sich ein helleres Grün, als würden die Pflanzen, die da am glatten Granit festsaßen, von anderen, von mobilen Gewächsen bewohnt. Vielleicht waren es winzige Algen, die, ähnlich wie tierische Parasiten an tierischen Wirten, auf diesen langfaserigen Geschöpfen schmarotzten.

Biologie kam im Stoff nicht vor. Was wir Neuschüler uns ein

Jahr lang, fünfeinhalb Tage die Woche, in die Köpfe füllen ließen, hieß offiziell Glaskunde. Zumindest nannten es unsere blutjungen Lehrerinnen so. Aber auch wenn es Welt- oder Kuppelkunde geheißen hätte, wir hätten den jeweiligen Begriff, ohne uns zu wundern, geschluckt, einfach weil wir dankbar sein mussten, auf unsere mehr oder minder späten Tage noch einmal tüchtig Bescheidwissen ins Hirn gepaukt zu bekommen.

Lernen durch Gelehrtbekommen, das ging so: Beide Hände auf das Einzeltischchen. Ein gefälliges, aber nicht zu breites, keinesfalls dreistes Grinsen stemmte die Backen hoch. Immer schön höflich demonstrieren, wie gern man bei der Sache ist. Und – das war der Clou! – zugleich auch noch mit Herz und Verstand, das hieß: so todernst wie möglich bei der Sache sein. Von Anfang an wurden die Ohren gespitzt. Möglichst schon im ersten Durchlauf kapieren, wie sich dies und das in einem Mittleren Büro verhält, wie wir uns später im Einsatz, jeder auf sich allein gestellt, zu verhalten haben würden. Da konnten die Hirnrädchen schon gehörig ins Knirschen kommen.

Zugleich lachte uns das Schülerglück: klarer, praktisch kompakter Vortrag aus schönem Munde. Und auf ein Fingerheben – stets war es der rechte kleine Finger! – wurde die jeweilige Quintessenz als ein weiterer Merksatz von der ganzen Klasse, vom Chor der Schüler, repetiert. Glockenhell vorgesprochen, postwendend nachgeblökt. An Lob wurde nicht gespart: Klügste Klasse, die es je gegeben habe! Logisch, dass wir bald restlos vernarrt in unsere Lehrerinnen waren. Ein Mündchen röter als das andere. Eine einjährige Serie knallrot gemalter Lippen.

Bis eben genügte mir die Vorstellung, dass eine nach der anderen vormittags, nachmittags für je vier Stunden vor uns stand. Immer bestechend jung, immer ein mädchenhaft zierliches Figürchen. Jede wie aus dem Ei gepellt, alle auf hohen, aber nicht dünnen, sondern stabil klobigen Absätzen, immer der gleiche stahlgraue Hosenanzug und immer diese putzig kleine, grellgelbe Kunststoffblume dicht über dem linken Ohr im lackschwarzen Haar. Folglich war Blümlein unser Name für alle. Schüler erfinden so etwas, ohne dass sich im Nachhinein noch sagen ließe, wer auf die neckische Benennung gekommen ist. Vormittagsblümlein, Nachmittagsblümlein. Ein Blümlein nach dem anderen betete uns vor und hieß uns nachbeten.

Da waren bloß winzige Unterschiede. Manchmal schien die Stimmlage ein klein wenig tiefer, nicht ganz so metallisch hell. Vielleicht hing das vom Stoff ab, den es jeweils zu vermitteln galt. Ab und zu zog eine gegen Unterrichtsende das Tempo maximal an, als machte es ihr Spaß, uns mit letzter Denkkraft hinterherhecheln zu sehen. Und gelegentlich gefiel es einem Vormittagsblümchen, das letzte Intervall der Woche, samstags von acht Uhr morgens bis zwölf Uhr mittags, auffällig langsamer, ungewohnt geruhsam, fast wie in Trance verstreichen zu lassen.

Wie viele waren mit uns zugange? Sicher ist bloß: Wir Schüler waren exakt fünfzig Mann. Jeder sein eigenes Tischchen, gerade mal hüftbreite Abstände, ein etwas weiterer Mittelgang, ein rammelvolles, fast schon übervolles Klassenzimmer. Fünfzig auf fünfzig? Fünfzig Lehrerinnen über ein Jahr verteilt? So in etwa hat es sich meine einsame Rückschau während der Zeit an Nettlers Seite zurechtgerechnet. Aber kann das stimmen? Wenn es in Wirklichkeit bei weitem nicht so viele waren? Nur ein Dutzend Blümlein oder gar bloß eine Handvoll? Gerade mal fünf oder sechs, in einem uns undurchschaubaren Schichtdienst. Und was, wenn es bloß ein einziges Blümlein, ein automatenhaft unermüdlich lehrendes Püppchen, gewesen sein könnte? Der, der ich mittlerweile bin, musste seinen Schülernamen vergessen, um als ein Gulerchen auf diesen schaurigen Verdacht zu kommen.

## 15.

# BLAUGEZÜNGEL

### WAS FAST WIE FORTSCHRITT AUSSIEHT

Alles, was augenfällig gut war, was unseren kleinen Trupp hier draußen stetig vorangezogen und zusammengehalten hat, werde ich nicht geringschätzen, bloß weil es jetzt mit dem schieren Marschieren so unerwartet rasch und offensichtlich endgültig vorbei ist. Vor meinen nackten alten Zehen fließt das Bächlein, dem wir gefolgt sind, über eine stählerne Schwelle. Das Wasser des Verschollenen ergießt sich durch einen kaum fingerbreiten Spalt in eine Tiefe, die wir nicht einsehen können. Und keinem von uns ist bis jetzt die Idee gekommen, auf die Knie zu sinken, um diesem Abströmen, das Ohr ans kalte Metall gelegt, hinterherzulauschen.

Schließlich hat unsere Wahrnehmung genug mit dem zu tun, was uns da senkrecht, glatt und rostrot vor Augen steht. Zweifellos begreifen auch Nettler, Schiller und Axler, wovor wir angekommen sind. Gebäude verschiedener Art sind täglich in den Tischen zu sehen gewesen, nicht nur ihre Fassaden, sondern auch die inwändigen Verschachtelungen, Zimmer und Säle, Flure wie Treppenhäuser und gelegentlich auch jene in Schächten hinauf- und hinabgleitenden Kabinen, von denen nun eine, so es sich nicht um eine höhnisch getreue Attrappe handelt, hinter dem oxidierten Blech dieser mehr als mannshohen und fast doppelt so breiten Tür verborgen sein muss.

«Drei Stockwerke! Es gibt drei Stockwerke!», höre ich Schiller ehrfürchtig flüstern. Oben, im Rahmen der Lifttür, sind hinter trübem Glas die Ziffern 1, 2 und 3 zu erkennen. Gut möglich, dass eine von ihnen aufleuchten wird, wenn Nettler sich gleich dazu durchringen sollte, auf den großen roten Knopf zu drücken, der rechts, nicht in die stählerne Umrahmung der Aufzugtür, sondern noch handlang weiter außen, wie ein frecher Fremdkörper, wie etwas provozierend Andersartiges, in die speckig glänzende, weiße Wand eingelassen ist.

Ganz zuletzt, an unserem allerletzten Unterrichtstag, bekamen wir noch, völlig unerwartet, ein veritables Stück der verheißenen Arbeitswelt vorab zu sehen. Bis dahin war uns alles Kommende ausschließlich mit Worten vermittelt worden. Keinerlei Abbild, kein einziges Foto, nicht das kürzeste Filmchen. Doch dann trug das letzte Vormittagsblümlein ein Unterrichtsmittel, einen quadratischen, roh hölzernen Kasten, ins Klassenzimmer und setzte ihn auf einem Schülertisch der ersten Reihe ab. Jetzt, wo ich für die anderen Guler und für mich selbst bloß noch Gulerchen heiße, mag ich kaum glauben, dass das Ding damals ausgerechnet vor mir zu liegen kam. Blümlein forderte mich auf, den Deckel abzunehmen. Ich gehorchte, aber ich zögerte, als sie mich ermutigte, den käsig glatten Inhalt anzufassen.

«Keine falsche Scheu, junger Mann! So ein bisschen Wand beißt doch nicht!»

Meine Mitschüler lachten. Nicht ganz so alte Knaben wissen es zu goutieren, wenn ein Scherz auf Kosten eines richtig alten Knaben gemacht wird. Die weiße Wand beißt nicht. Das finale Blümlein hob den kleinen Finger, und der Chor meiner Kameraden brüllte just dies als einen letzten Merksatz. Ich aber, bis in die Knochen schülerhaft, wie wir alle im Laufe des Unterrichtsjahrs geworden waren, also brav und aufmüpfig zugleich, ging unwillkürlich in die Offensive. Ich neigte meine Nase über das Probestück und schnüffelte übertrieben laut daran. Dann hob ich, um vollends den kecken Rüpel zu geben, den Kasten vom Tisch und stand auf. Sichtbar für die meisten und hörbar für jedes Ohr, schleckte ich schlürfend – Schäm dich, Gulerchen! – von unten nach oben und dann auch noch von rechts nach links über das bleiche Quadrat, über das in Holz gefasste Teil unserer Zukunft.

Jetzt heißt es abwarten. Ausgerechnet Axler, den ich fünf Binnenjahre lang nur gehorchen, folgen, wie eine gutmütige Muskelmaschine mittun gesehen habe, hat eben seinen Daumen auf den roten Knopf gelegt und ihn über einen hell klackenden Widerstand in die Wand gepresst. Gottvertrauen, Wandvertrauen. Vermutlich kriecht inwändig ein elektrischer Strom in verborgenen Schleifen, auf rückläufigen Umwegen durch das Faserwerk der haarfeinen, in den champignonfarbenen Wandspeck gebetteten Verdrahtung.

Da flackert die 3! Wenn alles mit rechten Dingen zugeht, wenn es sich um jene Technik handelt, die Gulerchen noch ein Stückchen weit versteht, bedeutet dieses Aufleuchten, dass sich die Kabine momentan auf der obersten der Ebenen befindet, die dieser Lift durch sein Auf und Ab verbindet. Und falls die Gerätelogik, die ich draußen ein halbes Jahrhundert lang als etwas Verlässliches, als die garantiert bombengewisse Ordnung einer zweiten Natur hinzunehmen gelernt habe, auch hier in diesem Winkel der wilden Welt gilt, dann hat Axler den Aufzug eben per Fingerdruck auf unsere Ebene herabgerufen.

Die 3 ist erloschen. Wir lauschen. Noch will nichts geschehen. Damals, als ich unter dem Gelächter der anderen am Weiß unseres Probequaders leckte, ließ sich nichts Salziges, nichts Bitteres oder Süßes erschmecken. Erst nachdem ich die exemplarisch gefüllte Box, das erste und letzte Unterrichtsmittel, zur Seite weitergereicht hatte, bemerkte ich auf meiner gegen den Gaumen drückenden Zunge einen talgig tauben Belag. Mein Speichel löste ihn zügig auf, mein Kehlkopf ruckte, und kurz glaubte ich, ein zartes, flüchtig über den Rachen in die Nasenwurzel aufsteigendes, in einem letzten Hinschnüffeln pilzig anmutendes Aroma wahrzunehmen.

«Er kommt. Er kommt wirklich von oben!»

Schiller könnte recht haben. Es ist bloß ein schwaches, dumpf mattes, schwer zu ortendes Rütteln, die bleiche Wand scheint den größten Teil der entstehenden Schwingungen zu schlucken, und Nettler hat, als könnte er dadurch die Fahrt der Kabine beeinflussen, ja ihre Ankunft beschwören, alle zehn Fingerspitzen auf das Blech der Tür gelegt.

Tatsache bleibt, dass ich mich nicht an meinen Transfer erinnern kann. Und in den folgenden fünf Jahren ließ sich im täglichen Voran der Bilder auf keiner der Ebenen des weichen Glases ein Hinweis darauf finden, wie ich in die licht gedeckte Welt verfrachtet worden war. Mit pädagogischer Hinterlist, mit einem didaktisch ausgefuchsten Schachzug bin ich und ist womöglich jeder Einzelne meiner Kameraden um den mit Spannung, mit Bangen, aber auch mit lüsterner Neugier erwarteten Übergang in das Reich der höchstnützlichen Idioten betrogen worden.

Zum Abschluss des Schuljahrs war die feierliche Übergabe des Diploms angekündigt worden. Unsere allerletzte Lehrerin, das endgültige Nachmittagsblümlein, hatte uns noch ermahnt, am nächsten Morgen, es war ein Samstag, frisch rasiert und nicht in Pullover und verbeulter Allerweltshose, sondern im Anzug und, so vorhanden, mit Krawatte im Klassenraum zu erscheinen. Am Abend dann saßen wir länger als sonst in der Kantine zusammen. Das Buffet war schon abgeräumt. Aber es gab einen Getränkeautomaten, der das Rillenmuster unserer rechten

Daumenkuppe erkannte. Ein Bier oder wahlweise zwei Bier-mischgetränke waren erlaubt, und wir hatten uns alle ein Jahr lang ausnahmslos erzbrav daran gehalten. Auch dieses Mal ver-suchte niemand, eine zusätzliche Flasche zu ergattern. Folglich ging keiner betrunken auf sein Zimmer. Kein Neuschüler fiel in einen alkoholschweren Schlummer. Allenfalls leicht angeheitert, klopfte ich mir mein Kopfkissen zurecht, zog mir die Decke über den Bauch und rollte mich auf die Seite, auf der ich seit jeher ein-zuschlafen gewohnt war.

Wie ich auf bleichem Grund wieder zu mir kam, wie mein Blick auf einen dunkelblau gestreiften Ärmel fiel und ich den Stoff meines Schlafanzugs erkannte, war mein Kopf völlig klar. Schon bevor ich mich auf den Rücken drehte, hatte ich begriffen, dass mir keine Urkunde überreicht werden würde. Willkommen in der Praxis! Keine Schuhe, nicht einmal Socken saßen mir auf den Füßen. Ohne dass ich von einem einzigen, von einem Dut-zend oder gar von einem Chor aus fünfzig Blümlein verabschie-det worden wäre, hatte die Arbeit begonnen, für die wir ein Jahr lang ausgebildet worden waren.

Ich rappelte mich hoch. Ich tapste meinen ersten hell über-deckelten Gang hinunter. Die Richtung, die ich unwillkürlich einschlug, schien mir, ohne dass ich dies hätte begründen kön-nen, die richtige. Und ebenso ursprungslos hatte ich zwei Namen parat: Guler für mich und Nettler für die Zielperson, um die ich mich im Mittleren Büro zu kümmern haben würde.

Die 2 leuchtet auf. Mit einem deutlichen Rütteln ist die Auf-zugkabine hinter der Tür, vor der wir ausharren, in den erwart-baren Stillstand gefallen. Falls sämtliche Büros, in denen wir, die Ausgelernten, in den fünf zurückliegenden Jahren zum Einsatz gekommen sind, auf dieser Ebene liegen sollten, womöglich in einem weiten Rund um die wilde Welt verteilt, dann könnte jeder

Einzelne von uns mit just diesem Lift hierhergebracht worden sein. Jetzt müsste die Tür aufgehen. Axler macht einen Schritt nach hinten und lässt unser Bündel, geknotet aus dem bunten Rock des Aspiranten, über die Spitze des Schockstocks auf den Boden rutschen, um die Waffe gegebenenfalls sogleich zu unserer Verteidigung einsetzen zu können. Schiller, Nettler und auch ich weichen sicherheitshalber noch ein Stückchen weiter von der roten Tür zurück.

Der Aufzug hält mucksmäuschenstill. Aber wie als Ersatz hat die blaue Wandlinie, die sich rechts und links der Lifttür zu einem kopfgroßen Knoten gestaut hat, damit begonnen, ein Geräusch von sich zu geben. Es ist nur ein Knistern, doch es zieht, weil der blaue Fluss bislang stets stumm vonstattenging, im Nu unsere ganze Aufmerksamkeit auf sich. Schon hat es sich zu einer Art Brutzeln gesteigert, als würde Butter in einer Pfanne erhitzt. Jetzt schieben beide Knoten, unsere Blicke schwenken zwischen ihnen hin und her, je einen züngelnden Ausläufer nach oben. Rechts und links schlängeln sich die Spitzen am blanken Rahmen des Lifts hinauf. Nicht allzu schnell, und sobald das Vorankommen der einen stockt, sackt die andere ein Stück zurück, damit beide aus gleicher Höhe von neuem nach oben sprießen können.

«Kein Wort zur Wandlinie!», so tönte es mehr als bloß einmal aus rot geschminktem Mund. «Am besten vermeiden Sie es ausnahmslos, die Farbe Blau, egal, in welchem Zusammenhang, anzusprechen. Ignorieren Sie es einfach, wenn einem Ihrer Mitbüroler das Wort oder eine seiner Ableitungen, also Bläue oder bläulich, in irgendeinem Glaszusammenhang unterläuft. Merksatz fünf: Blau bleibt tabu!» – «Blau bleibt tabu!», brüllten wir Neuschüler im Chor, als Blümlein den rechten kleinen Finger hob und so unser Echo abrief. Nur dessen Nagel war gelb lackiert gewesen und hatte, wenn wir abends in der Kantine unsere nicht immer stubenreinen, unsere gelegentlich zaghaft anzüglichen Witzchen rissen, nur «der Gelbe» oder gar «der steile Gelbe» geheißen.

Ausgesetzt in der wilden Welt und mit nichts als meinem Schlafanzug bekleidet, habe ich damals volle fünf Tage gebraucht, um in mein Mittleres Büro zu finden. Das Volk, dessen Weg ich kreuzte, wich mir aus. Und wenn mir am zweiten Tag nicht eine Frau, bevor sie in einem Quergang verschwand, mit Schwung eine große Plastikflasche voll Wasser zugeworfen hätte, wäre ich vielleicht überhaupt nicht an meinen Einsatzort gelangt.

Merksatz acht: «Dinge, die nottun, finden von selbst in unsere Hand!» War das bloß kaltschnäuzig gelogen oder randvoll mit verhohlenem Hohn? Ich fühlte mich verraten und verkauft. Weit und breit gab es kein Ding, das ich hätte ergreifen können. Die Brusttasche meines Schlafanzugkittels, die einzige Tasche, in der ich einen Gegenstand hätte finden können, war bis auf die verfilzten Reste eines Papiertaschentuchs leer. Keine Spur von dem Vielzweckmesser mit zehn ausklappbaren Miniwerkzeugen, das uns für den Start versprochen worden war. Beide Zeigefingernägel und der Mittelfingernagel der rechten Hand brachen mir nacheinander blutig tief ab, weil ich versuchte, mir Dicksprossen ohne ein Hilfsmittel aus der Wand zu pulen.

Als ich schließlich doch ans Ziel gekommen war, nachdem ein ehemaliger Neuschüler im durchgeschwitzten, schlotterig weit gewordenen Pyjama, japsend und quiekend, das Feuerwerk der blauen Schleuse überwunden hatte, hat Nettler sofort, noch bevor er mir meinen Namen abverlangte, meine malträtierten Pfoten begutachtet.

«Komm mit an meinen Tisch! Das weiche Glas dämpft fast jeden Schmerz.»

Nettler hatte nicht zu viel versprochen. Die wunden Fingerspitzen beruhigten sich, kaum dass ich die Hände auf seine Chefplatte gelegt hatte. Und nur zehn Tage später, noch bevor mein zukünftiger Tisch, von dem bei meinem Eintreffen gerade mal vier schrumpelige Knospen zu sehen gewesen waren, die erforderliche Hüfthöhe erreichte, waren die Nägel zu jener Länge herangewachsen, auf der sie dann wie bei allen anderen ihr Sprießen einstellten. Büroglas heilt. Büroglas hemmt. Als sich bald darauf der kleine Wehler an einem heißen Nährflurtöpfchen die Hand verbrannte, durfte sein frischgebackener Kollege Guler staunend beobachten, wie sich die Blase, auf das Rechteck des erwachenden Tisches gelegt, binnen weniger Stunden fast vollständig zurückbildete. Nie ist einer von uns krank geworden, solange sein Glas bei Kräften war, bis hin zu jener Nacht, in der unser Chef, mein Schutzbefohlener, aus dem schieren Nichts unserer selbstvergessenen Bürogesundheit von einem rätselhaften Fieber überfallen wurde.

Das blaue Gezüngel hat die obere Kante der Lifttür erreicht. Gleich kommt zusammen, was offensichtlich zueinander will. Genau unter der flackernden 2, die unsere Lage und womöglich die Ebene aller Mittleren Büros benennt, kriechen die Stummel nun so langsam aufeinander zu, als wollten sie es für uns noch ein bisschen spannend machen. Natürlich ahnen wir, was gleich geschehen wird, was nun, genau jetzt, passiert: Blau trifft auf Blau. Schon stieben die schönsten Funken. Die Lifttür rührt sich. Sie quarrt und rüttelt, als wollte irgendein Defekt, irgendeine mechanische Blockade zuletzt doch noch verhindern, dass sie für uns aufgeht. Der Knopf, mit dem Axler die Kabine herabgerufen hat, beginnt heftig zu blinken. Womöglich muss er nun ein zweites Mal in die Wand gepresst werden.

Unser Starker jedoch, der eben noch unser Mutigster war, scheint jetzt gleich Nettler und Schiller außerstande, die Hand zu heben. Mach schon, Gulerchen! Wer wird sich vor einem Aufzug, vor einem derart grobmechanischen, allenfalls elektrisch gesteuerten Apparat fürchten! Aber bevor mein Daumen den flackernden Knopf erreicht, sackt sein roter Zylinder schon von selbst in die Wand, als hätte ein unsichtbarer Fünfter das Nötige für uns vier getan. Es klickt. Und über der Tür ist Blau in Blau geflossen. Schon setzt sich ihr breites Blatt mit einem welpenhaft hellen Quietschen in einem ruckelnd portionierten Fortschritt von links nach rechts in Bewegung.

## 16.

# KNOPFVERDOPPELUNG

## WO WEHLERS GLAS NICHT ZU ENDE IST

Der Neue hieß Jessler. Das war ein guter, fraglos bürogemäßer Name, über dessen Erklingen heute Morgen nicht nur Blenker, sondern rundum alle erleichtert gewesen waren. Der erste Aspirant seit langem war just zur rechten Zeit bei ihnen eingetroffen. Denn jedem, nicht bloß ihm, dem angespannt forschen, insgeheim zittrig nervösen Notchef war es in den zurückliegenden Tagen quälend schwergefallen, gegen die saugende Unheimlichkeit von fünf unbemannten Tischen anzuarbeiten. Zumindest eine der zehrenden Lücken würde sich nun, mit etwas Glück bereits heute Nachmittag, bevor sie in den zügig absterbenden Nährflur aufbrachen, mit diesem flaumbärtigen Neuling schließen lassen.

Ein langes Weilchen ging er nun schon mit Jessler herum, hielt sich dabei neben, wenn möglich sogar hinter ihm und wartete ohne ein lenkendes Wort ab, ob eines der herrenlosen Gläser mit dem Eingetroffenen in irgendeinen ersten Einklang finden würde. Ungefähr so hätte Nettler es gewiss auch gemacht, und Blenker spürte mit einem fast sehnlich ziehenden Schmerz in beiden Schläfen, dass gerade er selbst wissen müsste, was es bedeutete, Verbindung zu einem alten, erfahrenen Tisch aufzunehmen. Aber seine eigene Ankunft und seine Frühzeit im Mittleren Büro blieben, so arg er sich auch mühte, in ein merkwürdig zuckendes Licht getaucht, dessen Hell auf Dunkel, dessen mehr Dunkel denn Hell das erinnerbare Geschehen so gründlich zerhackte, als hätten ihn die damaligen Entladungen der Schleuse über die Panik der Passage hinaus noch zwei, drei weitere Tage an einem sicheren, dauerhaft in ihm fußfassenden Wahrnehmen gehindert.

Dieser Jessler jedoch schien das Blitzgewitter, das er erst heute Morgen erlitten hatte, hervorragend verkraftet zu haben. Aufrecht, mit festen, gleichmäßig ausgreifenden Schritten war er durch die Schleuse auf sie zugekommen. Winzige Flammen hatten sein recht langes, seidig glänzendes Haar umspielt, ohne diesem den geringsten Schaden zuzufügen. Und als Blenker, der ganz nach vorne, bis an die Schwelle der Passage getreten war, angesichts von so viel unversehrter Jugendlichheit nicht mehr in der Lage gewesen war, ein heftiges Seufzen, fast ein Schluchzen, zu unterdrücken, hatte er fast gleichzeitig ein ungehemmtes Aufbrausen von Wut darüber verspürt, dass Nettler sie alle, ihn und die treubraven Kollegen, im Stich gelassen hatte, bevor seine Nachfolge geregelt war.

Am fraglichen Morgen, am schlimmen Morgen, war Blenker, wie hätte es auch anders sein können, von keinem gefragt worden, ob er der neue Chef werden wolle. Als ihre Gemeinschaft begriff, dass auch Schiller, Axler und der dicke Guler verschwunden waren, versammelten sich alle vor Nettlers Koje und gafften auf den elend schmalen Spalt, zu dem sich deren Einstiegsoval verengt hatte. Blenker schien aus diesem minimalen Aufklaffen ein ungutes Locken, ein spöttisch lüsternes «Guckt euch nur satt!» und zugleich eine Brüskierung, ein hämisches «Was sagt ihr jetzt?» zu sprechen. Vielleicht ging es den anderen genauso, aber natürlich war es nicht möglich, lauthals über solche Wahrnehmungen zu spekulieren.

«An die Arbeit!», hatte er stattdessen irgendwann gerufen, so energisch und entschieden, wie er es zustande brachte, und die Kollegen schienen erleichtert, gehorchen zu dürfen. Ein klein wenig später als die anderen hatte Blenker den eigenen Tisch angesteuert. Und noch auf dem letzten Stück, noch auf den letzten lächerlich eng gesetzten, zögerlich langsamen Schritten hoffte er, die Spruchbeule, deren Keimen gewiss auch die meisten anderen inzwischen bemerkt hatten, ginge nun endlich ihrerseits in die Offensive und riefe ihn mit einer seltsam piepsig hohen, aber dennoch zwingend entschiedenen Stimme – denn so hatte man es ihm von Nettlers Chefwerdung erzählt – zum neuen Büroleiter aus.

Aber nachdem er seine Platte erreicht hatte, während er links um sie herumging, konnte er im gleichmäßigen Grau ihres trägen morgendlichen Fließens nichts mehr von der verheißungsvollen Ausbeulung erkennen. Das Glas schien sie im Lauf der Nacht in sich zurückgesogen zu haben. Und wie Blenker, noch ungläubig, die fragliche Stelle betastete, spürte er sogar eine feine Delle unter der Mittelfingerkuppe. Offenbar war die nächtliche Rücknahme aus irgendeinem Grund, aus einem dunkel dinglichen Eifer, sogar über das für ein Verschwinden erforderliche Maß hinausgegangen.

Jessler ist stehen geblieben. Eben haben sie erneut Wehlers Tisch passiert, ohne dass der Aspirant eine Neigung, sich dessen Glas zuzuwenden, erkennen ließ. Aber jetzt dreht er sich plötzlich um und stapft, sichtlich entschlossen, an die Platte des Verschollenen zurück. Schon liegen seine Hände auf dem weichen Glas, als wäre er längst einer von ihnen und wie sie an einem Arbeitstisch zu Hause. Blenker wartet ein paar Atemzüge, bevor er, einen halben Schritt hinter ihm, einen halben Schritt neben ihm, Position bezieht.

Wehlers Tisch hat umgehend reagiert. Blenker kann sich nicht erinnern, jemals ein vergleichbar fixes In-Gang-Kommen beobachtet zu haben. Und was da, vor ihren Augen, als schmierig rotes Rechteck, wandweiß umrahmt, handhoch im Glas Bild wird und dann, in die Tischmitte gewandert, bis auf ein schwaches Pulsieren stillhält, gewinnt allmählich an Deutlichkeit. Das Rechteck stellt sich scharf, und es liegt zu Blenkers Erstaunen eindeutig auf der untersten, der fünften Ebene. Dies ist für ein anhebendes Glas absolut ungewöhnlich. Der Bildfluss beginnt, so gehört es sich, fast immer auf der obersten, in seltenen Fällen auf der zweiten, der gemeinsamen Ebene und erobert sich erst dann nach und nach die anderen Schichten, wobei es nicht an jedem Tag zu einem Aufleuchten der fünften kommen muss.

«Schau! Was da blinkt, das kleine, helle Rote, da neben dem großen rostfarbenen Rechteck. Das muss doch ein Schalter sein, ein Startknopf, ein Knopf zum Ein- und Ausschalten!»

Jessler behauptet dies mit heiterer Sicherheit. Und schon ist seine Hand auf den winzigen, aber lichtstark aufflammenden Fleck geglitten, als warte dieser, tief im weichen Glas, nur auf einen x-beliebigen Daumen- oder Zeigefingerdruck, um irgendetwas in Gang zu setzen.

Blenker schüttelt unwillig den Kopf, fast wäre ihm ein «Nein, so geht das nicht!» über die Lippen gekommen. Aber schon muss er sehen, wie das, was Jesslers Hand unternommen hat, eine Folge zeitigt. Das rostrote Rechteck bewegt sich gegen die Glasflussrichtung. In kleinen Rucken wird es von der Fläche, die es trügerisch wandfarben umgibt, verschluckt, als schiebe sich da eine große feste Tür in ein weißes Nichts. Und dort, wo es Platz gemacht hat, scheint sich die fünfte Ebene, der Bildgrund ihrer Glasarbeit, in eine diffuse Tiefe zu öffnen. Was da freigegeben wird, ist noch sehr blass und kaum konturiert, aber es beginnt, grau in grau, etwas Figurenhaftes, etwas, das an mehrere Körper, an vier menschliche Gestalten erinnert, abzubilden.

Blenker spürt, wie sich auf seinem Rücken, irgendwo in Brustwirbelhöhe, ein Schweißtropfen auf den Weg nach unten macht. Es ist ein unangenehm luftiges Abfließen, denn sein maroder Overall ist ihm heute Morgen, als er sich in seiner Schlafkoje aufsetzte, zwischen den Schulterblättern zerrissen, und im Lauf des Tages hat ihn dann vom Nacken bis hinunter an die Lendenwirbel immer wieder eine ihm bislang im Rund des Büros unbekannte Kühle schaudern lassen.

Um die Kleidungsstücke der anderen ist es nicht besser bestellt. Und obwohl sie seit jeher, ausnahmslos jeden fünften Abend, nach der Rückkehr aus dem Nährflur, ohne den kleinsten Anflug von Befangenheit gemeinsam splitterfasernackt unter die gelochte Decke des Nassbereichs getreten sind, hat es Blenker während der letzten Arbeitstage ein nicht geringes Unbehagen bereitet, bei einem zufälligen Aufblicken durch einen Riss im Gewand eines der Kollegen, die vor ihm arbeiteten, einen schrumpelhäutigen Ellenbogen, einen Streifen bleiche Hüfte oder eine schwitzig glänzende Kniekehle sehen zu müssen.

Jesslers Overall hingegen wirft makellos feste Falten, und in das glänzende Hellblau hat der Funkenflug der Schleuse nicht ein einziges Löchlein geschmort. Auf die Abwehrwucht dieser Entladungen hatte sich ihr Team immer verlassen können. Am dritten Tag von Nettlers Fieber waren ihnen die Frauen, mit denen sie erneut im Nährflur gespeist hatten, nachgegangen. Sie hielten Abstand, plauderten scheinbar absichtslos, warfen sogar eine der etwas größeren Süßkartoffeln, die der bereits schwächelnde Gang nicht mehr richtig weich gekocht, sondern halb roh ausgegeben hatte, wie einen Spielball hin und her.

Blenker war mit den Gedanken bei Nettlers Erkrankung gewesen und bei der verheißungsvollen Unregelmäßigkeit, die sich im linken unteren Eck seiner Platte gebildet hatte, genau dort, wo sich auf Nettlers Tisch die Spruchbeule befand. Der überraschend jähe, der eventuell endgültige Ausfall ihres Bürochefs nahm ihn als eine Art Zukunft in Beschlag. Aber dann wandte er in kürzer werdenden Abständen den Kopf. Denn allmählich rückten die Frauen näher. Neben ihm begann sich auch Schiller unruhig umzusehen. Ihr Hübscher trug das Blechtellerchen mit dem grauen Brei, der sich als die einzige Nahrung erwiesen hatte, die Nettler nicht sofort wieder erbrach. Schiller und Guler hatten sich, seit ihr Chef im Fieber lag, an den Abenden abgewechselt. Heute war wieder ihr Dicker bei ihm zurückgeblieben. Zum Glück, dachte Blenker, denn falls es gleich ernst werden sollte, falls er kurz entschlossen «Rennt los!» rufen müsste, wäre der kurzatmige Dicke zum Problem geworden.

Als dann die Schleuse in Sichtweite kam, war die Distanz beklemmend geschrumpft. Und zum ersten Mal vermaß Blenker Länge und Breite der schützenden Passage, indem er diese mit der Fläche, die ihr Pulk einnahm, und mit dem Abstand, den sie noch zu ihren Verfolgerinnen hielten abglich. Womöglich konnte es geschehen, dass sie die Schleuse, wenn die Frauen an deren äußerer Schwelle anlangten, noch nicht allesamt über die innere Grenzlinie verlassen hatten. Nicht auszudenken, was es bedeutete, wenn eine Gruppe Volk auf diese Weise ins Mittlere Büro durchbrach.

Aber seine Sorge erwies sich als unbegründet. Sogar Axler, der sich zuletzt, merkwürdig trödelnd, an das Ende ihres Trupps zurückfallen hatte lassen, erreichte problemlos die Büroseite, blieb dort allerdings stehen und wandte sich den Frauen zu. Erst jetzt, wo diese sich am anderen Ende der zart bläulich schimmernden Fläche versammelt hatten, fiel Blenker auf, dass das Spiel der

Weiber, das Hinundherwerfen der halbgaren Süßkartoffel, nicht ungeordnet vonstatting. Jede Frau, von der sie aufgefangen wurde, warf sie an die Graugelockte zurück, sodass diese die Reihenfolge der Fängerinnen bestimmte.

Axler hatte, während er die Frauen und diese ihn beobachteten, die rechte Hand in den Halsausschnitt seines Overalls geschoben. Es sah aus, als betaste er seinen linken Brustmuskel oder als suche er etwas in der Innentasche, die bei ihm wie bei ihnen allen leer sein musste, weil doch kein Büroler etwas besaß, was dort, nahe dem Herzen und den Blicken der anderen entzogen, verwahrt werden konnte.

Die Graugelockte, die Blenker für sich in klammheimlicher Spottlust Nettlers Freundin nannte, hatte irgendwann, während nur noch er und Axler an der Schleuse verharrten, die Kartoffel ein letztes Mal gefangen. Nun hob sie das Ding vors Gesicht, und kurz glaubte Blenker, sie würde gleich hineinbeißen und sich nicht scheuen, zu zerkauen und hinunterzuschlucken, was bestimmt ein Dutzend Mal und mehr durch fremde Hände gegangen war. Aber schon holte ihr Arm Schwung, und die Kartoffel flog in steilem Bogen Richtung Büro.

Das Wurfgeschoss hatte den höchsten Punkt seiner Flugbahn auf halber Strecke, also mittig über der Schleuse, erreicht. Bis an diesen Punkt, wo sein Steigen in ein Fallen umschlagen musste, hatte die Passage stillgehalten. Aber kaum war die Kartoffel in den Sinkflug übergegangen, leuchtete es ein einziges Mal, gar nicht besonders grell und nur blitzkurz, blau auf. Und was eben noch als kompakter Körper einer vorgeschriebenen Bahn gefolgt war, zerbarst in eine Unzahl von Teilchen, deren feiner Schauer auf ihn und Axler niederging.

«Blenker, schau! Das sind sie, das sind die vier! Ohne ihre Hilfe hätte ich es vielleicht nie zu euch geschafft.»

Was dieser Jessler, ihr wie aus dem Ei gepellter Neuer, da tief unten in Wehlers einstigem Glas sieht, was Blenker über Jesslers Schulter hinweg in der wiedererwachten Platte zusammen mit ihm betrachten kann, sind nur vier Schemen, aus ein und demselben zähflüssig teigigen Nebel zu etwas Voluminösem zusammengeronnen. Aber die bloßen Umrisse genügen, um zumindest den Dicken und den breitschultrigen Langen aufs erste Hingucken zu erkennen. Und dass es sich bei den zwei anderen um Nettler und Schiller handeln muss, ergänzt sich für Blenker auf so zwingend selbstverständliche Weise, als seien Schillers Hübschheit und Nettlers einstiges Chef-Sein allein schon in der Art des Dastehens, im Spreizen der Beine oder im Abwinkeln der Arme gültig enthalten.

## 17.

## INWÄNDIGKEITEN

### WAS SICH NOCH NICHT HERAUSBILDEN MAG

Jetzt schön bei Sinnen bleiben. Das da hinten, im hohl und leer aufklaffenden Quader des Lifts, ist wahrlich nichts, wovor du dich auf deine alten Tage noch fürchten müsstest. Was den Blick auf unverwechselbare Weise in seinen Ursprung zurückschickt, ist bloß ein Spiegel, der die Rückwand der Kabine in ganzer Breite füllt und von ihrer oberen Kante bis auf ihre halbe Höhe hinabreicht. In ungezählten Gebäuden haben dich, bevor du Nettlers Aufpasser geworden bist, solche Verspiegelungen immer aufs Neue mit eingeschlossen, so lange, bis dein Bild nach Auffahrt oder Abfahrt wieder unversehrt nach rechts oder links aus ihrer scheinbaren Tiefe geschlüpft ist.

So weit, so gut, so nett. Aber erst Guler, dem Büroerfahrenen, erst Gulerchen, dem nach fünf Binnenjahren zum zweiten Mal von der wilden Welt Geprüften, dämmerte eben, welchem Zweck eine solche Installation insgeheim zu dienen hat. Solche Spiegel sind – wie konnte mir das dereinst stets entgehen! – gegen die naheliegende Angst gerichtet, durch irgendeinen Defekt zwischen zwei Stockwerken und damit beton- oder backsteinummantelt, also rundum ausweglos festgehalten zu werden. Und der schlichte optische Trick hat durchweg geholfen. Die imaginäre Verdoppelung des Innenraums reiche ausnahmslos aus, um

von der Möglichkeit eines derartigen Gefangenseins und der Un-
erträglichkeit seiner beklemmenden Enge abzulenken.

Noch traut sich keiner von uns über die stählerne Schwelle in
die Kabine. Aber sogar unser Draußen ist, das bewerkstelligen
unsere Augen, bereits eine Art von Drinnen. Die vier Kerle da, in
diesem vermutlich kaum daumendicken, aber plausibel Tiefe vor-
täuschenden Glas, sind wir, wahrscheinlich kaum anders, als wir
uns wechselseitig Tag auf Tag an unseren Arbeitstischen und zuletzt im Trott durch die wilde Welt wahrgenommen haben. Und
überhaupt, ich muss schon sagen: Dieses Gulerchen da drinnen
macht passabel Figur. Dick? Eigentlich eher stämmig, rundum
solide untersetzt, aber längst nicht mehr so feist wie zu meinen
Schülerzeiten. Das Mittlere Büro tut gut! Das weiche Glas macht
uns putzmunter! Und als ein regelmäßig eingepaukter Merksatz:
«Glasarbeit hält jung!» So haben es uns die Blümlein mehr als einmal vorgesprochen. Auf jeden Fall scheint das, was mir da, vis-à-
vis im Bild, fingergliedlang aus dem Kopf sprießt, nicht grauer
als grau, nicht lichter als licht geworden.

Hineinspaziert! Das habe ich eben bei mir und für mich gedacht. Falls es zugleich über Gulerchens Lippen geschlüpft sein
sollte, war bestimmt kein Schaden damit verbunden. Wie wun-
dersam für jeden von uns, nun den Blick zwischen den Gesichtern im Spiegel und den ungespiegelten Mienen der Gefährten
hin und her pendeln zu lassen. Auf den leiblichen Wangen, um
den wirklichen Mund, im dreidimensionalen Runzeln der jeweiligen Stirn wirkt das Erstaunen ein Quäntchen dringlicher,
schon weil uns ausnahmslos das Blut in den Kopf gestiegen ist
und die Haut über dem Overallkragen rötet. Unsere Augen jedoch glänzen im Spiegel stärker, als hätte sich in ihnen während
der vielen Stunden über den Tischen eine spezifische Energie
akkumuliert, die nun die Transparenz dieses harten Glases und

die hauchdünne, reflektierende Beschichtung seiner Rückseite zu einem bestechend leuchtenden Abströmen nutzt.

«Na, komm schon!»

Nettler sagt es zu Schiller, der als Einziger noch mit einem Fuß draußen auf dem Grund der wilden Welt steht. Zu einem seltsam weiten Winkel spreizt er die Beine über dem Spalt, in den ohne Unterlass das Rinnsal sickert, das wir ein paar Tage lang in fraglos schöner Übereinkunft Wehlers Wasser nennen durften. Zweifellos fällt Schiller der Abschied schwer, und sein kurioses Verharren bedeutet eine letzte Reverenz, vielleicht sogar eine wortlose Entschuldigung bei dem, dessen flüssige Spur wir nun, verführt von dieser Fahrmaschine, verlassen wollen.

Merksatz sechs: «Das Geschlecht hat sich im Griff!» Haben wir auch nur halbwegs verstanden, was unsereinem damit eingetrichtert wurde? Auf jeden Fall schwoll unser Stolz darauf, als Kerle gebraucht und rigoros benutzt zu werden, verlässlich an, wenn es galt, die gymnastischen Übungen zu absolvieren, die uns unsere Lehrerinnen vom ersten Tag an bis hinein in das letzte Unterrichtsintervall abverlangten. Morgen für Morgen war es verlässlich, nicht messbar, aber doch fühlbar pünktlich, nach etwa einer Stunde zum ersten Mal so weit.

Unsere Uhren und jene Geräte, die auf ihre scheinheilig beiläufige Weise neben vielem anderen auch Uhren enthielten, hatten wir zu Beginn des Schulungsjahrs abgeben müssen. Aber einem, der mehr als ein halbes Jahrhundert im Takt der gleichen Zerstückelung durch den Tag gehampelt ist, bleibt in die Knochen gekerbt, wann das lautlose Schnapp-Schnapp der Minuten in den stummen Gong einer Stunde findet. In stündlichem Abstand hieß es aufstehen und die Sitzfläche des Stuhls unter das Tischchen schieben. Aus der Schublade des Lehrerinnentischs wurden zwei zierliche Gymnastikkeulen gezogen. Das jeweilige

Blümlein turnte vor. Wir turnten nach. Und wenn wir, die Arme ausgebreitet, unsere leeren Hände rechts und links wie Flügelenden flattern ließen, so lange, bis wir ein Ziehen in den Schultern und im Nacken spürten, kamen uns unsere Lehrerinnen, die das Gleiche mit ihren Keulchen in den Fäusten bewerkstelligten, sagenhaft stark vor.

Endlich ist auch Schiller ganz in den Lift hereingekommen. Und wie Nettler und Axler es schon vor ihm getan haben, dreht er sich auf den Fersen um die eigene Achse und beginnt damit, das Innere der geräumigen Kabine, sogar deren Decke und Boden, vor allem aber, einen Schritt heran-, einen Schritt zurücktretend, die völlig planen, durchgängig mattschwarz gelackten Seitenwände zu mustern. Nettler ist inzwischen dabei, eine Seitenwand der Kabine zu betasten. Er packt es systematisch an, er fingert zunächst die Linie entlang, zu der seine Kabinenseite mit der Kabinenrückwand zusammentrifft. Auf die Zehen wippend, kann er das obere Ende dieser Innenkante gerade noch erreichen. Schiller wendet sich der gegenüberliegenden Seite zu und drückt dort, so wie Nettler es ihm vorgemacht hat, mit den Fingerspitzen gegen das dunkle Blech.

Wie rührend gründlich, wie löblich hartnäckig die beiden suchen! Gleich ihnen hat sich natürlich auch Gulerchen gewünscht, dass rechts oder links eine Reihe quadratischer Tasten in die Wand eingelassen wäre: drei Möglichkeiten, sich eine der versprochenen Etagen als Ziel zu wünschen, eine weitere Taste zum Öffnen und Schließen der Tür, ein fünfte, über die sich in einem sogenannten Notfall das Ohr einer märchenhaft äußeren Macht erreichen lässt. So etwas könnte doch, selbst ich halte dies nun gleich den anderen als eine Art Budenzauber für möglich, unter einer elastischen Deckschicht wie unter einer Haut verborgen liegen.

Schiller war auf seiner Seite als Erster unten angekommen. Auf die Knie gesunken, hatte er sogar schon die Hälfte des anschließenden Suchwegs Richtung Tür geschafft, und wirklich, als wollte ihn der Aufzug für seine Hartnäckigkeit belohnen, ereignete sich etwas. Axler und ich hatten es wohl kommen gespürt, denn wir schauten schon zu ihm hin, bevor er einen hellen, fast quiekenden Überraschungslaut ausstieß. Auch Nettler fuhr schnell genug herum, um noch in leibhaftiger Bewegung zu sehen, was den Kollegen da erschreckt hatte, was seinerseits von ihm aufgeschreckt worden war. Nicht gleichmäßig geschwind, sondern in einem ruckenden Vorwärts suchte es nach dem kürzesten Weg in eine mögliche Sicherheit, huschte an der Fußkante der Kabinenseitenwand entlang, um an deren Ende, dort wo Wehlers Wasser abfloss, endgültig innezuhalten, als gelte es zu bedenken, ob es klüger sei, den Spalt zu überspringen oder sich, Schnäuzchen voran, in seine Tiefe hinabzustürzen.

Mit seinem im Moment der Unschlüssigkeit kugelig geballten Leib und seinem nackten, nicht einmal kleinfingerlangen, nach oben gebogenen Schwänzlein bedeutete der schwarzgraue Flüchtling die kleinste Maus, die mir je vor Augen gekommen war. Schiller sagte später, er habe sie, bevor seine Fingerspitzen sie anstupsten, nicht als etwas Lebendiges erkannt. Mit angezogenen Beinchen duckte sie sich in den Winkel aus Wand und Boden, und Schiller hatte das Tierchen für einen dunklen Klumpen aus verfilztem Schmutz gehalten, bevor der Kontakt mit seiner Zeigefingerkuppe es in das Risiko einer Flucht zwang.

Der Schreck ist ausgestanden. Der Aufzug fährt. Aber es ist gut möglich, dass auch jeder der anderen noch an das Mäuslein denkt. Tot und fast zur Unkenntlichkeit verformt, ist es weiterhin bei uns. Das Blatt der Lifttür hat sich darüber geschoben und entzieht unserem Blick das Dunkel der feinen Behaarung ebenso wie das wässrige Rot, das aus dem Körper trat, als ihn die Spitze des Schockstocks traf. Erst wenn die Aufzugtür wieder zurückweicht, wenn wir unten angekommen sind, wird auch der kümmerliche Kadaver, dieser Klecks aus Hülle und herausgequetschter Inwändigkeit, erneut zu sehen sein.

Die Fahrt währt lang. Aus nichts, aus keinem Geräusch und auch nicht aus einem veränderten Gefühl für die eigene Schwere kann Gulerchen schließen, wie schnell oder langsam sich die Kabine durch ihren Schacht schiebt. Zeit genug, sich über Freund Nettler zu wundern. Den ganzen Anmarsch über, bis an die Schwelle des Lifts und hinein in dessen hohlen Quader, war das, was Nettler wie ein unsichtbares Gepäck von seinem einstigen Chefsein mit auf den Weg genommen hatte, in einem Schwinden begriffen. Und nachdem sie ihre Sandalen an die Frauen verloren hatten, schien endgültig klar, dass er bloß noch einen Gezogenen und kein Führenden mehr darstellte.

Umso mehr hat er uns vorhin, nach Mäuseentdeckung und Mäusetod, überrascht. Und weil wir, während Nettler dann das Entscheidende tat, in den Spiegel des Aufzugs blickten, konnte Gulerchen sehen, wie Axler und Schiller die Münder offen standen, und sogar mein eigenes Staunen wurde mir, dem chronischen Extrawisser und nun doch gründlich Verblüfften, zum glasklaren Bild.

«Da ist es ja! Wozu haben wir unsere Augen im Kopf? Sind wir denn blind gewesen?»

In Nettlers Stimme hatte ein Unterton grimmiger Erleichterung gelegen. Die noch immer weit offene Tür im Rücken, wies er mit der Rechten quer durch die Kabine und schob sich an Axler und mir vorbei, um zu Schiller an den Rückwandspiegel zu gelangen und dort auf das zu zeigen, was ihn dazu gebracht hatte, sich und uns blind zu schelten.

Der Aufzug fährt. Die Tür ist geschlossen. Aber wir haben, wie es weiterhin unsere leidig verstockte Büroart ist, kein Wort darüber verloren, wodurch es hierzu kam. Wir drehen uns nicht mehr zum Spiegel um. In ihm wären, so ein Blick den richtigen Winkel fände, erneut die Seitenwände der Kabine enthalten. Erst als Nettler ins Bild gewiesen hatte, entdeckten wir, was wir alle längst hätten bemerken können. Im harten Glas war das bislang vergeblich Gesuchte, das dienstbare Rechteck der Tasten, gar nicht zu übersehen. Mühelos las ich die 3, die 2 und die 1, ich erkannte auf dem vierten Quadrat die beiden gegenläufigen Pfeile, die das Öffnen und Schließen der Tür bedeuten. Und auch das Zeichen, das mir in der Bürovorzeit einen Lautsprecher und damit eine Notrufmöglichkeit versinnbildlicht hatte, war dort im Spiegel zweifelsfrei zu erkennen.

Schillers Kopf war als erster zur Seite geruckt. Und dann hatten auch Axler und ich mit schnellen Blicken nachgeprüft, ob auf den Kabinenwänden, irgendwo in mittlerer Höhe, während uns der Fluchtversuch der Maus in seinen Bann geschlagen hatte, eine Verkleidung zurückgewichen war, um diese Tastatur freizugeben. Aber die linke Seitenwand war weiterhin so blank und glatt und differenzlos mattschwarz wie die rechte. Nettler schien dies nicht weiter zu beirren. Ohne Zögern legte er den Zeigefinger auf den Spiegel. Wir, die drei anderen, sahen wohl alle gleichermaßen, wie sich die Fingerkuppe unter kräftigem Anpressen verformte, aber nur er selbst konnte sicher sein, dass er damit die gewünschte Taste traf und sie in irgendeine nur ihm erfahrbare Tiefe drückte.

«Eins!», hörten wir ihn sagen. «Eins …», wiederholte er so leise, als spräche er mit sich selbst. Und nachdem Nettler «Eins, das heißt Erdgeschoss!» gemurmelt hatte, begann sich hinter unseren Rücken die Aufzugtür, so zart rüttelnd, genauso hell quietschend, wie sie aufgegangen war, zu schließen. Ein wenig später waren wir schon ohne fühlbare Beschleunigung in der Fahrt befangen, die Gulerchen, also mir, eben erlaubt hat, das Geschehene als eine Art Nacheinander zu erinnern und darüber hinaus als ein lockeres Ineinandergründen zu begreifen.

**18.**

## SPINDSELIGKEIT

WAS EINEM FINGER FEHLEN WIRD

Es ist ein Glück, nicht weniger als eine köstlich grelle Art von Glück. Nettler fühlt es als eine lichte Weite hinter den Augen bis hoch hinauf hinter die Stirn, spürt es als Kraft in allen Gliedern und als ein kaltes, nein, warmes, als ein erst eisig frisches, dann unvermittelt wohlig heißes Prickeln in seinem Nacken. Und Glück muss sein, was ihm da als selig stickiger, muffig duftender Hauch hinunter in die gierig einsaugenden, dann triumphierend auspustenden Lungenbälge dringt. So kitzlig unrein, so schmutzig süß, so vielversprechend unverstanden riecht und schmeckt also die Außenwelt! Und falls der gelungene Ausbruch ihn und seine drei Gefährten bald Kopf und Kragen kosten sollte, allein hierfür, für dieses Schnaufen, Schnüffeln, Hecheln, hat sich gelohnt, das Mittlere Büro zu fliehen und schließlich auch noch die plane, gleichförmig wilde Welt in einem vertikalen, maschinengestützten Durchstich hinter sich zu lassen.

Heil sind sie auf der Ebene angelangt, für die er sich entschieden hatte, als er die 1 im Spiegel drückte. «Das muss das Erdgeschoss sein!», hat er eben, als sie den Lift verließen, mehr geschluchzt als geflüstert. Denn mit dem Hereinwallen der anderen Luft und einem ersten, noch zagenden Atemzug hatte sich etwas in seinem Hals gelöst, etwas, wovon sein Kehlkopf immer, also seine ganze Bürozeit lang, ummantelt gewesen war. Er hätte es möglicherweise sogar ausspeien können, aber er hat den fatalen Belag einfach geschluckt, als ließe er sich wie irgendeine Nähr-flurspeise oder wie die zuletzt hinabgewürgten Wandsprossen-bröcklein im Dunkel des Körpers zersetzen und zu dessen Fort-wesen verwerten.

Guler hält ihn, seit sie den Aufzug hinter sich gelassen haben, am Ellenbogen. Vielleicht denkt der Dicke, er könnte jetzt eine solche Stütze nötig haben. Aber Nettler fühlt keinen Schwindel, und auch Axler und Schiller scheint der neue Grund unter ihren bloßen Füßen nichts als gutzutun. Breitbeinig stehen sie da, ge-nießen unübersehbar, dass alles, restlos alles um sie herum ver-heißt, auf eine andere Art präsent zu sein.

Schiller, der Mund steht ihm weit offen, aber er bringt kein Wort heraus, weist auf den Boden vor seinen Zehenspitzen. Ax-ler nickt und pocht lachend mit dem Schockstock gegen das, was Schiller jetzt, jede Silbe betonend, jeden Selbstlaut in die Länge ziehend, verspätet bei seinem zweifellos wahren Namen nennt. Sie und all die anderen im Mittleren Büro haben immer kollektiv fromm und wortlos dumpf daran geglaubt, dass es Dielen und Teppichboden und eben ein solches Laminat irgendwie gegeben hat und draußen weiter geben müsse. Nur deshalb, dem Hall ei-ner andersgängigen Existenz geschuldet, konnte dergleichen je-derzeit als Ansporn zur täglichen Arbeit und als ein verhohlener Trost im weichen Glas vorüberziehen.

«Ja, Laminat!», hört er Schiller jetzt jauchzend wiederholen, und während Nettler spürt, wie ihm bei diesem dreisilbigen Echo die Tränen in die Augen drängen, zieht er Guler, der ihm noch immer am Ärmel hängt, vor die Wand neben dem Aufzug, um deren unbezweifelbar von Menschenhand mit irgendeinem einschlägigen Werkzeug aufgebrachten gelben Anstrich zu betasten und dabei ein wenig hiesigen Schmutz, einen feinkörnig trockenen Staub, zwischen den Fingerkuppen zu zerreiben.

Dann schauen sie sich um und sagen einander, herrlich wirr durcheinander schwatzend, was sie sehen. Die neue Ebene hat sie mit einem weiten, sechseckigen Raum empfangen. Sie verstehen: Ihr Aufzug ist nicht der einzige, mit dem er sich erreichen lässt. Weitere fünf Mal sehen sie die gleiche rostrote Tür, stimmig-mittig in eine fahlgelb gestrichene Wand gebettet. Zwischen den Aufzügen sind niedrige Bänke aus dunklem, glänzend lackiertem Holz an die Wand gerückt, und über deren Sitzflächen hat man schmale, hellgraue Türchen in die Mauern eingelassen. «Spinde!», ruft Schiller und ergänzt begeistert: «Spinde, Spinde aus Blech! Und das sind Schlösser. Vorhängeschlösser!»

Axler macht sich sofort an einem zu schaffen. Nettler tritt neben ihn, auch Schiller will jetzt nichts verpassen. Allein ihr Dicker hält noch, das wundert Nettler, sichtlich Abstand. Vielleicht weil ihm Axlers Zupacken und Zerren, das Rütteln am flachen Körper des Schlosses und das Verdrehen seines Bügels ein wenig Sorge machen. Womöglich befürchtet er, Axler wäre stark genug, das Schloss von den dünnen Ösen, die es zusammenhält, zu reißen, und irgendein hierbei abgesprengtes Teil der neuen Welt flöge ihm ins Gesicht, womöglich in den vor Staunen offenen Mund.

Nettler tut leid, dass Guler ausgerechnet jetzt, wo das Glück regiert, so seltsam abseits bleibt. Es schmerzt ihn, weil er Guler immer wieder, ihre ganze Bürozeit hindurch, als einen erleben durfte, der ihm, dem Chef, auf eine im Ganzen schwierig zu bestimmende, aber im Einzelnen stets fühlbar wohltuende Art den Rücken stärkte. Jetzt wäre, Nettler spürt es bis in die Knochen, die Zeit gekommen, ihm etwas zurückzugeben. In einem rasant voranhopsenden Nacheinander muss er an Momente denken, in denen Guler ihn mit Worten, oft nur mit einem einzigen beiläufig hingeraunzten Satz erheitert hat, ohne dass Nettler zuvor überhaupt gedankenklar bewusst gewesen wäre, dass er einen Scherz, eine mutwillige Zweideutigkeit, einen aus der Leere der Büroluft gegriffenen Grund oder einen komischen Unfug mehr als gut gebrauchen konnte.

Und während sich sein Denken abmüht, nun erstmals selber einen irgendwie lustigen Satz zu finden, fällt Nettler unversehens der Name des alten Chefs ein. Der Name seines Vorgängers eilt dessen Gesicht voraus, verhindert für einen langen, anhaltend störrischen Moment sogar, dass ihm der Mann, dem er dereinst als Chef des Mittleren Büros nachzufolgen hatte, zu einer säuberlich vorgestellten Gestalt mit einem unverwechselbaren Antlitz wird.

«Vorsicht, Kettler!»

Er selbst hatte das damals gerufen, womöglich sogar geschrien. Ein früherer Nettler hatte neben Kettler und mit diesem hinter einem Wandler gestanden, der schon ein Weilchen an einem hilfsbedürftigen Arbeitstisch zugange war. Nettler kann nicht mehr sagen, wessen Platz es gewesen ist. Womöglich war es Kettlers Platte, aber vielleicht hatte sich dieser dereinst einfach als Chef herausgenommen, so dicht, dichter als der vormalige Nettler, hinter den Wandler zu treten. Und dieser duldete die Nähe, vielleicht weil die kränkelnde Platte seine ganze Aufmerksamkeit verlangte.

Mit einem jener silbernen Stifte, die sie im Mittleren Büro mehr als alle Materialschachtgaben in ihren Bann zu schlagen vermochten, fuhr der damalige Wandler in einem engen Auf und Ab von links nach rechts, als folge er nur ihm sichtbaren Zacken und Bögen, nach und nach über das ganze Rechteck, offenbar drucklos, zumindest hinterließ keiner der Kringel, keiner der

Auf- und Abstriche eine erkennbare Spur. Keinerlei Rille, nicht die schmalste Kuhle, die sich hinter der weitergleitenden Spitze wieder glasgemäß hätte glatt ziehen müssen, blieb als eine Art von Wirkung oder Antwort auf dem milchig grauen Grund zurück.

«Vorsicht, Kettler!»

Gleich würde Nettler dies rufen müssen. Aber noch war es damals nicht so weit gewesen. Erst musste der Wandler einen weiteren, deutlich dickeren Stift zum Einsatz bringen. Der bislang benutzte, der zuletzt ganz unten, fingerbreit über dem Rand des Tisches, eine schnurgerade abschließende Bahn gezogen hatte, wurde in der Umhängetasche versenkt. Den zweiten Stift hielt sich der Wandler zunächst senkrecht vors Gesicht, drehte ihn mit Daumen- und Zeigefingerkuppe und pustete mehrmals kräftig gegen seine Spitze, als hätten sich in der Tiefe der Tasche Staub oder Härchen des Fells, aus dem diese gefertigt war, an das blanke Metall geheftet. Und dann, auch dies hatten er und Kettler, dem er bald in der Leitung des Büros nachfolgen sollte, wie alle, die von ihren Plätzen herüberäugten, schon einige Male so gesehen, leckte der Wandler mit der Zunge über die silbrige Spitze. Offenbar war ein bisschen Feuchtigkeit vorteilhaft für das, was weiter am weichen Glas bewerkstelligt werden sollte.

«Vorsicht, Kettler!»

Noch hatte er nicht geahnt, dass er just dies gleich würde rufen müssen. Über Kettlers Schulter blickend, reimte sich Nettler bloß zurecht, der Wandler habe wohl mit dem ersten Stift zunächst die Stelle ausfindig gemacht, an der nun ohne weitere Verzögerung das dickere Werkzeug angesetzt werden sollte, um korrigierend und heilend in die Tiefe der Platte hineinzuwirken.

Und schon geschah es: Der Wandler führte das Ende seines Utensils zielgewiss auf einen bestimmten Punkt und stach lang-

sam, mit ruhigem, stetem Druck in das bildlos schlierig graue
Glas. War da nicht ein Geräusch? War da ein einschlägiges
Geräusch gewesen? Die ganze Vorzeit lang, in der er, einfacher
Büroler unter Bürolern, frühere Kuttenträger bei der Arbeit beobachtet hatte, war Nettler das Lautgeben des jeweils traktier-
ten Tisches mal als ein feuchtes Schmatzen, mal als ein zartes
Grunzen, gelegentlich sogar wie ein wohliges Seufzen ins Ohr
geschlüpft. Unwillkürlich hatte er dabei stets an Tiere denken
müssen, an Tiere, wie sie gelegentlich die dritte Schicht belebten, an Ziegen, Schafe, Rinder und immer wieder Schweine, die,
kauend oder wiederkäuend, ähnliche Laute von sich gaben. Und
manchmal war ihm der jeweilige Tisch in diesen Momenten, nur
kurz, aber gerade in dieser schroffen Kürze unabweisbar triftig,
selber wie ein Geschöpf besonderer Natur mit eigenem Lust-
und Schmerzempfinden vorgekommen.

«Um Himmels willen! Vorsicht, Kettler!»

Nettler ist sich nicht sicher, ob diese Worte damals wirklich
über seine Lippen gekommen sind. Jetzt, wo er eine andere Luft
in seine Nasenlöcher zieht, beschleicht ihn der Verdacht, er sei
viel zu erschrocken gewesen, um Kettler noch zu warnen. Dort,
wo der Wandler den Stift in den Tisch gepresst hielt, hatte sich
ein rundum regelmäßiger Trichter im Glas gebildet, und dorthin
legte sein damaliger Chef, als ziehe ihn die wässrig schimmernde
Vertiefung unwiderstehlich an, die Spitze seines linken Zeigefingers.

«Kettler!»

Auch jetzt noch, wo er mit Schiller und Guler verfolgt, wie
sich Axler am Schloss des Spinds zu schaffen macht, fehlt ihm
das entscheidende Teilstück, die schlimme Kernpassage des einstigen Geschehens. Aber Nettler weiß, was für immer auf diese
Lücke folgen wird: Auch jetzt sieht er noch einmal, wie Kettler

mit seltsam schräg erhobenem linken Arm, in einem quälend langsamen Zickzack Richtung blaue Schleuse stakst. Für alle Augen, die seinem Abgang damals folgten, wird er die Passage erreichen, durchqueren, um niemals mehr bei ihnen im Mittleren Büro zu erscheinen. Ein bisschen sieht dieses Weggehen aus, als weise Kettler sich selbst mit Arm und Hand die Richtung, in die er sich von ihnen, dem damaligen Nettler, dem Wandler und den einstigen Kollegen, entfernen wollte.

Aber die leibliche Spitze dieses Zeigens fehlte: Dort, wo nach dem ersten zwei weitere Fingerglieder hätten folgen müssen, baumelte bloß ein schlaffes Säckchen. Nettler erkennt noch einmal, nach langer Absenz des Bildes, dass da nur Haut, ein bisschen leer gesaugtes Fleisch, ein weißes Fädchen Sehne und – gerade dies soll nun, bittebitte, so fix wie möglich wieder aus dem Glück des Augenblicks verschwinden! – als letztes Anhängsel der komplette Fingernagel übrig war und lotrecht nach unten peilte. Aber weil es noch einen Gedanken lang so überscharf, so makroskopisch deutlich bleibt, begreift er, wie sein Erinnern das Nichterinnerbare auf gerade noch erträgliche Weise in dieses Bild hineinerzählt: die eben erst erfolgte Entbeinung der beiden vorderen Fingerglieder und das Verbleiben ihrer Knöchlein im weichen Glas.

«Schön vorsichtig, schön langsam, Axler!»

Für diese Ermahnung ist Guler nun doch noch zu ihnen an den Spind getreten.

«Nicht hebeln, sonst bricht dir die Spitze der Klinge ab! Das sind ganze primitive Schlösser. Die kriegt einer, der sich ihr Inneres vorstellen kann, mit einem krumm gebogenen Stückchen Draht geknackt. Dein Messer ist schön schlank. Drück möglichst flach nach links! Und dann musst du hinter den Widerstand gelangen und ihn mit Gefühl ein bisschen in die Höhe hebeln!»

Und schon hat es geklickt, schon ist der Bügel hochgesprungen. Axler klappt das Messer zusammen und sieht, während er es in der Brusttasche seines Overalls verschwinden lässt, Nettler ins Gesicht. Nettler versteht, dass er jetzt besser nicht fragt, wie lange ihr Starker dieses spezielle Ding bereits besitzt. Also nickt er nur, damit Axler das Herstarren seinlässt. Und dann wenden sie sich Guler zu. Auch Schiller hat sich weg vom Spind und zu ihrem Dicken hingedreht. Sie sind sich alle drei, ohne dass Worte nötig wären, einig, dass Guler, kein anderer als ihr alter Guler, der sich so gut mit derart schlichten und womöglich auch mit weniger simplen Schlössern auskennt, jetzt den stählernen Bügel aus den Ösen ziehen und die Spindtür in ihren Angeln drehen soll.

19.

## GLASTIEFENSCHLEIM

WIE WIR UNS ALLE TÄUSCHEN KÖNNEN

Der Inhalt des aufgebrochenen Spinds war herausgenommen, herumgereicht, betrachtet, betastet, geknetet, sogar vorsichtig beschnüffelt worden. Als die beiden Stücke schließlich flach ausgebreitet auf dem neuen, harten, hellglatten Boden zu liegen gekommen waren, hatte sich Axler darangemacht, einen weiteren der Wandkästen zu öffnen. Aber dies wollte ihrem Starken dann, obwohl ihm doch die Erfahrung mit dem ersten Schloss frisch zu Gebote stand, erst einmal nicht gelingen. Und jetzt ist ihm sogar passiert, wovor Guler eingangs warnte: Die Spitze der Messerklinge brach ab in dem Moment, wie der Bügel endlich nach oben hüpfte.

Die zweite Blechtür steht offen. Anders als vorhin, anders als der erste, birgt dieser zweite Wandkasten nichts wirklich Neues. Aber ihre Bestürzung über das Gutbekannte verschlägt Nettler gleich den drei anderen das Wort. Der zweite aufgebrochene Spind enthält die grobe Kutte eines Wandlers, dazu eine jener Felltaschen, die für ihn seit jeher nicht bloß Behältnisse, sondern durch ihre Körpernähe auch Teil der Kleidung gewesen sind. Hier hängen die Tasche und das schlaffe Gewand an einem Haken. Axler greift mit beiden Händen zu, aber dann zögert er, das, was er schon gepackt hält, herauszuheben und neben dasjenige zu legen, was sie im ersten Spind gefunden haben. Nettler bemerkt, wie zittrig sich Schiller über beide Hüften streicht, als müssten seine Fingerspitzen prüfen, ob sein Rumpf noch unverändert vollständig unter dem Stoff des Overalls zu finden ist.

«Das heißt, verdammt, das heißt, verflucht, das muss doch heißen, hier ziehen sie sich um?»

Guler, an den Schiller diese Frage richtet, will sich mit einem Achselzucken und einer Grimasse um eine Antwort drücken. Aber Axler wirft ihrem allzu oft schlau gewesenen Dicken die Wandlerkutte gegen die Brust, und Schiller weist auf das, was, aus dem ersten Spind genommen, bereits auf dem gemaserten, irgendein ungewöhnlich helles Holz nachahmenden Boden ruht. Guler schluckt bloß und presst die fahl gewordenen Lippen aufeinander. Nettler erfasst, dies ist der Augenblick, um dem Dicken etwas zurückzugeben. Er winkt energisch ab, tritt sogar zwischen Axler und Guler, schneidet eine grüblerische Miene und schüttelt dazu den Kopf, als hätte Schiller eben nicht ihrem Dicken, sondern ihm eine Erklärung abverlangt. Dann sinkt er auf die Knie, um jedes der Stücke, die im ersten Wandschrank waren, ein zweites Mal zu betasten.

Es ist und bleibt ein Glück. Noch immer, ja gerade jetzt, nach der Entdeckung der Wandlerkutte, bedeutet es ein nie empfundenes Glück, über das weiche, glänzend graue Gewebe des im ersten Spind gefundenen Pullovers zu streicheln. Dann greifen Nettlers Finger nach der Hose, die ebenso ordentlich gefaltet wie dieser, unter dem Wollpullover gelegen hat. Ihr Stoff ähnelt dem ihrer Overalls, ist aber nicht ganz so glatt, ihr Blau ist ungleichmäßig dunkel, man könnte glauben, die Zeit, in der sie sich um die Hüften und Schenkel ihres Trägers spannte, hätte mit einem ihr eigenen Durst an gewissen Stellen einen Teil der Farbe wie eine Flüssigkeit herausgesogen.

Nettler lässt den Reißverschluss der Hose nach unten und nach oben ritschen. Er zieht den Gürtel aus den ersten beiden Schlaufen und fädelt ihn, seine Hände wissen genau, wie man dergleichen macht, umgehend wieder ein. Schließlich holt er zum zweiten Mal das Päckchen mit den weißen Papiertüchlein aus der rechten Hosentasche und zupft das oberste, das er vorhin, so gut ihm dies gelang, wieder in sein knisterndes Behältnis zurückgeschoben hat, erneut hervor und faltet es auseinander.

Und plötzlich weiß Nettler, wozu es gut ist. Über den Arbeitstisch gebeugt, hat er es irgendwann ganz unten in der tiefsten Schicht beobachtet. Er hatte damals aufgemerkt, allein schon weil dieser Moment zu denen gehörte, in denen die Köpfe der Glasmenschen fast fingerhoch – also ausnahmsgroß! – zu sehen waren. Allerdings blieb die Miene des betreffenden Gesichts verborgen, denn das weiße Quadrat war bereits gegen die Nase gepresst gewesen. Und dann wippten die Fingerspitzen in einem besonderen Rhythmus. Gleichzeitig, vielleicht sogar ein Quäntchen früher, schlossen die unverdeckt gebliebenen Augen ihre Lider, als wäre das Sehen bei diesem besonderen Tun eine unerwünschte Ablenkung.

Jetzt, hier in der wunderbar muffigen Luft vor diesen Spinden, weiß Nettler plötzlich, dass ein Schnauben, ein kräftiges Luftausstoßen durch die Nasenlöcher, zu diesen Tüchlein gehört. Und weil sich diese Kenntnis auf kein Arbeitstischgeschehen bezieht, sondern aus den Knöchlein seines Gesichts und aus dessen dunklen Hohlräumen aufsteigt, pressen Nettlers Hände das weiche Papier fühlgewiss an seine Nasenflügel.

Axler und Schiller gaffen ihn entgeistert an. Er schnaubt ein zweites Mal. Und dann nimmt er das Tüchlein vom Gesicht, um zu betrachten, was der Luftstrom aus seiner Nase geschleudert hat. Ihr Starker und ihr Hübscher rücken ganz zu ihm heran. Axler tritt dabei mit den nackten Füßen auf den Wollpullover. Schillers Zehen sind in eine Schlaufe des Gürtels gefädelt, er stolpert ein bisschen, aber das ist jetzt überhaupt nicht wichtig, bedeutsam ist für sie drei allein, was Nettler da aus seinem Inneren auf das Papier befördert hat.

Es ist ein Schleim. Sie kennen das, erkennen es in seiner Eigenart. Keiner vermag zu sagen, woher die Kenntnis stammt, aber sie spüren alle drei, Nettler sieht es an Schillers und an Axlers Miene, wie der Name für das klare, von wenigen trüben Schlieren durchzogene Zeug am Rand des Bewusstseins stockt. Nur Guler will sich das, was jetzt mit einem scharfen, schmerzhaften Ruck in Nettlers Schädel verspätet Rotz heißt, offenbar nicht ansehen. Er ist erneut einen Schritt von ihnen weggetreten und überbrückt sein Abstandnehmen mit Worten, wie Nettler sie von ihrem Dicken kennt und wie sie ihm in ihrer gemeinsamen Zeit unter der Kuppel immer wieder ganz unverdächtig hilfreich waren.

«Kein Grund zur Sorge, Nettler! Das hat mit deinem Krankgewesen-Sein nichts mehr zu tun. Es kommt vom Staub. Hier ist die Luft nicht mehr so rein wie im Büro. Über unseren Tischen, unter der Kuppel, war doch kein Flöckchen Schmutz am Schweben. Das ist hier anders. Man merkt es doch bei jedem Atemzug.»

Hat Guler eben «bei euch im Büro» und «über euren Tischen» gesagt? Nettler ist sich nicht sicher.

«Da hinten ist ein Durchgang!»

Schiller hat das gerufen, und Nettler ist heilfroh, dass dessen rechte Hand an den linken Ellenbogen Axlers greift und diesen in ein Losgehen zieht. Erst als er, den beiden folgend, in der Mitte des weiten Raumes anlangt und gleich weit von allen Aufzügen entfernt ist, dreht Nettler sich noch einmal um. Die Spindtüren sind wieder ordentlich geschlossen. Einer von ihnen, wahrscheinlich Guler, der als Letzter loslief, muss sie zugedrückt haben. Sogar die beiden Schlösser hängen wieder an ihren ursprünglichen Stellen. Nettler kann nicht erkennen, ob die stählernen Bügel in die flachen Blechkörper zurückgeschnappt sind. Aber die Hose und den Wollpullover glaubt er noch auf dem Boden liegen zu sehen, auch wenn das Glänzen des Laminats aus diesem eben erst erreichten Abstand trügerisch mit der Kontur der Kleidungsstücke spielt. Wo kommt das Licht her? Alle sechs Wände sind wie die Decke gleichmäßig hell und schattenlos.

«Es ist der Boden, Nettler. Es muss von unten kommen. Das ist kein Laminat. Aber komm! Lassen wir es erst einmal dabei bewenden.»

Guler schiebt ihn, er spürt die Hand des Dicken zwischen den Schulterblättern, weiter. Denn Axler und Schiller warten schon an dem schmalen Durchgang, der dort, genau mittig zwischen zwei Aufzugtüren, klafft und die Symmetrie des sechseckigen Raums beschädigt wie ein mutwilliger Riss. Dahinter scheint es noch ein Quäntchen lichter. Und bei den beiden anderen angekommen, fallen auch Nettler und Guler die Köpfe in den Nacken, und sie sehen, was die Aufmerksamkeit ihres Starken und ihres Hübschen gefangen hält. Über der Öffnung, durch sie weiter nach außen, womöglich auf einen grasgrünen Grund und unter einen splitternackten, grellblauen Himmel zu gelangen hofften, ist eine Ziffer aufgemalt. Nettler wünscht sich vergeblich, er könnte jetzt mit seinen Augen, mit irgendeiner besonderen Pupillenmuskelkraft, die beiden Wölbungen, die pralle Brust und den noch pralleren Bauch der Zahl, zum strammen Balken einer 1 zusammenpressen.

«Da ist was schiefgelaufen, Männer. Wir sind gar nicht im Erdgeschoss. Nehmt es dem alten Gulerchen nicht übel, aber ich glaube, wir sind ganz oben, auf Ebene 3, gelandet.»

## 20.

# WANDGEWÜRM

### WAS LEIDER NICHT ZUSAMMENPASSEN MAG

Wir sind nicht unten, sondern oben, in einem Stockwerk, das eine weite Ausschau erlaubt. Obwohl sich bislang nicht einmal Axler ganz an die Fensterfront herangewagt hat, obwohl uns alle noch drei, vier Schrittchen von den mehr als mannshohen, bis zum Boden reichenden Scheiben trennen, kann keiner von uns bezweifeln, dass sich da draußen, hinter schmutzigem, von schmalen, eisernen Streben unterteiltem Glas, ein diesiger, gleichmäßig heller Tag über das Braungrau einer offenen Landschaft spannt. Noch kann ich nicht sagen, ob mir das Gelände von früher her vertraut ist. Und falls ich demnächst Baum oder Wiese, Weg oder Gemäuer wiedererkennen sollte, werde ich mich davor hüten, noch ein weiteres Mal durch Bescheidwissen aufzufallen.

Die Zeit, wo solche Keckheiten folgenlos bleiben durften, ist abgelaufen. Mein lieber guter Nettler wird mich nicht wie eben erst beschützen können, falls unser Starker auf die Idee kommt, mir forschend auf die Idee kommt, mir forschend auf den Zahn zu fühlen. So süß es war, mich vorhin im Aufzug zum ersten Mal seit Jahr und Tag wieder von Kopf bis Fuß zu spiegeln, es bleibt leider kein pures Zuckerlecken. Mittlerweile ist mir eine Heidenangst gewachsen. Und Gulerchen spürt das verzweifelte Verlangen, das, was ich vielleicht ein letztes Mal von neuem bin, ohne allzu große Beschwernis oder gar Qual in die verbleibende Daseinsspanne, in einen Lebensendwinkel, randvoll mit honiggelbem Außenlicht, hineinzuretten.

Wir halten Abstand. Wir folgen den Fenstern. Sie scheinen in sachtem Bogen um das Gehäuse, das uns birgt, herumzuführen. Schiller geht voran. Er hat das Recht dazu. Wenn er gleich lauthals «Wehler!» rufen sollte oder gar «Wehlerchen, ich bin's! Gib Antwort! Bist du da irgendwo?», wird es weder Nettler noch Axler, und mich erst recht nicht, wundern.

Im Licht des falschen Laminats, gebeugt über Pullover und Hose, habe ich nach vielen Jahren noch einmal frisch begriffen, was sich im Gang der Büroarbeit zu einer bleichen Selbstverständlichkeit verwischen musste: Schiller sieht schrecklich gut aus. Gewiss spürt er es selbst. Die Schönen spüren, wie schmerzlich schwach uns ihre Schönheit macht. Wir alle waren, Glas neben Glas, Rechteck auf Rechteck, Tag auf Tag insgeheim von Schillers wohlgeratenen Zügen und von deren Mienenspiel befangen. Und Wehler, das patente Kerlchen, ist schließlich exemplarisch, notgedrungen stellvertretend für unsere Vielzahl, handgreiflich mit ihm geworden.

«Das Geschlecht hat sich im Griff!»

Als Gulerchen dämmert mir endlich, dass wir Schüler die Merksätze, die wir im Chor zu brüllen pflegten, bestenfalls halb verstanden haben. Unter uns war ja kein Einziger, der derart mit seiner Haut- und Muskelmaske, mit einer derart perfekt gespannten Larve punkten konnte. Beflissen, mit streberhaftem Zeigefingerheben und mit dem Beben unserer mehr oder minder schlaffen Backen gierten wir, Kerl für Kerl, nach Augenmerk, nach einem länger verweilenden, zumindest heuchlerisch geneigten Blick.

Wie viele Fenster hat es in unserem Klassenraum gegeben? Da müssen Öffnungen gewesen sein, durch die unser Gucken ins Freie entwischen konnte. Bestimmt stand ab und an eines der Blümlein, während wir den akuten Lehrsatz die obligatorischen zwei Mal wiederholten, vor einer der Scheiben und blickte stumm hinaus. Aber ein Bild von diesem Draußen will sich nicht einstellen. Womöglich war die Tür, durch die wir bubenhaft ungeduldig zu unseren Einzeltischen drängten, die einzige Öffnung in den vier Wänden. Vielleicht gab es statt Fenstern nur ein Oberlicht, eine mehr oder minder milchige Teilverglasung der Decke, die unserem Unterrichtetwerden hinreichend Helle garantierte.

Schiller ist stehen geblieben. Er hat sich von der schlierigen Glasfront hin zur Wand gedreht, und, zu ihm aufgeschlossen, erkennen wir, was seine Aufmerksamkeit gefangen hält. Das matte Gelb des Anstrichs, der, seit wir den Aufzug verlassen haben, überall gleich aussah, ist an einer Stelle, etwa in Hüfthöhe, dunkel verändert. Es ist kein Schmutz, das Dunkle liegt nicht auf, sondern es scheint von innen durchzuschimmern. Und was uns vier gewiss ähnlich verwundert: Seine Kontur hält nicht völlig still. Ein wenig sieht es aus, als suche Wasser einen Weg nach außen und sei mit dem ihm eigenen bewusstlosen Vorwärtsdrängen bereits dabei, durch die letzte widerständige Schicht, durch einen feinporigen Verputz und durch den gelben Anstrich zu uns herauszusuppen.

Vorbei. Aus und vorbei. Schon ist es in seiner ganzen Scheußlichkeit geschehen. Ach, wäre es nur Wasser oder etwas vergleichbar Flüssiges gewesen! Wir hätten uns bestimmt erneut gutgläubig angesehen, wie es nach unten rinnt. Und wäre es am Boden in die Richtung abgeflossen, aus der wir gekommen sind, hätten wir vermutlich kehrtgemacht, um gegen den bisherigen

Kreissinn an den Scheiben entlangzutrotten. Egal, in welchem Licht man weilt, es ist nie falsch, einem solchen Fluss und damit einer Neigung, die man mit einem gewissen Recht natürlich nennt, zu folgen. Aber was da nach außen drängte, tat dies nicht, weil ihm ein geometrisches Gefälle Bewegung schenkte.

Jetzt, wo es tot ist, klafft Raum zu überlegen, warum es uns so tief entsetzt hat. Vielleicht war es sein Kopf? Denn mit dem Kopf voran schob es sich aus der Mauer. Vielleicht erschreckte uns vor allem dessen Größe. Fast kinderköpfchengroß war der schwarze Stirnschild, der sich mit einem hin- und herdrehenden Drängen zu uns ins Freie bohrte. Hätten uns mehrgliedrige Beine noch mehr erschreckt als jene grauen Noppen, die, fast faustdick, auf der Unterseite seines walzenförmigen Rumpfes saßen? Paar auf Paar aus der Wand gekommen, suchten diese Stummel mit einem muskulär anmutenden Zucken in der leeren Luft vergeblich nach einem neuen Grund. Genauso sehr wie die Gestalt der Riesenmade bestürzte uns, dass das Geschöpf derart zügig die Wand durchbrach. Was wir seit unserer Auffahrt für glücklich mauerartig fest gehalten hatten, schien plötzlich ähnlich fleischig wie das armlange Gewürm, welches sich mit Gewalt aus ihm herauswand.

Vor Schiller plumpste das Ungetüm auf den Boden. Es krümmte die schwarze Halbkugel seines Bohrkopfs gegen das Ende seines zylindrischen Leibes. Es streckte sich wieder, um sich sogleich erneut zu krümmen, und schnellte auf diese Weise so dicht an Schillers nackte Füße, dass dieser zur Seite hüpfte, um einer Berührung zu entgehen. Rückblickend kann ich nur bewundern, wie sachlich Axler erneut die Drecksarbeit für uns erledigte. Ein erstes Zustoßen lähmte das Wesen. Es lief bloß noch ein Zittern über seinen feuchtglänzenden Körper. Aber unser Starker ließ es sicherheitshalber nicht dabei bewenden. Ein frischer Schockstock braucht nicht lang, um die Ladungsmenge, die eben erst durch seine Spitze gejagt ist, neu aufzubauen.

«Aller guten Dinge sind fünf!»

So wie es sich gehörte, hatten wir diesen Merksatz im Chor intoniert, wenn er uns vorgesprochen worden war, und jedes Mal hatten wir bombenfest geglaubt, wir würden, wenn es so weit wäre, schon augenfällig begreifen, was da fünfmal angegangen, geordnet, aufgeräumt oder rabiat beseitigt werden müsste. Axler stieß alles in allem fünfmal zu. Erst mit dem letzten Stoß gelang es ihm, den Kopf vollends vom Körper abzutrennen. Ein Saft, erst glasig, dann milchig, trat aus den zerstückten Überresten. Und Schiller, unser Hübscher, erbrach sich. Sein kümmerlicher Mageninhalt klatschte auf den Boden, so nah an dem reglos gewordenen Geschöpf, dass die Flüssigkeiten ineinanderflossen.

Auch wenn uns dreien das Geschehene ähnlich scheußlich vorgekommen war, es schien uns zugleich Mut gemacht zu haben. Axler stocherte noch ein Weilchen in dem Wandloch, aus dem die Made sich zu uns herausgeschoben hatte. Nettler starrte, auf die Knie gesunken, in seine Tiefe. Um nicht wieder ungut abseits zu stehen, tat ich das Gleiche. Und auch Schiller trat einen halben Schritt heran, wischte sich mit dem Ärmel über die Lippen und fragte, was wir erkennen könnten.

Im Mittleren Büro, wo jetzt noch all die anderen auf ihre Tische blicken, wird – selbstverständlich, selbstvergessen! – weiterhin nicht über die bleiche Wand gesprochen. Bestimmt haben sich die Ovale unserer einstigen Schlafnischen längst geschlossen. Allenfalls eine Narbe, ein blasser Wulst, erinnert noch an die Kante, über die Nettler, Schiller, Axler oder ich uns Morgen auf Morgen ins Bürorund wälzten.

Womöglich ist für diesen Jessmann, falls er es bis an die Schleuse und durch ihr Geblitze ins Büro geschafft hat, bereits ein neuer Tisch am Wachsen, an dem er fortan Jessler heißen darf. Boden und Wand sind seit unserem Weggang sicherlich unverändert käsig weiß geblieben. Was wir, in das Austrittsloch der Made gaffend, sahen, war nun erneut die gleiche Substanz. Nur war sie hier, auf Ebene 3, mit einer Art Verputz und einem Anstrich überzogen worden.

Deshalb, weil uns diese kümmerliche Einsicht mit Grimm erfüllte, haben wir vier uns endlich ganz an die andere Seite, an das harte Glas der Fenster herangewagt. Wir stehen nebeneinander und glotzen fischstumm nach draußen. Wasser, vermutlich abfließendes Regenwasser hat Bahnen in den Schmutz gezogen. Da draußen könnte es eben Tag geworden sein. Zumindest glaube ich aus der Weise, wie das Licht den Dunst durchdringt, schließen zu können, dass es sich um eine der ersten hellen Stunden handeln muss. Das Gras und die krautigen Pflanzen, die das Gelände bewachsen, sind braun, womöglich ist es früh im Jahr und erst die kommenden Wochen werden frisches Grün und die zarten Farben erster Blüten bringen.

«Was ist das? Könnt ihr mir sagen, was das ist?»

Axler fragt, und wir wissen, was er meint. Wenn wir die Nasen an die kühle Scheibe pressen, ist ganz unten der Umriss eines ziemlich großen, metallisch glänzenden Objekts zu erkennen. Aus unserer Höhe sind seine Maße und seine Machart nicht leicht einzuschätzen. Schiller meint, es müsste eine Maschine, es könnte möglicherweise ein Fahrzeug sein. Ich bin mir ziemlich sicher, dass er recht hat. Es scheint sich um eine Art Raupenmobil zu handeln, vielleicht um einen kleinen Panzer, allerdings ohne Turm und ohne das Rohr einer Bewaffnung.

Genug! Gulerchen glaubt nicht, dass er viel mehr darüber sagen kann. Gulerchen weiß wirklich nicht, wofür dergleichen Wissen gut sein könnte, von einem Namen für diese blödsinnige Maschine ganz zu schweigen. Gulerchen schluckt. Es ist ein trockenes, einsilbiges Schlucken. Denn eben, während etwas in meinem Schädel noch wie ein Automat in einem Automaten nach einer Bezeichnung für das Raupending suchte, ist mir so beiläufig, wie unser Gedächtnis zuzuschlagen liebt, auf einmal wieder eingefallen, wie ich, bevor ich Gulerchen, bevor ich Guler hieß, im allerwirklichsten Außen geheißen habe. Sag «Guten Morgen!», sag einfach: «Schönes Wetter!» Sag zu dir selber: «Es wird Frühling, Guhl!»

## 21.

# FRÜHLINGSMODER

### WEN DER ROTE FUCHS ERSPÄHT

Nach Temperatur und Luftfeuchtigkeit, nach Windstärke und Windrichtung, nach dem atmosphärischen Druck und der Feinstoffpartikelmischung, nach dem momentanen Keimbefund und im Anschluss an das akute Strahlungsspektrum sprach Blank der Funkknopf, der ihn mit den Messgeräten des Raupenroboters kurzschloss, noch einmal die Zeit ins Ohr: Fünf-Null-Eins, a. m., also noch eine knappe halbe Stunde bis Sonnenaufgang.

Sobald das matte Rosa über dem Horizont in ein sattes, rotgeädertes Orange umgeschlagen war, würde es exakt eine Woche her sein: In einem derart zartblutigen Morgenlicht hatte Hauptmann Blank über den Rand des Beobachtungsgrabens zunächst mit bloßen Augen, dann durch den Feldstecher verfolgt, wie sein fünfköpfiger Erkundungstrupp, Mann hinter Mann, auf das sogenannte Objekt, auf den deformierten Quader des ehemaligen Verwaltungsbaus zugepirscht war.

Die Wetterlage hatte sich in den letzten sieben Tagen nicht geändert. Kein Niederschlag, der Himmel dunstig verschleiert. Rund um die Uhr war es noch drei, vier Grad zu kühl für die Jahreszeit, aber seit der letzte Nachtfrost vorbei war, roch es anhaltend modrig nach Frühling. In diesem zwiespältig süßlichen Duft, den auch jetzt ein schwacher, aber steter Wind gegen Hauptmann Blanks Stirn, gegen seine Wangen und in seine Nasenlöcher blies, war sein Team, waren die seither sang- und klanglos Verschollenen, in ihr unverstandenes Vis-à-vis eingedrungen.

Für den Hinweg hatte der kleine Weller die Spitze übernommen. Es war nicht nötig gewesen, dies eigens anzuordnen. Weller besaß ein phänomenales Gespür für alle Arten von Gelände. Jeder, der ihn während eines Einsatzes beobachtet hatte, in dem spontane Raumerfassung das A und O darstellte, musste neidlos anerkennen, dass ihr Kleiner in dieser Hinsicht eine Klasse für sich war. Und wer je von Weller in flinkem Zickzack durch ein mehr oder minder fragwürdiges Terrain geführt worden war, kannte die euphorisierende Illusion, man müsse diesem geschmeidigen Kerlchen bloß unentwegt an den Hacken kleben, um garantiert rechtzeitig hinter einem Haufen bemooster Ziegelsteine oder hinter dem rostroten Führerhaus eines räderlosen LKW-Wracks Deckung zu finden. Mittlerweile, seit die befallenen Bauwerke entdeckt worden waren, verbot allerdings eine Order des mobilen Hauptquartiers, dass der Führer einer Hundertschaft bei einer diesbezüglichen Erkundung Kopf und Kragen riskierte.

Heute vor einer Woche war der Wortfunkkontakt abgerissen, kaum dass das Gebäude die fünf verschluckt hatte. Seitdem gab es nur wenige, schwierig zu deutende Hinweise darauf, wie es seinen Männern inwändig ergangen sein könnte. Als verantwortlicher Offizier musste Blank die fatale Möglichkeit, dass der gesamte Trupp verloren war, in die Einschätzung der Lage miteinbeziehen. Und wenn er hier, in dem Grabenring, der von seinen Männern Meter für Meter ohne Maschinenhilfe, nur mit Spitzhacke, Spaten und Schaufel, um das Objekt gezogen worden war, noch allein zu entscheiden gehabt hätte, wäre spätestens am fünften Tag ein Bergungskommando ausgerückt.

Inzwischen fragte sich zweifellos jeder in Blanks Hundertschaft, warum er den Versuch einer Rückholung aufschob. Ein Tagesbefehl, der eine Erklärung zumindest andeutete, war überfällig. Denn unter den Männern beruhte das Vertrauen, das man in den Führungsoffizier, ja in das Prinzip der Führung überhaupt setzte, auf dem nirgends niedergeschriebenen, nie platterdings ausgesprochenen, aber felsenfest geglaubten Versprechen, ein verschollener Kamerad würde ausfindig gemacht und aus der jeweiligen Gefahrenzone geschafft, auch wenn es hierfür einen der blutdichten Transportsäcke brauchte.

Frau Fachleutnant Xazy sah das leider anders. Und sie saß, daran gab es nichts zu deuteln, seit ihrer Ankunft und bis auf weiteres am längeren Hebel. Schon dass sie ihm vor zwei Wochen, bald nach Entdeckung der Umbildung, zur ständigen logistischen Unterstützung beigeordnet worden war, hatte den üblichen Verfahrensrahmen gesprengt. Die Anweisung, die Blank damals, erst eine knappe Stunde vor Xazys Eintreffen, per Wortfunk erhalten hatte, besagte, dass nichts, was im Weiteren anstand, ohne Absprache mit ihr in Angriff genommen werden dürfe.

Mit dem Helikopter war Frau Xazy direkt aus dem mobilen Hauptquartier eingeflogen worden, und allein schon dieser kostbaren Treibstoff verprassende Transportweg hatte unterstrichen, wie ihre Wichtigkeit einzuschätzen war. Nach einem ersten grundlegenden Gespräch war Blank damals mit ihr in den Hubschrauber geklettert, und sie hatten das zum Objekt gewordene Bauwerk in einem gebührend weiten Sicherheitsabstand umkreist. Es war sein erster Flug, und Blank staunte, wie selbstverständlich sich das Asphaltgrau der ungewöhnlich gut erhaltenen Zufahrtsstraße und ihre grün lackierten LKWs in etwas geometrisch Allgemeines, in ein Gewürfel und in ein wie mit dem Lineal gezogenes Band verwandelten. Nach der dritten Runde um das Objekt fragte die blutjunge Pilotin, ob sie den kritischen Bereich, diese enorme, käsig weiße Ausstülpung, deren glasig ins Bläuliche schillernde Kappe, nicht einfach in etwas größerer Höhe überqueren solle. Aber Frau Fachleutnant Xazy hatte das forsche Mädchen, das schon eine Stunde später ohne sie ins Hauptquartier zurückkehren sollte, barsch angewiesen, keine weitere Sekunde an einen derart riskanten Unfug zu denken.

Auch die Entsendung des Stoßtrupps hatte sie dann noch volle sieben Tage lang hinausgezögert. Erst müssten andere, rein technische Möglichkeiten der Erkundung ausgeschöpft werden. Folglich hatten sie nacheinander ihre drei Drohnen und damit den gesamten Flugkörperbestand seiner Hundertschaft über dem Objekt verloren. Jede fiel auf die gleiche Art vom Himmel. Die Rotoren standen still, ohne dass sich dies in irgendeiner für ihre Augen oder ihre Geräte erfassbaren Weise angekündigt hätte. Der silberne Korpus stürzte lotrecht auf das zu, was sie, in Ermangelung einer besseren Bezeichnung, den Schirm nannten, und wurde von dessen fleckig glänzender, offenbar elastisch poröser Substanz geschluckt.

Bei der Auswertung der Absturzbilder hatten sie zumindest berechnen können, dass die Fallbeschleunigung zweifelsfrei höher gewesen war, als es der Luftwiderstand erwarten ließ. Keine allzu große Erkenntnis. Bereits aus dem bloßen Mitansehen hatten sie geschlossen, dass das Objekt die ferngelenkten Flugmaschinen, so wie zuvor schon eine Serie von Krähen und Tauben und einmal einen zunächst lange unbehelligt kreisenden Mäusebussard, irgendwie anzog, sich also, wie Frau Xazy es auf einen Blank vorher nicht geläufig gewesenen Fachbegriff zu bringen beliebte, reaktiv verhielt.

Vor zwei Tagen dann hatte ein Schwerlaster den Raupenroboter geliefert, der von Frau Xazy gleich nach ihrem Eintreffen angefordert worden war. Blanks Männer hatten das seltene Stück gebührend bestaunt, und bestimmt keimte in jedem die Hoffnung, es könne zur Bergung der verschollenen Kameraden, vielleicht sogar noch zu deren Rettung beitragen. Als die Maschine gestern Nachmittag zum Einsatz kam, übernahm Frau Xazy die Sprechfunksteuerung. Der relativ flache, nur gut brusthohe, aber mehr als mannslange und fast genauso breite Korpus des Automaten erwies sich als wunderbar wendig und geländegängig. Die wenigen Hindernisse auf dem Weg hin zu dem trapezförmig verzogenen Eingang, in dem Blanks Trupp verschwunden war, wurden vorsichtig umkurvt. Wie zuletzt, keine hundert Schritt vor dem Objekt, der Boden unter den Kunststoffketten des Mobils nachgegeben hatte und es durch die aufreißende Grasnarbe in einen Hohlraum, wahrscheinlich einen halb verschütteten Keller, gestürzt war, hatte Frau Xazy es auf die Raupenenden kippen lassen. Und gleich einer Schildkröte, die sich notfalls auf die Hinterbeine stellt, war es der Maschine gelungen, sich über die lehmige, von fahlgelben Ziegelbrocken und allerlei Schrott durchsetzte Erde wieder nach oben zu arbeiten. Der Restweg wurde dann noch ein wenig langsamer, noch ein bisschen vorsichtiger, getaktet durch zusätzliche Meßstopps und ohne besondere Vorkommnisse bewältigt. Mit Einbruch der Dunkelheit war die vorläufige Endposition, exakt fünf Meter vor dem Eingang, erreicht gewesen.

Die ganze zurückliegende Nacht hatte die Maschine dann Daten gesendet. Um notfalls auch den Augenschein zu Hilfe nehmen zu können, waren Blank und Frau Fachleutnant Xazy ganz vorne geblieben, am Ende des Stoßgangs, der wie ein Zeigefinger vom Grabenring Richtung Objekt wies. In ihren wattierten Winteruniformen saßen sie auf zwei Feldklappstühlen nebeneinander.

Und den Folienbildschirm auf den Oberschenkeln, erläuterte sie ihm, wie sich die Zahlenkolonnen, die Kurven und die auf und ab pumpenden bunten Bälkchen über das, was ihnen ihre Kontaktknöpfe ins Ohr raunten, hinaus interpretieren ließen.

Blank konnte sich nicht erinnern, je in so kurzer Zeit derart viel über die Darstellung und Deutung von Daten gelernt zu haben. Er genoss den Kenntniszustrom, er nickte eifrig, er hakte nach, so gut er konnte, und das Wechselspiel von Frage und Antwort schmeckte seiner Neugier, ohne sie zu stillen. Allerdings war hierbei ein künstliches Hilfsmittel im Spiel gewesen. Denn als der Abend anbrach und ihre erfolgreich vorgerückte Raupenschildkröte bereits ein Weilchen bewegungslos, aber keineswegs untätig vor dem Objekt verharrte, hatte Frau Xazy den Reißverschluss der Uniformjacke ein Stück weit aufgezogen, ein Döschen aus der Brusttasche geholt und Blank eine kleine, knallgelbe Pille, einen ihm bislang unbekannten Wachhalter, angeboten.

«Greifen Sie zu, Hauptmann. Das ist das Neueste vom Neuen. Glasklare Stimulanz, keinerlei Wahrnehmungsverzerrung, keine Schwankung der Intensität. Nach gut acht Stunden nicht das übliche abrupte Wegsacken der Wirkung, sondern ein angenehm sachtes Abflauen. Und morgen früh, nach einem einzigen Schlummerstündchen, null Erinnerungsverlust und vor allem – versprochen! – nicht eine Spur postenthusiastischer Traurigkeit!»

Und dann hatte sie sich selbst eine der gelben Linsen auf die weit herausgestreckte Zunge gelegt und übertrieben deutlich geschluckt. Blank schloss unwillkürlich die Augen, um sich dieses Zungezeigen und das Rucken auf ihrem schlanken Hals noch einmal vorzustellen, und wie es der morgenhelle Zufall wollte, hörte er in diesem Moment ihre Stimme. Frau Fachleutnant Xazy kam von links aus dem Grabenstück, das zu ihrem splittersicher befestigten Unterstand führte. Dort hatte sie unter rohen Bohlen, daumendickem Blech und einer Schicht Erde Tisch, Stuhl und Feldbett stehen, dort waren mit langen Dübeln die Haken ihrer Hängematte in der lehmigen Erde verankert worden und eine feste Plane trennte ihr persönliches Reich vom Laufgraben und schirmte es so gegen neugierige Blicke ab.

Frau Fachleutnant Xazy lachte, sie scherzte mit einem seiner Männer, bestimmt mit Jessmann, den Blank ihr als persönliche Ordonnanz freigestellt hatte, nachdem sie gleich nach ihrem Eintreffen einen klugen Kopf, sie sagte, «ein helles Hirn», als eine ihr permanent zur Verfügung stehende Hilfskraft verlangt hatte. Seither war der Jüngling unübersehbar begeistert davon, sie auf den anfallenden Wegen rund um das Objekt begleiten zu dürfen. Blank nahm an, dass Jessmanns Kameraden inzwischen begonnen hatten, über dessen Eifer zu witzeln. Vermutlich war es bereits zu einem «Wie geht es Mutti, Jessmann?» oder zu noch frecheren, eventuell sogar anzüglichen Sprüchen gekommen. Falls ihm dergleichen unmittelbar zu Ohren kommen sollte, musste Blank darauf achten, den derart Vorlauten auf der Stelle, aber auf keinen Fall übertrieben hart zu maßregeln. Denn dass der Hauptmann einer Hundertschaft verstand, mit Augenmaß zu strafen, trug einen nicht unerheblichen Teil zu dem Respekt bei, den er bei seinen Männern genoss.

Frau Fachleutnant Xazy war kurz vor der Stelle, an der er die beiden sehen würde können, stehen geblieben. Blank hörte, wie sich Jessmann in korrektem Ton von ihr verabschiedete, und schon schritt Xazy in den leichten, nur die untere Hälfte der Waden bedeckenden Schnürstiefeln des technischen Korps auf ihn zu.

«Legen Sie sich auch ein bisschen aufs Ohr, Hauptmann. Die Nacht ist vorbei. Der Tag wird lang.»

Blank staunte, wie frisch sie aussah. Als sie sich vor knapp zwei Stunden nach einer letzten famos konzentrierten Zusammenfassung der eingegangenen Daten für eine Ruhepause, sie nannte es «ein Schlummerpäuschen», zurückgezogen hatte, war es ihm erstmals so vorgekommen, als liege eine verhaltene Müdigkeit in ihrer Stimme. Zu bereden, was der Raupenroboter registrierte, und zugleich das eine oder andere zu verschweigen, was sich hierzu spekulativ bedenken ließ, hatte Frau Fachleutnant Xazy womöglich doch ähnlich erschöpft wie ihn. Zuletzt waren ihr die aschblonden, im Licht der Leuchtfolie aluminiumgrau schimmernden Locken auf die linke Wange geglitten, und sie hatte sie nur provisorisch hinters Ohr geschoben. Vermutlich brauchte sie einen Spiegel, um die Fülle dieser merkwürdig wirren, aber zugleich, Löckchen für Löckchen, fast künstlich gleichförmigen Haarflut so zu bändigen, dass alles, vermutlich gehalten von gut verborgenen Klämmerchen, korrekt unter dem schwarzen Technikerbarett saß.

Unwillkürlich griff Blank sich auf den Kopf. Mit der typischen, die Sinnesgrenzen verwischenden Überreizung der Wahrnehmung, die sich zwangsläufig einstellte, wenn ein starker Wachmacher abklang, bildete er sich kurz ein, die Farbe der eigenen Haare, deren metallisch leuchtendes Rotblond als etwas elektrisch Knisterndes in den Fingerspitzen zu fühlen. Immer hatte er darauf geachtet, sein auffälliges, unweigerlich vereinzelndes Haar so kurz wie nur möglich zu tragen. In seinen rangniederen Jahren, als Mann unter Männern, war es für ihn wie für die meisten eine Selbstverständlichkeit gewesen, sich den Schädel jede Woche unter der Felddusche von einem Kameraden mit dem Rasiermesser glatt schaben zu lassen. Erst seit er die Hundertschaft führte, ließ er das Haar offiziersgemäß, also knapp kleinfingerlang, stehen. Und bald hatte ihn über seinen Vertrauensmann, den dicken, humorigen Guhl, die Kunde erreicht, dass ihn seine Männer den Fuchshauptmann oder kurz und bündig den Fuchs zu nennen begonnen hatten.

Ausgerechnet heute Nacht, während er mit Frau Fachleutnant Xazy wachte, als ihre Stimmen, dem Schwinden des Lichts geschuldet, längst flüsterleise geworden waren, hatte er das Tier, dem er seinen Spitznamen verdankte, im Vorfeld des Objekts entdeckt. Blank war aufgestanden gewesen, um die Wirbelsäule zu strecken, blieb dann noch ein Weilchen stehen, um den schlanken Räuber zu beobachten. Von sich aus hätte er wohl nichts weiter gesagt, aber dann hob Frau Fachleutnant Xazy den Kopf, als spürte sie irgendwie, dass er etwas fixierte. Schließlich rollte sie die Bildfolie auf und stellte sich neben ihn, um gleichfalls ins Gelände zu lugen.

«Was für ein schönes Tier!», hatte sie dann bloß gehaucht.

Zweifellos war es dem leidigen Wachhalter geschuldet, dass Blank als eine denkbar törichte Erwiderung über die Lippen gekommen war, es handle sich, das lasse sich schon allein an der Silhouette erkennen, um einen noch jungen, wahrscheinlich knapp dreijährigen, also bereits geschlechtsreifen Rüden. Der Fuchs schien ihre Stimmen gehört zu haben, zumindest war er stehen geblieben. Er hob die buschige Rute und drehte die Schnauze in ihre Richtung. Blank fühlte sich vom Blick des Nachtjägers getroffen, duckte sich unwillkürlich und zog den Kopf in den Nacken. Frau Xazy aber reckte sich auf die Zehenspitzen, als könnte sie das Tier so noch besser betrachten.

Dicht nebeneinander verharrten sie ein stilles Weilchen, Schultern und Ohren auf gleicher Höhe. Und während dieser Spanne war der Moment gekommen, in dem Blank nicht länger vor sich verbergen konnte, wie gleichmäßig, wie unaufhaltsam stetig über die letzten vierzehn Tage hinweg in ihm das Ver-

langen angewachsen war, Frau Fachleutnant Xazy mit irgend-
was gehörig zu beeindrucken, ja ihr – er konnte diesen Wunsch
nicht vor seinem Verstand beschützen – als ein sommersprossi-
ger Rotschopf, samt seinen weißblonden Brauen und farblosen
Wimpern, auch abseits von Worten und Taten mehr als bloß ein
bisschen zu gefallen.

## 22.

## STÄNGELABZÄHLEN

WER SCHLIMM SCHIESSLÜSTERN SEIN KANN

Vielleicht war es damals, im letzten Frühling, ein Fehler gewesen, ausgerechnet Guhl auf den fraglichen, volle fünf Wochen während Lehrgang ins mobile Hauptquartier zu schicken. Nun, wo ihr Dicker mit den anderen im Objekt verlorengegangen war und ihm auf eine spürbar besondere Weise fehlte, kam Blank nicht umhin, sich Vorwürfe zu machen. Womöglich war Guhl für das, was jene Schulung dann zwangsläufig nach sich gezogen hatte, doch schon ein Quäntchen zu alt gewesen.

Die Wortfunkaufforderung, die im vorigen Frühjahr an alle Hundertschaften gegangen war, hatte eine Altersobergrenze für die Kursteilnehmer genannt. Guhl war, falls das Geburtsdatum in seiner Personaldatei stimmte, gerade noch in Frage gekommen. Blank hatte damals gleich an ihn gedacht, denn der Dicke war derjenige unter seinen Männern, an dem ihm nach ihrer ersten Konfrontation mit dem Phänomen nicht bloß das erwartbare Staunen, sondern auch eine hartnäckige Lust, darüber zu räsonieren, aufgefallen war.

«Ja, Ihr Mann, dieser Guhl, ist während unseres Lehrgangs regelmäßig durch gewitzte Fragen aufgefallen.»

Dieses Lob war vor einer Woche über Frau Xazys Lippen gekommen, als Blank, knapp und mit der Zurückhaltung, die ihm damals und weiterhin geboten schien, die fünf Männer charakterisiert hatte, die er als Erkundungstrupp Richtung Objekt schicken wollte.

«Unsere Schulungsleiterin hat sogar erwogen, den alten Knaben für besondere Aufgaben im Hauptquartier zu behalten. Sie hatte an eine bestimmte Tätigkeit im Archiv gedacht. Das wäre, in Anbetracht der momentanen Lage, natürlich das Beste für ihn gewesen.»

So hatte es dann heute Nacht geklungen, als sie noch einmal auf Guhl zu sprechen gekommen waren. Jetzt, im Morgenlicht, verdross es Blank erneut, wie souverän beiläufig in dieser Bemerkung Kritik an seiner Entscheidung, Guhl mit den vier anderen in das Objekt zu schicken, angeklungen war. Immerhin war Xazy nicht auf sein Angebot eingegangen, Guhl, Achsmann, Weller, Schill und Nettmann unter vier Augen auf ihre jeweilige Tauglichkeit zu prüfen, bevor sich die fünf auf den Weg machten.

«Unser Objekt ist doch Guhls zweite Konfrontation gewesen? Habe ich mir das richtig gemerkt, Hauptmann?»

Blank zweifelte keinen Moment, dass Xazy sich an ausnahmslos alles, was er ihr über seine Männer berichtet hatte, bis ins Detail erinnerte. Und mit den Umständen, die er ihr bislang mehr aus Instinkt, denn aus Kalkül verschwiegen hatte, wollte er auch jetzt, wo die Wirkung ihrer Pille in überraschend unkontrollierbaren Wellen abebbte und er die Gefahr, einfach draufloszuschwatzen, in Kehle und Zungenwurzel spürte, so sorgsam wie möglich haushalten. Sie nahmen noch einmal nebeneinander auf den Feldhockern Platz, und als hätte er diesen Moment abgepasst, bog Jessmann, zwei Blechbecher mit dampfendem Tee in den Händen, um die Ecke.

Nicht bloß für Guhl, sondern auch für Blank stellte das, was Frau Xazy zu ihnen geführt hatte, die zweite Konfrontation dar.

Die erste Begegnung lag mittlerweile anderthalb Jahre zurück und hatte Blank damals, an einem anderen, aber in einigen markanten Punkten ähnlichen Ort, für wenige Stunden eines einzigen Septembertags in ihren Bann geschlagen. Unter herbstlich klarem Himmel hatte ihr Konvoi über die auf dem letzten Wegstück ungewöhnlich gut erhaltene Straße das Tor einer ehemaligen Kokerei erreicht und zunächst alles wie erwartet vorgefunden. Im Jahr zuvor hatten sie dort schon zum dritten Mal ihr Winterquartier aufgeschlagen. Der Innenhof der Industrieanlage war gerade so groß, dass die zehn grauen Mannschaftszelte, das große Reparatur-, das kleine weiße Hauptmannszelt sowie ihre LKWs samt den Anhängern Platz darin fanden. Die Außenmauern der hohen Gebäude sollten erneut einen fast lückenlosen Rundumschutz gegen die in den letzten beiden Wintern heftig gewesenen Stürme und die damit verbundenen Schneeverwehungen bieten. Dazu hatte sich der nicht allzu feuchte Koks, der sich aus einer teilweise eingestürzten Halle bergen ließ, als idealer Brennstoff für ihre eisernen Feldöfen erwiesen.

Guhl, der bärenstarke Achsmann und Nettmann, den das Hauptquartier damals, frisch degradiert, von den Bitterseen zu ihnen strafversetzt hatte, waren, noch während die Zelte abgeladen wurden, mit einer Schubkarre losgezogen, um eine erste Fuhre Brennmaterial zu holen. Er hatte keine Veranlassung gesehen, die Männer zu besonderer Vorsicht zu ermahnen. Wie Guhl und Achsmann, denen die Kokerei bereits bekannt war, wusste natürlich auch Nettmann, der erst seit zwei Wochen bei ihnen weilte, dass in derartigen Altanlagen nach einem zusätzlichen Jahr Wind und Wetter mit frischen Schäden an der Bausubstanz zu rechnen war.

Als die drei durch das offene Blechtor in das fragliche Gebäude traten, hatten sie auf den ersten Blick gesehen, dass ein weiteres Stück der Decke herabgestürzt war. Helle Betonbrocken lagen auf dem braungrauen Koks, der wie eine flache Rampe gegen die Rückwand der Halle angehäuft war. Zerbrochene Ziegel und modriges Holz durchsetzten die oberste Schicht. Auch die entscheidende Veränderung, den spektakulären Bewuchs, bemerkten sie sofort: Mehr als mannshoch erhoben sich die größten Exemplare aus dem muffig duftenden Schutt.

«Leider haben Sie keine Bilder machen lassen, Hauptmann. Aber das soll kein Vorwurf sein. Die ganze leidige Angelegenheit war ja noch blutjung. Ihre Hundertschaft war überhaupt erst die zweite, die mit dem Phänomen konfrontiert wurde.»

Damals, im Innenhof der Kokerei, im geschäftigen Hinundher des Abladens und Aufbauens, war ihm das Entdeckte, das bizarr Neue wenig später von Guhl knapp, aber eindrücklich beschrieben worden. Nettmann und Achsmann hatten dem Dicken das Wort überlassen und sich auf ein gelegentliches Nicken beschränkt. Blank entschied nach kurzem Überlegen, in Anbetracht des Allgemeinen Naturkontrollgebots und aus einem vage unguten Gefühl heraus, eine Wortfunkmitteilung an das mobile Hauptquartier zu schicken. Fast umgehend erhielt er den Befehl, die Kokerei zu räumen und das nächstgelegene Ausweichquartier anzusteuern.

Was die Koksholer gesehen hatten, machte in der Hundertschaft dann schnell die Runde. Blank hatte darauf verzichtet, die drei zu Stillschweigen zu verpflichten. Und während der Wintermonate, die wie stets dazu genutzt wurden, die Fahrzeuge, die Geräte und die Waffen zu warten, verfestigten sich die Mutmaßungen, die ihren hastigen Abzug umspielten, zu einer halbwegs kohärenten Erzählung. Schon nach dem ersten Schneefall hatte Guhl berichtet, die Männer glaubten mittlerweile zu wissen, der seltsam bewachsene und folglich auch durchwurzelte Koks setze beim Verbrennen schädliche Gase frei. Das Hauptquartier hatte bereits davon erfahren, weil es andernorts, in einer anderen Hundertschaft, deswegen zu Atembeschwerden, zu chronischem Husten und noch schlimmeren Beeinträchtigungen, ja sogar zu lebensgefährlichen Lungenentzündungen gekommen sei. Daran stimmte so gut wie nichts. Aber je haltloser ein Gerücht, umso steiler und feingliedriger wurden die mit ihm verbundenen Spekulationen. Erst wenn der Rumor auf irgendeine spezielle Weise das Sterben und den Tod miteinschloss, begann die schöpferische Kraft, das Weiterwuchern des Geredes, allmählich zu erlahmen.

«Haben Sie die drei Augenzeugen damals auch getrennt befragt? Und ist Ihnen, wenn ja, irgendein Unterschied in der Art der Wahrnehmung und in der unmittelbaren Einschätzung des Beobachteten aufgefallen?»

Blank fasste sich unwillkürlich ans Ohr. Obwohl er jedes Wort verstanden hatte, gelang es ihm nicht, die Stoßrichtung von Fachleutnant Xazys Frage zu erfassen. Worauf wollte sie hinaus? Das Abflauen des Wachmachers schien ihn nun doch zunehmend zu beeinträchtigen.

«Logisch und gefühlsmäßig, Hauptmann: Wie haben sich Guhl, Nettmann und Achsmann damals einen Reim auf die Begegnung, auf ihre allererste Konfrontation gemacht?»

Blank spürte das Bedürfnis, sich mit schützenden Sätzen vor seine Männer zu stellen. Schließlich war damals keinem der drei ein Fehler unterlaufen. Guhl hatte ihm geschildert, wie unbändig stark sein Verlangen gewesen sei, sich die Gewächse aus allernächster Nähe anzusehen. Wenn es nach ihm gegangen wäre, hätte Achsmann damals einfach die Schaufel genommen und ein Exemplar abgestochen. Schwupps auf die Schubkarre mit dem langen, käsig bleichen Ding! Egal, was es genau gewesen sei, alles, was im Boden wurzele, beiße bekanntlich nicht. Er sei schon mit beiden Stiefeln auf dem Schutt gestanden, als Nettmann heftig Einspruch erhoben und ihn am Ärmel an den Rand der Halde zurückgezogen habe.

«Guhl hätte mir gerne ein Exemplar zur Ansicht und Beurteilung mitgebracht. Aber Nettmann hat die Gewächse instinktiv für giftig gehalten und sich später durch den Befehl zum sofortigen Abzug in dieser Ahnung bestätigt gefühlt. Wären sie denn gefährlich gewesen, Frau Fachleutnant?»

Xazy zuckte nur mit den Schultern. Blank rechnete damit, dass sie noch einmal nachhaken würde. Aber die Frage, wie der Dritte, wie Achsmann sich in der Halle verhalten habe, blieb aus. Als seine Hundertschaft das Ausweichquartier erreicht hatte und die Zelte aufgebaut waren, hatte Blank noch ein zweites Mal, dieses Mal unter vier Augen, mit Guhl über die Entdeckung gesprochen und erfahren, dass sich Achsmann in der Halle mit keinem Wort am Disput über eine eventuelle Gefährlichkeit der Gewächse beteiligt hatte. Aber nachdem sich die Vorsicht gegen die Neugier durchgesetzt hatte, als Nettmann und er sich von der Kokshalde wegdrehten, seien sie zu ihrem Erstaunen gewahr geworden, dass Achsmann seine Pistole gezogen hatte.

«Was Achsmann angeht: Unser Achsmann war offensichtlich kurz davor, auf die erste Konfrontation zu schießen. Wenn sich einer der Riesenstängel auch nur ein bisschen gedreht oder geneigt hätte, wäre der Kopf an seinem Ende, diese schmierig glänzende Kappe, von einer Kugel durchlöchert worden. Achsmann ist schließlich einer unserer besten Schützen, wahrscheinlich sogar der beste, und gewiss der kaltblütigste. Es waren übrigens zehn Exemplare, exakt zehn, die größten deutlich über zwei Meter hoch. Gerade wegen seines Unbehagens hat Nettmann nicht versäumt, sie abzuzählen. Zehn! Das heißt, das

Magazin von Achsmanns Waffe hätte gereicht, sie allesamt zu erledigen.»

Frau Fachleutnant Xazy schlürfte laut und lang am Rand ihres Blechbechers.

«Allesamt erledigt! Alles erledigt! Alle erledigt! Alle zehn erledigt!» Von einem unkontrollierbaren Enthusiasmus befeuert, wollten die Worte nicht aufhören, durch Blanks Schädel zu dröhnen. Mit Xazys gelber Pille war, entgegen ihrer Behauptung, zumindest in der letzten Wirkphase nicht zu spaßen. Gut, dass ihm eben, mittlerweile war es vollends heller Tag geworden, wirklich kein Wörtchen, nicht eine einzige Silbe zu Achsmann und zu jener Schießlust, die ihr Starker damals glücklicherweise im Zaum gehalten hatte, über die Lippen gekommen war.

## 23.

# HAUPTMANNSPLAUSCH

### WAS IN ALLER BESCHEIDENHEIT ZU GROSS IST

Gegen Mittag schoben sich von Osten Regenwolken in den Himmel, und Blank ließ hinten bei den Fahrzeugen die trichterförmigen Haltegestelle zusammenstecken und die Auffangplanen einlegen. Die Versorgung mit reinem Wasser blieb in ihrem Zuständigkeitsgebiet weiterhin eine fragile Angelegenheit. Unter seinem Vorgänger musste die Hundertschaft gelegentlich noch mit Tankwagen aus dem nördlichen Nachbargebiet, dem Teichrayon, versorgt werden. Mittlerweile war die Schadstoffbelastung des Grundwassers aber so weit gesunken, dass es sich nahezu überall mit gutem Ergebnis filtern ließ. Allerdings war der Treibstoffverbrauch ihrer kleinen Hochdruckreinigungsanlage enorm. Als Hauptmann hatte Blank das halbjährlich angelieferte Diesel zu verwalten und musste im schlimmsten Fall für einen akuten Mangel und den damit verbundenen Mobilitätsverlust geradestehen.

Nettmann war die in allen Rayons ähnlich chronische Treibstoffknappheit zum Verhängnis geworden. In der Personaldatei, auf die Blank erst kurz vor Nettmanns Eintreffen Zugriff erhalten hatte, fanden sich allerdings nur die Degradierung und die Versetzung des ehemaligen Hauptmanns in seine Hundertschaft vermerkt. Den Grund hatte er dann aus erster Hand, von

Nettmann selbst, erfahren. Noch am Tag, an dem der Bestrafte zu Fuß und ohne Begleitung bei ihnen eingetroffen war, ließ Blank ihn ins Leitungszelt kommen. Es war das erste Mal, dass er einem gegenüberstand, der den Rang verloren hatte, der ihm selbst vor fünf Jahren durch die Verquickung von Verlässlichkeit und Glück, von gelegentlichem Auffallen und stetem Unverdächtigbleiben zugefallen war. Blank mochte Nettmann auf den ersten Blickwechsel hin leiden, und im Folgenden erwies es sich als goldrichtig, dass er ihn mit keinem Wort auf den Grund der Strafmaßnahme ansprach.

Stattdessen hatte er Nettmann aufgefordert, vor den Tisch zu treten, auf dem die Leuchtfolie bereits eine topologische Vogelschau ihres Rayons zeigte. So wie er es bei jedem normalen Neuling, bei jedem frisch rekrutierten jungen Burschen zu Beginn seines Probejahrs zu machen pflegte, gab Blank ihm einen Überblick über die landschaftlichen Besonderheiten ihres Gebiets, über Grad und Art der Bewaldung, über die größeren Wasserläufe und den Zustand der für sie wichtigen Straßen und beschrieb sogar einige auffällige bauliche Überbleibsel der einstigen Besiedlung.

Nettmann war sichtlich dankbar für diese Form der Einführung gewesen. Schließlich hatte Blank den ehemals Ranggleichen, den zudem bestimmt zehn Jahre Älteren aufgefordert, sich zu setzen, und ihm eine der den Offizieren vorbehaltenen Zigaretten angeboten. Und als der Rauch ihrer Glimmstängel Richtung Zeltdach stieg, fragte er Nettmann, wie es in dessen bisherigem Rayon ausgesehen habe. Denn an das Ufer der Bitterseen sei er nie gekommen und würde wahrscheinlich auch in Zukunft, womöglich in seinem ganzen weiteren Dienstleben, nicht dorthin gelangen. Dies schien Nettmann einzuleuchten, und er fing an, zwanglos flüssig zu erzählen.

Am großen Bittersee, an dessen Nordufer sein Heimatrayon grenze, gebe es anders als hier, in diesem, mit Verlaub gesagt, eher kargen Landstrich, eine hinreißend üppige Vielfalt an Belebtem. Vor allem im Schilfgürtel wimmle es von Vögeln. Um Munition zu sparen, hätten sie die Gänse, Enten und Reiher in hohe Netze getrieben. Vom dortigen Volk beziehe man Salz, das in Trockenbassins gewonnen werde. Mehr als zwei Drittel des damit konservierten Fleischs würden in andere Rayons geliefert. Der gesamte Aufwand ihres Jagens, vor allem die Verarbeitung der Beute, habe allerdings dazu geführt, dass sie sich so gut wie gar nicht mehr um das ungefiederte, pelzlose, nicht vor dem Menschen flüchtende Essbare gekümmert hätten. Wildgetreide, der rote Reis, die gut lagerbaren, aber raren süßen Rüben oder die kälteempfindlichen Süßkartoffeln seien entweder aus den anderen Rayons geliefert oder im Tauschhandel mit dem am See ansässigen Volk erworben worden.

Damals waren er und seine Hundertschaft mit einer Sippe in Verbindung gestanden, die mit zwei großen Flachkähnen zum Fischen auf das Gewässer hinausfuhr. Seit Monaten, so klagten die Frauen, hätten sie keinen Tropfen Diesel mehr für die Motoren dieser Boote auftreiben können. Nur weit draußen wären die Netze wirklich üppig zu füllen. Was sich in Ufernähe mit Leinen aus dem dicht verschilften Wasser angeln lasse, werfe fast keinen Überschuss für den Eintausch anderer Güter ab.

Blank konnte kaum glauben, dass Nettmann tatsächlich auf den Gedanken verfallen war, den Volksweibern zwei Kanister Treibstoff zu spendieren. Der Lichtraddampfer des mobilen Hauptquartiers war seit Jahr und Tag ausschließlich auf den drei Bitterseen und auf den Kanälen, die diese verbanden, unterwegs. Die aberwitzig großzügige Gabe musste sich über kurz oder lang herumsprechen. Hauptmann Nettmann und die von ihm

Beschenkten waren wahrscheinlich von anderen missgünstigen Fischerinnen verraten worden, und die Angelegenheit hatte umgehend eine angemessen strenge Bestrafung nach sich gezogen.

Während sie sich derart über Fische und Vögel, über Körner und Knollen und über einen Treibstoff unterhielten, dessen Ursprung man, Blank glaubte, dies irgendwann gehört zu haben, in vorzeitlichen Wäldern vermutete, war ihr Gespräch nach und nach in einen Austausch auf Augenhöhe, in eine Art Hauptmannsplausch übergegangen. Nettmann war zweifellos ein eigenständiger Kopf. Und deswegen hatte Blank, nachdem sie die alte Kokerei Hals über Kopf verlassen hatten und das Ausweichquartier erreicht war, auf eine unverfängliche Gelegenheit für eine zweite ausführliche Unterredung mit ihm gewartet.

Wenige Tage vor dem Jahreswechsel wurden die Glasballone mit Beerenwein geöffnet. Und als die Silvesternacht anbrach, ließ Blank den sorgsam gefilterten roten Saft, wie es seit jeher im Rayon Brauch war, mit den üblichen Gewürzen erhitzen und als dampfenden Punsch an die Männer ausschenken. Der Alkoholgehalt erwies sich, weil der Sommer durchgängig heiß, aber nicht allzu trocken gewesen war und die Beeren üppig Fruchtzucker gebildet hatten, als erstaunlich hoch. Der ungewohnt potente Trunk stieg allen zu Kopf. Es wurde gelacht, gebrüllt und schließlich sogar im Chor gesungen.

Blank hatte gespürt, dass es wichtig war, sich dieses Mal ein extralanges Weilchen unter die Männer zu mischen. Und als er eine gute Stunde herumgegangen war, das knappe Dutzend längst legendenhaft erstarrter Geschichten, die ganze karge Historie ihrer Hundertschaft, mitangehört hatte, nachdem er das zunehmend derbe Gewitzel mit einem verhaltenen Grinsen quittiert und selbst ab und an einen nicht allzu groben, gerade noch hauptmannsgemäßen Scherz riskiert hatte, ergab es sich, dass er allein mit Nettmann an einem der Feuer stand, und schnell fand das Gespräch in die erwünschte Richtung.

Von sich aus hatte Nettmann davon erzählt, wie Achsmann und Guhl mittlerweile über ihr gemeinsames Erlebnis dächten. Ihr Starker, der nie viel Worte mache, habe ihm erst neulich auf eine entschieden bündige, fast schroffe Weise noch einmal erklärt, dass er einen Pilz, der größer als er selber sei, für eine ungute, für eine widerlich unnatürliche Sache halte. Wäre es nach ihm gegangen, hätten sie jedes der abartigen Geschöpfe, ihre Stängel und vor allem die ekelhaft schleimigen Hüte mit der Schaufel in möglichst kleine Stücke zerhackt.

Guhl hingegen habe sich in seiner Rückschau noch einmal über Nettmanns Zurückschrecken gewundert. In den Auen am Bittersee sei ihm doch bestimmt das eine oder andere ungewöhnliche Gewächs vor Augen gekommen. Und Riesenhaftigkeit allein sei doch kein Grund zur Panik. Andererseits, ganz unverständlich finde er Nettmanns Ängstlichkeit im Nachhinein nicht. Er erinnere sich gut daran, wie er selbst vor Urzeiten, in seinem Probejahr, zusammen mit einem anderen blutjungen Rekruten in einem der mittlerweile ausgetrockneten kleinen Seen im Norden des Buschrayons etwas vergleichbar Irritierendes erlebt habe.

Nah am Ufer seien ungeheuer große Karpfen durch das grünlich trübe Wasser geschwommen. So niedrig war der Tümpel, so wuchtig hoch waren die scheibenförmigen Fische, dass sich die in der Mittagssonne metallisch, fast golden glänzenden Schuppen auf ihren Buckeln wie bild- und ziffernlose Münzen aus dem Nass in die Luft erhoben. Sogleich zogen sein Kamerad und er die Stiefel aus, steckten die Bajonette auf die Sturmgewehre und wateten in den Teich hinein. Dort jedoch habe sie eine merkwürdige Scheu am Zustechen und damit am Beutemachen gehindert. Seltsam hilflos hätten sie erduldet, dass ihnen die zahnlosen Mäuler der Ungetüme zunächst zart auf die Waden tupften, schließlich sogar an ihren bloßen Zehen lutschten, bis sie schließlich, ohne einen einzigen Fisch aufgespießt zu haben, wieder auf trockenen Grund flohen. Es gebe da offenbar ein Problem mit den Proportionen, welches sich nicht einfach durch ein Draufloshandeln überspielen lasse. Sehr groß sei unter Umständen schlicht zu groß, um noch auf eine der gängigen Weisen damit verfahren zu können.

Blank hatte dem, der da im Schein des Winterwendefeuers bereitwillig und recht ausführlich von den Überlegungen der beiden anderen, aber allenfalls mittelbar von den eigenen Bedenken erzählt hatte, seinen noch fast vollen Becher mit Beerenpunsch gereicht. Nettmann nahm einen langen Schluck, lobte Geschmack und Schwere des Trunks und meinte dann, er verstehe sehr gut, dass Blank die Sache weiterhin im Kopf herumgehe. Die Reaktion des Hauptquartiers, der Befehl zum sofortigen Abzug, müsse ihm als Verantwortlichen tüchtig zu grübeln geben. Womöglich habe man auf dem Lichtraddampfer Kenntnis von Umständen, die noch nicht allgemein spruchreif seien. Er sei deswegen weiterhin froh, dass er Guhl davon abgehalten habe, die unbekannten Pflanzen zu berühren.

Blank hatte entgegnet, soweit er wisse, würden Pilze gar nicht zu den Pflanzen zählen. Denn anders als jegliches Grünzeug seien sie außerstande, Sonnenlicht und den in der Luft, in irgendeinem unsichtbaren Gas enthaltenen Kohlenstoff für ihr Wachsen zu nutzen. Angeblich bezögen sie das, was sie zum Aufbau ihrer kuriosen Körper bräuchten, ausschließlich aus dem Grund, auf dem man sie antreffe, aus verrottendem Laub oder aus anderen mehr oder minder zerfallenen Substanzen pflanzlichen oder tierischen Ursprungs.

«Umso erstaunlicher, dass sie auf dem feuchten Koks, den

Holz- und Ziegeltrümmern des Hallendachs und dem schieren Dreck, den der Wind hereingetragen hat, so wunderbar gediehen sind. Sie hätten sich die zehn ansehen sollen, Herr Hauptmann: ausnahmslos prächtige Kerle!»

Er reichte ihm den Becher zurück, Blank trank ihn leer, und Nettmann erbot sich, für sie beide noch einmal Neujahrspunsch zu holen. Und indem Blank ihm nachsah, konnte er sich vollends vorstellen, dass Nettmann bis an die Schwelle seiner erstaunlichen Fehlleistung ein außerordentlich guter, vor allem rundum vorsichtiger Hauptmann gewesen war.

Damals in der alten Kokerei, im eifrigen Durcheinander des befohlenen Aufbruchs, während seine Männer wieder auf den Fahrzeugen verstauten, was bereits abgeladen war, und Achsmann, Guhl und Nettmann ihren Teil hierzu beitrugen, hatte Blank sorgsam darauf geachtet, dass niemand, dass vor allem keiner der drei bemerkte, wie er sich allein aus dem Hof entfernte. Als er den Halleneingang erreichte, nahm er die Atemmaske vom Gürtel, stülpte sich das Gummiding übers Gesicht und entsicherte die Pistole.

Während er sich so, die Waffe im Anschlag, der rampenförmig ansteigenden Koksfläche näherte, beschlug die untere Hälfte der beiden Sichtkreise, aber Blank widerstand der Versuchung, sich die Filtermaske wieder vom Kopf zu ziehen, und schon bevor er, wenige Schritte vor den Gewächsen, innehielt, war der Kunststoff wieder klar. Der Auswuchs, der ihm am nächsten stand, hatte genau seine Größe, und unwillkürlich suchte Blank am Wulst der blaufleckig genoppten Kappe nach Unregelmäßigkeiten, die an Pupillen erinnern könnten. Aber da er nichts dergleichen entdecken konnte, blieb es bei einem Gegenüber auf imaginärer Scheitelhöhe.

Zwei, drei Meter hatte er sich schließlich noch herangewagt, so nah, dass er bei den größten Exemplaren, deren Hüte sich deutlich stärker, fast schon schirmartig abspreizten, eine lamellenartige, wellig gekrümmte Struktur als deren Unterseite erkennen konnte. Dies hatte, wenn er sich nicht irrte, irgendetwas mit Fortpflanzung, mit der Bildung sogenannter Sporen zu tun, und da dasjenige, was ein reifes Gewächs dieser speziellen Gattung in die umgebende Luft entließ, womöglich ebenso winzig war, wie bei den ihm zuvor bekannt gewordenen Arten, beruhigte es Blank, die Spannung des Filtermaskengummis an Hals und Schläfen zu spüren.

Gerade als er den Blick vom längsten, annähernd drei Meter hohen Exemplar lösen wollte, als er bereits einen halben Schritt zurückgetreten war, veränderte sich etwas. Und weil das Bild vor den Kunststoffgläsern seines Atemschutzes bis zu diesem Moment bloß den Anschein völliger Reglosigkeit mit dem Wissen um ein insgeheim stetes Emporstreben verschränkt hatte, musste Blank die Ruckartigkeit des Vorgangs bestürzen. Eine wasserklare Flüssigkeit quoll aus den Schlitzen der Kappenunterseite, vereinigte sich im Nu zu einem mehr als faustgroßen Tropfen, dessen unweigerlich kommenden Fall hinab auf die Koksbrocken, dessen Zerplatzen auf Ziegelstücken, dessen Versickern in schwammig porösem Holz und undefinierbarem Schmutz ein aus der Halle stolpernder Hauptmann dann lieber nicht mehr mitansehen wollte.

## 24.

# AUGENWERK

### WAS EINE WIRKLICH GUTE FRAGE IST

Der erwartete Niederschlag blieb aus. Ein Höhenwind, stärker als die sachte, kühle Brise, die seit den letzten beiden Wochen vom Objekt her auf ihren vordersten Beobachtungspunkt zuwehte, fegte im Laufe des Nachmittags die Wolken auseinander. Blank war letztlich froh darüber, denn der mit den Stiefeln festgestampfte Grund der Gräben hätte sich während eines einzigen Starkregens rundum in knöchelhohen Schlamm verwandelt.

Frau Fachleutnant Xazy war schon seit Stunden damit beschäftigt, Aufnahmen zu machen. Sie verwendete dazu erstmals eine merkwürdig klobige Kamera, deren armlanges Objektiv von einem fünfbeinigen Stativ gestützt wurde. Jessmann Aufgabe bestand anscheinend vor allem darin, jedem, der sich näherte, zuzurufen, er müsse umdrehen, die Apparatur vertrage nicht die kleinste Erschütterung.

«Stopp, Herr Hauptmann!», klang sogar ihm aus Jessmanns Mund entgegen, aber Frau Xazy winkte Blank heran und zeigte ihm auf dem großen Klappdisplay der Kamera die letzten Bilder, die sie geschossen hatte. Es waren bestechend detailsatte Aufnahmen. Die Quadrate, die sie aus der Oberfläche des Objekts schnitten, besäßen, erklärte ihm Jessmann mit dem Stolz des frisch Eingeweihten, dort drüben, in der berührbaren Wirklichkeit, stets exakt einen Meter Kantenlänge.

«In diesem Maßstab, Herr Hauptmann, kann man wunderbar erkennen, wie es das Mauerwerk auseinanderstemmt und gleichzeitig, im Verlauf der allmählichen Dehnung, mit dem Fleisch seines Fruchtkörpers zusammenhält. Jessmann und ich haben die Runde gemacht: Insgesamt sind keine fünf Dutzend Ziegel herausgeschleudert worden, obwohl mittlerweile bestimmt ein paar tausend Steine, die eine halbe Ewigkeit neben- oder übereinander an den Mörtelnähten klebten, mehr oder minder weit auseinandergewandert sind. Hier zum Beispiel!»

Die Bildfolge, die Xazy für ihn vor- und zurückhüpfen ließ, zeigte ein vergittertes Fenster, dessen obere Kante mit einem flachen Bogen fahlgelber, hochkant aneinandergemauerter Ziegel gekrönt gewesen war. Die Verankerungen des Gitters hatte es aus den Steinen gezogen, es klebte armweit vor seiner ehemaligen Einbettung auf einer weißlichen Ausstülpung, in deren Masse auch die Scherben der Scheibe zu erkennen waren. Das einstige Quadrat der Fensteröffnung hatte sich zu einer Raute verzogen. Die Backsteine der schmückenden Übermauerung waren ungleichmäßig weit voneinander weggerückt, und die entstandene Spalte füllte die gleiche, käsig bleiche Substanz.

«Schauen Sie, Hauptmann: Es wächst und wahrt zugleich eine gewisse Rücksicht. Jessmann, sagen Sie uns noch etwas Vernünftiges dazu!»

Blank sah Jessmann Haltung annehmen. Der junge Mann schien schlagartig erblasst, auf seinen Wangen blühten rote Flecken.

«Es kommt mir alles in allem vor – wenn ich es vergleichend ausdrücken darf, Frau Fachleutnant – wie der Anfang einer sachten Explosion, wie ein Auseinanderfliegen im Schneckentempo.»

Blank dachte an das, was ihm Frau Fachleutnant Xazy zurückliegende Nacht von der ersten Konfrontation, die dem Hauptquartier bekannt geworden war, erzählt hatte, und wie ihr dabei,
Blank hatte dies der Wirkung des Wachmachers zugeschrieben,
das eine oder andere Detail ihres Berichts selbst so erheiternd
vorgekommen war, dass sie ein hell aufglucksendes Lachen nicht
hatte unterdrücken können.

Das Rayon, in dem es zur ersten einschlägigen Beobachtung
gekommen war, lag auf halbem Weg zu den Bitterseen. Es war
von allen Gebieten, die das mobile Hauptquartier kontrollierte,
am stärksten, nahezu vollständig bewaldet und wurde auch das
Buchenrayon genannt. Neben dem dort geschlagenen Holz waren getrocknete Pilze ein weiteres Austauschgut, das während
des Winters auch in Blanks Gebiet als würzende Zutat in vielen
Gerichten Verwendung fand.

Erst von Frau Xazy hatte Blank erfahren, dass die einschlägigen Kenntnisse im Buchenrayon über die Genießbarkeit und
Schmackhaftigkeit der vorkommenden Arten hinausgingen. In
der dortigen Hundertschaft sei es schon seit Urzeiten üblich,
einen bestimmten, eher seltenen Pilz allein für einen besonderen
Eigengebrauch zu ernten. Dessen bläuliche, von weißen Warzen
gezierte Kappen würden enthäutet, das bleiche Fleisch in feine
Streifen geschnitten, in Pfannen über Holzkohlenglut gedörrt
und schließlich mit Speichel – mit der sorgsam gesammelten
Spucke der dortigen Hundertschaft! – erneut befeuchtet. An
dieser Stelle ihrer Erzählung hatte Frau Xazy laut lachend den
gelockten Kopf geschüttelt und Blank gefragt, ob er sich eine derartige Spende als unumgänglichen Usus bei seinen Männern vorstellen könne.

Als die ersten riesenwüchsigen Exemplare entdeckt worden
seien, habe der dortige Hauptmann zunächst keine Meldung

ans Hauptquartier gesandt, obwohl die größten der noch im Jahr zuvor gerade mal knöchelhoch gewesenen Blaukappen den Sammlern nun fast bis an die Gürtelschnallen reichten. Diese Unterlassung, streng genommen bereits ein Verstoß gegen das Allgemeine Naturkontrollgebot, habe natürlich mit der Verwendung der gespeichelten Schnitzelchen zu tun. Die lichtarmen Winterwochen besäßen unter den restlos kahl gewordenen Baumkronen, im Gitter der gewaltigen von Regen und Schneewasser geschwärzten Buchenstämme offenbar eine besonders niederdrückende Wirkung. Die eingelegten Pilze würden traditionell als ein mild beschwingendes, das Gemüt aufhellendes Gegenmittel genossen. Dergleichen Brauchtum hatte das Hauptquartier zwar niemals ausdrücklich erlaubt, aber in der Regel stets stillschweigend geduldet. Und wer eine Hundertschaft führte, wusste instinktiv, dass es klüger war, keine unnötige Aufmerksamkeit auf die jeweiligen Umstände zu ziehen.

Zurückliegende Nacht hatte Frau Xazy ihm auf ihrer Leuchtfolie Bilder gezeigt, die allein durch das schlichte Nebeneinander einer alten Blaukappe und eines neuartigen Exemplars ahnen ließen, um wie viel der Sammelertrag mit dem Auftauchen der Riesenbläulinge die Höhe geschnellt sein musste. Obwohl die Pilze weiterhin nur an wenigen Stellen vorkamen, war die Ernte erstmals so groß gewesen, dass einige Männer im Buchenrayon auf den Gedanken verfallen waren, einen Teil der Schnitzel hinter dem Rücken ihres Hauptmanns den umherschweifenden Wunderern als Tauschware anzubieten.

«Ungespeichelt?»

«Ja, roh. Wahrscheinlich aus praktischen Gründen.»

Die getrockneten Blaukappen seien leicht. Sie ließen sich zudem problemlos auf weniger als die Hälfte ihres Volumens zusammenpressen und könnten so in simplen Leinensäckchen transportiert werden. Die Pilze, die sich mit Speichel vollgesogen hätten, würden dagegen seit jeher in dickwandigen Tontöpfen aufbewahrt, man hätte sie also vor einer Weitergabe zumindest in andere weniger gewichtige, wasserdichte Behältnisse umfüllen müssen.

Blank dachte an die hohen, zylinderförmigen, gut unterarmlang über den jeweiligen Scheitel ragenden Rucksäcke der Wunderer. Sie waren aus dem gleichen groben Gewebe geschneidert wie die Kutte, die diese Gesellen sommers wie winters trugen. In die Rückseite jedes Rucksacks waren drei messinggelb glänzende Reißverschlüsse eingearbeitet. Über sie konnte ein Wunderer auf die in die Stoffröhre geschneiderten Fächer zugreifen, welche seit Jahr und Tag, zumindest hatte Blank nie etwas anderes gehört, das Gleiche enthielten.

Im untersten Fach befand sich alles, was ein Wunderer brauchte, um sich um die Lippen, die Zähne und die Zungen einer Hundertschaft zu kümmern. Sobald sich die Gelegenheit bot, nahmen Blanks Männer in Anspruch, was man das einfache Mundwerk nannte, eine penible Durchsicht, bei der das Gebiss abschließend mit einer sandigen Paste und verschiedenen Bürstchen geschrubbt wurde. Nicht selten stellte der jeweilige Wunderer bei dieser Gelegenheit einen bedenklichen Zungenbelag fest, der ein gründliches Abschaben und das Aufbringen einer bitterscharfen Creme verlangte.

Blank selbst war im vorletzten, erneut sehr strengen Winter froh gewesen, als endlich der seit der Jahreswende erwartete Wunderer aufgetaucht war. Wie nicht wenigen in seiner Hundertschaft machten ihm rissige Lippen zu schaffen, so tief aufgesprungen, dass der Wunderer, der sie ihnen schließlich Mann für Mann mit einer heilenden Salbe bestrich, restlos verbrauchte, was er hiervon mit sich führte. Dabei schimpfte er, was bei der

Wortkargkeit von seinesgleichen ungewöhnlich war, Blank und seine Männer seien selbst schuld. Wer bei anhaltend tiefem Frost unvermindert hemmungslos herumschwatze, brauche sich nicht wundern, wenn ihm das Maul derart auszufransen beginne.

In den Sommern hingegen machte ihnen regelmäßig der heiße Wind zu schaffen, der nicht nur feinen Sand, sondern auch reichlich Salzstaub von den Bitterseen mit sich führte, und spätestens im Juli sehnten nicht wenige einen Wunderer herbei, damit der das zweite, das mittlere Fach seines Rucksacks öffnete und sich mit den dort verwahrten Utensilien um ihren Nasen kümmerte. Mittels schmaler, am Ende löffelartig geformter Sonden wurde der dick verkrustete Schorf gelöst und herausbefördert. Und wenn sich danach wieder frei, allerdings verbunden mit einem hellen Brennen, durch beide Nasenlöcher atmen ließ, massierte der Wunderer mit einem Gummistößel Nussöl in die rosig wunde Schleimhaut, was schon nach einer einzigen Anwendung wieder zu einer normalen Feuchte und einem fast schmerzfreien Schnaufen führte.

Nasen- und Mundwerk gehörten, das leuchtete jedem ohne großes Überlegen ein, irgendwie zusammen, schon weil diese beiden Sphären des Gesichts inwändig verbunden waren. Wer die bittere, angeblich einer ganzen Reihe von Krankheiten vorbeugende Zungenpaste aufgestrichen bekam, roch sogleich ihr scharfes, an Pfefferminze erinnerndes Aroma. Und wenn einem in Gegenrichtung das Nasenöl die Gaumenwölbung hinabbrann, war man unwillkürlich versucht, es wegen seiner aromatischen Süße zu schlucken und nicht, wie der jeweilige Wunderer stets barsch befahl, sofort mit möglichst viel Speichel auszuspucken.

Anders verhielt es sich mit dem, was die Wunderer im dritten, im obersten Fach ihres Rucksacks mit sich führten. Von sich aus kamen sie grundsätzlich nie darauf zu sprechen. Und wenn nicht mehrere der Männer irgendwann gemeinsam mit klagender Ungeduld ausdrücklich danach verlangt hätten, wäre der fragliche Reißverschluss wohl gar nicht aufgezogen worden. Das Einsilbig-Widerwillige, das die Wunderer ausnahmslos an den Tag legten, steigerte sich in dieser Sache zu einem schroffen Abwenden und einem übellaunig unverständlichen Gebrumme. Aber sobald drei, vier oder fünf Bedürftige den Kuttenträger umdrängten und ihm ihre unzureichend gewordenen Sehhilfen unter die spitze Nase, dicht vor sein kunstvoll schmal rasiertes Oberlippenbärtchen hielten, lenkte auch der Widerspenstigste schließlich ein und zog den Blechkasten mit den Wechsellinsen aus der Tiefe des dritten Fachs.

«Was ist, Herr Hauptmann? Warum so still? Was gibt Ihnen zu denken? Jessmann, gehen Sie uns noch einen Tee aufbrühen und geizen Sie dieses Mal nicht mit den Blättern!»

Blank dachte an den letzten Wunderer, der seine Hundertschaft wenige Tage nach der Winterwende beehrt hatte. Sein Eintreffen hatte damals noch weit mehr als die übliche Aufmerksamkeit erregt. Die Männer ließen alles stehen und liegen, ihre Stiefel trommelten über den festgestampften Schnee, und im Nu hatte sich ein dichter Kreis um den Angekommenen geschlossen.

Blank war auf das Trittbrett eines LKWs gestiegen, um aus gebotener Hauptmannsdistanz zu begutachten, was auch für ihn ein Novum bedeutete. Alle Wunderer, die ihm zuvor vor Augen gekommen waren, hatten die Gesamtheit ihrer Dinge am Leib mit sich getragen.

Der, den seine Männer nun gaffend umringten, stellte die allererste Ausnahme von dieser Regel dar. Abwartend stützte der Eingetroffene die Unterarme auf ein Gefährt, auf einen mit seinem Rucksack bepackten Schlitten. Unter den Rucksack war noch eine flache, recht lange, durch ihr leuchtendes Himmel-

blau sofort ins Auge stechende Kunststoffkiste auf die Alumini-
umstreben des Schlittens gegurtet. Und vor dessen Kufen stand,
gespannt in ein Geschirr aus rotem Leder – ausnahmslos jeden
musste dies verblüffen! – ein großer, langhaariger Hund, in dessen Brust- und Bauchfell, wie als Beweis für den zurückgelegten
Weg durch die weiße Landschaft, faustgroße Schneeklumpen
klebten.

«Haben diese Blaupilzschnipsel, von denen Sie mir letzte
Nacht erzählt haben, etwas mit den Irrspiegeln zu tun, Frau
Fachleutnant?»

Blank spürte, dass er mit dieser Frage eine Grenze überschritt.
So fest er es zustande brachte, sah er Xazy ins Gesicht. Wie nicht
anders zu erwarten, hielt sie seinem Blick ohne erkennbare Anstrengung stand. Dann jedoch, gleich mit der ersten Silbe ihrer
Entgegnung, spannte ein besonderes, ein unübersehbar Respekt
spendendes Lächeln ihre Züge und zog, erstmals und bezau-
bernd asymmetrisch, ein linsenförmiges Grübchen in ihre linke
Wange.

# 25.

## IRRSPIEGEL

### WARUM FEUCHT NICHT GLEICH FEUCHT IST

Zurückliegenden Winter, als der Wunderer mit Hund und Schlitten bei ihnen eingetroffen war, hatte Blank beobachtet, wie der kleine Weller aus der vordersten Reihe der Männer getreten war. Nachdem er dem Zugtier ausgiebig den Nacken getätschelt hatte, begann er dessen Besitzer in einen Wortwechsel zu verwickeln. Weller konnte so etwas. Innerhalb der Hundertschaft war er derjenige, den man als Schlichter holte, wenn ein Streit unter Kameraden in verbohrtem Schweigen chronisch zu werden drohte. Weller fand den Scherz, der ein gemeinsames Lachen möglich machte, und brachte dann eine Lösung auf den Weg. So war es schon unter Blanks Vorgänger gewesen, und als er selber Hauptmann geworden war, hatte er sich gehütet, das Geringste daran zu ändern.

«Was haben Sie letzten Winter über diese Irrspiegelei herausbekommen können, Herr Hauptmann?»

Blank erzählte ihr, was er damals, über den hart getrampelten Schnee hinweg, mitangesehen hatte, und fügte hinzu, was ihm noch am selben Tag von Guhl, der nur ein Dutzend Schritte von Hund und Schlitten entfernt gestanden hatte, berichtet worden war. Der Wunderer habe, nachdem er und Weller wenige leise Sätze, wahrscheinlich über seinen Hund, über den starken Schneefall oder über die zuletzt zurückgelegte Wegstrecke gewechselt hatten, seinen Rucksack vom Schlitten gewuchtet. Dann habe er die blaue Kiste, die natürlich auch Guhl aufgefallen war, geöffnet und eine lange Weile, ohne ein Wort zu sagen, hineingestarrt, als gebe ihm deren Inhalt ausgerechnet jetzt noch einmal tüchtig zu denken. Schließlich begann er, Stück für Stück an die Männer zu verteilen. Hierzu war er langsam herumgegangen, hatte den erwartungsvoll Wartenden forschend in die Augen gesehen, auch einige aus der zweiten und dritten Reihe nach vorn gewunken, um dann jedoch der Mehrzahl der so Begutachteten irgendeinen hindernden Mangel aus den Gesichtern zu lesen.

Auch vor ihm habe sich der Kuttenträger aufgebaut, und es sei, gelinde gesagt, unangenehm, offen gesagt, eine rechte Pein gewesen, derart prüfend gemustert zu werden. Und als sich das dunkle Antlitz schließlich zu einer übellaunigen Grimasse verzogen habe und die schmale Oberlippe samt dem noch schmaleren Bärtchen auf die allen gut bekannte Weise verächtlich nach oben gezuckt sei, habe Guhl gern auf das verzichtet, was da, ein Exemplar nach dem anderen, an Kameraden ging, die ihm aus einem dunkel bleibenden Grund vorgezogen wurden.

Blank hatte gefragt, wer denn zu den Begünstigten gehört habe, und Guhl hatte ihm alle zehn mit Namen nennen können. Weller sei übrigens, obwohl er es doch zuvor geschafft hatte, dem Wunderer einige Worte zu entlocken, leer ausgegangen. Dem hübschen Schill hingegen, der, wie er es gerne mache, einen halben Schritt hinter, einen halben Schritt neben Weller getreten gewesen war, habe der Wunderer als Letztem eine der anscheinend hölzernen Schachteln in die Hände gedrückt. Dies war auch Blank aufgefallen, und er bat den Dicken, Schill auszurichten, er solle am nächsten Vormittag ins Hauptmannszelt kommen und mitbringen, was ihm geschenkt worden sei.

«Alle Stücke, die zu uns ins Hauptquartier geschickt wurden, waren schon restlos erloschen. Wollen wir es so nennen, Herr Hauptmann? Erloschen? Oder dinglich tot? Sagen wir einfach: kaputt!»

Auch Blank war die Gabe des Wunderers erst vor Augen gekommen, als das, was ihren Zauber ausgemacht hatte, völlig verflogen war. Schill hatte sein Exemplar auf den Tisch im Hauptmannszelt gelegt und gleich gesagt, es sei leider nicht mehr in Ordnung. Er wisse allerdings nicht, ob er etwas, und wenn ja, was er denn falsch damit gemacht habe. Den Wunderer könne man nicht mehr danach fragen. Dieser sei schon vor Tagesanbruch weitergezogen.

Weil Blank ihn vorzuführen bat, wie das Ding zu benutzen gewesen sei, löste Schill das Häkchen, mit dem die beiden etwas mehr als handgroßen, daumendicken Rechtecke aus poliertem Holz an ihrer rechten Kante aufeinandergehalten wurden. Auf der anderen Längsseite waren sie durch zwei zierliche Scharniere aus Messing verbunden, und nachdem Schill das obere Teil zur Seite geklappt hatte, sah Blank links eine Schicht Glas in das Holz gesenkt, grau grundiert, mit unregelmäßig verteilten schwarzen Flecken und Pünktchen, glanzlos stumpf wie ein mit der Zeit erblindeter Spiegel. Auf der Gegenseite hatte man eine auf den ersten Blick ähnliche Rahmung mit etwas Glatt- und Festgepresstem gefüllt. Es schien sich um ein natürliches Material zu handeln, weißbläulich marmoriert, kork- oder gummiartig weich. Und erst verzögert war Blank aufgefallen, dass dieses Innenviereck im Gegensatz zu seinem gläsernen Gegenüber nicht rundum rechtwinklig, sondern ein wenig ins Schiefe verzogen war.

Schill berichtete, ihm sei, als er das Geschenk des Wunderers noch am selben Tag bestimmt ein Dutzend Mal geöffnet habe, stets ein feiner, angenehm würziger Duft entgegengeschlagen. Auf der linken Innenseite habe er in einem völlig klaren, ungewöhnlich tiefenscharfen Glas, unwiderstehlich ansprechend, ja mirakulös verschönt, sein Gesicht gespiegelt gesehen. Aber dann nach einer Nacht, während der das Ding, gehüllt in die Sommeruniform, unter seinem Kopf gelegen sei, habe es beim morgendlichen Öffnen ein garstig quarrendes Geräusch von sich gegeben, blitzkurz hatte er noch seine erschrocken geweiteten Augen, seine zu einem O gerundeten Lippen erkennen können, aber schon waren seine Züge zu grauen Schlieren zerflossen und in endgültige Abbildlosigkeit vergangen.

Auch die neun anderen hatten ihre Irrspiegel keinen zweiten Tag genießen können. Guhl hatte in Blanks Auftrag jeden aufgesucht und berichtete, gleich fünf der Beschenkten hätten ihm sogar nur noch die Trümmer der Kladden zeigen können. Denn die Enttäuschung über deren Ausfall hatte die Männer so wütend gemacht, dass sie die kurzlebige Gabe auf den Zeltboden geworfen und mit den Stiefelabsätzen zertrampelt hatten.

«Bei den sieben Exemplaren, die wir im Hauptquartier begutachten konnten, haben sich die linker Hand eingelassenen Spiegel als zweifelsfrei sehr alt erwiesen. Ihre Rückseite ist mit Quecksilber und Zinn beschichtet. Das wird seit Menschengedenken nicht mehr so gemacht. Die Blaupilzschnitzel rechts müssen feucht in die Rahmung gepresst worden sein.»

Damals war Blank, nachdem Schill das Hauptmannszelt wieder verlassen hatte, mit dem Ding, das an zehn seiner Männer verschenkt worden und binnen eines Tages zu einem Namen gekommen war, ins Freie getreten. Aufgeklappt wendete er es in den Händen hin und her, um das Licht der vormittäglichen Wintersonne in verschiedenen Winkeln auf die linke Innenseite fallen zu lassen. Schließlich hob er es sich ganz dicht vors Gesicht, in der Hoffnung, vielleicht so das Aufblitzen einer Reflexion zu erhaschen.

Vergebens. Aber immerhin roch er plötzlich die Ausdünstung der anderen Seite, einen feinen, zugleich markanten, an getrocknete Kräuter, zugleich jedoch auch an scharf angebratenes Fleisch erinnernden Duft. Unwillkürlich schloss er die Augen, drückte sogar die Nase auf die Füllung, inhalierte und durfte kurz, wie auf die Innenseiten der geschlossenen Lider gekritzelt, doch noch etwas sehen: eine Art Ornament, silbrig glänzende Kringel, in einer für ihn undurchschaubaren Ordnung teils nach rechts, teils nach links gedreht, so stimmig wirr, wie er es dann ein Vierteljahr später als eine zwischen Grau und Aschblond changierende Lockenfülle wiedersehen sollte.

## 26.

## NETZGESICHT

WER NACHTSCHARFE AUGEN HAT

Auf jeden Fall war es richtig gewesen, die mobile Nasszelle im Hauptquartier zu lassen. Der hellgrüne Würfel aus Hartschaum-stoff, der einen Frisch- und einen Abwassertank enthielt, hatte schon bereitgestanden, um unter den Helikopter gehakt zu werden, als Xazy sich entschieden hatte, auf seine Mitnahme zu verzichten. Und seit sie bei Blank und seinen Männern weilte, hatte sie keinen Tag bereut, nicht über das Privileg verfügen zu können, für das der kompakte Quader stand. Jessmann stellte frühmorgens einen Fünf-Liter-Kanister Wasser vor den Vorhang ihres Unterstands. Dazu hatte sie sich ein Blechwännchen als Waschschüssel erbeten. Für alles Übrige schlug sich Naturkon-trollagentin Xazy wie Blanks Männer schlicht in die Büsche.

Als sie sich in der Abenddämmerung ihres Ankunftstags das erste Mal von dem Grabenring, der um das Objekt gezogen worden war, entfernt hatte, war ihr vollends klargeworden, was sie bereits vom Hubschrauber aus hatte erkennen können. Aber anscheinend war noch nötig gewesen, dass der Vogelschau eine bodenständige Perspektive und das Maßnehmen ihrer Füße zu Hilfe kamen. In einem Kreis von mindestens tausend Metern Durchmesser wuchs kein einziger Baum. Und auch das hohe Ge-strüpp, dessen Vorherrschen Blanks Rayon den Beinamen Buschrayon eingetragen hatte, endete an derselben wie mit einem gewaltigen Zirkel um das Objekt gezogenen Grenze.

Stattdessen fand sich im noch wintergrauen Gras eine Vielzahl knie-, hüft-, manchmal sogar brusthoher Erdhaufen. Weil aus der lockeren Krume noch keinerlei Pioniergewächs sprießte, war sicher, dass die Hügelchen allenfalls ein halbes Jahr alt sein konnten. Und obwohl das Phänomen bereits in Blanks Wortfunkbericht an das Hauptquartier beschrieben und ein Stück weit erklärt worden war, hatte sich Xazy, Richtung Buschwerk stapfend, die irrige Vorstellung aufgedrängt, der Abraum unterirdischer Gänge wäre von fleißig wühlenden Säugetieren, von Füchsen oder Dachsen, zu diesen Gebilden aufgeworfen worden.

Als sie am folgenden Tag ihren frisch berufenen Adjutanten hierauf angesprochen hatte, nickte Jessmann eifrig, offensichtlich brannte er darauf, genau davon erzählen zu dürfen. Dass an jeder der fraglichen Stellen mit dem Hinauf der Erde auch ein besonderes Hinab verbunden sei, hätten er und seine Kameraden begriffen, sobald sie mit der Anlage des Grabenrings begonnen hatten. Schon wegen der zahlreichen vollständig in den Boden gesackten Sträucher seien sie mächtig ins Schwitzen gekommen. Besondere Mühe hätten die noch tiefer eingesaugten Bäume gemacht, auch wenn diese hier auf dem trotz seiner Lehmigkeit wenig ergiebigen Boden meist nur eine bescheidene Größe erreicht hätten. Ob er ihr eine Stelle zeigen dürfe?

Es handelte sich um eine falsche Mirabelle. Xazy erkannte die in Blanks Rayon recht häufige Art an ihrem orangeroten Holz. Der oberschenkelstarke Stumpf ragte dicht über dem Boden des Gangs aus der linken Wand. Xazy begriff auf den ersten Blick, wie zermürbend mühselig es gewesen sein musste, derart ins Erdreich hinabgewanderte Stämme zu durchtrennen. Dort, wo ausgewachsene Bäume, meist Birken oder Sauerkirschen, lot-

recht ins Erdreich gezogen worden waren, hatten sich Blanks
Männer seitlich vorbeiwühlen können, aber nicht wenige Stämme steckten so ungünstig schräg im Boden, dass sie mit den kurz-
stieligen Pionierbeilen durchgehackt werden mussten.

Auch an den Wänden ihres Unterstands waren ihr gleich mit
dem allerersten Rundumblick helle, runde Flecken aufgefallen,
überall dort, wo die Männer Wurzeln und Zweige mit den Spaten abgestochen hatten. Und vor acht Tagen, just an dem Morgen,
in dessen Licht Blanks Erkundungstrupp Richtung Objekt aufgebrochen war, hatte sie, als sie die Plane hob, die ihren Rück-
zugsbereich gegen die Neugier der Männer abschirmte, in der
hereinströmenden Helligkeit die ersten winzigen Auswüchse auf
den anfangs säuberlich glatt gewesenen Schnittstellen entdeckt.

Naturkontrollagentin Xazy hatte sie keinen Augenblick lang
mit dem verwechselt, was draußen in den Gängen zu beobachten war. Dort begannen Zweigstummel, die unversehrte Blüten-
oder Blattknospen trugen, frühlingshaft auszuschlagen. Die ins
Erdreich hinabgezwungenen Pflanzen nutzten die Flächen, an
denen sie dank der Ausschachtarbeit wieder mit Luft und Licht
in Kontakt kamen, um das, was ihr ureigenes Geschäft war, erneut aufzunehmen. Gewiss würden es günstig gelegene Triebe
schon bald hinauf in den vollen Sonnenschein geschafft haben.

Was sich hingegen auf den Wänden ihres Unterstands in Gestalt wachsbleicher Nippelchen mittig aus den größeren Quer-
schnitten schob, konnte auf Sonnenlicht und den Zustrom
frischer Atmosphäre verzichten. Die zarten, gummiartig elastischen Gebilde wuchsen, Xazy hatte es, um ganz sicher zu gehen,
mit der Lupe nachgeprüft, nicht bloß aus Wurzelwerk, sondern
entsprangen ebenso Ästen, die im Laufe des Winters abgestor-
ben waren. Offenbar konnten sowohl tote als auch lebende Pflanzen den Ausstülpungen als nährende Grundlage dienen. Dass

sie mattweiß blieben und vorerst nicht merklich an Größe zunahmen, ließ sich wohl nicht auf das Fehlen von Licht oder einen anderen ins Auge springenden Mangel zurückführen.

Vorsicht schien geboten. Aber das Hervordrängen der Auswüchse stagnierte, und während der folgenden Nächte war Naturkontrollagentin Xazy keine Beeinträchtigung ihres Schlafes aufgefallen. Die sechste Nacht nach Entdeckung der Nippelchen hatte sie sich dann mit Blank unter freiem Himmel um die Ohren geschlagen. Und die siebte war angebrochen, als sie, ausgestreckt auf das Nylongeflecht ihrer Hängematte, bemerkte, dass etwas an der allmählichen Verschleierung ihres Bewusstseins nicht auf die gewohnte Weise vonstattenging.

Ihr Denken umkreiste Blank, sie dachte an die Pille, die sie ihm nicht bloß zum Wachbleiben, sondern auch in Hoffnung auf eine geschlechtsspezifische Nebenwirkung verabreicht hatte. Leider war es bislang nicht zu der erwartbaren Dämpfung gekommen. Auch heute hatte sie gespürt, wie inbrünstig er sie anstarrte, sobald sie den Kopf zur Seite wandte und er sich an der Peripherie ihres Sichtfelds unbeobachtet wähnte.

Dösend sah sie Hauptmann Blank erzählen, es ging um die Verschollenen, und vollends schläfrig werdend, rührte es sie noch inniger als im Wachen, wie solidarisch er sich erneut mühte, seinen Suchtrupp, Mann für Mann, in einem vorteilhaften Licht erscheinen zu lassen. Es war das gleiche frühlingslaue, frühlingszarte Licht, welches nun im Fluss ihres Vorstellens das erstaunliche Blau seiner Haare auf eine ungemein vorteilhafte Weise zum Glänzen brachte. Und inspiriert von der Strahlkraft dieser mirakulösen Bläue begann auch Blanks Gesicht sich zu verändern. Er wirkte älter, zugleich wurden seine Züge weicher. Das Angespannt-Vorsichtige verging. Dies war nur folgerichtig, denn sein bisheriges Misstrauen ihr gegenüber hätte sich nicht mehr mit dem neuen, treuherzig himmelfarbenen Ton seines kräftigen, mittlerweile nicht bloß ungemein voll, sondern dazu schulterlang gewordenen Haupthaars vertragen. Und dann wanderte ein Netz, ein kunstreich regelmäßiges Netzwerk aus bläulichen Linien, von innen aus der Muskulatur und den Fettpölsterchen seines Schädels unter die glatte Haut und von dort ins vollends Sichtbare, und damit war klar, dass dieser Kopf nicht mehr Blank, sondern einem anderen gehörte.

«Frau Fachleutnant! Kommen Sie bitte schnell! Das Ding, es macht etwas mit Ihrer Maschine ...»

So gründlich erfrischt, als hätte sie nicht nur kurz gedöst, sondern lang und erholsam tief geschlafen, traf Xazy mit Jessmann bei Blank ein und sah, dass der Raupenroboter seine Scheinwerfer eingeschaltet hatte. Sie bestrahlten die Fassade des Objekts. Und das milchig weiße Licht verlieh den Backsteinen und der Substanz, die sich zwischen sie geschoben hatte, einen zusätzlichen Zusammenhalt. Fast schien es, als sei eine spezielle Glasur in einem Fertigstellungsprozess, der bislang noch ausgestanden hatte, aus tausendundeiner Pore gedrungen und über das Gebäude geflossen.

Die Datenbank des Hauptquartiers hatte es als den ehemaligen Verwaltungsbau einer Kunststoffgießerei verzeichnet. Die einstigen Fertigungshallen waren bis auf wenige flache, längst von Gras überwachsene Ziegelhaufen verschwunden. Aber Blanks Vorgänger, ein gewisser Kettmann, der sich in Sachen Materialbeschaffung den Ruf einer wahren Spürnase erworben hatte, war vor Jahren bei einer gründlichen Erkundung des Geländes über eine von dichtem Gebüsch verborgene Rampe in einen intakten Keller vorgedrungen, der zu einem der einstigen Nebengebäude gehört haben musste. Gemeinsam mit dem kleinen Weller folgte er einem halb verschütteten Gang, und bald

wurden die beiden mehr als nur fündig. Sie entdeckten einen großen, fast vollen Tank Heizöl und dazu zwei Dutzend hölzerne
Trommeln, auf die verschieden starke plastikummantelte Kabel
oder blanker Draht gewickelt waren.

Auf dem Rückweg hatten Kettmann und Weller, tief gebückt,
an manchen Stellen sogar auf allen vieren kriechend, vielleicht
weil sie im Furor des Erfolgs eine Rolle sehr feinen, silbrig glänzenden Draht als erstes Beutestück mit sich wälzten, das Her-
abstürzen locker sitzenden Mauerwerks ausgelöst. Kettmann
war, im Nacken getroffen, zusammengebrochen. Und nachdem
der kleine, aber muskulöse Weller seinen Hauptmann schließlich
bis an den Ganganfang zurückgeschleift hatte, mussten er und
die dort ausharrenden Kameraden feststellen, dass über die von
gelbem Ziegelstaub gepuderten Lippen des Geborgenen kein
Atemhauch mehr strich.

Während der gemeinsam durchwachten Nacht hatte sich Naturkontrollagentin Xazy das damalige Geschehen von Blank so
genau wie möglich erzählen lassen. Er hatte zu den dreien gehört,
die damals die Rückkehr von Kettmann und Weller erwartet hatten. Blank berichtete, wie sie den Toten ins Leitungszelt getragen
hatten. Dort sei, ganz wie es sich gehörte, die rote Notfalldose
mitten auf dem großen, ansonsten säuberlich leer geräumten
Tisch gelegen. Falls es zum Ausfall des Hauptmanns kam, war
jeder in der Hundertschaft berechtigt, diesen Behälter zu öffnen.
Aber nachdem sie Kettmann auf sein Feldbett gelegt hätten und
obwohl das Zelt durch das Nachdrängen weiterer Männer bis
auf den letzten Fleck gefüllt gewesen sei, habe zunächst keiner
gewagt, dieses Recht, vielleicht weil es zugleich eine unumgäng-
liche Pflicht bedeutete, für sich in Anspruch zu nehmen.

Schließlich war ausgerechnet Achsmann an den Tisch getreten, um nach dem roten Ding zu greifen. Der Kunststoff knackte

in seinen großen Händen, und dann, nach einem kurzen Rauschen, rief eine Frauenstimme, mädchenhaft hell, den Namen des neuen Hauptmanns: «Blank – Blank – Blank!» Vier- oder fünfmal, bis Schill ihrem Starken den Behälter und dessen Deckel aus den Fingern zog und die sich stetig wiederholende, mittlerweile unangenehm laut gewordene Bekanntgabe beendete, indem er die Dose erneut verschloss.

«Frau Fachleutnant! Herr Hauptmann! Es hebt ihn weiter an, es hebt ihn noch höher hinauf!»

Jessmann bewies zum zweiten Mal, dass er bessere, zumindest nachtschärfere Augen als Blank und sie besaß. Schon bevor er losgerannt war, um sie zu holen, hatte er etwas bemerkt, was seinem Hauptmann noch nicht aufgefallen war. Erst als dieser auf Jessmanns Hinweis hin versuchte, den Raupenroboter per Wortfunksteuerung ein kleines Stück zurückzusetzen, und dessen Kunststoffketten sich auch gehorsam, allerdings folgenlos drehten, war nicht mehr daran zu zweifeln, dass das Fahrzeug keinen Bodenkontakt mehr hatte. Die Distanz der Raupen zum Grund, exakt fünfundzwanzig Komma null Zentimeter, war von den Sensoren der Maschine noch vermessen und als Wortlaut übertragen worden. Danach hatte sie keinerlei Daten mehr gesendet.

Jetzt war das Licht der Scheinwerfer dabei an der Mauer nach oben zu kriechen. Langsam, sehr langsam sogar, mit einer Geschwindigkeit, die ihnen trügerisch Raum ließ, zu phantasieren, dieses mehr als eine halbe Tonne schwere Fahrzeug schwebe, in ein unsichtbares Kraftfeld gebannt, allmählich weiter und weiter hinauf. Aber weil mittlerweile unter seinem Bauch hindurch genügend reflektiertes Licht in ihre Richtung strömte, sahen sie als einen hell begrenzten Schatten, dass da eine Art Stiel aus dem Boden wuchs, der die Maschine, ohne das geringste Schwanken,

ohne dass es zu einem Kippen oder einem seitlichen Wegrutschen kam, so sacht, als wäre dies alles achtsam bedacht, in ihre
gemeinsame Nacht hinaufstemmte.

## 27.

## MÄNNERKUNDE

### WAS GERADE UNREGELMÄSSIG GENUG IST

Wenn irgendjemand auf den Gedanken gekommen wäre, sie nach dergleichen zu fragen, hätte Naturkontrollagentin Xazy geantwortet, dass unter den Männern, mit denen sie bislang zu tun bekommen hatte, auf beleibte, ältere Kerle noch am ehesten Verlass gewesen war. Bereits einen Tag bevor Nettmann sich wie befohlen in Blanks Hundertschaft meldete, war an Hilfserkunder Guhl der Auftrag ergangen, sich um den Degradierten zu kümmern.

Mit der gebotenen Vorsicht sollte er sich daranmachen, eine kameradschaftliche Beziehung zu Nettmann aufzubauen. Sein Alter und sein Humor würden ihm dabei helfen. Ganz wie es seinem Naturell entsprach, hatte Guhl diese zusätzliche Aufgabe, beherzt aber auch mit dem nötigen Fingerspitzengefühl angepackt. Und seit sie selbst bei Blanks Hundertschaft weilte, hatte Xazy keinen Hinweis darauf entdeckt, dass sich ihr Mann vor seinem Eintritt in das Objekt durch irgendeine Unvorsichtigkeit verraten haben könnte.

Als der Stoßtrupp zusammengestellt und jedem der fünf von Hauptmann Blank unter vier Augen freigestellt worden war, nein zu sagen, hatte Guhl sich eigenständig für eine weitere Beobachtung Nettmanns entschieden. Acht Tagen war der Dicke mittlerweile im Objekt verschwunden. Aber falls die gestrigen Messwerte weiterhin Gültigkeit besaßen, produzierten dort drinnen die Körper von Säugetieren so viel Wärme und Kohlendioxid, wie dies dem Stoffwechsel von zumindest ein, zwei ausgewachsenen menschlichen Individuen entsprach. Das Animalische zeigte Flagge. Noch gab Xazy den bewährten Hilfserkunder Guhl nicht verloren.

Dass das Objekt den Raupenroboter in irgendeiner Form attackieren würde, hatte sie erwartet. Bereits in einigen der Datenkonvolute, die sie Blank zurückliegende Nacht, so glaubwürdig wie möglich, so lückenhaft wie nötig, erläutert hatte, waren ihr bedenkliche Modulationen aufgefallen. Es sah aus, als hätte ein begabtes Kind mit den Mess- und Auswertungsprogrammen der Maschine zu spielen begonnen, behutsam, noch ohne deren Ablauf ernstlich zu stören, und so minimalistisch wie ein einziger Zeigefinger auf einer für zwei geschwinde Hände ausgelegten Tastatur. Erst gegen Morgen hatten die kleinen Ergänzungen und Veränderungen das vorsichtig Improvisierende ein Stück weit verloren und eine gewisse manipulative Keckheit erkennen, ja eine dunkle Zielstrebigkeit erspüren lassen.

Der Roboter war unbewaffnet, aber falls er jählings kehrtgemacht und auf kürzestem Wege die LKWs und Zelte angesteuert hätte, wäre es womöglich zu fatalen Schäden gekommen. Vor allem bei Nacht hätte es Verletzte oder gar den einen oder anderen Toten geben können. Nach dem, was beim Absturz der Drohnen zu beobachten gewesen war, hatte auch Hauptmann Blank dergleichen befürchtet. Während sie heute Mittag in seinem Zelt einen Eintopf aus orangefarbenen Rübenwürfeln und bleichen Trockenfischstückchen löffelten, hatte er deshalb vorgeschlagen, die drei schweren Maschinengewehre, über die seine Hundertschaft verfügte, in Stellung zu bringen. Falls sich der Fahrautomat fehlgesteuert in Bewegung setzen und sich unbeeinflussbar dem Grabenring nähern würde, sollte er unter Beschuss genommen werden.

«Frau Fachleutnant! Herr Hauptmann! Jetzt steht er wieder still. Es mag ihn nicht mehr höher heben. Oder es fehlt ihm an Kraft, ihn noch weiter hinaufzustemmen.»

Blank legte die linke Hand auf Jessmanns Unterarm, und der verstand, dass er leiser sprechen sollte. Xazy sah die Finger von Blanks Rechten nach der Signallampe an seinem Gürtel greifen. Außer der Leuchtfolge Blau-Weiß-Blau war noch eine zwei Wörter lange Losung als weitere Möglichkeit, den Feuerbefehl zu geben, vereinbart worden. Die nächste Maschinengewehrstellung befand sich keine hundertfünfzig Schritt entfernt. Der Wind, der weiterhin sacht und kühl vom Objekt her wehte, würde einen Zuruf unterstützen. Xazy fixierte Blank, bis der ihren Blick erwiderte, und schüttelte den Kopf. Es gab vorerst keinen Grund für eines der beiden Zeichen.

In seinem letzten Wortfunkbericht an das mobile Hauptquartier hatte Guhl ein in aller Knappheit eindrückliches Bild davon vermittelt, wie leicht und zugleich schwer ihm Nettmann den Umgang machte. Der Strafversetzte sei seit seinem ersten Tag in der Hundertschaft die freundliche Zugänglichkeit in Person. Aber unweigerlich führe jedes Gespräch mit ihm dazu, dass Nettmann sein Gegenüber zum Erzählen bringe und als perfekter Zuhörer so gut wie nichts von sich preisgebe.

Sie wusste, was Guhl hiermit meinte. Nachdem Nettmanns aberwitziges Dieselgeschenk von einer missgünstigen Fischerin an das mobile Hauptquartier verraten worden war, hatte Xazy sich mit einem der kleinen Lichtkutter auf den Weg gemacht, um den straffällig Gewordenen persönlich von seinem Dienst zu entbinden und einen Nachfolger einzusetzen. Hauptmann Nettmann war nie zuvor auch nur in den Hauch eines Verdachts geraten. Seine Personaldatei war von beispielhafter Unauffälligkeit. Und als sie an der Hauptlandungsstelle seines Rayons auf den Steg sprang, der sich auf Buchenpfählen weit in den Bittersee hinausschob, als sie über die unter ihren Schritten schwingenden Bohlen zügig auf die Zelte von Nettmanns Hundertschaft zumarschierte, war sie gespannt gewesen, was ein derart lang ausnahmslos verlässlich gewesener Mann über die peripheren Umstände und eventuell auch über den einen dunklen Grund seiner grellen Fehlleistung zu sagen hatte.

Doch als sie das Hauptmannszelt betrat, fand sie den Gesuchten zu ihrer Überraschung bettlägerig vor. Ein Wunderer war bei ihm, kniete auf dem blanken Boden neben dem Feldbett und hatte Brust und Bauch des Liegenden entblößt, um ihn zu untersuchen. Nettmanns Augen waren bis auf wässrig schimmernde Schlitze geschlossen, die Lider bebten, als wären seine Augäpfel in beständiger Bewegung. Sein Atem ging flach und schnell. Er schlief nicht, schien aber in ein halb bewusstes Dösen gesunken.

Xazy hatte damals darauf verzichtet, sich mit Worten nach Nettmanns Verfassung zu erkundigen, sie sah den Kuttenträger nur fragend an, aber der reagierte nicht und fuhr fort, eine dunkle Scheibe in winzigen Rucken auf Nettmanns schweißnasser Haut hin und her zu schieben. Zwischen Kehlkopf und Bauchnabel, von Achselbeuge zu Achselbeuge schien er jedes Fleckchen immer aufs Neue bestreichen zu wollen, und bald hatte sich Xazy einen Feldhocker herangezogen, um einfach still dabeizusitzen und mitanzusehen, was an dem zweifellos Fiebrigen bewerkstelligt wurde.

Im Hauptquartier gehörte es zu den chronisch offenen Fragen, wie die Umtriebe der Wunderer einzuschätzen waren. Deren Dienstleistungen, das Mund-, Nasen- und Augenwerk, waren bei den Männern der Hundertschaften mehr als bloß beliebt. Die Zuwendung, die durch diese Manipulationen an Gebiss und Zunge, an den Schleimhäuten und am Grad des Sehvermögens gespendet wurde, durfte, so viel war klar, keinesfalls unterschätzt werden. Allein schon dass die umherziehenden Kerle verlässlich zweimal im Jahr in jedem Rayon auftauchten, stiftete eine Taktung, die den Männern, ähnlich wie die Jahreszeiten und das Aufblühen und Abwelken der Vegetation, einen beruhigenden, womöglich sogar tröstlichen Halt im seelenlos steten Sog der Zeit zu spenden vermochte.

Nachdem der Wunderer schließlich die Scheibe von Nettmanns Brust gehoben hatte, wartete Xazy geduldig, ob er sich ihr gegenüber doch noch zu irgendeinem erklärenden Wort bequemen würde, aber der Schmalbärtige wog sein Utensil nur noch ein Weilchen auf der flachen Hand, als müsste er prüfen, um wie viel sich dessen Schwere während der Untersuchung verändert hatte. Dann versenkte er die Scheibe in einer Seitentasche seiner Kutte und stand auf. Er hatte sich bereits von Nettmann abgewandt und einen ersten Schritt weg von dessen Lager getan, als er sich plötzlich noch einmal umdrehte und den Rumpf über den reglos Daliegenden beugte. Ganz dicht kam sein Mund dem Ohr des Kranken, und obwohl Xazy keinen Laut vernahm, war sie sicher, dass der Wunderer ihm etwas zugeflüstert hatte, denn Nettmann verzog das Gesicht so eindeutig schmerzlich, dass an einem verständigen Hören kaum Zweifel bestehen konnten.

«Frau Fachleutnant, Herr Hauptmann! Bitte! Mit Ihrer Erlaubnis, mit Ihrer beider Erlaubnis, sehe ich es mir aus der Nähe an. Ich könnte auch eine Materialprobe entnehmen …»

Jessmann hatte sein Bajonett aus der Scheide am rechten Unterschenkel gezogen und fuchtelte mit der langen Klinge Richtung Objekt. Blank zischte verärgert durch die Zähne und packte ihn am Handgelenk. Xazy überlegte, ob sie ihn nicht besser sofort in den Grabenring zurückschicken sollten. Das schiere Beobachten schien ihn mittlerweile mächtig aufzuregen. Offensichtlich war es doch ein Fehler gewesen, Jessmann während der zurückliegenden Tage mitdenken und mittun zu lassen. Sie hatte die Elastizität seines Gemüts überschätzt, obwohl sie aus Erfahrung wusste, dass gerade blutjunge Männer nicht selten ihre liebe Müh mit der Hinnahme und dem Aushalten ungeklärter Phänomene hatten.

Damals, in Nettmanns Hauptmannszelt, hatte sie den Hocker an das Kopfende des Feldbetts gerückt, um den Fiebernden aus nächster Nähe zu betrachten. Nach dem Abgang des Wunderers ergab sich Muße hierfür. Nettmann war ungefähr in ihrem Alter. Das hieß, er hatte genug Jahre im Hirn, um auch als Mann nicht mehr wie ein junger Hund zu reagieren, wenn etwas Unvorhergesehenes im Kreis seiner Wahrnehmung auftauchte. Andererseits war er noch nicht so weit über den Zenit innerleiblicher Stimulation hinaus, dass sich der graue Schleier der Beliebigkeit auf das kaleidoskopische Bild des Möglichen zu senken begonnen hätte.

Xazy hatte im Verlauf des letzten Jahres begonnen, ein schärferes Gespür und zugleich eine milde Schwäche für diese virile Lebenslage zu entwickeln. Dieser Nettmann, dieser Treibstoffverschenker, der nun im Fieber leise ächzte, gefiel ihr, und sie genoss die Hilflosigkeit, mit der er ihrem geneigten Blick ausgeliefert war. An seiner linken Schläfe drückte sich eine bläulich schimmernde Ader durch die schwitzig bleiche Haut. Vielleicht hatte ihr Deutlichwerden mit Nettmanns Erkrankung zu tun. Seine Kiefermuskeln waren angespannt, und als er anfing, mit den Zähnen zu knirschen, griff sie ihm an den Mund und zog die ungewöhnlich vollen Lippen auseinander. Nettmanns Gebiss enttäuschte sie nicht. Seine Zähne waren mattweiß, nicht zu klein, aber auch nicht zu groß und gerade so unregelmäßig, dass an ihrer naturwüchsigen Eigentümlichkeit kein Zweifel bestehen konnte.

«Jessmann! Verflucht, Jessmann, sofort zurück!»

Hauptmann Blank schrie vergebens. Und Naturkontrollagentin Xazy war sich sicher, dass der, der da auf das Objekt zurannte, sich auch von ihr nicht zu einem Stehenbleiben und zu einer Umkehr bewegen lassen würde. Jessmann, der ihr als persönlicher Adjutant beigeordnet worden war, Jessmann, der sich als ein heller und williger Kopf erwiesen hatte. Jessmann war nicht mehr aufzuhalten. Er rannte, das blanke Bajonett in der Faust. Ein letztes Mal blitzte das Licht, welches der Raupenroboter gegen das verwandelte Gebäude warf und das von diesem reflektiert wurde, auf dem Metall der Klinge auf, und dann war der Jüngling vom Schopf bis an die Stiefelsohlen hinter dem verschwunden, was die letzte einsatzfähige Bodenerkundungsmaschine des Hauptquartiers bis vor das Glas der hohen Fenster eines einstmals dritten Stockwerks hinaufgestemmt hielt.

## 28.

## LICHTPFLICHTSTUNDEN

### WELCHES OHR EIN BISSCHEN BESSER HÖRT

Die angebrochene Nacht würde ihnen beiden, Blank spürte es bis ins Mark der großen Knochen, auf eine neuartige Weise lang werden. Und der Zorn, der ihn in Schüben durchwogte, seit Jessmann ihnen gegen jede Disziplin und Vernunft entsprungen war, nährte in ihm den Wunsch, er könnte, wenn schon nicht Frau Fachleutnant Xazy, dann zumindest sich selbst die Schuld an diesem törichten Wegrennen und damit am Verlust eines weiteren Mannes geben. Vielleicht ging es Xazy ähnlich, vielleicht lag ihr irgendein Vorwurf auf der Zunge, zumindest stand sie still da und starrte unverwandt Richtung Objekt, fast so, als warte sie darauf, von dort in Bälde irgendeinen Ausgleich für dieses Opfer geliefert zu bekommen.

«Kontakt! Wir haben wieder Kontakt, Hauptmann!»

Gleichzeitig hatten er und Fachleutnant Xazy den rechten Zeigefinger auf den Knopf im Ohr gelegt. Offenbar glaubten sie beide unwillkürlich, das sehr schwache, an der Peripherie der Wahrnehmbarkeit pendelnde Signal ließe sich so, mit der animalischen Energie, die man den menschlichen Händen gern zusprach, in eine bessere Hörbarkeit verstärken. Auf den Klappstuhl gesunken, rollte Xazy die Bildfolie auf, aber deren Rechteck blieb bis auf die schmale himmelblaue Rahmung dunkel.

«Horchen Sie genau hin, Hauptmann. Könnte das nicht eine Stimme sein?»

Fachleutnant Xazy hatte recht. Obwohl sich kein einziges Wort herauslauschen ließ, dieses Knistern und Knacken, sein Auf und Ab, sein Pausieren und Wiederanheben, erinnerte an menschliches Sprechen. Etwas Insistierendes, irgendein eigentümliches Drängen schien in diesen Tönen zu liegen. Und mit einer Selbstläufigkeit, die er nicht beschleunigen oder in eine erfolgversprechende Richtung lenken konnte, begann sein akustisches Gedächtnis nach einem ähnlich klingenden Singsang zu fahnden.

«Heraus damit, Blank: Wer könnte das sein? Unser junger Flüchtling ist es nicht. Und Guhl genauso wenig.»

Blank dachte daran, wie er Fachleutnant Xazy angeboten hatte, den Dicken und die vier anderen, bevor sie in das Objekt entsandt würden, in Augenschein zu nehmen. Damals hatte sie mit der Bemerkung, nur er kenne seine Männer gut genug, abgelehnt. Und seit sie unter ihnen weilte, hatte er sie außer mit Jessmann mit niemandem reden sehen. Fachleutnant Xazy wahrte die Distanz, die man in der Hundertschaft von den Vertreterinnen des technischen Korps gewohnt war. Aber womöglich hatte sie Guhl, während er den Lehrgang im mobilen Hauptquartier absolvierte, sprechen gehört.

Auf das, was man dem Dicken und den anderen Kursteilnehmern auf dem Lichtraddampfer vermittelt hatte, war Blank mehr als nur ein bisschen neugierig gewesen. Aber als Guhl nach fünf Wochen Abwesenheit wieder bei ihm im Hauptmannszelt saß, musste er erfahren, dass das Erlernte einem Schweigegebot unterlag. Die fragliche Sache sei bis auf weiteres, dies habe man ihm und seinen Mitschülern formelhaft eingeschärft, noch nicht allgemein spruchreif. Dennoch war Guhl nicht völlig stumm geblieben. Quasi als Ausgleich hatte er anderes erzählt. Vor allem schien er sich lückenlos gemerkt zu haben, was die Kantine des Hauptquartiers Tag auf Tag zum Frühstück, Mittag- und Abendessen bereitgestellt hatte. Alles, was die Rayons rund um die Bitterseen zu bieten hätten, sei ihnen auf den Tisch gekommen. Mit Augen und Nase, mit Lippen und Zunge, mit den Zähnen und dem Gaumen habe er nach und nach beglückt begreifen dürfen, welch überraschende Fülle sich mit der Gesamtheit des Territoriums, das der Kontrolle des Hauptquartiers unterlag, verband.

Von ihrem Dicken wusste Blank seither zudem, dass der Lichtraddampfer über drei Ebenen verfügte und dass der Fortbildungs- und Archivbereich das unterste Deck einnahm. Während des Unterrichts lagen die Scheitel der Kursteilnehmer tiefer als die Wasseroberfläche. Erst wenn sie aufstanden, um die stündlich anstehenden Gymnastikübungen zu absolvieren, konnten sie durch die Doppelverglasung der eiförmigen Bullaugen sehen, wie das grünliche Nass des Sees, von einem schwachen Wind gekräuselt, an die unteren Fensterrundungen schwappte.

Nach dem Mittagessen gebot ihnen die sogenannte Lichtpflicht, sich für zwei Stunden hinauf ins Freie, auf die schmale Heckterrasse des mittleren Decks, zu begeben. Der Rest dieser Ebene sei ihm und seinen Kameraden allerdings nicht zugänglich gewesen, bis zum Schluss habe er nicht herausgefunden, was in den vorderen vier Fünfteln veranstaltet oder bewerkstelligt wurde. Über ihre beiden Stunden an der frischen Luft hatte Guhl in einem schwärmerischen Ton gesprochen. Er und die Kameraden aus den anderen Rayons seien auf weiß lackierten Klappstühlen um ein Springbrünnlein gesessen, das eine zierliche Fontäne in die Höhe steigen ließ. Im Becken drehte ein Schwarm gerade mal kleinfingerlanger Fische seine Runden, alle leuchtend goldgelb, ein jeder einem jeden auf eine fast künstlich genaue Weise gleich.

Bereits am ersten Tag waren er und seine Mitschüler ermahnt worden, die Brunnenbewohner keinesfalls zu füttern. Aber bald habe ihr Frechster, der Kamerad aus dem Teichrayon, doch ein Kuchenbröcklein ins Wasser geworfen. Noch bevor es sich auflösen und das klare Element trüben konnte, stürzten sich die Goldlinge darauf, um es, Kopf an Kopf, wie mit einem einzigen rundum zuschnappenden Zahnwerk zu verschlingen. Dieses gemeinsame Agieren habe sie täglich aufs Neue in seinen Bann geschlagen. Seinen Umriss gleitend verändernd, kreiste der Schwarm unaufhörlich um die Fontäne, als gehorche er einem permanenten Suchimpuls, bis er im Moment des Findens und sich Einverleibens, innig kugelig geballt, das Maximum seiner Zusammengehörigkeit erreichte.

«Das muss einer ihrer Männer sein, Hauptmann.»

Blank nahm den Kontaktknopf aus dem rechten und steckte ihn ins linke Ohr. Vorgestern, nachdem der Raupenroboter abgeladen gewesen war, hatte Xazy ein blaues Etui aus der Seitentasche ihrer Uniformjacke gezogen und es ihm aufgeklappt hingehalten. Es enthielt zwei auf den ersten Blick identische Scheibchen, kaum voluminöser als die Kontaktknöpfe, mit deren worterkennender, wortspendender Vermittlung die verlorengegangenen Drohnen gesteuert worden waren. Frau Fachleutnant Xazy hatte, weil er zögerte zuzugreifen, gesagt, es sei gleichgültig, welchen er nehme, es handle sich bei den beiden nicht um ein männliches und ein weibliches Exemplar.

«Gute Idee: Vielleicht sollte ich auch das Ohr wechseln, Hauptmann.»

Fachleutnant Xazy hob die Rechte, ihre Fingerspitzen berührten schon ihre Wange, aber dann hielt sie inne, legte nur den

Daumen auf den Knopf. Sie sah Blank an und führte den Zeigefinger der Linken an die Lippen. Was sie beide hörten, sicherlich gleichzeitig, aber zwangsläufig in zwei unvermischbare Wahrnehmungswelten geschieden, war kaum lauter, allerdings ein klein wenig klarer geworden. Nun war sicher: Da rief einer. Da rief eine männliche Stimme zwei kurze Wörter oder ein zweisilbiges, durch eine winzige Pause geteiltes Wort. War es Schill? Blank wäre nicht so weit gegangen, dies gegenüber Fachleutnant Xazy zu behaupten, aber unwillkürlich hatte er als inneres Bild Schills einnehmende Züge gesehen, und ebenso zwingend bildete er sich nun ein, über Schills Lippen käme, was erneut erklang, für ihn jedoch weiterhin keinen rechten Sinn ergab: «Weh, er? Weh, er!»

Voll Begeisterung hatte Guhl ihm erzählt, dass er auf dem Lehrgang überhaupt zum allerersten Mal in seinem Leben erfahren habe, wie es sich anfühle, im Chor mit anderen Sätze aufzusagen. «Laut! Lauter! So laut, dass es die Fische im See hören können!», hätten die Fortbilderinnen verlangt, sobald der Eifer der Klasse nachgelassen habe. Und rückblickend bedauere er nicht wenig, dass er vielleicht nie mehr zusammen mit anderen derart Wort auf Wort hinausbrüllen würde.

Fachleutnant Xazy hatte den Kontaktknopf nicht umgesteckt. Offenbar wollte sie nichts verpassen. Sie hielt sogar die Augen geschlossen, um sich ganz aufs Hinlauschen zu konzentrieren. Schließlich schüttelte sie unwillig die nachtgrauen Locken und boxte Blank mit der rechten Faust gegen den Ellenbogen.

«Hauptmann! Seien Sie so freundlich: Strengen Sie sich an! Wessen Stimme ist das. Und was zum Teufel ruft er da. Ich höre immer: Weh, er! Weh, er! Meint er vielleicht: Oh weh! Er! Oh weh, der da? Aber das sagt doch niemand so. Das hört sich, verdammt noch mal, an wie aus einem Buch!»

## 29.

## VOLKSGANGBEKLEIDUNG

### WAS SO SINNIG ZUSAMMENKLINGT

Zurückliegenden Herbst hatte Nettmann, ermutigt von Blanks Freundlichkeit, bereits am Ende ihres ersten Gesprächs darum gebeten, einen Blick auf die Büchersammlung der Hundertschaft werfen zu dürfen. Sogar im Buchenrayon, wo er auf dem Herweg bloß eine Nacht zu Gast gewesen sei, habe man ihm, ohne dass er danach zu fragen gewagt hätte, wahrscheinlich aus purem Stolz die vorhandenen Werke gezeigt. Und aufs erste Hinschauen habe er sich eingestehen müssen, dass am Bittersee kein vergleichbar umfangreicher Schatz zur Verfügung stand.

Umso erstaunter war Nettmann dann gewesen, als ihm vor Augen kam, wie viele Schriften die große, luftdichte, rundum blechverkleidete, also nicht bloß gegen Feuchtigkeit, sondern auch gegen Mäusefraß gesicherte Bücherkiste in Blanks Hauptmannszelt enthielt.

«Hundert Stück? Volle hundert? Aber das heißt ja: im Prinzip eines für jeden Mann!»

Angesichts dieser phänomenalen Fülle hatte Nettmann sich sogleich nach den Lesetagen erkundigt und erfahren, dass genau wie am Bittersee und im Buchenrayon immer am zweiten Tag des Monats eine volle, üppig lange Stunde aus den vorhandenen Büchern vorgetragen würde.

Blank hatte nie daran gezweifelt, dass sie in Schill einen exzellenten Vorleser besaßen. Als leibhaftiger Vergleich stand ihm zwar bloß der alte Cöth vor dem inneren Auge, der das Amt vor Schill bekleidet hatte, aber in den Texten selbst war ja regelmäßig von den Umständen, von den drohenden Widrigkeiten und möglichen Glücksfällen des Vorlesens die Rede, und so konnte ein kritisch abwägender Kopf aus dem Beschriebenen, aus dem Beklagten und Gepriesenen, durchaus gewisse Rückschlüsse darauf ziehen, wie schlecht, wie passabel oder wie vortrefflich ein Vortragender aus Fleisch und Blut seine jeweilige Sache machte.

Cöth hatte bis zuletzt mit seiner humorigen Knurrigkeit, mit der Kunst, markant kurze, aber auch gewagt lange Pausen zu setzen, mit der Originalität seiner Varianten und Abschweifungen und dazu mit einem famosen, die ihm verbliebenen Zähne bleckenden Grimassieren geglänzt. Alle liebten Cöth. Und so war es dazu gekommen, dass der Alte unglaubliche zehn Jahre über das eigentlich vorgeschriebene Dienstzeitende hinaus bei ihnen in der Hundertschaft verblieben war. Immer aufs Neue hatte Kettmann den finalen Volksgang des Vorlesers aufgeschoben, weil er wusste, wie sehr die Männer an Cöths Manier hingen. Schließlich hatte es einen schlimmen, hässlich bellenden Husten, der einfach nicht besser werden wollte, samt einer chronischen Heiserkeit gebraucht, dass Kettmann nicht mehr umhinkonnte, nach einem Nachfolger Ausschau zu halten.

Blank hatte damals selbst zu denen gehört, die sein Vorgänger für ein Probelesen ins Hauptmannszelt bestellt hatte. Aufs Geratewohl hatte er sich ein Buch aus der Kiste fischen dürfen, und dann hatte ihm Kettmann den Rücken zugedreht, wahrscheinlich um ihn nicht durch ein erwartungsvolles Hinschauen zu irritieren. Was sich Blank instinktiv gegriffen hatte, war ein großformatiger, recht dicker Band, bestimmt zehn oder gar zwölf steife Blätter stark. Er schlug ihn mittig auf und erwischte eine Doppelseite, auf der die Zahl der schmalen, ausnahmslos schwarzweiß gehaltenen Bildchen die Anzahl der fetten, leuchtend bunten Wörter deutlich übertraf. Eine solche Kombination war grundsätzlich leichter vorzutragen, da das Erraten eines unbekannten Worts eher gelang, wenn dessen Silben von Bildern flankiert wurden.

Wie ausnahmslos alle hatte Blank als Rekrut am Ende seines Probejahrs die Fünfhundert-wichtige-Wörter-Prüfung ablegen müssen. Zehnmal Falschlesen war maximal erlaubt, und Blank zweifelte nicht daran, dass ihm jene fünf Wörter, die er damals als junger Kerl leider nicht sicher hatte identifizieren können, bis in seine letzte Dienststunde peinlich unvergessbar bleiben würden.

Ohne ein einziges Hängenbleiben kam er hingegen durch alle Zeilen, als Kettmann ihn eine Handvoll Jahre später als einen der Kandidaten für die Cöth-Nachfolge vortragen ließ. Bei den Bildchen der beiden aufgeschlagenen Seiten waren ihm zudem für sein Empfinden recht gewitzte Verweilschleifen gelungen. Dennoch war Blank, nachdem sich Kettmann wieder zu ihm umgedreht und ihn mit einer Handbewegung angewiesen hatte, das Buch in die Kiste zurückzulegen, sofort klar gewesen, dass er den Hauptmann nicht restlos überzeugt hatte und folglich nicht als zukünftiger Vorleser der Hundertschaft in Frage kam.

Rückblickend war Blank sicher, dass Schill sich in jenen Tagen längst sorgsam darauf vorbereitet hatte, an Cöths Stelle zu treten. Irgendwann war Blank aufgefallen, wo ihr Hübscher Position bezog, wenn sich die Männer im großen Reparaturzelt Schulter an Schulter um Cöth versammelten. Immer stand Schill dicht hinter dem alten Vorleser, so zur Seite versetzt, dass er über dessen Schulter auf das jeweilige Schriftwerk blicken konnte. Gewiss hatte er, was da auf weißem Karton in bunten Lettern oder als schwarzweißes Bild zu sehen war, mit dem, was Cöth lauthals zum Besten gab, verglichen. Bestimmt war es anfangs nicht viel mehr als ein bewunderndes Merken, ein beflissenes Einprägen gewesen. Aber irgendwann musste Schill damit begonnen haben, sich Gedanken über eine ihm gemäße Art der Darbietung zu machen.

«Ein Bild! Es sendet uns ein Bild, Hauptmann. Sagen Sie mir etwas dazu!»

Blank sank neben Xazys Klappstuhl in die Hocke, so hastig, dass er dabei ungeschickt gegen ihre Schulter stieß und sie samt dem leichten Klappstuhl ins Schwanken brachte. Was sie ein Bild genannt hatte, befand sich im linken oberen Winkel ihrer Leucht-folie. Es war nicht mehr als ein krummer, kleinfingerkurzer gel-ber Strich, dessen Spitze allerdings ruhelos hin und her pendelte, als suche das Kopfende eines Würmchens nach einem Weg von der blau gerahmten Peripherie der Leuchtfolie in deren dunkle Mitte.

«Sieht aus wie eine Fliegenmade. Zumindest bewegt es sich so, Frau Fachleutnant!»

Cöths finaler Auftritt im Reparaturzelt war mit Schills erster Darbietung in eins gefallen. Dass der Alte seinen Vortrag für ein Husten, das unüberhörbar reichlich Schleim aus den Bronchien in die Kehle hinaufquälte, unterbrechen musste, waren die Män-ner damals schon gewohnt gewesen, dieses Mal jedoch schien das zwingend akute, hilflos gründelnde Keuchen gar nicht mehr enden zu wollen. Schließlich war der kleine Weller dicht hinter den gekrümmten Rücken Cöths getreten, hatte die Hände unter dessen Achseln geschoben und ihm das Buch aus den Fingern gezogen. Er reichte es Schill, der sich damit, Cöths Hüfte strei-fend, nach vorn schob. Und während Weller den nur noch leise

Japsenden Schrittchen für Schrittchen nach hinten zog, hatte Schill schon, wunderbar laut und bestechend klar, damit begonnen, dort fortzufahren, wo der Vortrag des Alten zum Erliegen gekommen war.

Die Übernahme musste mit Kettmann abgesprochen gewesen sein. Denn danach war Cöths Volksgang um keinen weiteren Tag mehr aufgeschoben worden. Noch am selben Abend wies der Hauptmann sie an, dem Alten beim Umkleiden zu helfen. Vor dem Zelt, welches Cöth stets mit neun anderen Männern, also im Verlauf der vielen Jahre mit einer mirakulös großen Gesamtzahl an Kameraden, beherbergt hatte, wurden, wie es Brauch war, seine Sommer- und seine Winteruniform mit Diesel übergossen und verbrannt.

Eigentlich gehörte es sich, dass einer, der so für volksreif erklärt worden war, schon in den dunklen Stunden, die auf die Einäscherung seiner Kluft folgten, allein aus dem Lager schlich. Aber offenbar machte Kettmann die körperliche Verfassung des Alten Sorge, und er befahl Blank und dem kleinen Weller, Cöth das nötige Stück weit zu begleiten.

Es war eine laue Nacht. Und während sie sich im gelbstichigen Licht eines Sommerhalbmonds von den Zelten der Hundertschaft entfernten, hatte Blank der Umstand beschäftigt, dass natürlich nicht er und Weller, sondern der Kleine und Schill das beste Paar für diese Mission gewesen wären. Cöths sichtliche Hinfälligkeit machte seinen Volksgang zu einer heiklen Angelegenheit. Gut möglich, dass sich die Frauen einen derart Gebrechlichen nicht umstandslos aufschwatzen ließen. In vergleichbar schwierigen Fällen hatte Blank beobachten können, wie das Zusammenwirken von Wellers Gewandtheit und Schills einnehmendem Lächeln den Sieg über die launige Widerborstigkeit der Volksweiber errungen hatte. Dass nun ausgerechnet

er, der Blasshäutige, Sommersprossige, auf dem Schädel Rot-
beflaumte, den schönen Schill vertreten musste, kam Blank im
zwiespältigen Schimmer des gelben Monds vor wie ein seltsamer,
fast boshafter Scherz.

Cöth, den sie vorangehen ließen, hielt sich erstaunlich gut. Im
Morgendämmer machten sie ein einziges Mal Rast, und als sie
dann, bereits am späten Vormittag, auf einen Kräuter sammeln-
den Volkstrupp stießen, richtete der Alte, ohne abzuwarten, was
Blank oder Weller in seiner Sache vorbringen würden, selbst das
Wort an die Frauen. Zu ihrem Erstaunen begann er nicht mit einem angemessen höflichen Gruß oder einer bescheidenen, den
Augenblick geschickt fixierenden Frage. Er redete einfach drauflos, und Blank hatte schon nach wenigen Sätzen das sichere Gefühl, dass nahezu alles, was Cöth da ungehemmt über die Lippen
sprudelte, eine Wiederholung darstellte, allerdings ohne dass er
sich sagen konnte, welcher ursprüngliche Gegenstand da in eine
zweite, eine frühere Form variierende Gestalt fand.

Vom ersten Satz an ging es um irgendwelches Grünzeug, das
er und bestimmt auch der kleine Weller meist nicht einmal dem
Namen nach kannten. Hinlauschend ging Blank schließlich auf,
dass der Alte viel von dem, was ihm über die Beeren, die von
ihnen gesammelt wurden, und über das Obst, das sie von den
Bäumen des Rayons pflückten, bekannt war, recht waghalsig auf
dasjenige übertrug, was die Frauen da eben noch von den Gras-
spitzen und aus den Blütenständen des kleinwüchsigen Unkrauts
gezupft und gerupft hatten.

Die Volksweiber hörten sich Cöths Pflanzenphantastereien
zunächst still und mit schwer zu deutenden Mienen an. Aber
nach und nach schlich sich das eine oder andere Lächeln in die
Gesichter. Bald wurde sogar genickt oder freundlich verwundert
der Kopf geschüttelt, und als eine Ältere «Hört! Hört!» in die

Runde rief, setzten sich alle wie auf ein Kommando in das schon sonnenwarme Gras. Blank und Weller traten unwillkürlich ein paar Schritte zurück, bevor sie es ihnen nachtaten, allein Cöth blieb stehen, sein mutwilliges Schwadronieren nahm zusätzlich Fahrt auf und schreckte nicht vor bis ins Wort gleichen Wiederholungen des bereits Gesagten zurück.

Und während Blank so, schräg von unten, zu ihrem ehemaligen Vorleser aufsah, begriff er endlich, was ihm schon ein verschwommenes Weilchen bekannt vorkam: In Cöths Vortrag klangen bestimmte, nicht allzu weit voneinander entfernte Wörter auffällig zusammen, und gerade dieser Gleichklang gab dem Berichteten, der angeblichen Öligkeit irgendwelcher Samen oder der schmackhaften Bitternis bestimmter Würzelchen, ein spezielles Gewicht und band das Betonte zugleich in den Sog des sich spiralig fortspulenden Ganzen. Just dasselbe war Blank schon einmal während einer besonders erquicklich gewesenen Vorlesezeit im Reparaturzelt aufgefallen. Eines ihrer Bücher hatte damals durch Wort und Bild eine solche Darbietung ermöglicht, ja in gewisser Weise sogar erzwungen.

Die Frauen lachten erneut laut auf, so merkwürdig einstimmig, als käme der freundliche Widerhall aus einer einzigen Kehle. Blank spürte, wie Weller am Rücken seiner Uniformjacke zupfte. Auf allen vieren krochen sie zu zweit in die Richtung, aus der sie zu dritt gekommen waren. Erst als sie in einer flachen Geländemulde anlangten, die dicht von Disteln bewachsen war, machten sie halt und schauten, vorsichtshalber tief in die stechenden Stauden geduckt, zurück.

Von Cöth war nun nicht mehr jeder Satz zu verstehen. Zu seiner Vortragskunst hatte bis zuletzt gehört, dass er den Ton erstaunlich wuchtig anschwellen, aber auch zu einem hauchenden Flüstern verdünnen konnte. Jetzt hob er die Arme und spreizte eindrucksvoll die Finger. Auch den kleinen Weller musste der Anblick, den ihr ehemaliger Vorleser da drüben von den Händen bis zu den nackten Fersen bot, beruhigen. Noch immer blieb das erwartbare Husten aus. Vielleicht erleichterte dem Alten das Recken des Rumpfes, das Heben der Brust oder die frische, von einem jähen Wind über das freie Gelände gestoßene Luft das Schnaufen. Auf jeden Fall sah alles aus der Distanz, die sie erreicht hatten, wohltuend stimmig aus. Denn ausgerechnet mit dieser Pose, mit diesem Richtung-Himmel-Greifen ging Cöths Volksgangskluft, der lange, bunte, faltenreich fallende Rock, auf eine vielleicht ein wenig unwürdige, aber dafür bezwingend versöhnliche Weise zusammen.

## 30.

## BLAUSCHOCKFOLGEN

### WIE MAN SICH EIN BLUTIGES KNIE ZUZIEHT

Während Blank, den Blick auf Frau Xazys Leuchtfolie, an den Abschied von Cöth dachte, der eigentlich nicht mehr als ein geglücktes Davonschleichen gewesen war, begriff er mit großer Verspätung, warum Kettmann damals nicht dem bewährten Paar, nicht Weller und Schill, aufgetragen hatte, den Alten zu den Frauen zu begleiten. Den ehemaligen Vorleser zusammen mit seinem nicht mehr zukünftigen, sondern bereits tätig gewordenen Nachfolger loszuschicken, hätte verquickt, was unbedingt Abstand benötigte. Das Abfließende und das Heranflutende durften sich, um den heiklen Übergang nicht zu gefährden, keinesfalls unkontrolliert vermischen.

«Ich fürchte, mehr wird uns gegenwärtig nicht gegönnt, Hauptmann.»

Frau Xazys Zeigefinger pochte gegen die Leuchtfolie auf ihrem Schoß. Der gelbe Stummel, dessen Spitze vorhin madenartig hin und her gependelt war und dessen Länge dabei langsam zugenommen hatte, so als arbeite sich ein Leiblein recht mühselig aus der imaginären Tiefe der Folie nach oben, war zum Stillstand gekommen. Und nachdem seine Helligkeit noch kurz flackernd geschwankt hatte, schien das anfangs so auffällige Gebilde zu einem gleichmäßig matten Glimmen geronnen.

«Zeit, unserem Freund da drüben gröber auf den Leib rücken. Kommen Sie mit zu mir, Hauptmann! Ich will ihnen etwas zeigen.»

Als sie in ihrem Unterstand eingetroffen waren, entzündete Xazy die Petroleumlampe, die auf dem Tisch stand, und drehte deren Docht ganz nach oben. Das Licht reichte aus, um den kleinen Raum gleichmäßig orangefarben zu erhellen. Blank spürte, wie die Neugier seinen Blick auf die Suche schickte. Fachleutnant Xazy war in ihrem kleinen separaten Reich sichtlich auf Ordnung bedacht. Die Decke auf dem Feldbett war stramm glatt gezogen, die Kanten wie mit dem Lineal ausgerichtet, das Netz der Hängematte leer. Alles, was Xazy zu ihnen mitgebracht hatte, musste in dem großen Rucksack geborgen sein, den sie vor zehn Tagen über die Kante der Helikoptertür gezerrt hatte und aus dem sie nun einen unterarmlangen, schwarz glänzenden Gegenstand zog.

So weit Blanks Kenntnisse hinab in die Vorgeschichte seiner Hundertschaft und hinüber in die benachbarten Rayons reichten, waren die Waffen, die ihnen zu Gebote standen, stets die gleichen gewesen: das robuste Sturmgewehr, an dessen Lauf sich mit einem simplen Einschnappen das Bajonett befestigen ließ, dazu die zehnschüssige Pistole, die bereits die Rekruten in ihrem Probejahr am Gürtel tragen durften und die selbst Nettmann nach seiner Degradierung nicht abgenommen worden war. Wie alle trug auch Xazy sie im ledernen Futteral an der rechten Hüfte, und obwohl sie die erste Vertreterin des technischen Korps war, die er bislang näher hatte kennenlernen dürfen, nahm Blank an, dass auch ihre Kameradinnen im mobilen Hauptquartier nicht anders ausgerüstet waren.

Die drei schweren Maschinengewehre, über die Blanks Hundertschaft zudem verfügte, wurden jeden Winter in ihre Hauptbestandteile zerlegt und penibel frisch gefettet und geölt. Alle hatten gelernt, sie in blindem Automatismus zu bedienen, und ebenso selbstverständlich fand wohl ein jeder, dass die MGs noch nie zum Einsatz gekommen waren. Denn eine Vorstellung von einem Gegner, den man mit ihnen beschießen müsste, existierte so wenig wie ein Bild jener Feinde, die mit den Wunderwaffen zu bekämpfen wären, die angeblich im mobilen Hauptquartier bereitgehalten wurden: Flammenwerfer, deren Zungen noch über fünfhundert Schritt hinweg Stahl zum Schmelzen brachten, Starklichtkanonen, deren ausmerzendes Aufblitzen nur mit besonderen Schutzbrillen beobachtet werden durfte.

So wurde zumindest unter Blanks Männern über die Art und die Potenz dieser Gerätschaften gemunkelt. Guhl hatte ihm allerdings versichert, ihm sei während der Fortbildung nichts dergleichen vor Augen gekommen, und auch als ein nahezu lautlos durch das Wasser gleitender Kutter sie zum Lichtraddampfer hin- und fünf Wochen später von diesem wegtransportiert habe, seien ihm keine Aufbauten, in denen größere Geschütze verborgen sein könnten, aufgefallen.

«Sehen Sie sich die linke Wand an, Hauptmann. Nehmen Sie Ihre Lampe zu Hilfe, falls Ihnen das Licht nicht reicht.»

Es war nicht nötig, die Signalleuchte vom Gürtel zu haken. Blank verstand aufs erste Hinschauen, was Xazy ihm zeigen wollte. Die Gebilde waren klein, aber auf eine Weise präsent, dass sich unmöglich über sie hinwegsehen ließ.

Damals, in der alten Kokerei, als er sich auf eigene Faust zu den dortigen Gewächsen geschlichen hatte, war sein Blick ganz von deren übermannslangen Stängeln und vom schleimigen Glanz der Kappen, die diese krönten, gebannt gewesen. Er hatte sie unbedingt permanent im Auge behalten müssen. Sogar wenn ihm damals einer ihrer Klappspaten zur Hand gewesen wäre, hätte er nicht gewagt, den Kopf zu neigen und das stählerne Blatt in Koksbrocken, fauliges Holz und undefinierbaren Dreck zu stoßen, um irgendein unterirdisches Gewurzel ins Licht zu heben.

«Als mir die Stummelchen erstmals aufgefallen sind, ist Jessmann rundum alles abgegangen. Es gibt keine zweite derartige Stelle, Hauptmann.»

Blank dachte daran, wie am Tag vor Xazys Eintreffen der objektnahe Unterstand, den sie per Wortfunk zuletzt noch für sich erbeten hatte, ausgeschachtet worden war. Fünf Männer hatten Schulter an Schulter um die Wette gehackt und geschippt. Zum Glück waren sie weder auf Schutt noch auf dickere Äste gestoßen. Die lehmigen Wände wurden mit den Schaufeln glatt geklopft. Und als sich Blank den fertigen Raum, bevor er mit Feldbett, Tischchen, Stuhl und der verlangten Hängematte ausgestattet wurde, noch einmal rundum angesehen hatte, waren als ein lockeres Fleckenmuster nur die planen Schnittstellen von Zweigen und feinerem Wurzelwerk zu sehen gewesen.

«Jessmann meinte, die Nippelchen könnten bedeuten, dass mein Eintreffen registriert worden ist. Er hat einfach die nötige Phantasie, Hauptmann. Bestimmt haben Sie ihn auch deshalb für mich ausgesucht.»

Blank nahm nun doch die Lampe vom Gürtel und ließ ihren starken Schein aus kurzer Entfernung über die Auswüchse gleiten. Sie waren immerhin so groß, dass sie am Rand des Lichtkreises winzige Schatten warfen. Fast konnte man sich einbilden, ihre Spitzen versuchten der Helligkeit, minimal zur Seite pendelnd, auszuweichen. Wie hatte Xazy zwischen diesen seltsam belebten Wänden nur einschlafen können.

«Natürlich habe ich mir überlegt, das Quartier zu wechseln. Jessmann hat mich recht heftig darum gebeten. Junge Männer können auf eine rührende Weise besorgt sein. Ach, kennen Sie das hier? Passen Sie auf, ich zeige Ihren, wie man es bedient.»

Als sie wenig später zusammen zurückrannten, als er, die erstaunlich schwere, gummiummantelte Schockwaffe in der Faust, Mühe hatte, Xazy auf den Fersen zu bleiben, war Blank beim Abbiegen in den Stoßgang ausgeglitten und mit Wucht aufs linke Knie gestürzt. Er hörte den Stoff des Hosenbeins reißen, und zusammen mit einem nadelspitzen Schmerz durchzuckte ihn der verspätete Wunsch, er hätte Xazys Anweisung nicht so blauäugig prompt Folge geleistet.

«Suchen Sie sich einen hübschen Stummel aus. Verpassen Sie ihm eine anständige Ladung! Moment, ich will unseren Kontaktversuch im Bild festhalten.»

Das dünne, handgroße Täfelchen, das Frau Fachleutnant Xazy aus der Seitentasche ihrer Uniformjacke gezogen hatte, war Blank genauso unbekannt gewesen wie der Schockstock, dessen Bedienung sie ihm zuvor erklärt hatte. Xazy war einen großen Schritt zurück und einen kleinen zur Seite getreten, und dann hatte er, dumm gehorsam, die Spitze der Waffe an einen der bleichen Auswüchse gelegt und mit dem Daumen auf den Auslöseknopf gedrückt. Blitzkurz war ein blaues Aufflammen zu sehen. Der Nippel schien unverändert, aber ein angenehm würziger Duft stieß Blank in die Nase. Und während er noch ein idiotisch gedankenleeres Weilchen darauf wartete, ob Xazy ihm ein zweites Schocken befehlen würde, hatten die Maschinengewehre zu kläffen begonnen.

Alle in der Hundertschaft wussten, wie einzelne, exakt zwei Sekunden kurze Feuerstöße aus den schweren Waffen klangen. Denn jedes Jahr wurden die gewarteten MGs, bevor die Hundertschaft das Winterquartier räumte, auf ihre volle Funktionsfähigkeit geprüft. Die Männer hatten sich schon während der kalten Monate nach geeigneten Zielobjekten umgesehen. Besonders beliebt waren die Wracks größerer Fahrzeuge, weil dann recht eindrucksvoll die Funken flogen. Gern wurden auch Ruinenreste, die ein Bäumchen krönte, ins Visier genommen, da sich an ihnen die Treffsicherheit des jeweiligen Schützen besonders gut beweisen ließ. Pro Maschinengewehr waren nur drei Feuerstöße erlaubt. Und wer die schlanke Pappel, die zierliche Birke damit nicht fällte oder die Flanke eines alten Omnibusses nicht restlos entglaste, konnte sicher sein, dass ihn der Spott seiner Kameraden ein volles Jahr verfolgen würde.

Nie zuvor hatte Blank alle drei Maschinengewehre gleichzeitig schießen gehört. Und als sie endlich verstummt waren, als Xazy und er keuchend am Ende des Stoßgangs anlangten und nebeneinander die Hände auf die Grasnarbe seines Rands legten, war Blank sicher, dass da eben eine haarsträubende Unzahl der kostbaren, bislang streng rationierten Projektile durch die Nacht gejagt worden war.

Der sachte Wind, der die letzten Wochen Tag und Nacht vom Objekt her auf ihren Vorposten zugeweht war, trug einen beißend scharfen und zugleich unangenehm süßlichen Gestank zu ihnen herüber. Auch ohne Jessmanns Hilfe, auch mit nicht ganz so jugendlich nachtscharfen Augen ließ sich gut erkennen, was geschehen war: Das Licht, das die Scheinwerfer des Raupenfahrzeugs gespendet hatten, war erloschen, die Reste des zerschossenen Mobils brannten, Kunststoff- und Metallstücke stürzten aufflammend in die Tiefe, in den dichten Bodennebel, der mit der Dunkelheit aufgezogen war.

«Es muss einen Feuerbefehl gegeben haben. Wie werden herausbekommen, wie er Ihre Männer erreicht hat. Was ist mit Ihrem Knie? Sie bluten, Hauptmann!»

## 31.

## RUNDNADELKÜNSTE

WAS DER NEBEL NICHT GESCHLUCKT HAT

Als Blank hinter Fachleutnant Xazy Richtung MG-Stellung gehumpelt war, hatte sie ihn aufgefordert, ihr zu zeigen, wo er gestürzt war. Im Licht seiner Signallampe war die schmierig glatte Spur zu sehen, die sein wegrutschender Stiefelabsatz hinterlassen hatte, und auch den Ziegelbrocken, auf dessen scharfkantige Bruchstelle sein linkes Knie geknallt war, hatten sie, ohne suchen zu müssen, im festgestampften Grund entdeckt.

Die Versorgung kleiner bis mittlerer Wunden gehörte zu den Fertigkeiten, die jeder in der Hundertschaft im Lauf der Zeit erwarb, so wie alle irgendwann gelernt hatten, eine blockierende LKW-Bremse wieder gängig zu machen oder aus den mitgeführten Lebensmitteln einen schmackhaften Eintopf zu kochen. Folglich war Blank darauf eingestellt gewesen, dass ihm nun einer seiner Männer das verletzte Knie reinigen und verbinden würde, sobald geklärt war, wie es zum Beschuss des Raupenroboters hatte kommen können. Aber als sie an der Maschinengewehrstellung eintrafen, verlangte Xazy gleich mit dem ersten Satz nach Verbandszeug, und einer der drei Schützen rannte los, um es aus seinem Mannschaftszelt zu holen.

«Schön stillhalten. Jetzt bitte keinen Mucks, Hauptmann.»

Der flache, silbern glänzende Metallbehälter, dessen Inhalt

Xazy, während er ihr leuchtete, nach und nach in seine von den Fingern ihrer linken Hand weit aufgespreizte Wunde laufen ließ, um den Schmutz herauszuspülen, kam Blank sofort bekannt vor. Aber das wirklich höllische Brennen, das ihm, obwohl er mit zusammengepressten Kiefern dagegen ankämpfte, schließlich doch ein Stöhnen abzwang, verhinderte, dass er hierzu einen Gedanken fassen konnte, der über den schmerzhaft gedehnten Moment des Wiedererkennens hinausging.

«Doppelt destilliert, Hauptmann. Und dann über den Winter im Buchenfass gelagert. Das wird aus dem hiesigen Beerenwein, wenn sich das Hauptquartier weiter um ihn kümmert.»

Blanks Männer wären dann von sich aus gar nicht auf den Gedanken gekommen, etwas zu dem Schießexzess zu sagen, der kaum eine Handvoll Minuten hinter ihnen lag. Auch Fachleutnant Xazy wartete offenbar noch ab. Erst nachdem der Weggeschickte mit dem Verbandsmaterial zurückgekommen war, lobte sie die Treffsicherheit der Schützen und fragte, ob das Lichtsignal im dichten Bodennebel gut zu sehen gewesen sei. Die Kerle tauschten verunsicherte Blicke, und als Blank Xazys Frage wiederholte, meinte der Ältere, das Blau-Weiß-Blau der Signallampe müsse wohl von der milchigen Suppe verschluckt worden sein. Sie hätten auf die vereinbarte Losung, auf Blanks Zuruf, der laut und unmissverständlich klar zu ihnen herübergeklungen sei, das Feuer eröffnet.

In diesem Moment fiel Blank ein, woher er den metallischen Behälter kannte. Damals, als Cöth von ihm und Weller zu den Frauen gebracht worden war, hatten sie im schönsten Morgenlicht ein einziges Mal Rast gemacht. Von einem großen Findling, granitgrau und fast künstlich glatt, wie sie sich im Buschrayon ab und an aus dem Gelände erhoben, waren sie zum Sitzen eingeladen worden. Weller und er stillten ihren Durst mit Wasser aus

244

den Feldflaschen. Cöths Rechte jedoch war tief unter seinen kunterbunten Volksrock geglitten und hatte einen andersartigen Behälter ans Licht befördert. Eine Abschiedsgabe des Hauptmanns hatte er das flache, silbrig schimmernde Stück genannt und es in mehrmaligem Ansetzen bis auf seinen unsichtbaren Grund geleert. Nur die allerletzten zwei, drei, vier Tropfen schüttelte er vor Blank und Weller ins noch taufeuchte Gras.

«Machen wir keine halben Sachen. Die Wunde ist nicht sehr tief, aber ungut breit. Wir sollten den Schlitz mit ein paar Stichen nähen, damit er nicht bei nächster Gelegenheit wieder aufklafft und den frischen Schorf zerreißt. Leuchten Sie mir noch einmal, Hauptmann.»

Blank hatte sich gezwungen, bei der dann folgenden Prozedur zuzusehen. Und obschon alles zügig vonstattenging und Xazy große Geschicklichkeit bewies, kostete es ihn seine ganze Willenskraft, den Blick bis zuletzt nicht abzuwenden. Fünfmal stach Xazy ein, fünfmal musste die gebogene Nadel, die sich samt dem einschlägigen Faden im Verbandspack befunden hatte, wieder von innen zurück ins Lampenlicht gebohrt werden.

Wenig später, nachdem das Gelenk so stramm bandagiert worden war, dass er es gerade noch ein bisschen beugen konnte, ließ der Schmerz endlich nach. Sein Knie und die Vorstellung, die sein Bewusstsein mit ihm verband, schienen durch den geleisteten Aufwand, durch das Handwerk des Kümmerns, befriedet. Und Blank ahnte, dass sich dieser Gleichmut weniger rund angefühlt hätte, wäre er von einem seiner Männer versorgt worden, sogar wenn dessen Hand genauso präzis und fix gearbeitet hätte wie Fachleutnant Xazys schlanke Finger.

Wäre zurzeit ein Wunderer bei der Hundertschaft gewesen, hätte man sicherlich versucht, diesen zur Versorgung seiner Wunde zu bewegen. Und da alle vom Rattern der schweren Waf-

fen aus dem Schlaf gerissen worden waren und sich gewiss längst
ausnahmslos vor den Zelten versammelt hatten, hätte das Weg-
holen des Kuttenträgers dann vollends für Aufregung gesorgt.
Aber auch so, wie sich die Lage darstellte, musste nun ein Befehl
an die Hundertschaft ergehen. Blank ließ die Zeltältesten an die
Maschinengewehrstellung kommen und ordnete mit wenigen
Sätzen für den Rest der Nacht volle Einsatzbereitschaft an.

Dies hätte für sein Empfinden genügt. Aber gerade als er die
zehn zurückschicken wollte, ergriff Xazy das Wort und rief in die
Runde, die Knieverletzung des Hauptmanns sei nur ein Kratzer,
einem unglücklich weit geflogenen Splitter geschuldet. Aus takti-
schen Gründen habe sie die Zerstörung des Raupenroboters an-
ordnen müssen. Das Hauptquartier sei unterrichtet. Ein Ersatz
für die verlorene Maschine gehe demnächst auf den Weg. Und
dann fügte Fachleutnant Xazy noch hinzu, die letzten Messun-
gen, die allerjüngsten, nach Anbruch der Nacht übertragenen
Daten, deuteten darauf hin, dass die verschollenen Kameraden
mit hoher Wahrscheinlichkeit noch am Leben seien. Man werde
– nun erst recht! – alle verfügbaren Mittel daransetzen, die fünf,
Mann für Mann, also Guhl und Achsmann, Nettmann, Schill
und Weller, so wohlbehalten wie möglich zu bergen.

Hatte sie wirklich «unseren lieben kleinen Weller» gesagt?
Gleich seinen Männern war Blank von Xazys Worten, von deren
entschiedenem Schwung mitgerissen worden. Seit sie bei ihnen
war, hatte sich nie ergeben, dass sie lauthals in eine kleinere oder
größere Runde sprechen musste. Nun jedoch war offenbar geworden, dass sie sich darauf verstand, sich an mehr als an ein ein-
zelnes Gegenüber zu wenden. Mit der Lautstärke hatte sich auch
die Klangspanne ihrer Stimme verändert. Die höheren und mittleren Lagen hatten sich mit dunklen Untertönen angereichert.
Voll und warm war ihr jeder Satz über die Lippen gekommen,

ohne dabei auch nur eine Silbe lang ins drucklos Flaue wegzusacken. Blank hatte unwillkürlich an eine muskulöse Zunge denken müssen, so groß und stark, wie sie die wenigen Tiere besaßen, die einen noch wuchtigeren Schädel als der Mensch am Ende der Wirbelsäule trugen. Xazy hatte zu seinen Männern gesprochen, wie das Hauptquartier sprechen sollte, falls es sich je wie ein kompaktes Geschöpf, wie eine einzelne Person, mit geläufigen Worten an alle Hundertschaften der Rayons wenden müsste.

Im letzten Jahr war Guhl aufs erste Hinschauen unverändert vom Lehrgang in die Hundertschaft zurückgekehrt. Nicht einmal dicker schien er geworden, obwohl er von der üppigen Verpflegung schwärmte, die er auf dem Lichtraddampfer genossen hatte. Und die mittäglichen Sonnenstunden hatten sein Gesicht auf keine besondere Weise gebräunt. Allerdings war Blank gleich aufgefallen, dass der zu seinen Kameraden Heimgekommene ein klein wenig anders sprach. Hier hatte der Unterricht zweifellos eine Wirkung gezeitigt, und nach und nach hörte Blank auch genauer heraus, was sich verändert hatte. Guhl senkte in regelmäßigen Abständen brummelig die Stimme, fast so als wollte er dem, was er ja war, nämlich ein ziemlich fetter, ziemlich alter Kerl, einen angemessenen klanglichen Ausdruck verleihen. Und nachdem er dies verstanden hatte, bemerkte Blank schließlich auch, dass diesem In-die-Tiefe-Sacken stets eine Art Gegenteil vorausging: Für ganz kurze Momente, meist nur für eine einzige Silbe, fiepste Guhls Sprechen fast künstlich nach oben, und das folgende Brummen sollte dies wohl, als gäbe es kein entlarvendes Nacheinander, ausgleichend kaschieren.

Vorhin, während Fachleutnant Xazy sein Knie in Arbeit hatte und hierfür vor ihm in die Hocke gesunken war, schien ihm sicher, dass sie sein willentliches Hinschauen, sein trotzig entschlossenes Zugucken sehr wohl bemerkte, obwohl sie kein einziges

Mal den Kopf hob. Stattdessen zählte sie halblaut die Anzahl der nötigen Stiche, begann mit eins und endete mit zehn. Dies war seinen Männern nicht ganz geheuer, zumindest wandten sich die drei von seinem Verarztetwerden ab, fingerten am MG herum und sahen folglich nicht, dass Fachleutnant Xazy, bald nachdem das finale «Zehn!» über ihre Lippen gekommen war, ein Klappmesserchen zückte, um zwei nach dem Verknoten übermäßig lang abstehende Fadenenden zu kappen.

Dabei rupfte sie noch einmal so kräftig an der frischen Naht, dass sich Blank zusammenzuckend auf die Unterlippe biss. Xazy stand auf, und bevor sie sich zur Seite drehte, um das Verbandszeug wieder ordentlich zusammenzupacken, murmelte sie etwas, ganz leise, so leise, dass es eigentlich nicht zu verstehen war. Und Blank schrieb es umgehend dem Blutgeschmack in seinem Mund und einem leichten Schwindel zu, dass sich das, was da über Frau Fachleutnant Xazys Lippen gekommen war, in seinen Ohren, fünf trügerische Silben lang, wie «Tapferes Kerlchen!» angehört hatte.

## 32.

# MORDMÜCKENMÄRCHEN
### WER SICH NICHT IMMER VERSTÄNDLICH AUSDRÜCKT

Die vollendete Naht, deren feine, beidseitig ein wenig ange-
schwollene Schnittlinie, die zehn rötlichen Durchstichpunkte
und das Schwarz der Fadenstummel hatten Xazy als schieres
Bild außerordentlich gut gefallen. Hauptmann Blank, der bis
zum finalen Verknoten gebannt mitangesehen hatte, wie sie sein
Knie versorgte, musste etwas Vergleichbares empfunden haben.
Aus der Außendienstpraxis der zurückliegenden Jahre wusste sie,
wie heftig, wie unmittelbar bejahend die Männer der Hundertschaften auf eine geometrisch stimmige Anordnung reagieren
konnten, so diese überraschend in irgendeinem Winkel der an
windschiefen Ruinen nicht armen Rayons oder, wie es Blank
eben geschehen war, als ein Muster an der Oberfläche des eigenen Körpers in Erscheinung trat.

Ihr Vis-à-Vis bot ihnen durch seine Auswüchse und durch die
Verformung der Fassade keine säuberlich symmetrische Ansicht.
Leider hatten sich im Archiv des Hauptquartiers keine älteren
Abbildungen des Bauwerks finden lassen. Aber Xazy war ziem-
lich sicher, dass es, hierauf ließ sich sogar noch aus den zuletzt
mit Jessmann gemachten Aufnahmen schließen, nichts weiter
als ein rundum glatter, plump gedrungener Kasten gewesen war.
Über dem quadratischen Grundriss hatten sich drei ungewöhn-

lich hohe Stockwerke erhoben. Darunter hatte es ein Geschoss gegeben, das mit den Kellern einiger mittlerweile verschwundener Nebengebäude verbunden gewesen war. Was in diesem Ensemble gefertigt, bearbeitet oder gelagert worden war, ließ sich allenfalls vermuten. Bei der bislang einzigen Erkundung der erhaltenen Untergeschosse hatte Blanks Vorgänger, ein gewisser Kettmann, zahlreiche Kabelrollen entdeckt. Auf die einzige, die man hiervon hatte bergen können, war ein feiner, mit Kupfer und Mangan legierter Silberdraht gewickelt gewesen, aber über dessen vormalige technische Verwendung ließ sich aus dem, was das mobile Hauptquartier an Wissen hortete, leider so gut wie gar nichts schließen.

Jener erste Suchtrupp hatte zudem im Erdgeschoss des Hauptbaus ein Dutzend großer, luftdicht verschlossener Eimer gefunden, von denen zwei mit einem hellgrauen, chlorhaltigen Kunststoffgranulat, die acht übrigen aber mit Zuckerrübenmelasse gefüllt gewesen waren. Der Draht, der Plastikrohstoff und der dunkelbraune Sirup ließen sich nicht schlüssig zu einem der überlieferten Produktionsprozesse zusammendenken. Xazy hatte Blank in ihrer ersten gemeinsamen Nacht von jenem Unglück erzählen lassen, durch das er an die Spitze der Hundertschaft gelangt war. Im Gegenzug war sie von ihm gefragt worden, ob das Hauptquartier bei seinen Materialuntersuchungen zu irgendwelchen Ergebnissen gekommen sei, und Xazy hatte wahrheitsgemäß mit einem simplen Nein geantwortet.

Blank war nicht dumm. Jeder, der es geschafft hatte, Hauptmann einer Hundertschaft zu werden, war allein schon dadurch als einer ausgewiesen, der im Unterschied zu den meisten seiner Kameraden eins und eins zusammenzählen konnte. Das hieß, er hatte «Die auf dem Wasser», wie das mobile Hauptquartier von den gemeinen Männern genannt wurde, zumindest als ein kalkulierendes Gegenüber begriffen, mit dessen Erwartungen bei aller gebotenen Vorsicht ein Wechselspiel möglich war. Sobald man verstand, dass man beobachtet wurde, lag der Gedanke, sich einen bestimmten Anschein zu geben oder zumindest einen ungünstigen Eindruck zu vermeiden, nicht allzu fern.

Damals am Ufer des Bittersees hatte sich Naturkontrollagentin Xazy, nachdem der Wunderer das Zelt verlassen hatte, über Nettmanns schweißnasse Stirn gebeugt und ihn gefragt, ob er Durst verspüre oder Hunger, ob er friere und sie ihm eine zusätzliche Decke bringen lassen solle. Als Nettmann verspätet blinzelte und dazu kaum merklich den Kopf schüttelte, hatte Xazy den Beerenschnaps aus der Innentasche ihrer Jacke gezogen. Sie schob die Hand unter Nettmanns Nacken, hob seinen Kopf, setzte die flache Flasche an die aufgesprungenen Lippen des Fiebernden und flößte ihm so viel ein, wie er zu schlucken willens oder imstande war.

Wenig später erwies er sich dann als der Erste, an dem Xazy etwas grundsätzlich Neues auffiel. Zunächst hatte sie nur vermutet, dass seine akute Verfassung ihn besonders empfindlich für Alkohol gemacht hätte. Die nördlichen, flach auslaufenden Uferbereiche des Großen Bittersees waren berüchtigt für ihren Stechmückenreichtum. Alle zwei, drei Jahre kam es dazu, dass das blutsaugende Ungeziefer eine neue Variante jener Krankheit übertrug, die im Volk Schwitzhitze oder Männerfieber hieß. Bei Frauen und Kindern, bei den Mädchen wie bei den Knaben, verlief die Infektion recht harmlos. Erst bei Burschen, denen der erste Bart keimte, kam es zu heftigeren Beschwerden bis hin zu einer zügig voranschreitenden Entkräftung, die manchmal sogar eine längere Bettlägerigkeit erzwang.

Todesfälle waren allerdings außerordentlich selten, und dass die Hundertschaft, die Nettmann geführt hatte, ihr Gebiet selbst das Mordmückenrayon nannte, war lachhaft übertrieben. Letztlich handelte es sich bei dieser Selbstbezeichnung bloß um eine chronische Prahlerei, die dem verständlichen Wunsch nach kollektiver Wichtigkeit in der seit jeher schwärenden Konkurrenz zwischen benachbarten Einheiten geschuldet war.

Eine einmalige Gabe von Beerenschnaps wirkte sich, mehr hatte Naturkontrollagentin Xazy damals in Nettmanns Zelt noch nicht gewusst, meist günstig auf den Krankheitsverlauf aus, indem sie schon in der nächsten Nacht einen heftigen Schweißausbruch nach sich zog. Am folgenden Tag, wenn es ihm bestimmt ein bisschen besserging, wollte sie Nettmann zu den Umständen seiner erstaunlichen Fehlhandlung befragen.

Xazy war bereits dabei, das Zelt zu verlassen, als der Kranke hinter ihrem Rücken laut und deutlich zu sprechen begann. Erneut vor sein Feldbett getreten, fiel ihr auf, dass sich Nettmanns Augen, die eben noch zu fiebrig trüben Schlitzen verengt gewesen waren, verändert hatten. Sie setzte sich an den Bettrand. Nettmanns Lider hatten sich gehoben, sein Blick war überraschend klar. Aber obwohl seine Stimme zu einem Du sprach, fixierte er sie nicht. Der, den er meinte und ansah, schien sich in einer imaginären Tiefe hinter ihren Schultern zu befinden.

«Frühling? Ich verstehe bloß einzelne Wörter. Das ergibt keinen Sinn für mich. Frühling? Frühling frei? Das sagt mir nichts. Versuch es noch einmal. Bitte, versuch es noch einmal für mich. Wir können uns verständigen. Das muss, es muss im Prinzip möglich sein. Wieso Frühling frei?»

In einem fast flehenden Ton hatte Nettmann nach einer verständlichen Aussage verlangt, als bekomme er von seinem phantasierten Gegenüber nur Bruchstücke, aber keinen vollständigen Satz zu hören. Und weil sich sein Blick wieder verschleierte, packte Xazy ihn bei den Schultern und schüttelte ihn heftig, aber es war nur noch ein verzagt geflüstertes «Zu schwierig, zu schwierig, das bleibt doch alles viel zu schwierig …» über seine fieberrissigen Lippen gekommen.

Tags darauf wachte Nettmann erst gegen Abend wieder auf. Der Wunderer hatte noch zweimal nach ihm gesehen, und beide Male war es ihm mit Geschick und Geduld geglückt, dem scheinbar fest Schlummernden einen halben Becher angewärmtes Wasser einzuflößen. Als Nettmann schließlich erneut die Augen öffnete, war Xazy mit ihm allein. Er schien über ihre Anwesenheit kein bisschen erstaunt. Im Gegenteil, er sah sie so gleichmütig an, dass sie unwillkürlich dachte, er, dem sie doch nie zuvor begegnet war, erkenne sie wieder und habe zudem mit ihrem Hiersein gerechnet.

Nettmann setzte sich auf, begrüßte sie korrekt und entschuldigte sich für den Anblick, den er ihr bieten müsse. Leider fühle er sich noch zu schwach, um auf den Beinen zu stehen. Und dann kam er, bevor Xazy danach fragen konnte, von sich aus auf seine Veruntreuung, auf das bizarre Dieselgeschenk an die Frauen, zu sprechen. Ihm sei selbstverständlich klar, dass ihn dieser Fehltritt die Führung der Hundertschaft kosten werde. Er bitte sie als Vertreterin des Hauptquartiers um Entschuldigung.

Und dann gab er als Erklärung für sein Vergehen allen Ernstes an, er habe damals eine Fischsuppe gegessen, die Teile irgendeines unguten Tieres, vermutlich das Fleisch eines steinalten Brackwasserkarpfens enthalten habe. Bestimmt hätten die würzigen Trockenpilze, mit denen die Suppe abgeschmeckt gewesen war, das eigentlich unverkennbar muffige Aroma verdeckt. Bewusstseinstrübung durch Altfischvergiftung! Als hiesiger Hauptmann hätte er selbstverständlich auf der Hut sein müssen. Er ersuche um die Erlaubnis, seinen gewiss schon bestimmten Nachfolger persönlich in aller Deutlichkeit auf diese hier am großen Bittersee seit langem bekannte Gefahr hinweisen zu dürfen. Hierzu hatte der Geschwächte, aber inzwischen zweifellos Fieberfreie ihr mit festem, hellem Blick in die Augen gesehen und dann gefragt, ob in den Tagen, während derer die Krankheit ihn von nahezu allem abgeschnitten habe, etwas Besonderes im Rayon vorgefallen sei.

Auch die beiden anderen MG-Stellungen hatten, dies war schnell geklärt, das Feuer auf Zuruf eröffnet. Neun gestandene Männer glaubten, dass Blanks Stimme laut und gut verständlich durch den nächtlichen Nebel zu ihnen herübergeklungen war. Xazy vermied es in stillem Einverständnis mit Blank, diese Gewissheit durch ein auffälliges Nachhaken zu stören. Sie erinnerte sich an den Moment, als dem Hauptmann der Wortlaut des Feuerbefehls ihr gegenüber zum ersten und zum einzigen Mal über die Lippen gekommen war. In seinem Zelt hatten sie den mittäglichen Eintopf gelöffelt, in dem appetitlich bunt Rüben- und Möhrenscheibchen, wellig aufgequollene Pilze und Trockenfischstücke schwammen. Blank hatte damals gesagt, er werde seinen Leuten einschärfen, sich nicht irritieren zu lassen, falls die Weisung aus ihrer Kehle kommen sollte.

Die Trümmer des Raupenroboters waren noch immer nicht erloschen. Auf einigen größeren Teilen flackerten weiterhin bläuliche Flämmchen, und die Brise, die vom Objekt herüberwehte, kam Xazy lau vor, als wärmten die brennenden Teile der Maschine die Atmosphäre rund um das Objekt oder als habe das Wetter wie ein Wesen eigener Art den Entschluss gefasst, ausgerechnet heute Nacht alles Winterliche abzustreifen wie ein endgültig zerschlissenes Gewand.

«Frühling frei!»

Blanks MG-Schützen hatten sich gewiss nicht verhört. Und obwohl selbst Naturkontrollagentin Xazy nicht behaupten konnte, sämtliche Geräusche zu kennen, die in Wald und Gebüsch oder in den Hohlräumen verödeter Gebäude erklangen, hätte sie alles, was ihr an Erfahrungsschatz zu Gebote stand, darauf verwettet, dass keiner der nächtlich umherschweifenden Säuger und auch kein Eulenvogel in der Lage war, die Stimme des Fuchs-majors derart getreu zu imitieren.

## 33.

## TEICHFISCHVERBISS

WAS KÜHL UND WARM SEIN KANN

Natürlich war es töricht von ihr gewesen, den zehn Zeltältesten und damit Blanks ganzer Hundertschaft den baldigen Einsatz eines weiteren Raupenroboters zu versprechen. Die fragliche Maschine existierte, aber sie machte seit ziemlich genau einem Jahr, seitdem sie ins Buchenrayon transportiert worden war, keinen müden Mucks mehr. Im Nachhinein wunderte sich Xazy, wie sie den Mund so voll hatte nehmen können. Etwas im bisherigen Geschehen der Nacht hatte dazu geführt, dass ihr vorhin, umringt von den Männern, für einen utopisch beschwingten Moment die allereinfachste Übersicht, das Nacheinander der bisherigen Konfrontationen, entglitten war.

Im Gegensatz zu seinem nun vernichteten Bruder war der zweite Fahrroboter, über den das Hauptquartier verfügte, mit einer einfachen Waffe ausgerüstet gewesen. Beschleunigt von einer Pumpe ließ sich brennendes Dieselöl durch ein Strahlrohr gut hundert Meter weit schleudern. Der Flammenwerfer und sein fahrbarer Untersatz erschienen Xazy damals, vor zwölf Monaten, wie für die anstehende Aufgabe gemacht. Auf ihren Befehl hin hatten die Sammler des Buchenrayons während der vorausgegangenen Winterwochen alle einschlägigen Fundstellen markiert. Günstigerweise lagen sie nicht allzu weit voneinander entfernt. Xazy war zuversichtlich gewesen, dass die gesamte Ausmerzaktion kaum mehr als vierzehn Tage in Anspruch nehmen würde.

Der Frühling hing in der Luft, und mittlerweile hatten die neuartigen, riesenwüchsigen Blaukappen den Teppich aus vermoderndem Laub fast überall angehoben, ab und an sogar bereits durchstoßen. Die flachen Bögen, allenfalls Drittelkreise, in denen sie angeordnet waren, ließen sich aus der geplanten Schussdistanz noch gut erkennen. Den ersten Zielbereich hatten die Männer unter Xazys Aufsicht zudem mit Eisenstangen abgesteckt, um einer Vergeudung des kostbaren Brennstoffs vorzubeugen, und weil es viel geregnet hatte, waren der Boden und die Rinde der Baumstämme so nass, dass kein unkontrollierbares Übergreifen der Flammen befürchtet werden musste.

Wie stark der Widerwille war, der ihr aus der Hundertschaft des Buchenrayons entgegenschlug, hatte Xazy spätestens nach der Anlieferung des Roboters gespürt. Auch wenn Blaukappenernte, Blaukappenverarbeitung und Blaukappenverzehr keine Erzählung bildeten, die ihr, der Vertreterin des Hauptquartiers, nun mit aufsässigen Worten entgegengehalten werden konnte, zweifelte sie nicht daran, dass der bevorstehende Einsatz der feuerspeienden Maschinerie hinter ihrem Rücken ausgiebig besprochen und einhellig verflucht wurde.

Dennoch hatte sie die Gefahr nicht kommen sehen. Am Morgen des Tages, an dem der Flammenwerfer zum ersten Mal in Dienst genommen werden sollte, wollte sie in aller Frühe die mobile Nasszelle aufsuchen, die mit ihr im Buchenrayon eingetroffen war. Aber wie sie um das Reparaturzelt bog, das ihr zunächst die Sicht verstellte, stand sie vor dem seitlich umgestürzten Kunststoffwürfel. Acht Mann hatten an ihrem Ankunftstag die rundum angebrachten Griffe gepackt, um ihn wie gewünscht zu platzieren, und gewiss hatte es im Lauf der Nacht nicht einen Kerl mehr gebraucht, um das Ding ohne auffälligen Lärm umzukippen.

Gleich mit dem ersten Hinschauen hatte Xazy befürchtet, dass der entscheidende Streich nicht gegen ihre exklusive Nasszelle geführt worden war. Im Reparaturzelt, wo der Raupenroboter auf seinen Einsatz wartete, verriet ihr ein ungutes Schmatzen unter den Stiefelsohlen, dass der Boden matschig aufgeweicht war. Die vordere und die hintere Deckklappe des Fahrzeugs waren geöffnet. Und im Schein ihrer Taschenlampe musste Xazy erkennen, dass man eine große Menge Flüssigkeit in dessen Inneres – leider auch in den Tank des Flammenwerfers! – gegossen hatte.

Offensichtlich war das Wasser während der Nacht aus einem nahen Bächlein herangeschafft worden. Durch das Gelände zog sich ein frischer Trampelpfad. Die eigentlich verheerende Wirkung im Bauch der Maschine war der Vermischung mit dem Diesel geschuldet. Die ölige Schmiere hatte sich ihren Weg durch die eng verbauten Module und hinein in deren Gehäuse gesucht. Es war gar nicht daran zu denken, Bauteil für Bauteil zu öffnen und zu reinigen. Letztlich hätte es eine Mikroarmee mineralölfressender Tierchen, eine emsige Unzahl winziger Nützlinge gebraucht, um alles, was da hochdiffizil geregelt Strom führen sollte, wieder blank zu nagen und die Gesamtmaschinerie in den Stand der Funktionsfähigkeit zurückzuversetzen.

«Was macht das Knie, Hauptmann? Setzen Sie sich und nehmen Sie meinen Stuhl, um das Bein hochzulegen. Es soll erst einmal genügen, dass ich unseren Freund da drüben allein im Auge behalte.»

Blank tat brav, wie ihm geheißen, und als er den Kopf gegen die rohe Erde des Stoßgangs lehnte, sah Xazy ihn sogar für einen langen Moment die Augen schließen. Guhl hatte keinen Hehl daraus gemacht, dass er Blanks Belastungsfähigkeit nicht besonders hoch einschätzte. Bei ihrem letzten Wortfunkgespräch war er sogar so weit gegangen, einen Vergleich mit Nettmann zu ziehen. Dieser wäre nun, wo es womöglich bald hart auf hart ginge, eigentlich die fähigere Führungskraft. Jammerschade, dass sich ein derart umsichtiger und kluger Mann auf völlig unnötige Weise aus dem Spiel genommen habe.

Eine solche Spekulation überschritt das, was sich ein Hilfserkunder gegenüber der Naturkontrollagentin, die ihn führte, erlauben sollte. Aber Guhl kam aus der Tiefe von mittlerweile drei Jahrzehnten erfolgreicher Hauptmannsbegleitung und hatte zuletzt auf dem Lehrgang noch einmal bewiesen, dass er besser als manch Jüngerer spürte, worauf es, wenn sie die nächste Stufe der Konfrontation erreichen würden, ankommen könnte. Gewiss wusste der Dicke, was er ihr und damit dem Hauptquartier wert war.

«Schill! Es war Schill, den wir gehört haben, Frau Fachleutnant. Und er hat nach Weller gerufen. Die Übertragung hat die erste Silbe des Namens ins Unverständliche gedehnt. Zumindest Schill lebt also noch!»

Blank war ohne Rücksicht auf sein lädiertes Knie aufgesprungen und neben sie getreten. Seine bescheidene akustische Spekulation gab ihm sichtlich Auftrieb. Xazy unterließ es, ihn daran zu erinnern, wie erst vorhin der getreue Klang seiner Stimme, ohne dass es hierzu der Mitwirkung seiner Kehle bedurft hätte, den Befehl zur Zerstörung des Raupenroboters gegeben hatte.

«Bald wird es hell. Lassen Sie mich einen zweiten Bergungstrupp zusammenstellen. Erlauben Sie, dass ich ihn anführe, Frau

Fachleutnant. Übernehmen Sie das Kommando über meine Männer, bis ich die fünf, lebendig oder wie auch immer, aus diesem Ding herausgeholt habe!»

Xazy bemerkte, dass Blank das Wort «tot» vermieden hatte. Erst vor zwei Monaten war sie selbst, während sie die Evakuierung des Teichrayons leitete, vor einem vergleichbaren Benennungsproblem gestanden. Denn die zehn Überlebenden der dortigen Hundertschaft waren nicht nur bewusstlos, sondern zudem bereits gefährlich unterkühlt gewesen. Auch nachdem es gelungen war, ihren Zustand zu stabilisieren, kam keiner so weit zu sich, dass man ihn hätte befragen können. Die anderen, die unumkehrbar Toten, waren in den Zelten, einige auch im Freien, alle nahe am Ufer des größten Karpfenteichs gefunden worden. Eine Handvoll Leiber schwamm sogar in dessen winterlich eisigem Wasser.

Während die Treibenden mit Stangen aus dem Teich gefischt wurden, ließ sich nicht übersehen, womit dessen Grund bewachsen war. Nicht allzu weit vom Uferrand hatte mehr als ein Dutzend Exemplare den Schlamm durchstoßen. Die bräunliche Tönung des Wassers fälschte die Farbe der Kappen. Keinem einzigen Exemplar war es gelungen, ganz hinauf, bis ins ungebrochene Licht und in den Wind, der die Teichoberfläche kräuselte, vorzustoßen. Hieran waren offenbar die Fische schuld. Unschwer ließ sich erkennen, dass die Fruchtkörper, die armdicken Stängel wie deren tellergroße Deckel, während der wärmeren Monate starken Verbiss erlitten hatten.

Den überlebenden Männern ging es, nachdem sie auf den Lichtraddampfer gebracht worden waren, nach und nach ein wenig besser. Sie nahmen viel Flüssigkeit und kleine Portionen zu Brei zerdrückter Nahrung zu sich, sie erfassten offenbar, dass sie gepflegt wurden, zeigten Dankbarkeit und murmelten gelegent-

260

lich das eine oder andere Wort. Eine Befragung war allerdings ausgeschlossen geblieben, obwohl die beiden kräftigsten schließlich damit begonnen hatten, kurze Sätze von sich zu geben, die an ein halluziniertes Du gerichtet schienen.

«Schwierig, Hauptmann. Das Ganze bleibt bis auf weiteres schwierig. Halten Sie kurz allein die Stellung. Ich möchte mir etwas aus meinem Unterstand holen.»

Als Naturkontrollagentin Xazy zurückkam, war Blank, wie erwartet, verschwunden. Sein Feldstuhl, auf den er gestiegen war, um aus dem Graben zu klettern, war umgestoßen. Xazy schaute Richtung Objekt. Die Trümmer des Raupenroboters waren erloschen, der Horizont begann, sich zu einem verwaschenen Dunkelgrau zu lichten. Sie schlüpfte aus der Winteruniform, faltete die Teile ordentlich zusammen und legte sie auf ihren Stuhl. Ihre nackten Arme fuhren in das ärmellose Oberteil. Das aus kleinfingerdicken Strängen geflochtene Gewebe fühlte sich kurz sehr kalt an, aber schon hatten sich die feinen Metallfäden, die in ihm verborgen waren, der Temperatur der bloßen Haut von Brust und Rücken angeglichen. Erst nachdem sie sich den langen Volksrock über die Hüften gezogen hatte, öffnete sie die Schnürbänder ihrer Stiefel.

Der Boden oben würde taufeucht sein. Sie stellte Blanks Feldstuhl wieder auf und setzte den bloßen linken Fuß auf den Abdruck, den der Stiefel des Hauptmanns auf dem Stoff der Sitzfläche hinterlassen hatte. Nun denn: «Frühling frei!» Blanks Losung hatte Xazy, während sie im Hauptmannszelt einen besonders würzigen Eintopf löffelten, unwillkürlich gefallen, und das Nacheinander der beiden Wörter gefiel ihr noch immer. Sie reckte sich, ihre Fingerkuppen gruben sich in den von Graswurzeln durchwirkten Grund. Sie sprang in den Stütz und schob das Knie über die Grabenkante. Nicht anders musste Blank es vorhin

261

gemacht haben. Und wie Fachleutnant Xazy war auch die Naturkontrollagentin gleichen Namens zuversichtlich, dass die Naht
von Blanks Wunde dem dabei unvermeidlich gewesenen Beugen
und Strecken des Beines standgehalten hatte.

## 34.

## STICHLINGSVERWESUNG

### WO VIELE BLÄSCHEN PLATZEN

Richtig frech werden sie nie. Ganz selten schimpft uns einer der
Kerle, immer in sicherer Entfernung, also mindestens zwanzig
Schritte hinter unserem Rücken, mundfaul oder überheblich.
Dieses Gemäkel bildet den Ausnahmefall, der die Regel erst vollends als Regel sichtbar macht. Brav nehmen die Männer ansonsten unser Schweigen hin. Sie können gar nicht anders, als es für
kenntnissatt, gedankenreich und mächtig absichtsvoll zu halten.
Allein dem kleinen Weller gelang, während er Schneeklümpchen
aus dem Fell eines Hundes zupfte, eine Mischung aus Respekt,
Sichwundern und behutsamer Beschwerde, als er uns fragte,
warum wir derart sparsam mit den Wörtern seien. Er sagte höflich sparsam, obwohl er natürlich geizig meinte.

Es stimmt, wir kalkulieren. Wir portionieren, wir speichern,
wir halten unser Gut zusammen. Wir mischen, was wir wissen,
nicht unter das gängige Gerede und halten uns jedwede Neugier
stets mit derselben mürrischen Grimasse, mit unserem den
Männern gut bekannten schroffen Wegdrehen, gegebenenfalls
mit einem Schnauben, Zischeln oder Grunzen vom Leibe. Mehr
braucht es selten. Denn unsere Klienten haben erfahren, was wir
an ihnen, auf der Oberfläche und in den Pforten ihrer Körper,
wie in den Untiefen des weichen Glases bewerkstelligen können.

Blenker würde mittlerweile auf den Knien an der blauen Schleuse ausharren, wenn sich das Erscheinen eines Wandlers mit Unterwürfigkeit befördern ließe. Aber wir kommen nicht, obwohl der Rotschopf mehr als ein Dutzend Mal über die Spruchbeule des einstigen Leitungstischs um Glashilfe ersucht hat.

Die Binnennot ist groß. Inzwischen kränkeln sämtliche Platten auf die gleiche Weise. Sogar das Rechteck, das einmal Wehlers Arbeitsfeld war und unter den Händen des Neuen, des allerletzten Aspiranten, trügerisch wiederaufgeblüht ist, zeigt die gleiche Störung, eine Fehlbildung, die keiner der im Mittleren Büro Verbliebenen einzuordnen weiß. Gestaltlogisch betrachtet, sind es nichts als Blasen. Die meisten bleiben gut augapfelgroß, einige erreichen den Umfang einer Faust, nur wenige den eines Kopfes. Alle wölben sich halbkugelweit aus den Tischen, erstarren, verharren ein paar Lidschlagintervalle auf maximaler Höhe und sinken dann langsam zurück ins Plane.

Genug, um zu verwirren und zu erschrecken. Denn Rotschopf Blenker und die anderen sind immer nur gewöhnt gewesen, dass sich das weiche Glas in die andere Richtung, weg vom Körper seines Benutzers, verformen lässt. Hieran hat sich noch nichts geändert: Wie bisher beulen die Bäuche der Büroler den vorderen Rand des Tischs zu einem sachten Bogen, und weiterhin ist es auf der ganzen Arbeitsfläche möglich, mit den Fingerspitzen flache Dellen in das rahmenlose Rechteck zu pressen. Aber das neue, das gegensinnige Phänomen beunruhigt längst so arg, dass keiner das Eingeübte noch mit der alten Selbstverständlichkeit betreiben kann.

Dabei hält sich die optische Verfälschung des im weichen Glas Gezeigten noch in Grenzen. Auch bei den höchsten Auswölbungen verzerren sich vor allem die beiden oberen Schichten. Was tiefer liegt und dort, auf Ebene drei, vier und fünf, von rechts nach links voranschwimmt, ließe sich fast so gut wie früher verfolgen, wenn Muße hierfür bliebe. Doch mittlerweile ist nicht einmal dem Tisch von Jessler eine längere blasenfreie Zeit vergönnt. Und dass kein Rhythmus im Aufblähen und im Zurücksinken erkennbar wird, verhindert vollends die gewohnte Sammlung. Blenker sieht den Niedergang der Arbeitshaltung an vielen bestürzenden Details. Nie wäre früher einer mit derart jämmerlich geknickten Beinen, die Füße handlang auseinander, die Knie und Oberschenkel wie aneinander festgeklebt, hinter seinem Tisch gestanden. Niemals wäre zu Nettlers Zeiten ein Büroler darauf verfallen, mit der Rechten durch ein Loch seines zerschlissenen Overalls zu greifen und sich dann eine halbe Ewigkeit den linken Brustmuskel zu kneten.

Wer weiß, was Guler hierzu eingefallen wäre. Der Dicke bleibt den Zurückgebliebenen ein Mirakel. Notchef Blenker ist es bislang nicht gelungen zu vergessen, wie der alte Knabe auf seine Platte gespuckt hat, um mit Hilfe eines Speichelbläschens ihm und anderen Binnenkollegen die minimale Schieflage des Tisches zu beweisen. Und draußen hat Naturkontrollagentin Xazy oft genug darüber staunen dürfen, wie sich ihr guter Guhl herausnahm, den Spielraum simpler Hilfserkunderschaft mit kleinen Eigenmächtigkeiten zu erweitern.

Und wir? Unseres Erachtens hat der Alte über mittlerweile drei Funktionsdekaden hinweg nachgewiesen, dass er das Zeug hat, Figur eines kleinen Legendenkranzes, nicht bloß ein schrulliger Heiliger, sondern sogar ein veritabler Märtyrer zu werden. Ein Glück für ihn, dass Axler bislang im Getier, in Maus und Made, Opfer für seinen dumpf drängenden Grimm gefunden hat. Aber der Schockstock des Starken ist erst halb entleert, sein Messer unvermindert scharf, und obwohl der große Kerl während der gemeinsamen Wanderschaft nur ein paar kümmerliche

Dicksprossen intus bekam, ist ihm kein bisschen Muskelmasse abgeschmolzen. Axler wäre in der Lage, den Dicken am Kragen seines festen, neuen Overalls zu packen und dann so hoch gegen die von der äußeren Zeit verdreckten Fenster zu stemmen, dass Gulers nackte Sohlen ins Leere baumeln müssten.

Gleich werden die vier Büroflüchtlinge einmal im Kreis herumgegangen sein. Stünde die Sonne an einem blanken Himmel, hätten sie bereits begriffen, dass sie wieder dort anlangen müssen, wo sie auf diese Umlaufbahn geraten sind. Aber das Taggestirn hält sich heute hinter besonders dichtem Dunst verborgen, und die Achtsamkeit der vier pendelt mit jedem zweiten oder dritten Schritt zwischen der harten Verglasung, die sie vom freien Gelände separiert, und dem, was sie weiterhin die Wand zu nennen haben.

Der Boden unter ihren Füßen ist nicht so eben, wie es ihnen anfangs schien, sondern ganz sacht gewellt. Die falschhölzerne Glätte, die Schiller nach dem Verlassen des Aufzugs mit einem Geistesblitz Laminat genannt hat, geht für kürzere Streifen über in sauber gefügte fahlgelbe Ziegelsteine, als wäre das Mauerwerk aus der Senkrechten ins Horizontale gekippt, um Lücken im Laminat zu flicken. Das Unding kümmert sich weiter auf seine stete Weise um den Raum, und wenn es besser sprechen könnte, würde es uns womöglich bitten, seinen Bewohnern in Fragen des Nacheinanders und der Parallelität, so gut uns dies von Fall zu Fall gelingt, unter die Arme zu greifen.

«Wehler? Hörst du mich? Wehler, bist du da irgendwo? Ich bin's. Wir sind's. Gib uns ein Zeichen!»

Der schöne Schiller ruft vergebens. Wehler ist so innig beschäftigt, dass er keine Muße hat, dem einstigen Schlafkojengenossen einen Hinweis auf sein Fortwesen zu geben. Was die beiden in den Büronächten verband, ist uns in seinen Abläufen

bekannt, aber wir können sein Sinngefälle, also die bedeutungs-
satte Freude, die es spendet, nur mittelbar ermessen. So wie
wir sind, wurden wir hergestellt. Und wer einen von uns mit
Augen und Händen, mit Hinschauen und Fingerspitzendruck,
von oben bis unten, vom Nacken bis an die Knöchel, auf einen
Schaden, zum Beispiel auf die Folgen eines Sturzes, untersuchen
würde, so wie es Axler auf dem Grund eines Wurzellochs getan
hat, könnte sich denken, wo eine wichtige Begrenzung unseres
Wahrnehmens verläuft.

Zurückliegenden Sommer bat uns der Hauptmann des Buchenrayons mit rührend devoten Worten, einen Blick auf den
defekten Raupenroboter zu werfen. Fachleutnant Xazy hatte
die Maschine im Frühjahr einfach an Ort und Stelle zurückgelassen. Seitdem stand sie wie ein Vorwurf, der täglich ein bisschen schwerer wiegt, im Reparaturzelt der Hundertschaft, keine
fünfhundert Schritt von der Stelle entfernt, die Xazy als erste mit
brennendem Diesel beschießen wollte.

Wir taten dem Buchenhauptmann den Gefallen. Während er
im Eingang des großen Zelts verharrte, schlurften wir langsam,
die Hände in den Kuttentaschen, um das Raupending herum.
Kaputt ist nicht dasselbe wie gestorben. Aber man kann, so man
nur fünf gerade sein lässt, das Tote mit dem endgültig Defekten
in einigen maßgeblichen Punkten recht gut vergleichen. Die fragliche Maschine hatte begonnen, muffig süßlich zu riechen. Das
Wasser, das in ihr Inneres gegossen worden war, hatten die aufsässigen Männer aus einem nahen Bächlein geschöpft, und von
den tief eingetauchten Gummieimern waren fauliges Laub und
Schlamm des Bachgrunds aufgenommen worden. Mittlerweile
ließ sich erschnüffeln, dass auch kleines Getier, Insektenlarven,
Egel, Gehäuseschnecken, sogar das eine oder andere Fischchen,
ins Innere des Raupenroboters geraten war.

Wegen dieses Geruchs verließen unsere Hände die Taschen der Wundererkutte. Wir öffneten die hintere und die vordere Klappe der Maschine. Wir kletterten auf eine Raupe und entdeckten sofort den ersten Leichnam, einen kleinfingerlangen Fisch. Seine Haut schillerte ölig. Das aus dem Tank geschwemmte Diesel hatte das Reflexionsvermögen seiner winzigen Schuppen konserviert. Das aufgeblähte Bäuchlein glänzte hell, die Flanken schillerten bläulich, und als wir mit dem Zeigefingernagel die Rückenflosse in die Höhe zupften, zeigte sich, dass sie mit recht langen Stacheln bewehrt war. Wahrscheinlich hatten sie dem mutmaßlichen Männchen dazu gedient, Konkurrenten von seinen Weibchen fernzuhalten und Fressfeinde aus seinem kleinen Territorium und damit weg von seiner vieleiigen Brut zu jagen.

«Halt, Axler! Vorsicht! Fass es lieber nicht an! »

Guler lässt es nicht bei diesem Zuruf bewenden. Seine Finger sind in die Ellenbeugenbeuge von Axlers rechtem Arm geschlüpft, dessen Hand schon auf dem Weg nach unten war. Aber der Starke dankt ihm die Warnung nicht. Misstrauisch pendelt sein Blick zwischen dem Gesicht des Dicken und dem, was da vor seinen nackten Füßen, glitschig feucht und winzige Blasen werfend, auf dem Boden klebt. Es müssen die Überreste jener Made sein, die er zu Beginn ihres Marschs entlang der Fenster mit dem Schockstock zerstückelt hat. Ein tellergroßer schwarz glänzender Fleck, allenfalls daumendick, verkörpert, was mittlerweile aus dem Kopfschild des primitiven Tiers geworden ist. Der Brei, zu dem er den weißen Leib zerstoßen hat, überzieht nur noch als dünne, milchig transparente Schmiere die Ziegel, die hier den Boden bilden. Und in die Knie gesunken, ist Axler dicht genug über der Stelle, um aus einem feinen Aufperlen zu folgern, dass die Fugen zwischen den Steinen die halb flüssige

Substanz in irgendwelche Poren saugen, um als eine Gegengabe klare Bläschen freizusetzen.

Damals, im Reparaturzelt des Buchenrayons, wollten wir uns, gehockt auf den Raupenroboter, umdrehen und das gefundene Fischchen dem Hauptmann zeigen. Wortlos sollte es ihm hingehalten werden, damit er aus der bloßen Anschauung begriffe, dass nichts und niemand die Maschine des Hauptquartiers wieder zum Leben erwecken werde, dass er, wohl oder übel, weiterhin für das Verschulden seiner Männer geradestehen müsse. Aber die Glätte des verölten Blechs wurde, wer weiß, warum, nicht zuverlässig zu einem Haftungsgrenzwert umgerechnet, die Hand, die mit Daumen und Zeigefinger die winzige Schwanzflosse gefasst hielt, fehlte beim Umdrehen als vierte Stütze, ein Fuß glitt uns über die Außenkante der Raupe, und wir purzelten dem Hauptmann des Buchenrayons vor die Stiefel.

Wer es an die Spitze einer Hundertschaft geschafft hat, gehört zu den helleren Lichtern, und nicht zuletzt ein gewisses Beobachtungstalent, ein Gespür für den kleinen, aber offenbaren Unterschied, macht einen guten Hauptmann aus. Hierfür war Nettmann lange unser liebstes Beispiel. Gleich ihm hatte natürlich auch der Hauptmann des Buchenrayons gelegentlich mitangesehen, wie einer seiner Männer gestolpert, gestrauchelt und gestürzt war. Der Mensch ist den größeren Tieren, wenn eines von ihnen vor seinen Augen den sicheren Stand verliert, durchaus vergleichbar. Falls uns je einer danach fragte, würden wir sagen: Sobald ein Mensch jählings zu Fall kommt, sucht etwas in ihm den kürzesten Weg zurück in ein verschollenes Vierfüßlertum, und so gut wie immer ähneln seine primären Reflexe dann dem, was Hund, Katze oder eines der Rehe des Buchenrayons, meist nach einem Wälzen, nach einer halben oder ganzen Drehung des Rumpfes um die eigene Achse, wieder auf die Beine bringt.

Wir hingegen fallen ein bisschen anders, so wie wir auch ein wenig anders schreiten. Deshalb sollen exakt einhundert Bleikügelchen im Schlauchsaum unserer Kutte garantieren, dass das Gewand konstant bis an die Knöchel herabhängt und so die eine oder andere Bewegungseigentümlichkeit kaschiert. Allein, für einen, der ein Auge für feinere Differenzen hat, wirken wir dennoch ein wenig hüftsteif, Beugen und Drehen fließen nicht restlos ruckfrei ineinander, als Tänzer machten wir gewiss keine geschmeidige Figur. Aber selbst wenn wir beim großen Neujahrsumtrunk mit den Männern des Buschrayons ums Feuer hopsten, erschiene den Berauschten unsereins, blickdicht gewandet, bloß wie ein weiterer ungelenker Tänzer, geborgen im mehr oder minder torkeligen Ungeschick der anderen.

Wir stürzten also, ein totes Fischchen in den Fingern, von der Kunststoffraupe der Maschine, und der extraschwere Saum unsere Kutte nahm dabei einen Schwung auf, der ins Abseits dessen geriet, was Berechnung in der Regel verlässlich kontrolliert. Der Hauptmann, der uns um Rat gebeten hatte, bekam blitzkurz unsere Knie zu sehen, im selben Nu auch unsere beiden Oberschenkel, und einen mikroknappen Augenblick bemerkte er vielleicht sogar, wie deren Innenseiten an der schmalen oberen Parallele des nach unten schrittweit gespreizten Trapezes enden.

## 35.

## KUPPELGUCKEN
### WAS EINEN NAMEN BRAUCHT UND FINDET

«Mir platzt der Kopf. Nettler, wir müssen ganz nach draußen. Verdammt, es geht nur mit Gewalt.»

Aber Nettler hört ihn nicht fluchen. Und auch Axlers Verlangen, gewaltsam gegen das Unverstandene vorzugehen, kommt allein Guler zu Ohren. Wortlos haben die beiden anderen kehrtgemacht, als sie die Überreste der Made wiedererkannten. In stiller Parallelität ist Schiller wie Nettler klargeworden, dass sie den Durchgang, der sie vom Aufzug und von den Spinden an die Fenster führte, irgendwann während der letzten vier, fünf Dutzend Schritte passiert haben, ohne sein Wiederauftauchen zu registrieren. Also sind sie zurück, und schon ist die gesuchte Stelle, schneller als erwartet, gefunden.

Im weichen Glas sind die Eingänge der Materialschächte und Nährflure stets geöffnet zu sehen gewesen. Und dieses Aufklaffen versprach Zugriff auf das, was die Männer für ihr Dasein im Mittleren Büro an Gütern brauchten. Niemals ist vorgekommen, dass sie Augenzeugen eines Aufgehens wurden. Guler, der alte Schlaukopf, sagte, als er das letzte Mal mit Nettler an der Spitze des Bürotrupps zum abendlichen Essen stapfte, die bleiche Wand empfinde womöglich so etwas wie Verlegenheit, eine ganz spezielle Art von Scham, sobald sie erwartungsvolle Augen auf sich gerichtet spüre, und öffne sich deshalb nur im Abseits ihrer Blicke.

Jetzt stellen Nettler und Schiller fest, dass sich der Durchgang, über den sie an die Fenster gelangt sind, völlig geschlossen hat, allein eine flache, doppelt gezackte Rille verrät noch, wo er sich befunden haben muss. Sogar was sie für einen überstrichenen Verputz gehalten haben, ist mittlerweile dabei, über das neue Weiß zu kriechen, als ginge es der Wand darum, auch noch den letzten Hinweis auf den gewährten Durchgang zu tilgen.

«Weg da! Lasst mich das machen. Vielleicht ist es noch weich genug.»

Axler weiß nicht, wo er das Folgende so gut erlernt hat. Kein anderes Werkzeug, kein Spaten, keine Schaufel, kommt ihm in den Sinn, und auch kein älteres Vis-à-Vis, kein lehmig festes Erdreich, kein Wurzelgrund schiebt sich ihm als erhellender Vergleich vors innere Auge. Die feucht glänzenden Brocken, die er mit dem spitzen Ende des Schockstocks aus der Wand haut, fliegen seinen Gefährten vor die Füße. Sie sehen, ihr Starker lässt nicht nach, greift nur ab und an mit der Linken an die Wand, um den feinen Draht, von dem sie unregelmäßig dicht durchwachsen ist, mit einem rohen Rucken zu zerreißen. Und als schließlich das erste durchgehende Loch klafft und ihnen offenbart, dass der frische Verschluss nur knapp zwei Handbreit Tiefe besitzt, nutzt Axler den Durchbruch, um den Stab als Hebel einzusetzen.

Wer kann vorhersehen, dass Axlers Schockstock brechen wird? Er ist exakt doppelt so lang wie der gleichnamige Knüppel, mit dem Hauptmann Blank einem bleichen Stummel in Xazys Unterstand eine blau blitzende Ladung verpassen durfte. Und auch die Stöcke, die Nettlers Männer früher in Materialschächten gefunden und ins Büro getragen haben, sind kürzer und leichter gewesen. Als Schiller nach Nettlers erster Fiebernacht die Auswandung unter Wehlers Schlafkoje entdeckte, hatte er vorsichtig den Stapel neuer Overalls herausgehoben, war dann aber davor zurückgeschreckt, sich so weit in den Spalt zu beugen, dass seine Finger den Stab, der ganz am Ende des Hohlraums aus der bleichen Wand gewachsen war, zu fassen bekommen hätten. Axler, der damals als Erster neben ihm auf die Knie gesunken war, hatte gemurmelt, das Prachtstück sehe prima ausgereift aus. Und schon war er dabei, den Rumpf über die untere Kante der Öffnung zu schieben. Bis über die Hüften wagte er sich hinein, und Schiller, der natürlich an den Verlust des kleinen Wehler denken musste, versuchte, Axlers Overall zu packen, aber der fadenscheinig dünne Stoff saß stramm wie eine zweite Haut auf dem Gesäß und auf den Oberschenkeln des Kollegen.

Das helle Schnalzen mit dem sich der überlange Schockstock von der Innenwandung löste, hat sich so deutlich in Schillers Gedächtnis erhalten, dass er nun, wo sich das bislang stets starr wirkende Ding durch Axlers rigoroses Hebeln erschreckend biegt, ebendieses Geräusch erwartet, und wirklich, was im Büro erklang, erklingt, lauter und satter, ein zweites Mal. Der Stab zerbricht, und beide Teile rollen, weil Axler das Reststück aus der Hand geschnellt ist, hintereinander über den Boden.

«Das ist der gleiche Draht! In Wand und Stock der gleiche.» Schiller hört sich das denken, und weil er, was ihm augenfällig wurde, aus nächster Nähe prüfen will, bückt er sich, greift nach den Schockstockteilen, um mit beiden Daumenkuppen über das, was da borstig aus den Bruchflächen ragt, zu streichen.

«Finger weg, du Idiot!»

So hätte Hauptmann Blank vielleicht noch rechtzeitig gerufen, wenn er jetzt bei den vieren gewesen wäre. Wer es an die Spitze einer Hundertschaft geschafft hat, muss in der Lage sein, sich schnell auf Neues einzustellen und notfalls ohne Verzögerung ei-

nen Schluss zu ziehen. Das wenige, was Blank von Xazys Schockwaffe begriffen hat, würde ihm hier genügen, um die Gefahr zu
ahnen. Blank wäre nun eventuell sogar so geistesgegenwärtig,
ihrem Hübschen beide Stücke zeitgleich mit diesem Zuruf aus
den Händen zu schlagen.

Aber weil unser Rotschopf nicht zur Stelle ist, sehen Nettler,
Guler und Axler, dass Schiller das Missgeschick, das er vor Jahr
und Tag in einem Materialschacht erlitten hat, noch einmal wi-
derfährt. Er krümmt sich unter der lautlosen Entladung, fällt
gegen die Wand, rutscht, zuckend und leise gurgelnd, an ihr nach
unten, bis er auf dem Boden sitzt. Sein Kopf ist ihm zur Seite
in das Loch gekippt, das Axler ins bleiche Weiß gebrochen hat.
Der stößt ihm endlich mit dem Fuß die Stockhälften aus den ver-
krampften Fingern. Nettler und Guler beugen sich über den Geschockten, sehen schaumigen Speichel über seine Lippen quellen,
sie sehen aber auch, Schillers Augäpfel rucken heftig hin und her,
und Nettler dämmert, dass ihrem Gefährten eben jetzt, so kläglich hilflos er da an der Wand hängt, eine Rückschau in ihr Her-
kommen glückt. Also sinkt er neben Schiller in die Hocke, legt
seine an dessen Wange, um so, aus möglichst gleichem Winkel,
einen Teil des Bildes zu erhaschen, das sich Schiller bietet.

Die Kuppel des Mittleren Büros auf diese Weise wiedersehen
zu müssen, ist auch für Nettler, der mit Gulers Zutun nach und
nach gelernt hat, sich einen Reim auf allerlei zu machen, nun alles
andere als eine Selbstverständlichkeit. Dass sich das, zu dessen
Anschauung er früher den Kopf ganz in den Nacken sinken lassen
musste, nun höchstens zwei Körperlängen über ihm erstreckt,
steigert sein Erschrecken zu einem Schaudern unbekannter
Art. Das da drüben ist zweifellos dasselbe, was sie, ohne es so
zu nennen, Tag auf Tag für eine Art Kristall, also für etwas mineralisch streng Geordnetes gehalten haben. Jetzt, wo ein Axler,

der einem zweiten Axler auf den Schultern säße, auf der anderen Seite dieses Durchgucks nur den Arm ausstrecken müsste, um mit den Fingerspitzen an ihren einstigen Bürohimmel zu rühren, sieht dieser nicht mehr nach Kristall aus, auch nicht nach irgendeiner Art von Glas. Das da ist nicht gegossen, sondern scheint in transparenten Schichten organisch angewachsen. Und Nettler sucht im engen Kreis seiner Erfahrung, in der gedrängten Fülle der Tischerscheinungen, nach einem Vergleich, der nun so etwas wie Beruhigung stiften könnte.

Wir wissen, ein Nettmann wäre der Richtige, um unserem verstörten Nettler jetzt beizuspringen. Im Mordmückenrayon sirrt, kaum ist der Frühling in den ersten heißen Tagen zu einem Nichts verpufft, die Luft von der Fülle der geschlüpften Gliederfüßler. Die Schutznetze, die von den Volksfrauen aus Hanffasern gewoben werden, halten zwar die größeren und mittleren Exemplare, die Libellen, die Hummeln, die flugfähigen Käfer, die fetten, in allen Regenbogenfarben schillernden Fliegen und die langbeinigen Schnaken aus den Zelten. Das zierlichere Mückenzeug jedoch findet einen Weg hinein und muss, Exemplar für Exemplar, mit der bloßen Hand oder mit einer der aus Schilf geflochtenen Klatschen erledigt werden.

«Chitin! Nettler, glaub mir, Chitin. Wie tausend Flügelchen aus durchsichtigem Chitin …»

So hören sie Schiller, während sie ihn von der Wand ziehen, mit schwerer, noch halb gelähmter Zunge lallen. Axler schiebt ihm die Hände unter die Achseln und ruckt ihn in die Höhe, und Schiller schafft es, stehen zu bleiben. Sie schauen ihm ins Gesicht. Sein Blick ist klar, jetzt wischt er sich mit Daumen- und Zeigefinger die Reste der schaumigen Spucke aus den Mundwinkeln. Dann kratzt er sich über die rechte Wange. Und Nettler hört etwas, dessen Ursprung er eben erst, die Wange an Schillers

Wange, bereits gespürt hat, ohne dass Raum war, einen Schluss daraus zu ziehen: Schillers Fingernägel verursachen ein Geräusch, wie es hartes Horn auf Stümmelchen aus etwas weicherem Horn erzeugt. Und als sich Nettler reflexhaft ebenfalls ins Gesicht fasst, erfühlen seine Fingerkuppen, dass auch auf seinen Backen und auf seinem Kinn nach langer, spurloser Absenz ein Bart begonnen hat, ins Binnenlicht zu sprießen.

## 36.

## BINNENBALKON

### WIE EINER BEINAHE NACH OBEN STÜRZT

Balkon? Als Letzter ist eben Nettler durch das Loch gerobbt, das von Axler halb mit dem Messer, halb mit den Fingern seiner Linken weiter in die noch junge, klebrig feuchte Wand gebrochen worden war. Keiner hatte ihrem Starken bei dieser Arbeit helfen dürfen, und als die Öffnung schließlich so groß war, dass sich auch ein Kerl mit extrabreiten Schultern auf die andere Seite zwängen konnte, was Axler unter herrischem Keuchen gelungen war, hatten die anderen drei fast schüchtern darauf gewartet, wen er als Ersten zu sich rufen würde. Schiller durfte den Anfang machen und schaffte es, ohne Hilfe zu brauchen, zu Axler hinüber. Der dicke Guler musste gezogen und geschoben werden. Nettler kroch als Letzter unter die einst fraglos lange für Kristall gehaltene Kuppel. Und nun, nachdem Schiller diese in hellsichtigem Schock chitinartig genannt hat, ist Nettler nicht sicher, ob Balkon das rechte Wort ist für das, worauf sie Schulter an Schulter stehen.

Balkon? Hauptmann Blank würde unserem Nettler, den er für einen Nettmann halten müsste, zugestehen: Der Name ist nicht ganz verkehrt. Zumindest wenn man dergleichen außen, an einer Fassade befestigt fände, dann wäre Balkon gewiss die naheliegende, in vielen Fällen sogar die einzig richtige Bezeichnung. Blank, Hauptmann des Buschrayons, könnte zu dem, was nun acht nackte Füße spüren, was das gemeinsame Gewicht der vier Büroflüchtlinge zu tragen hat, sogar etwas erzählen, was ihn seit Jahren ärgert und in alle Zukunft verdrießen wird. Unter den Dingwörtern, die Blank als blutjunger Rekrut bei seiner Fünf-hundert-wichtige-Wörter-Prüfung bestimmen sollte, war auch Balkon gewesen. Übergut vorbereitet hatte er das Wortbild sogleich erkannt und seine zweisilbige Lautung nach kurzem Überlegen auch richtig ausgesprochen. Dann aber sollte er dem nachhakenden Kettmann erläutern, was darunter im Buschrayon und anderswo genau zu verstehen sei. Er gab sich Mühe. Aber über Bild und Lautung hinaus stand ihm nur der Zusammenhang eines einzigen Satzes zur Verfügung, in dem Balkon in einem ihrer Bücher vorkam. Cöth hatte just auf diesen Satz einmal eine lustige kleine Abschweifung folgen lassen. Aber weil an keinem der Gebäude, die dem jungen Blank bis dahin vor Augen gekommen waren, ein Balkon gehangen hatte, war das, was er dem Hauptmann dann beschrieb, eher einem Erker gleichgekommen.

Balkon? Nettler glaubt, aus dem weichen Glas zu wissen, dass ein Balkon eine Umrandung, eine Brüstung, zumindest ein eisernes Geländer braucht, um an der Außenhülle eines Bauwerks als sicherer Aufenthalt zu dienen. Der Vorsprung, auf dem sie stehen, ragt jedoch nach innen, in einen weiten, zylindrisch tiefen Hohlraum, und vor ihren Zehen ist nichts, was einen Sturz hinab ins freie Leere verhindern könnte.

Von dem, was sie als Endwelt ihrer Auffahrt in Erinnerung haben, hat sich rein gar nichts erhalten dürfen. Die Aufzugtüren sind verschwunden wie die Spinde und die Bänke. Das prächtige, lichtsatte Laminat, das dem Betrachter so überzeugend die Wachstumsringe eines Baumstamms vorzutäuschen wusste, scheint samt den wunderbaren Fundstücken, samt den Kleidern, die sie auf ihm ausgebreitet hatten, zu Luft geworden. Oder alles ist in eine Tiefe hinabgestürzt, die sie nicht einsehen können, weil sich bislang keiner so weit nach vorn gewagt hat, dass er den Oberkörper über die Kante neigen und einen Blick nach unten werfen könnte.

Balkon? Was Axlers Handlungswut nun hemmt, was Guler und Nettler noch ein Quäntchen vorsichtiger macht, die Ungeschütztheit dieses kuppelnahen Plattform lässt Schiller das eben erst Erlittene vergessen, als wäre es seinen Gliedern nicht geschehen. Zwischen Guler und Nettler, die glaubten, ihn hier, auf diesem schwindelhohen Innenausguck, stützen zu müssen, sinkt er in die Hocke, legt sich auf den Bauch und rutscht nach vorn. Seine Hände bekommen den bleichen Rand zu fassen, und schon schiebt er die Nasenspitze über die Bodenkante. Ein kühler Aufwind streichelt ihm die Wangen, und im selben Wahrnehmungsmoment hat Schiller schon begriffen, wie sie weiterkommen werden.

Balkon? Naturkontrollagentin Xazy hat sich im Lauf der Jahre mit der gebotenen Wachheit in Gebäude aller Art gewagt. Sie weiß, diese Relikte einer unserer Teilhabe entrückten Vergangenheit brechen irgendwann auf. Ein Sturm lässt den morschen Stamm einer alten Esche gegen ein Fenster krachen. Ein Glas zerspringt, das ohne diesen Aufschlag womöglich noch viele Jahre überdauert hätte. Dreckblind bricht es in Stücke mit schmalen, blanken Kanten. Und schon der erste Wechselhauch, zu dem sich Außenwind mit Binnenluft vermischt, trägt nicht nur den putzig hübschen, an einem Schirmchen schwebenden Samen des Löwenzahns ins Innere des Bauwerks, sondern auch Abertausende jener Ruheformen des Lebendigen, die so winzig sind, dass sie das bloße Auge nicht erkennen kann.

Balkon? Fachleutnant Xazy hat Balkone gesehen, die sich in

einem flachen Bogen nach unten neigen durften, weil ihre stählerne Armierung unter der stetig größer werdenden Last ihres Bewuchses nicht zerbrach, sondern sacht nachgab. Naturkontrollagentin Xazy hat Wurzeln gesehen, die wie hölzernes Wasser aus der Höhe eines dritten Stockwerks quollen. Mattgraue Wellen hatten die Licht- und Wärmeperioden in das Wurzelwerk geschnitzt, und seine letzten Ausläufer waren in die Ritzen vom Frost gesprengter Bodenplatten geschlüpft, oder sie hatten dort, wo bleiche Hütchen den Asphalt in die Höhe stemmten, in den gesuchten Humus gefunden.

Balkon? Was Schiller, über dessen Kante lugend, bislang als Einziger vor Augen hat, trägt einen anderen, in fast jeder Fünfhundert-wichtige-Wörter-Prüfung auftauchenden Namen. Von unten ist es auf ihren Ausguck zugewachsen. Und seine Form ist unserer Wand, während Nettler und seine Männer ihre Runde drehten, recht gut gelungen. Fachleutnant Xazy war, als sie die Gräben rund um das Objekt gemeinsam mit ihrem frisch ernannten Adjutanten zum ersten Mal komplett abgegangen war, bald aufgefallen, dass Blanks Männer die Abstiege in die Tiefe nicht, wie es zu erwarten gewesen wäre, als simple Rampen in den Grund gegraben hatten.

«So machen wir das immer, Frau Fachleutnant! Es ist schön und praktisch.»

Mit ihren Spaten hatten Jessmanns Kameraden saubere Stufen in den lehmigen Grund gestochen und deren extrabreite Trittflächen, während ein Brett die Senkrechte stabilisierte, mit Schaufelschlägen so verdichtet, dass sich recht haltbare Treppen ergaben. Jessmann hatte ihr sogar gezeigt, wie man die Stiefelsohlen beim Hinab und vor allem beim Hinauf platzieren müsse, um die empfindlichen vorderen Kanten zu schonen.

«Das hält sich bei diesem Boden, Frau Fachleutnant, wenn wir nicht blindlings drübertrampeln, den ganzen Sommer, vor allem wenn er wieder so heiß wie die letzten wird.»

Treppe? Unserer Naturkontrollagentin Xazy, die vielerlei Ruinen von innen gesehen hat, liegt nahe, eine Treppe achtsam zu behandeln. Treppen, fast immer aus Beton gegossen, sind und bleiben der einfachste Weg, um in die Keller und die Obergeschosse eines verlassenen Bauwerks vorzudringen. Und mit der Zeit hat Xazy auch ein Auge dafür bekommen, wie eine Treppe aussieht, deren Festigkeit nicht mehr zu trauen ist, weil Wasser, Frost und die bohrende Geduld der Pflanzen die gleichförmige Dichte des totenstarren Materials bis an sein stählernes Skelett durchdrungen haben.

Treppe? Die anderen drei haben es Schiller mittlerweile gleichgetan. Sie liegen bäuchlings auf dem noch feuchten, ein wenig klebrigen Grund des Wandbalkons und sehen, dass diesem eine fast genauso breite, genauso bleiche Treppe von unten entgegenstrebt. Man könnte glauben, sie habe empordrängend versucht, die vordere Kante ihres Ausgucks zu erreichen, diese jedoch zuletzt, aus irgendeinem organischen Missgeschick, verfehlt. Jetzt endet sie unterhalb der Stelle, wo ihre Hüften und Gulers Wampe gegen den Boden des Balkons gepresst sind. Und von der Kante, über die sie spähen, ist es gut eine Körperlänge hinunter auf die letzten Stufen.

«Das ist zu schaffen! Sind wir erst auf der Treppe, steigen wir weiter, ganz hinab. Das ist doch Bodennebel. Es muss einen Zugang geben, durch den die Suppe aus dem freien Gelände einströmt. Ich kann die Erde riechen. Da unten kommen wir ins Grün hinaus.»

Axler bohrt, während er dies prophezeit, mit seinem Messer in den Rand der Kante, und Nettler, der ihm auf die Finger guckt, sieht, wie die Klinge etwas Hartes, Helles freilegt: einen hand-

tellergroßen Fetzen Laminat, der selbst als Bruchstück noch
täuschend natürlich gemasert ist. Axler hebelt es heraus, und sie
beobachten, wie es nach unten auf die bleiche Treppe fällt, dort
aufschlägt, zur Seite weghüpft, über den Rand einer Stufe kul-
lert, ins Leere segelt und, winzig wie ein Punkt geworden, in den
Nebel taucht.

Treppe? Guler sieht, dass die Stufen dort unten alles andere
als regelmäßig sind. Und ausgerechnet die Trittfläche, auf der die
Füße landen müssen, so man über die Kante des Balkons senkrecht nach unten rutscht, ist nur vier Finger breit, neigt sich zudem nach links, als hätte die Treppe in ihrem allerletzten Wachs-
tumsschub Mühe gehabt, die horizontale Balance zu halten. Für
Axler ist dergleichen offenbar kein Problem. Schon sitzt er auf
der Kante, dreht sich geschickt in den Stütz, sinkt langsam nach
unten, und weil er ausnahmsgroß ist, liegen seine Unterarme
und sein Kinn noch auf dem Balkonrand, während seine Zehenspitzen schon auf die Trittfläche der schmalen, der fünfletzten
Stufe tippen.

«Guler als Nächster! Was ist? Herunter mit dem Dicken!»

Hat Axler eben Guhl gesagt? Wer hätte jetzt die rechten Ohren,
um einen derart kleinen Unterschied herauszulauschen? Ihr Dicker gehorcht fast so, wie unlängst noch der Hilfserkunder Guhl
gehorchte, wenn ihm Naturkontrollagentin Xazy per Wortfunk
mitteilte, was ohne Verzögerung zu tun anstand. Schon rutscht
er Richtung Kante. Nettler und Schiller halten ihn am Kragen.
Die neuen Overalls sind zweifellos die festesten, die sie je hatten.

«Nicht zappeln! Lotrecht zu mir heruntersacken!»

Kann man nach oben stürzen? Vielleicht liegt, was nun kom-
men muss, auch daran, dass Gulers Fußsohlen schweißnass vor
Angst sind. Gewiss trägt Nettler eine Mitschuld, denn als die
Wampe seines Bürogefährten über die Kante wippt und sein

282

Hintern gegen Axlers Gesicht stößt, zerrt Nettler so ungestüm an Gulers Kragen, dass der auf seiner Seite abreißt. Schiller ist leider nicht geistesgegenwärtig genug, um hierauf mit einem Umgreifen zu reagieren. In Schieflage kommt Guhler einem Axler entgegen, der dummerweise beide Füße auf gleicher Höhe stehen hat. Kein Wunder, dass ihm der Körperschwerpunkt über die Fersen hinausgerät. Unwillkürlich lassen Axlers Hände los und schwenken nach hinten, um den Aufprall des eigenen Rumpfes auf den tieferen Stufen zu dämpfen.

Kann einer zumindest für einen unsinnigen Moment nach oben stürzen? Axler muss, nach hinten fallend, sehen, wie Guler vollends herabrutscht. Die letzten Stufen, mit denen die bleiche Wand, vergeblich nach Anschluss tastend, unter dem Balkon verendet, sind allesamt arg schmal, arg flach, arg schief. Sie reichen dem nach vorn kippenden Guler gerade mal bis an die Knie und können seinen Händen nicht mehr als Abstoßfläche dienen.

Damals als Guler unter dem Tisch von Rotschopf Blenker lag, hat er womöglich selbst keinen Moment daran geglaubt, mit dieser Pose ließe sich ein Wiederaufleben des nahezu erloschenen weichen Glases in die Wege leiten. Dass er so, unter die Platte hingestreckt, die hinteren Beine des Arbeitstisches ergriffen hatte und, während Blenker draußen vergeblich nach unsereinem suchte, gepackt hielt, war nicht viel mehr als das, was ein Guhl in Blanks Hundertschaft bei verschiedenen harmlosen Gelegenheiten, humorig lachend, eine rechte Schnapsidee genannt hat. Und doch hat es in diesem Fall geholfen. Wir haben, als wir ein paar Tage später nach Blenkers Platte sahen, nur ganz wenig, offen gesagt, so gut wie nichts, in Ordnung bringen müssen.

Jetzt rudern Gulers Arme hinauf, Richtung Balkon, als würfe sich ein großer plumper Vogel über eine Klippe in einen Aufwind und damit in ein selbstgewisses Segeln. Aber natürlich gewinnt unser Dickerchen dabei nur scheinbar an Höhe. Axler schnellt mit einer tollen, fast katzenhaften Drehung wieder hoch, wieder nach vorne, fast hätten seine Hände Gulers Knöchel noch umschließen können, aber die verschwitzten, vom vielen Laufen angeschwollenen Füße ihres Dicken flutschen ihm über die Fingerkuppen.

Haltlos nach unten stürzen, ist womöglich das allerleichteste, das freieste Unterfangen von der Welt. Nichts, absolut nichts kann einer noch dazu oder dagegen tun, wenn die Masse unseres Planeten derart durch den luftig haltlosen Raum auf seinen Körper wirkt. Nettler und Schiller sehen Gulers Fersen nach oben klappen. Ihr Dicker erspart ihnen den Schrei, den sie erwarten und gegen dessen imaginäres Gellen sich ihre Wahrnehmung nun durch eine für den Menschen typische Verschiebung, durch ein Zusammenkneifen der Augen, wappnet. Gar nicht so schnell, fast scheint es uns ein Schweben, ist Guler auf seinem Weg nach unten. Es dauert. Nicht gleich, sondern erst irgendwann wird er als Figürchen in den Nebel tauchen, der das untere Drittel des Hohlzylinders, den Binnenraum des Undings, füllt.

## 37.

## IDIOTENGEDENKEN

WER ZU GUTER LETZT UNGEZÄHLT BLEIBT

Gulerchen fällt und fällt. Ganz sacht ist unser Gulerchen am
Fallen. Die Todesangst, die er eben noch, während sein Leib ins
Leere kippte, als Guler und als Guhl erleiden musste, hat sich
verflüchtigt wie ein Gas. Sogar der Wind, der kurz und fremd an
seinen Ohrmuscheln vorüberfauchte, ist verstummt, das Empfinden für die eigene Schwere hat sich aus jeder Furcht gelöst,
fast kommt es ihm so vor, als lindere die Mulde einer unsichtbaren Hand sein Fallen, um ihm Gelegenheit zu geben, sich noch
einmal mit reichlich Muße umzuschauen, bevor der Bodennebel
ihn empfangen wird.

Er sieht: Die Treppe, von deren Ende er gestürzt ist, ist nicht
das einzige derartige Gebilde, welches die bleiche Wand in den
Hohlzylinder hinausgetrieben hat. Rundum ragen bestimmt ein
Dutzend weiterer Stummel Richtung Mitte, ein jeder allerdings
kaum mehr als kümmerliche zehn, zwölf schiefe Stufen weit.
Der einzige Auswuchs, der es von ganz unten, aus dem undurchschaubar Trüben kommend, fast bis an ihren Ausguck geschafft
hat, knickt auf seinem Weg nach oben mehrfach ab, als ginge es
ihm darum, ein spiraliges Aufwärts ein pflanzenhaftes Winden
ins Rechtwinklige zu übertragen.

Über ihm, da oben bei denen, die er verlassen musste, geht

alles Weitere gut. Erleichtert nimmt er wahr, wie Nettler und Schiller es über die Kante des Balkons hinunter zu Axler schaffen und dass die Kameraden ohne weiteren Verzug Stufe für Stufe abwärts stapfen. Die bleiche Treppe wäre breit genug für drei. Aber nach seinem Sturz scheut offensichtlich jeder die Ränder, keiner will linker oder rechter Außengänger sein, und bestimmt sind Nettler und Schiller froh, dass ihr Starker jede Stufe, auf die sie treten, als Erster mit seinem größeren Gewicht belastet. Schiller geht in der Mitte, und Gulerchen staunt, wie mühelos ihr Hübscher den Weg hinab bewältigt, auch sichtlich schräge Tritt-flächen bereiten ihm keine Schwierigkeit. Die Hand, die Axler immer aufs Neue nach hinten streckt, um ihm so einen bremsen-den Halt anzubieten, braucht er kein einziges Mal zu ergreifen.

Gulerchen fällt und fällt. Der Raum mag gar nicht enden. Von außen hat Fachleutnant Xazy mit ihren Gerätschaften vermes-sen, wie stetig langsam das Unding am helllichten Tag und in den dunklen Stunden schwillt, wie schonend es sein Wirtsgehäuse weitet. Unergiebig blieben dagegen die Versuche einer Innen-schau. Die drei Geschosse und die ausladende, halb kuppel-, halb schirmartige Beule, die diese krönt, wurden von der Artefakt-erkennung des Raupenroboters mit Ultraschall, mit rekursivem Laserlicht und hochdosierten Röntgenimpulsen attackiert, aber im Rückhall dieser Vorstöße hat Naturkontrollagentin Xazy kei-nerlei Interieur entdecken können.

Das Bauwerk war, als es befallen wurde, wohl restlos leer geräumt. Kein Stuhl, kein Tisch, kein Schrank, kein technisches Gerät reflektierte die Suchsignale derart, dass sich daraus ein Umrissbild errechnen ließ. Nicht einmal die Zwischendecken der hallenhoch gewesenen Stockwerke waren als stabile Daten-blöcke zu erfassen, womöglich war das Gebäude entkernt und die Schale seiner Außenmauern mittlerweile lückenlos von jener

Substanz erfüllt, an der sie mit ihren technischen Mitteln keine Verschiedenartigkeit, nicht einmal eine schwankende Dichte feststellen konnten.

Fachleutnant Xazy hat gelogen. Aus dem Binnenrauschen des Undings ließ sich mit ihren Apparaten beim besten Willen kein menschliches Sterbenswörtchen erlauschen, geschweige denn der Stoffwechseltext fünf veritabler Leiber zusammenbuchstabieren. Aber diese Lüge war so süß, dass nicht nur die Zeltältesten, sondern sogar der misstrauische Hauptmann Blank für einen langen, bis in seine Haarspitzen knistrig hoffenden Moment gar nicht anders konnte, als ihr zu glauben.

Gulerchen fällt und fällt und staunt, wie zügig das Trio der von ihm verlassenen Kameraden in die Tiefe wandert. Gleich werden sie die Hälfte der Innenhöhe überwunden haben. Gleich kann er von oben auf ihre Schöpfe schauen, weil es dem Zickzack ihres Hinab gelungen sein wird, das träge, senkrechte Stürzen seines Körpers einzuholen. Jetzt, auf mittlerer Höhe, ist die Wandung des Zylinders anders weiß geworden. Glänzig, fast gläsern schleudert sie das Licht in die Mitte des Hohlraums zurück, so rundum blendend stark, dass es dem massiven Hin und Her der Treppe nicht gelingt, sich als ein Schatten auf der Wölbung abzubilden. Und unser Gulerchen begreift, er wird im Folgenden die Augen zu messerklingenschmalen Schlitzen zusammenkrampfen müssen, um halbwegs deutlich zu erkennen, was sich in diesem Leuchtweiß gleich – gleich muss es so weit sein! – noch zu vollziehen hat.

Blenker, dem armen Binnenrotschopf, war klar gewesen, dass es jeden Abend ein Ende mit dem Nährflur haben könnte, dessen Nutzung ihm in der Rückschau zwingend mit dem Verlauf der fatalen Ereignisse zusammenfiel. Als es dann so weit war, als sich ihr elend zerlumpter Pulk, Schulter an Schulter, Brust gegen

Rücken, ausnahmslos schweigend, vor dem schon hornig fest verwachsenen Zugang staute und nichts als ihr Schnaufen und ein letztes Auf-der-Stelle-Tappen ihrer Sandalen zu hören war, kam es zu einem Ereignis unvorhersehbarer Art.

Da war ein Kratzen oder Schaben. Und mühelos gelang es Blenker und den anderen, dessen Ausgangsstelle zu bestimmen. Ganz oben, wo die garstige Naht fast an die lichtspendende Decke des Ganges rührte, wollte etwas nach außen dringen. Sie lauschten mit stockendem Atem, gafften eine quälend zäh sich hinziehende Weile, bevor sich endlich zeigte, was der Ursprung des Geräusches war. Metallische Spitzen blitzten auf, und nach und nach ließen die Zinken einer Gabel die Verschlussnarbe zerbröseln. Beharrlich, mit Zurückweichen und seitlich verschobenem Neuansetzen schuf sich das Esswerkzeug da oben eine Rille.

War es ein Wunder, dass ein jeder dachte, es müsste sich um eine Volksfrau handeln, deren vorerst noch unsichtbare Hand da oben die Gabel führte? Blenker konnte gar nicht anders, als sich Nettlers Retterin vorzustellen, obwohl die konfus Gelockte und ihre Truppe schon Tage nicht mehr am Nährflur erschienen waren. Dies hatte ihn nicht allzu sehr verwundert. Oft genug waren die jeweiligen Frauen, sobald das Angebotene die ersten kleineren Mängel aufwies, ausgeblieben. Offenbar verschlug es ihnen schnell den Appetit, oder sie wollten der Büromannschaft ersparen, sich für das Angebotene zu schämen. Im akuten Fall hatten sie sich, wahrscheinlich weil es galt, den erkrankten Nettler mit einer besonderen Kost zu versorgen, ganz ungewöhnlich lang mit den armseligen Ausgeburten begnügt, die der Gang noch anzubieten hatte.

Wenn es wirklich Nettlers Freundin war, die sich da mit einer der einst ausgegebenen Gabeln zu ihnen herauszugraben mühte, dann war sie entweder am vorigen Abend noch einmal in den

Nährflur geschlüpft, nachdem die Männer diesen Richtung Büro verlassen hatten, oder der Zugang war heute Nachmittag ein letztes Mal aufgegangen und hatte die Früherschienene, während sie sich an seinem Ende die kümmerlichen Spätkartoffeln zu Gemüte führte, mit einem lautlosen Verschließen hinterrücks überrascht.

Gulerchen fällt und fällt und spürt das Aufwallen der Panik, die Rotschopf Blenker wie eine eisige Klaue am Nacken packt, als er gleich seinen Kameraden die Gabel schließlich in voller Länge sehen muss. Nach deren sacht gebogenen, exakt gleich langen und gleich spitzen Zinken, nach dem gekrümmten Reckeck, in das diese wie die vier Finger einer daumenlosen Hand zu münden haben, erscheint Stückchen für Stückchen der flache Stiel. Zuletzt steht er recht schräg, denn die Gabelspitzen pulen noch lange im linken Winkel der Rille, die sie gegraben haben. Dann aber will das Ding sein Eigenständigsein nicht mehr verhehlen! Es kommt zur Gänze, bis an das Ende seines Stiels, zu ihnen auf den Gang heraus. Die freie Gabel sackt nach unten und schwebt Blenker auf Höhe seiner Nasenwurzel ein Stück entgegen, hält ungefähr auf halber Strecke inne und wippt nur noch in minimalem Auf und Ab mit ihrem zungenförmig auslaufenden Ende. Kein Hauch kommt über Blenkers Lippen, bis das schauderhaft autarke Gerät in einem halben Kreis gewendet hat, sich auf den Rückweg macht und den Durchbruch, sein bisheriges Werk, erneut erreicht und von der anderen Seite aus traktiert, als müsse für seine Rückkehr in den Nährflur ein doppelt so breiter Spalt geschaffen werden.

Gulerchen fällt und fällt und verspätet schwant ihm, dass dieses Stürzen längst begonnen hat, mit seinem schwebenden Verweilen auf Höhe des Mittleren Büros zu einer besonderen Sinnigkeit zu verschmelzen. Endlich versteht er: Immer schon hatten die Arbeitstische ebendiesen Hohlraum umschlossen, aber immer war es unmöglich gewesen, seine Leere als Leere zu erkennen, denn stets waren sie emsig damit zugange gewesen, ebendiesen zylindrischen Schlund mit dem stupiden Fluss der Bilder und mit deren blödsinnig beiläufigem Getön bis an den Rand zu füllen. Gulerchen hört, dass es nicht Blenker ist, der jetzt als Erster aufschreit. Der erste Schrei, das unumgänglich nötige Startsignal kommt ganz vom Ende ihres Pulks. Dort steht Aspirant Jessler, und ausgerechnet er weiß sich jetzt angesichts der pickenden und schabenden, der ruckelnden und aberlustig wippenden Gabel nicht anders zu helfen, als hochtönend loszuschreien, als, unaufhörlich weiterkreischend, kehrtzumachen und so die Führung der allgemeinen Flucht zu übernehmen.

Gulerchen fällt und schwebt und fällt. Wie viele sind es wohl, die da als dichtgedrängter Haufen retour Richtung Büro, zurück zu ihrer Heimstatt rennen? Gulerchen wünscht sich diese Heimkehr glücklich, wie sie doch ungezählte Male in Nettlers Ära eine glückliche gewesen ist. Aber er fühlt, es wird ein anderes Ende nehmen. Die blaue Schleuse, die ihn vor Jahren mit Funkengestöber und wildem Geknatter, zugleich jedoch wohlwollend, fast freudig, annähernd väterlich willkommen hieß, die ihn als ihren Guler, wie Axler als ihren Axler, wie Schiller als ihren Schiller und Wehler als dessen Wehlerchen, empfing und unbeschadet passieren ließ, hat irgendein Gut – vielleicht ihre Geduld? – restlos verbraucht.

Er schwebt und wünscht, er würde schneller fallen. Nicht einmal diesen Jessler, den Gulerchen als falsches süßes Mädchen kennenlernen durfte, nicht einmal diesen unschuldsneuen Jüngling wird die blaue Schleuse gleich verschonen. Ein Quäntchen Aufschub noch: Jesslers Hingang bleibt noch so lange aufgeschoben, bis Notchef Blenker als Letzter die Schwelle in den

290

blauen Wirkbereich erreicht und diese mit einem allerletzten Stolpern übertreten haben wird. Wie viele sind sie während seiner fünf Bürojahre wohl höchstens oder mindestens gewesen? Jetzt sind diejenigen, die da japsend nach Heimat gieren, exakt so viele, dass ihr dichtgedrängter Pulk von Jesslers glatter Stirn bis Blenkers rot beflaumtem Nacken die Spanne zwischen Innen und Außen gültig füllt.

Ein Blitz genügt. Ein großer blauer Binnenblitz macht sie zu transparenten Schemen. Als bläuliche Schatten ihrer selbst recken sie durchscheinende Hände. Die Armen! Sie wollen noch nicht gehen. Jetzt wo ihr Enden kein Momentlein länger aufzuschieben ist, erfassen sie, wie schön es war, einfach nur da zu sein. Wie viele sind sie nun zuletzt? Wie viele sind sie am Morgen im Büro gewesen? Sie fingern allesamt ins Leere, sie recken sich zu Guler hin, den sie als einen schwebend Stürzenden noch einen süßen Augenblick erkennen dürfen. Sie wollen noch nicht gehen. Sie bleiben ungezählt. Das Blau zerblitzt ihr Kollektiv zu ausnahmslosem Nichts, zu nichts als Gulerchens Erinnerung an die alles in allem höchst nützlich gewesenen Idioten.

## 38.

## NEBELZEITDICHTE

### WIE SICH ZWEI NACKTE FÜSSE FINDEN

Durch das Trapez getreten, kann sie bereits nach wenigen Schritten, genau wie es die Redewendung sagt, gerade noch die Hand vor Augen sehen. Das Unding hat den Dunst über dem Gelände angesogen und inwändig zu einem Nebel besonderer Dichte komprimiert. Fachleutnant Xazy ist nun heilfroh darüber, dass sie die engen, auf halber Wadenhöhe endenden Stiefeletten des technischen Korps draußen, im allerersten Zwielicht des Morgengrauens, zurückgelassen hat. Seit sie hier drinnen die gespreizten nackten Zehen über den klebrig feuchten, angenehm körperwarmen Boden des Erdgeschosses schiebt, riecht und hört sie bereits ein unbezweifelbares Quantum besser und hofft, dass auch ihr Sehen demnächst Anschluss an diesen sinnlichen Fortschritt findet.

Wir hoffen mit. Wir können nicht verhehlen, dass wir Naturkontrollagentin Xazy auf unsere Weise kennen und stetig weiter kennenlernen und folglich leiden mögen. Wir wissen: Nicht restlos alles, aber doch das allermeiste, auch unsere Geneigtheit, muss auf einem Verlaufsweg errungen werden. So, linear geregelt, erneuert fast jeder Zeitraum seine und unsere Wirklichkeit. Als Nettmann krank in seinem Zelt lag, überlappte sich unser formales Kümmern mit Xazys fachfraulichem Sorgen derart auf einem Körper, dass sich Wechselwirkungen nicht vermeiden ließen. Was das Volk Schwitzhitze oder Männerfieber nennt, hatte den Hauptmann von beinah allem abgeschnitten. Sein Blick gelangte gerade mal so weit in die Welt, wie sein ausgestreckter Arm gereicht hätte, wäre er nicht zu schwach gewesen, diesen zu heben und auszustrecken. Dahinter war nur Nebel. Einzig was in die Innenhöhlung seiner Fieberkuppel vordrang, konnte mit einer Antwort rechnen. Dort drinnen waren wir, bevor Xazy auf einem Hocker Platz genommen hatte und zusah, wie die Saugscheibe über Nettmanns Brustkorb glitt, bereits zu dritt.

«Ich höre dich jetzt klarer. Das Ding saugt mir das Rauschen aus den Knochen. Deine Wörter sind fast alle gut verständlich. Aber mit deinen Sätzen, entschuldige, das soll kein Vorwurf sein, mit deinen Sätzen will es leider immer noch nicht besser werden.»

Die Scheiben, die wir den Kranken über die Rümpfe schieben, haben ihren Ursprung im Teichrayon. Dessen Gewässer, kleine exakt kreisrunde Seen, werden von den Männern seit jeher für natürlich gehalten, einfach weil ihnen nie eine Erzählung davon berichtet hat, dass sie von Menschen oder Maschinen in den Grund gegraben worden wären. Ihr Ufer fällt rundum so stetig ab, dass das Wasser, wenn es im Frühjahr seinen höchsten Stand erreicht, auslotbar gleichmäßige Halbkugeln bildet. Dies deutet zumindest für uns darauf hin, dass bei ihrer Entstehung eine denkende Hand im Spiel war.

Das Wissen um diese in die Landschaft eingesenkte Form hat der dortigen Hundertschaft immer geholfen, wenn sie ihren Fang mit Netzen ans Ufer zog. Deren Saum ist beschwert mit rauen schwarzen Steinen, die aus den Bäuchen der Teichbewohner stammen. Als eine Ablagerung besonderer Art sind sie in den Mägen der Pflanzenfresser herangewachsen. Das heißt, die Brocken sind Bestandteil der Beute und, eingeflochten in die

Netze, zugleich Bauteil des Werkzeugs, das sie fängt. Die allermeisten werden nur walnuss-, allenfalls apfelgroß. Die wenigen, die dieses Maß noch überschreiten und von denen sich nur alle paar Jahre einer aus dem Bauch eines entsprechend riesigen, also uralten Karpfens schneiden lässt, gehen ausnahmslos an uns. So selbstverständlich will es ein Gebot ohne Gebieter.

Naturkontrollagentin Xazy wusste dies, während sie zusah, wie wir an Nettmann zugange waren. Genauso bekannt ist ihr, dass wir die unförmigen Brocken erst einmal an das Volk des Buschrayons weiterreichen. Im Jahr darauf erhalten wir sie dann zurück. Und immer können wir gar nicht anders, als mikrogenau zu prüfen, ob es den Frauen erneut gelungen ist, das, was in den ungetümen Fischen zu urigen Klumpen herangewachsen war, am Granit der Findlinge ihres Gebiets zu geometrisch exakten Scheiben zurechtzuschleifen.

«Zu schwierig, zu schwierig, das bleibt doch alles viel zu schwierig …», hatte Nettmann im Fieber geklagt, und auch Naturkontrollagentin Xazy war bald klar gewesen, dass sein Hadern für ein weiteres Ohr bestimmt sein musste.

Unsere schwarzen Scheiben sind nach jeder erfolgreichen Anwendung ein bestimmbares Quantum schwerer. Lässt sich dagegen kein Gewichtszuwachs errechnen, muss dies als schlechtes Zeichen gelten. Bei Nettmann war zum Glück das Gegenteil der Fall. Als wir unser Werkzeug von seinem Brustkorb hoben, überraschte uns der Kraftzuwachs, mit dem es unsere Hände nach unten zog. Gut möglich also, dass wir Nettmanns Gesundung befördert haben. Was Xazy hierzu beitrug, können wir nicht ermessen. Allerdings ist uns etwas aufgefallen: Am Abend der Nacht, die sie an Nettmanns Feldbett wachte, ließ sie sich eine Portion des Tageseintopfs bringen. Und als unsereiner am nächsten Morgen wiederkam, um dem Kranken Wasser einzuflößen,

waren auf seinen Zähnen breiige Nahrungsrestchen zu entdecken. Offenbar hatte Xazy es geschafft, dem hitzig Dämmern-
den, dem mühsam, offenbar unter Schmerzen Schluckenden,
während sie mit ihm und seiner fiebrigen Redseligkeit allein war,
feste Nahrung, wahrscheinlich fein zerdrückt, in den Mund zu
befördern und ihn zu einem Hinunterwürgen zu bewegen.

Xazy weiß nicht, wen sie nun gleich als Ersten im Nebel finden wird. Ihr optisches Erkennen hat, wie erhofft, bereits ein
wenig an Stärke zugenommen. Der Boden, über dem ihr langer
Volksrock schwingt, glimmt mittlerweile in einem fahlen Weiß,
zugleich scheint er noch ein Quäntchen weicher und wärmer
geworden. Sie schaut nach oben, vielleicht lassen sich dort mittlerweile doch Reste einer Decke finden. Stattdessen werden ihre
Füße fündig. Ihre bloßen Zehen stupsen etwas an, das sich sofort,
schon bevor sie hinguckt, ebenso nackt anfühlt. Xazy sinkt in die
Hocke, und ihre Hand geht an den Hals von Hauptmann Blank,
um dort nach einem Puls zu fühlen. Aber dass Blanks Gesicht
nicht merklich kühler als ihre Fingerspitzen ist, bedeutet leider
nicht das Erhoffte. Gewiss wird der Boden den herzschlaglosen
Körper noch eine geraume Weile wärmen. Blanks Augen stehen
offen, und ihre Lider werden nie mehr blinzeln. Noch ist es nicht
lang her, dass sie Blanks Blicke wie eine schnelle Folge kleiner
Stöße im Nacken spürte.

Etwas stimmt nicht mit seinem Haar. Sie riecht, die Haare
des Hauptmanns sind verbrannt, sie sind fast bis auf die Haut
hinabgeschmort, als wäre ihm ein feuriger Atem über das Schädeldach gestrichen. Erst als sie schon wieder steht, bemerkt sie,
dass nicht nur Blanks Stiefel, sondern auch sein Gürtel und alles,
was an diesem hing, verschwunden ist. Und zugleich fällt ihr auf,
dass die Uniform des Toten auf der Brust und auf beiden Oberschenkeln zerfranste Schlitze aufweist. Allein der Riss über dem

linken Knie, durch den sie an Blanks Sturzwunde gelangt war, um diese mit Nadel und Faden zu versorgen, hat sich in einem rätselhaften Gegenzug zu unversehrtem Stoff geschlossen.

Die Zeit, die sich den Dingen und den belebten Körpern anschmiegt, ist ungleichmäßig dicht. Man könnte ihre beklemmende Gedrängtheit oder das lockere Durcheinander ihrer Korpuskel mit dem Nebel vergleichen, durch dessen Wassertröpfchen und Staubpartikel Naturkontrollagentin Xazy weiter ins Innere des Undings dringt. Als Fachleutnant hat sie die zurückliegenden Tage im Buschrayon genossen. Meist kann sie es genießen, dass ihre schiere Anwesenheit genügt, um hundert Kerle in einen besonderen Zustand zu versetzen. Und in der Regel ging, was erledigt werden musste, dann ohne größeres Blutvergießen vonstatten.

Die bislang größte Zahl an Toten, einen wahren Aderlass an Männerleben, hatte es vor einem knappen halben Jahr gegeben. Xazy und diejenigen, zu denen sie sich rechnen darf, trifft hieran keine Schuld. Als sie mit dem kompletten Schnelleinsatztrupp, also mit allen drei Helikoptern des Hauptquartiers, im Teichrayon eintraf, war das Unglück bereits geschehen. Es bleibt ein wahres Wunder, dass der erst auf dem Sommerlehrgang angeworbene Hilfserkunder noch einen Hilferuf per Wortfunk auf den Weg gebracht hatte, bevor er selbst in den fraglichen Zustand fiel und sich, gezwungen von irgendeinem fatalen Wollen, gleich einigen seiner Kameraden ins eisig kalte Wasser stürzte. Während sogar die Pilotinnen mithalfen, die Überlebenden in Wärmefolien zu hüllen und zu den Hubschraubern zu schaffen, tauchte unversehens Volk auf.

Frauen und Kinder strömten aus den Zelten der Hundertschaft. Offenbar hatten sie sich dort nach Beute umgesehen. Fachleutnant Xazy schätzte ab, was schlimmstenfalls geschehen könnte. Vor allem galt es, die Helikopter vor mutwilliger Beschädigung zu schützen. Schon wollte sie, ohne Rücksicht darauf, dass auch das Volk ihren Befehl hören und wahrscheinlich richtig deuten würde, «Zu den Maschinen!» rufen, als sich ein kleiner Junge aus der Gruppe löste, die aus dem Hauptmannszelt gekommen war. Er rannte auf Xazy zu, fast so, als würde er sie, was nahezu unmöglich war, von irgendwoher kennen.

## 39.

## SCHILFWURZELKITTEL

### WAS WIRKLICH SCHWIERIG ZU UNTERSCHEIDEN IST

Bis eben noch hat Fachleutnant Xazy, halb verhohlen vor sich selbst, gehofft, es bliebe ihr erspart, ihren entsprungenen Gehilfen gleich Hauptmann Blank im Binnennebel aufzufinden. Wenn Jessmann schlicht für immer verschwunden wäre, dann hätte alles, sein Eifer, seine Neugier, die helle Stimme und das für einen Hundertschaftler erstaunlich lange Haar, als ein statisch schwebendes Bild in ihr verblassen dürfen. Doch auf der Kehrseite dieses Wunsches hat sie befürchtet, dass ihr jeden Moment vor Augen kommen könnte, auf welche Weise das Unding den Jüngling in eine dienstbare Sache oder in einen Teil seiner selbst verwandelt hat.

Nun liegt er wie sein Hauptmann auf dem Rücken, aber anders als Blank kommt er ihr mit dem Kopf voran aus dem dunklen Dunst entgegen. Xazy bückt sich nicht zu ihm hinunter. Sie kann auch so erkennen, dass sein seidig gewesener Schopf zu glasig glänzenden Stummeln verschmort ist und dass ihrem einstigen Adjutanten die Stiefel und der Gürtel fehlen. Zum Glück sind seine Lider vollständig geschlossen, und das flache Oval seines geöffneten Mundes scheint alles, was seine Welt war, mit einem letzten Staunen zu umfangen.

Schon will sie weiter in die Tiefe des Gebäudes, schon macht sie unwillkürlich einen großen Schritt zu Seite, vielleicht befürchtet etwas in ihr, der Tote könnte in einem automatenhaften Reflex nach ihrem Rocksaum greifen, als sie bemerkt, dass sich etwas Helles, fast Hautfarbenes wie eine Schnur um Jessmanns linken Knöchel geschlungen hat.

Der kleine Junge, der sich damals im Teichrayon von den Seinen löste und auf sie zugerannt kam, trug einen jener knielangen Kittel, wie sie an den Ufern der Bitterseen aus den weichen hohlen Wurzeln des dortigen Schilfs geflochten werden. Nicht nur als Kinderkleider waren diese Kutten in allen Rayons beliebt, denn die besonderen Eigenschaften des Gewebes, sein Vermögen, Luft zu speichern und Feuchtigkeit nach außen abzuleiten, erlaubten, dass man sie sommers wie winters trug. Der Tauschhandel hatte sie bis hierher ins Teichrayon gebracht.

Damals fehlten dem Jungen kaum zehn gesprungene Schritte, um bei Xazy anzulangen, als er ruckartig stehen blieb, um sie aus der verbliebenen Distanz zu mustern. Wir können mittlerweile eine ganze Reihe verschiedener Mienen lesen. Wir wissen auch, dass Lächeln nicht gleich Lächeln ist. Aber es selber zwischen Stirn und Kinn in einer Blickverschränkung, als Ausdruck gegen Ausdruck, zu erzeugen, liegt weiterhin außerhalb unserer mimetischen Möglichkeiten. Vergeblich hoffen alle, die den Mumm aufbringen, uns eine kleine Spanne zu fixieren, dass sich in unserem dunklen Antlitz die Wangen spannen, dass unsere Oberlippe und mit dieser unser schmales Bärtchen zucken werden, dass sich vielleicht sogar ein bisschen Zahnweiß zeigen mag.

Schill und Weller sind, während sie bei Hund und Schlitten standen, im Zusammenklingen ihrer Erwartung besonders weit gegangen. Weller hat uns, während er sprach, herzlich innig angegrinst. Schill hingegen beließ es bei einem minimalen Verziehen der Mundpartie und einem leichten Zusammenkneifen seiner Augen, als wisse er genau um die Grenze, jenseits derer sein Lächeln ins Eitle umschlagen und die hinreißende Wohlgestalt seines Gesichts mindern würde. Unser kleiner Weller hat ihn nicht bloß wegen seiner Schönheit, sondern auch für diese kluge Zurückhaltung geliebt.

Der Junge lächelte Xazy an, und zugleich konnte Xazy erkennen, dass sein Blick an ihrer Technikeruniform hinauf- und hinabglitt, dass er vor allem ihre engen halbhohen Stiefel und ihren Gürtel immer aufs Neue, bewundernd und begehrend, ins Auge fasste. Xazy ließ ihre Rechte, die schon auf dem Knauf der Pistole gelegen hatte, neben ihren Oberschenkel fallen. Erst jetzt bemerkte sie, dass einige Frauen Schriftwerke in den Händen hielten. Sie wusste, wie kümmerlich die Büchertruhe des Teichrayons bestückt war. Unter dem letzten und dem vorletzten Hauptmann war buchstäblich nichts hinzugekommen, und die vorhandenen Werke hatten zudem durch nachlässige Lagerung gelitten. Jetzt ging wahrscheinlich alles bis auf das letzte Stück im Volk verloren.

Wir hätten Xazy noch dazu verraten können, welch elender Stümper der Vorleser der Hundertschaft gewesen war. Nun war er aus dem eisigen Wasser gezogen worden und würde kein weiteres Beispiel für sein Unvermögen geben können. Wir aber hatten ihn noch unlängst heiser stammeln hören und wagen zu behaupten, dass er nicht einmal die Fünfhundert-wichtige-Wörter-Prüfung, so streng, wie sie dem jungen Jessmann von seinem Hauptmann abgenommen worden war, bestanden hätte.

Noch gründlicher als im Buschrayon wurde den Aspiranten in Nettmanns Hundertschaft am großen Bittersee auf den Zahn gefühlt. Dort sind nicht allzu viele steinerne Ruinen zu finden, und folglich kommt es nicht oft vor, dass ein verrottetes Emailleschild mit einem «Achtung!» und einem gezackten Blitz vor einstigem Starkstrom warnt oder mit «Lager» oder «Keller» einen weiterhin nutzbaren Hinweis gibt. Aus diesem Mangel heraus hatte der tüchtige Nettmann damit begonnen, in den zahlreichen Schiffswracks und in den verblichenen Holzschuppen der Anlegestellen, auf Kisten und an Regalen nach Aufschriften zu fahnden, und er hat nach und nach ein schönes Dutzend Fisch- und Vogelnamen, die bloß noch mündlich im Umlauf waren, erneut mit ihren Schriftbildern in Einklang gebracht.

Wir haben zudem mit eigenen Augen – ja, ungefähr so, wie es die Redewendung sagt! – gesehen, dass der Vorleser am großen Bittersee die Süßkartoffel, den Hafer und die wilde Hirse nicht bloß als altbekanntes Sprechgut in seine Abschweifungen einbezieht, sondern einige Tier- und Pflanzennamen aus einer offenbar neu hinzugekommenen, in helles, dünnes Holz gebundenen fünfblättrigen Kladde abliest. Kein Wunder also, dass Xazy, seit sie den Fieberkranken gefüttert hat, mit dem Gedanken umgeht, sich im Hauptquartier für dessen Wiedereinsetzung auszusprechen. Noch ist dies möglich, noch ist kein neuer Hauptmann für das Mordmückenrayon bestimmt.

Unsere Xazy folgt dem dünnen, bleichen Strang, dessen Ende um Jessmanns Fuß gewunden war. Sie denkt daran, wie Hilfserkunder Guhl zuletzt noch ein Wort für den Degradierten eingelegt hat, obwohl es ihm während ihrer gemeinsamen Zeit im Buschrayon nicht gelungen war, den Gesundeten zu einem rückhaltlosen Plaudern zu verleiten. Sie denkt an Nettmanns rissige Lippen, sie hört, weil es hier, im Inneren des Undings, bis auf das Tapsen ihrer nackten Sohlen völlig still ist, laut und deutlich, was Nettmann im Hauptmannszelt des Mordmückenrayons zu sagen hatte.

«Zu schwierig, zu schwierig, das bleibt doch alles viel zu schwierig. Deine Wörter sind mittlerweile gut verständlich. Aber mit deinen Sätzen, entschuldige, das soll kein Vorwurf sein, mit deinen Sätzen will es leider immer noch nicht besser werden …»

Naturkontrollagentin Xazy sieht schließlich, wo das Gewächs, das Jessmanns Knöchel umschlungen hält, seinen Ausgang nimmt. Gleich wird es sich nicht mehr vermeiden lassen, den bleichen Strick und seinesgleichen anzufassen. In einem mehrfach in sich verdrehten Bogen schwingt er sich nach oben und findet andere seiner Art, kreuzt sich mit ähnlich schlanken und rührt, wie festgewachsen, an armdicke, fettig glänzende Stränge, löst sich wieder von diesen, um endlich doch in einem fast schenkelstarken Querstrang aufzugehen, der sich, bevor er sich im Dunst verliert, erneut zu drei Ausläufern zerspaltet, die sich ebenso gut als seine Zubringer verstehen lassen, weil es in diesem vielsinnig wirren Netz offenbar keine Regeln gibt, die das Feine verlässlich nach unten streben ließen, während dem Verdickten und knotig Angeschwollenen ein höherer Standort zugewiesen würde.

Damals, im Teichrayon, war eine Volksfrau etwa in Xazys Alter hinter den Jungen getreten, hatte ihn grob am Kragen seines Schilfwurzelkittels gepackt und ihm etwas ins Ohr geflüstert. Während der Junge brav kehrtmachte, fasste die, der er damit gehorchte, Xazy ins Auge, und das Schauen der Frauen verschränkte sich. Das Volksweib hob die Brust, und Xazy spürte, dass sie selbst nicht später und nicht früher, sondern wirklich im selben Moment den Rücken spannte und die Achseln nach hinten zog. Jedem Beobachter, der so postiert war, dass sein Blickfeld die beiden einschloss, musste damals auffallen, wie täuschend gleichartig sie ihre schlanken, sehnigen Hälse dabei aus den Krägen grundverschiedener Kleidungsstücke reckten.

Dann schüttelte die fremde Frau den Kopf, dass ihr die fahlen, im Winterlicht wie frisch poliertes Blech glänzenden Locken um den Nacken flogen. Ihr Lächeln konnte wohl als spöttisch triumphierend, aber genauso gut als einverständig, fast verschwörerisch gedeutet werden. Wir, die wir weiterhin unsere liebe Mühe mit dergleichen Auslegungen haben, hätten allenfalls sagen können, dass Xazys Zurücklächeln dass dessen mikro- und makromuskuläres An- und Abspannen leider für unsereinen – wir müssen weiterlernen! In Linien und in Mustern weiterlernen! – nicht im Geringsten vom Mienenspiel ihres Gegenübers unterscheidbar war.

# 40.

## RÜBENHELDGEPURZEL

WAS QUER IN EINEN MUND PASST

Behutsam klettert Naturkontrollagentin Xazy in die Höhe. Ein Hinschauen geht jedem Griff voraus. Und wenn ihr nackter Fuß ins Leere stößt, neigt sie den Kopf und sucht nach einem nicht allzu schrägen Strang, um Zehenballen oder Sohlenhöhlung so darauf zu setzen, dass sie sich nach oben stemmen kann. Den Grund, von dem ihr Aufstieg ausging, und das Daliegen der beiden Toten hat der Nebel, der sie noch immer kaum weiter als ihre eigene Körperlänge vorausschauen lässt, bereits restlos in ein Erinnerungsbild verwandelt.

Xazy ist sicher, dass sich auch Blanks Erkundungstrupp für ein vertikales Vordringen entschieden hat. Bestimmt hatten sich die schweren Stiefel der Hundertschaftler mit ihren grobstolligen Gummisohlen schon auf den ersten Metern am weichen, klebrigen Boden des Erdgeschosses festgesogen und mussten von den Männern bei jedem Schritt aufs Neue kräftezehrend losgerissen werden. Gewiss war es selbst Hilfserkunder Guhl leichter erschienen, senkrecht aufzusteigen, als seine Leibesfülle geradewegs in das bleiche Gewirr hineinzukämpfen.

An ihrem Ankunftstag war für den Abend die monatliche Vorlesestunde vorgesehen gewesen. Blank hatte angeboten, sie ausfallen zu lassen, aber Xazy betonte, ihr liege viel daran, die

Abläufe der Hundertschaft so wenig wie möglich durch ihr An-
wesendsein zu stören. Nachdem die Männer ins Reparaturzelt
geströmt und außer fünf Wachpostenpaaren nur sie und der
Hauptmann im Grabenring verblieben waren, teilte sie Blank zu
dessen Überraschung mit, sie wolle sich doch schnell einen Eindruck davon verschaffen, wie es denn – sie wusste, dass ihr ein
besonderes Lächeln dabei ein Grübchen in die linke Wange zog –
um die hiesigen Vortragskünste stehe.

Hinter den dichtgereihten Rücken schlüpfte sie in ein Halb-
dunkel, das Schill bereits mit seiner Stimme füllte. Ein großes
Stück Wurzelholz war neben dem Vorleser in einem eisernen
Feuerkorb am Brennen. Weil einige hochgewachsene Kerle ihr
die Sicht verstellten, stieg Xazy auf eine Werkzeugkiste. Und just
in dem Moment, in dem sie nicht nur Schills Kopf und Schills
Brust, sondern auch Schills schmale, hübsch geformte Hände
und das Schriftwerk, das sie hielten, sehen konnte, hob dieser
das Gesicht und schaute in ihre Richtung. Ein kleines Stocken,
zumindest ein minimales Leiserwerden wäre Xazy angemessen
vorgekommen, aber stattdessen schwang sich Schills Vortrag auf
zu einer Abschweifung, wie Xazy sie zuvor in keinem der Rayons
gehört und selbst unter den besonderen momentanen Umständen nicht erwartet hatte.

Schill räsonierte über ein Gewächs, dessen Namen er eine
schöne Weile nicht verriet. Kopfgroß scheine es auf dem Erdbo-
den zu ruhen, aber mit einem lang gezogenen spitzen Kinn reiche
sein runzeliges Haupt zu einem guten Drittel in die Tiefe. Die
Männer lachten, weil Schill in eine Szene bannte, wie ein zier-
licher Mann nach Zerren und Ruckeln auf den Rücken purzelte,
als das, was Schill nun endlich Rübe nannte, sich urplötzlich aus
dem aufschmatzenden Boden löste.

Naturkontrollagentin Xazy lachte mit. Sie kannte das Gewächs, und sie verstand, dass Schills Kameraden in dem tüchtigen Wurzelzieher einen der Ihren zu erkennen glaubten. Und als Schills Rübenheld ein Messer zückte und sich einen Schnitz aus der saftigen Erdfrucht schnitt, hatte sie unwillkürlich auch den Geschmack dazu im Mund: eine unverwechselbar scharfe Süße, ein süßliches Brennen auf der Zunge, das im Nu alle sonstigen Aromen überdeckte.

«Zucker!», hatte Schill sehr laut gerufen und dann eine nicht enden wollende Reihe von Wiederholungen just dieses Wortes durch alle möglichen Gestimmtheiten gejagt. «Zucker! Zucker!» Offenbar schienen ihm diese zwei Silben, ihr zischendes Anlauten, ihr raues Schnalzen am Gaumen und ihr knurriges Verenden dazu geeignet, den Männern eine Fülle vom Empfindungen, die ihnen ihr Dienst in seinem alltäglichen Trott nicht zu bieten hatte, zumindest in Gestalt dieser Serie ins Ohr zu schreiben. Zucker! Xazy war auf die Stiefelspitzen gewippt und hatte gut erkennen können, wie Schill bei jeder Nennung mit dem rechten Zeigefinger in das Schriftwerk pochte, offenbar wollte er keinerlei Zweifel daran aufkommen lassen, dass dort das Buchstabenbild, welches der Klanggestalt sämtlicher Varianten entsprach, niedergeschrieben war.

Xazy hat sich verstiegen. Über ihre verdichtet sich das bleiche Netz mit vielen Streben und einer Fülle kleiner Knoten so stark, dass sich auch für ihren schlanken Körper kein Durchschlupf finden lässt. Sie will ein Stück zurück nach unten und seitlich umklettern, was ein geradliniges Aufwärts unmöglich macht.

«Zucker, wie reiner Zucker, wie Vorzeitzucker ...», muss unsere Naturkontrollagentin auf diesem Wegstück murmeln, und schon hat sie den erstbesten der bleichen Stränge zwischen den Lippen, sie nagt, sie leckt, sie saugt sogar ein bisschen. Aber er will nicht süß, er will nicht einmal muffig oder fade und erst recht kein bisschen pilzig schmecken. Aber als Ersatz, wie eine Art Entschädigung darf sie etwas anderes entdecken. Hinter der Verdichtung, die sie dabei ist zu umsteigen, hängt etwas Rechteckiges, etwas lichtschluckend Dunkles. Es ist wahrscheinlich kaum breiter oder länger als die Platte des Klapptischchens, das ihr Blank neben das Feldbett ihres Unterstands stellen ließ, aber sein bloßes Hiersein, seine Einbettung in das Gespinst und seine Regelmäßigkeit lassen den flachen Quader trügerisch größer wirken. Naturkontrollagentin Xazy will möglichst nah heran.

Der Tee, den Jessmann ihr gekocht hatte, war mit einem Süßkraut abgeschmeckt, das die Volksfrauen den Männern des Buschrayons zum Tausch anboten. Blank hatte ihr erzählt, es sei ihnen, obwohl sie die schrumpelig getrockneten Blättchen seit langem kannten, bislang nicht gelungen, die Pflanze ausfindig zu machen, von der sie stammten. Leider sei das Kraut wie der wilde Honig aus dem Schilfgürtel des Bittersees nur in begrenzter Menge zu ergattern. Auch dieses Frühjahr mussten sie damit rechnen, dass ihr Vorrat trotz sparsamer Verwendung aufgebraucht sein würde, bevor im Spätsommer neue Süße eingehandelt werden konnte.

Die dunkle Platte zu erreichen erweist sich als ein mühsames Geschäft. Mittlerweile hängt Xazy armhoch über dem Ding und muss gegen die Vorstellung ankämpfen, sie habe sich so fatal zwischen die bleichen Stränge gezwängt, dass deren kombinierte Spannung bald beides, nicht nur ein befreiendes Voran, sondern auch ein rettendes Zurück, unmöglich machen könnte. Sie zerrt und stößt, ein dünner Querläufer rutscht ihr über Stirn und Nasenrücken, drückt gegen ihre Lippen, und Xazy kann gar nicht anders, als den Mund erneut zu öffnen und dieses Mal in das, was fast willentlich in ihn hineinschnellt, so kräftig zu beißen, wie ihre Kiefer dies zustande bringen.

307

Es hilft. Dass sie das, was da ihren Mund quert, mit ihren Backenzähnen doppelt durchtrennt, macht offenbar, wie sehr das Netz, in dem sie festsitzt, einem gemeinsamen Spannungsaufbau unterliegt. Der Druck, den sie auf Rumpf und Gliedern spürt, lässt jählings nach. Und während Xazy dieses Erschlaffen nutzt, um sich ganz an die dunkle Platte heranzuschlängeln, entgeht ihr nicht, wie das Gespinst sich allmählich von neuem strafft. Aber nachdem die Füße sicher auf zwei scheibenförmigen Knoten platziert sind, nachdem ihr Unterleib an die vordere Kante des Rechtecks rührt und ihre Hände auf dessen glatter, völlig planer Fläche zu liegen kommen, fühlt sie sich plötzlich nicht mehr in ihren Bewegungen beengt. Fast kommt es ihr so vor, als habe das Netzwerk just dort, wo sie nun Position bezogen hat, eine Lücke nach ihrem Maß gelassen.

«Frau Fachleutnant, ist Ihnen unser Tee so süß genug?»

Dass ihr der Tee womöglich auch zu süß sein könnte, kam Jessmann, während sie an ihrem Becher nippte, wohl gar nicht in den Sinn. Erst jetzt, wo Naturkontrollagentin Xazy alle Fingerspitzen, die Daumenkanten und die Handgelenke auf der Platte ruhen hat, bemerkt sie, dass ihr ganzer Innenmund, der Gaumen, die Zunge, der Schmelz der Zähne und das Fleisch, das sie umschließt, mit Süße wie mit Honig ausgepinselt ist. Was da eben, auf ihren Biss hin, in alle Richtungen gespritzt ist, lässt keine andere Geschmacksempfindung als reine Süße zu, und unsere Naturkontrollagentin Xazy muss dem Verlangen gehorchen, zumindest einen Teil dieser totalen Wahrnehmung mit dem Stück, das sie aus dem Gespinst herausgebissen hat, nun vor ihre Hände, mitten auf das schwarze, nein, dunkle, nein, mittlerweile gar nicht mehr gleichmäßig finstere, sondern fleckig grau aufhellende Rechteck hinzuspeien.

## 41.

## TRICHTERBESTIMMUNG

WIESO ES GLEICHZEITIG EIN KEGEL IST

Sind die verborgenen Bilder schöner, oder sind es doch die offenbaren? Ganz sacht schiebt Xazy mit den Handkanten an die Ränder der Platte, was sich auf deren Oberfläche abgelagert hat. Als unsere Xazy den übersüßen Stummel, den sie aus dem Gespinst gebissen hatte, auf das dunkle Rechteck spuckte, wirbelte dort Staub auf, so mikrofein, als hätte eine spezielle Mühle die massiven gelben Ziegel, aus denen die Fassade des Gebäudes rundum gemauert ist, hier drinnen mit der Zeit zu einem Puder zermahlen, so luftig leicht, dass schon ein kräftiges Pusten genügen würde, seine Partikel in einem Wölkchen hochstäuben zu lassen.

Es scheint sich um ein besonderes Glas zu handeln. Statt kühl die Wärme aus ihrer Haut zu saugen, hat sich das glatte Material sogleich, in einem gerade noch bemerkbaren Verändern, an die Temperatur ihres Körpers angeglichen. Und wie Naturkontrollagentin Xazy, um dieser Anpassung hinterherzuspüren, fester gegen die Platte drückt, gibt diese dellig nach, nicht anders, als wäre in ihr wie unter einer Haut Binde- oder Muskelgewebe verborgen.

Und dann sieht sie den ersten der Verschollenen. Das weiche Glas zieht die Kontur aus einem schlierig schwimmenden Grau zusammen. Bereits bevor sein Gesicht die nötige Deutlichkeit erreicht, hat Xazy aus dem Größenverhältnis von Kopf und Schultern und dem kraftgewissen, breitbeinigen Dastehen geschlossen, dass da kein anderer als Achsmann zu einem Bild gerinnt. Und kaum dass sie gegen seine Brust getippt hat und diese vollständig unter ihrer Fingerkuppe verschwindet, erscheint, seitlich versetzt hinter dem Starken, der schöne Schill. Er dreht ganz langsam, die Trägheit der Bewegung scheint irgendetwas zu bedeuten, das Gesicht ins Profil, um Achsmann auf eine Weise anzuschauen, die auch uns an die Blicke erinnert, die Hauptmann Blank während der letzten Tage und Nächte aus den Augenwinkeln in ihre Richtung schickte.

Die räumliche Tiefe des Gezeigten ist auf eine Weise trügerisch, die alles übertrifft, was Xazy bislang auf Leuchtfolien gesehen hat, und während ihr Zeigefingernagel umrundet, was da von Schill zu sehen ist, erliegen ihre Sinne der Illusion, der schmucke Kerl wölbe sich ihr entgegen wie ein Püppchen. Sogar der feste Stoff des makellos himmelblauen Overalls erringt eine suggestive Fühlbarkeit. Fast ist sie versucht, daran zu zupfen, aber hinter Schills Rücken hat, eine weitere Stufe tiefer in die Platte eingesenkt, eine milchig diffuse Gestalt damit begonnen, in ein Erkanntwerden zu drängen. Es dauert, bis nach sachtem Streicheln der einstige Hauptmann des Rayons am großen Bittersee so plastisch wie seine beiden Vorgänger Figur geworden ist.

Wir wissen nicht, was Xazy an Nettmann findet. Weder aus dem, was sie dienstlich erwartbar als Fachleutnant erledigte, noch aus dem, was die Naturkontrollagentin, verborgen vor den Männern, besorgt hat, können wir bislang schließen, welche Absichten sie in Hinsicht auf den Degradierten hegt. Jetzt ist er vollends deutlich. Ganz wie bei den beiden, die vor ihm erschienen sind, ist sein Rumpf Xazy zugewandt, aber anders als Achsmann oder Schill dreht er den Kopf unruhig über die linke und die rechte Schulter. Dieser Nettmann steht offenbar unter dem Zwang, nach hinten, in die Tiefe der Platte, auf eine absolvierte Strecke oder auf irgendetwas unterwegs Geschehenes zurückzuschauen.

Fachleutnant Xazy erfasst, dass sich die drei nicht nur aus einer Art von Tiefe nach vorne, sondern zugleich aus einem Oben nach unten auf sie zubewegen. Wie auf einer Schräge scheinen Achsmann, Schill und Nettmann hintereinander in ihre Blickwelt hinabzusteigen. Der Höhenunterschied ermöglicht, dass ihre Körper sich nicht weitgehend verdecken. Xazy versucht, mit beiden Händen wischend, so wie sie es eben erst erlernt hat, mehr vom Umfeld der Gestalten Bild werden zu lassen.

Dabei entdeckt sie, dass Achsmanns Füße nackt sind. Und aus der fast maschinenhaften Art, wie sich links, dann rechts, dann wieder links der Spann wölbt und sich die Zehen krümmen, schließt sie, dass die Miniatur des großen Kerls auf einer Treppe unterwegs ist, deren Stufen sich aus irgendeinem Grund nicht zeigen wollen. Naturkontrollagentin Xazys Fingerspitzen wandern über Achsmanns Oberschenkel, sie kann den Spannungswechsel der Muskeln spüren, sie sieht, dass Achsmann ab und an den linken Arm nach hinten streckt, als müsste er sich vergewissern, dass Schill ihm greifbar dicht auf den Fersen bleibt. Womöglich bietet er ihm die Hand als Stütze an, weil er Schills Gleichgewichtsgefühl misstraut und befürchtet, dieser könnte ihm strauchelnd gegen den Rücken stürzen.

Wo sind die beiden, die noch fehlen, um den Erkundungstrupp, den Hauptmann Blank in das Unding geschickt hat, hier, in diesem rahmenlosen Reckteck, komplett zu machen? Damals als es dem vortragenden Schill gelungen war, aus einem einzigen Wort eine ins Weite schwingende Sequenz von Stimmungen zu machen, hatte Xazy den Blick über Gesichter und Hinterköpfe schweifen lassen und nach Guhl gesucht, aber ihr Hilfserkunder blieb verborgen in den Reihen seiner Kameraden. Stattdessen fiel ihr ein anderer auf. Er stand dicht hinter Schill, war deutlich kleiner, und da seine kurzen, kräftigen Arme nicht am Rumpf anlagen, sondern in spitzem Winkel abstanden, und er zudem die Finger beider Hände auseinanderspreizte, erzeugte sein Verharren den Eindruck, er stünde in einer Art Bereitschaft. Womöglich wollte der Kleine, falls Schill in seinem exzessiven Vortrag plötzlich alle Kraft verlassen sollte, zupacken und ein Hinstürzen des Vorlesers, des schönen Zuckermanns, verhindern.

Xazy will der Platte mehr als das bisher Gestaltgewordene entlocken. Sie scheut sich nicht, die Faust über Nettmanns Scheitel so fest gegen das weiche Glas zu pressen, wie sie kann. Kurz glaubt sie, ein Tiefer oder ein Dahinter in den Fingerknöcheln zu empfinden, und das Grau, das die drei unverändert auf der Stelle Abwärtssteigenden umgibt, scheint unrein auszuflocken. Doch dann bemerkt sie, dass die Schichten des Bilds begonnen haben, eine horizontale Bewegung abzubilden. Es strömt. Alles gleitet langsam nach links. Achsmann, Schill und Nettmann haben die Mitte des Rechtecks verlassen. Die Mitte, das ist dort, wo Xazys blanker Nabel mit der kleinen, harten Kugel, die ihn füllt, unmittelbar gegen die Platte drückt. Just dort hat sich das weiche Glas inzwischen als besonders nachgiebig erwiesen. Aber die Delle, die ihr Rumpf in die Unterkante presst, hat sich bislang, weil Ding und Körper gleich warm sind, Xazys Wahrnehmung entzogen.

Die Männer des Mittleren Büros konnten sich nicht sattsehen, wenn wir einen unserer Griffel, den kaum kleinfingerdünnen, den mittelfingerstarken oder den daumendicken, mit der stets nadelfeinen Spitze auf eine ihrer Arbeitsflächen setzten. Jeden der Trichter, zu denen unser Werkzeug das mehr oder weniger kränkelnde Glas verzog, kann man noch immer, auch in Hinblick auf das, was Xazy nun gleich vor Augen kommen wird, einen negativen Kegel nennen.

Achsmann, hinter ihm Schill und, diesem auf dem Fuße folgend, der doppelt kluge Nettmann werden gleich, von Xazys Blick verfolgt, den linken Rand des schwebenden Tischchens erreichen. Spute dich, Starker! Das ist dein Moment! Und Axler tut uns den Gefallen. Schon ist sein Messer aufgeklappt, und um der Schönheit willen malen wir uns das abgebrochene Stück zurück an seine Spitze. Das Werkzeug, mit dem der grimmig brave Kerl Kerben in seinen Schockstock schnitzte, das erste Schloss aufbrach und vorhin erst ein Stückchen Falschholz aus dem Balkongrund pulte, kommt nun zu besonderen Ehren. Axler presst das, was ihm ein Kollege dereinst vererbt hat, von innen, aus der ersten Tiefe des weichen Glases, gegen die Haut ebenjener Außenwelt, der seine ehrlich grobe, rührend ungestüme, vielleicht ein bisschen dumme Sehnsucht gilt.

Xazy staunt, welch perfekten positiven Kegel die Messerspitze in die Höhe und damit ihr entgegenstemmt. Ach, warum kann die bildschöne Erscheinung nicht ein längeres Weilchen genau so bleiben! Es soll nicht sein. Schon müssen wir mit Xazy sehen, wie gnadenlos der linke Rand der Platte die makellose Form verschlingt. Im Nu werden der plane Kreis der Kegelbasis, der rundum glatte Mantel und dessen steiler Gipfel in nichts als eine Linie, in den volumenlosen Strich des Plattenrands gesaugt.

## 42.

## ZEITSPECKSCHWINDEN

### WAS ZWISCHEN LOCKEN KLOPFT

«Diese drei Stockwerke, Frau Fachleutnant, sie sind so hoch! Wofür könnten sie damals, ich meine, vor unserer Zeit, wozu könnten sie in der Vorzeit nur gut gewesen sein?»

Die ganzen Tage, an denen Jessmann ihr auf den Fersen geblieben war, hatte sich Xazy seine Fragen ausnahmslos gern gefallen lassen. Was ihm an geregeltem Verstand, an der Verschränkung handlicher Begriffe fehlte, machte ihr Adjutant mit scharfem Hinschauen und eigenständigem Beschreiben wett. Im Hauptmannszelt hatte Xazy mit Blank auf dessen extragroßer Leuchtfolie die Makroaufnahmen studiert, die sie von der Fassade angefertigt hatte, und irgendwann hatten sie Jessmann, der draußen wartete, hereingerufen. Er möge ihnen sagen, ob ihm an dem Abgebildeten noch etwas ins Auge steche.

«Herr Hauptmann, Frau Fachleutnant! Hier auf halber Höhe sieht ein Teil der Steine anders aus. Das kann man erst in der Vergrößerung erkennen. Schauen wir mit bloßem Auge hinüber, denken wir nur, dass natürlich kein Ziegel dem anderen völlig gleicht. Aber das ist doch Wasser! Es hat fünf Wochen nicht geregnet. Und alle Ziegel, die nass glänzen, sind heller als die anderen. Man könnte glauben, es hätte ihnen von innen her den Schmutz von der Glasur gespült.»

Aufsteigend sieht sie weitere Platten in den bleichen Strängen hängen. Der Binnennebel hat ein wenig nachgelassen, und Xazy spürt die Versuchung, ein zweites Rechteck anzusteuern und auszuprobieren, ob es sich auf die gleiche Weise stimulieren lässt. Aber zugleich macht es sie misstrauisch, wie viele dieser Gebilde mittlerweile ihr Blickfeld schmücken. Alle scheinen die Luft, die sie umgibt, mindestens armweit vom Dunst zu klären, und stets neigt sich eine der Kanten so in Xazys Richtung, dass sich das Grau der Oberfläche lockend zeigt.

Als es sie pochend trifft, glaubt Xazy für einen eisig jähen Moment, einer der Verschollenen – womöglich der agile Weller! – sei hinterrücks an sie herangeklettert, um ihr in rätselhafter Bosheit mit der Zeigefingerspitze auf den Kopf zu tippen. Aber schon hat das, was da zwischen ihre Locken schlug, zu gleiten angefangen. Ein voluminöser, kühler Tropfen rinnt aus dem Haaransatz auf ihre Stirn, und hätten ihre Finger die Flüssigkeit dort nicht verwischt, wäre sie ihr womöglich, entlang an einem Nasenflügel, bis an die Oberlippe herabgeflossen.

Der Schädel kippt ihr in den Nacken, und sie entdeckt ein Rechteck, das alle bisher erspähten deutlich an Größe übertrifft. Zwei Körper ihrer Statur fänden nebeneinander auf dieser Fläche Platz. Und auf der dunkler Unterseite der Platte hängen, dicht gereiht und glitzernd, weitere Riesentropfen. Die dampfige Feuchtigkeit des Binnenraums hat sich offenbar an der kühlen Fläche niedergeschlagen, und die Schwerkraft und der Verkettungsdrang der Moleküle haben das Kondensat zu diesen Halbkugeln zusammengezogen.

«Frau Fachleutnant, Herr Hauptmann, die nassen Ziegel, das heißt doch, dass unsere Kameraden dort drinnen zumindest Wasser haben!»

Blank hatte nur knapp genickt, aber Xazy war nicht entgangen, wie sehr ihn Jessmanns Schlussfolgerung erleichterte, vielleicht weil ihm die Vorstellung, die fünf Ausgesandten könnten dort drüben elend verdurstet sein, unter den denkbaren Möglichkeiten, im Unding umzukommen, längst quälend naheliegend erschienen war.

Ein weiterer großer Tropfen löst sich und verfehlt, bevor er hinab in den Nebel stürzt, ihre Brust nur knapp. Sie sieht ihm nach, stellt dann den Fuß auf einen Strang, der sie nun gleich, sobald sie sich von ihm nach oben drückt, in die Lage versetzen wird, sich die Oberseite dieses besonderen Rechtecks anzusehen. Man darf nicht jeder Redewendung trauen. Es stimmt zum Beispiel nicht, dass die Menschen nur verstehen, was sie verstehen wollen. Ab und an ist die Wucht des Fremden so groß, dass es den Panzer des Nichtverstehenmögens wie ein Geschoss durchschlägt und das Begreifen erzwingt, ja fast wie eine Wunde zeitigt.

Zum Beispiel jetzt: Niemals in ihrem bisherigen Leben hat Xazy eine derartige Jacke und eine solche Hose gesehen. Und steckte nun irgendein anderer, ein ihr völlig Unbekannter in diesen blau gestreiften, knittrig dünnen Kleidungsstücken, hätte sie dennoch geschlossen, dass Hose und Jacke, die ihren Hilfserkunder vom Hals bis an die Handgelenke, von den Hüften bis an die Knöchel so fürchterlich locker umfangen, ein Nachtgewand darstellen, wie es ihr bislang unbekannt gewesen ist.

Keine Sorge, Xazy! Dieser Guhl ist gar nicht tot. Dieser Guhl hier ist bloß grausig gründlich vom Fleisch gefallen. Mager wäre für den Körper, den ihr die große Platte offeriert, ein Wort, das den Augenschein umsonst beschönigt. Denn der Substanzverlust, den der stets wohlbeleibt Gewesene während seines Hierseins erleiden musste, hat auf eine grundsätzliche Weise herausgebildet, dass dieser Guhl schlimm alt ist. Der Speckschwund macht die Strecke, die Guhls Stoffwechseln des Weiteren noch durchlaufen könnte, zwingend als ein Endstück, unweigerlich als einen kümmerlichen Stummel kenntlich.

Mit Xazy hören wir ihren Hilfserkunder wohlig seufzen. Und dann dreht er sich aus der Rückenlage auf die Seite, schiebt sich die linke Hand unter die Wange und bohrt die Rechte in den Spalt zwischen zwei Knöpfen, als müssten die Finger nach dem verschwundenen Brustfett tasten. Dort, wo die rechte, knochig spitze Schulter sich eben von der Platte löste, lässt sich erkennen, wie tief die Mulde ist, in der er liegt. Man könnte glauben, er sei von weit oben auf das weiche Glas gestürzt, und dieses habe die ganze Wucht des Falls wie Gummi absorbiert.

Guhl knurrt im Traum. Er wälzt sich auf den Bauch, und dann beginnt er, mit beiden Händen neben seinem Kopf zu tasten. Schon bevor die Finger finden, wonach sie suchen, hat Xazy verstanden, was ihr Ziel ist: Aus den rechten Winkeln der Platte erheben sich vier plumpe Stümpfe, die sich nach oben hin verjüngen. Dort hat der Schlummernde jetzt Halt gefunden. Aber was wir mit ihr sehen und mit ihr durch Beobachtung begreifen, reicht unserer Naturkontrollagentin nicht aus. Ihr Oberkörper pendelt zurück, ihr Denken findet einen naheliegenden Vergleich und hält ihn fest. Wären diese vier Auswüchse noch ein gutes Stück länger und zögen sich ihre faltigen Endflächen sauber glatt, dann läge Hilfserkunder Guhl auf einem umgestürzten Tisch, und seine Finger hielten zwei der in die Höhe strebenden Beine traumgewiss umklammert.

«Herr Hauptmann, keiner kennt Ihre Männer besser als Sie. Wenn da drinnen mittlerweile jeder auf sich allein gestellt sein sollte, wem trauen Sie am ehesten zu, dass er es aus eigener Kraft wieder zurück nach draußen schafft?»

Fachleutnant Xazy hatte Blank dies noch gefragt, bevor sie

in ihren Unterstand ging, um sich ihre Inneneinsatzmontur, um sich den Volksrock und das drahtdurchwirkte Oberteil zu holen. Blank saß an der Gangwand, das frisch verbundene Bein auf ihrem Hocker, und überlegte, sichtlich angestrengt, was er ihr als Antwort geben könnte.

«Dann lassen Sie mich selber raten: Guhl werden, falls es da drinnen hart auf hart kommt, sein Alter und seine Pfunde im Wege stehen. Schill ist zu selbstverliebt, Weller zu sehr in Schill vernarrt, keiner wird sich vom jeweils anderen lösen können, sobald es darum geht, die eigene Haut zu retten. Und Ihr Achsmann ist zu kraftgewiss, um sich im rechten Moment von einem Einfall, von guter Angst und rettender Schwäche, überwältigen zu lassen.»

Guhls Finger lösen sich von dem, was wir, ganz frei von Phantasie, einfach durch Formvergleich, für die unvollendeten Beine eines großen Tisches halten wollen. Xazys einstiger Hilfserkunder rollt sich wieder auf die Seite. Er zieht die schmal gewordenen Knie bis an die Brust. Er ähnelt so, mit rundem Rücken und gebeugtem Nacken, einem schlafenden Tier, das sich an einen sicheren Ort, vielleicht in seinen Bau, zu langer Ruhe, fast wie zu einer Art von Winterschlaf, zurückgezogen hat.

Bevor sie weiter aufwärts steigt, zupft Xazy noch an dem dünnen Stoff der merkwürdigen, in dunklen Blautönen gestreiften Jacke. Und jetzt erst fällt ihr auf, dass eine schmale schwarze Kante aus der Brusttasche des Kleidungsstückes ragt. Kurz ist sie versucht, das Gerät an sich zu nehmen, aber eine Art Scheu hält sie zurück. Das Maschinchen soll als eine Beigabe bei ihrem Hilfserkunder bleiben.

«Diese drei Stockwerke, Frau Fachleutnant, sie sind so hoch! Wofür könnten sie früher, ich meine, vor unserer Zeit, wozu könnten sie damals gut gewesen sein?»

«Maschinen, Jessmann. Stellen Sie sich einfach sehr große Maschinen vor. Wuchtiger und voluminöser als alles, was Ihnen und Ihren Kameraden bislang auf dem Land, auf dem Wasser oder in der Luft vor Augen gekommen ist. Maschinen, so gewaltig groß, dass sie bei weitem nicht mehr in ein Reparaturzelt passen würden. Maschinenriesen, Jessmann. Strengen Sie sich ein bisschen an. Sie sind noch jung, ich weiß, Sie haben Phantasie!»

## 43.

# SCHÄDELKNIRSCHEN

### WAS SICH GUT VERGLEICHEN LÄSST

Es ist dieselbe Treppe! Xazy wäre bereit, gegen sich selbst, gegen ihre Skepsis und gegen ihr Misstrauen zu wetten, dass es dieselbe Treppe sein muss. Gleich wird sie die unterste Stufe, die ein wenig schief in das Gespinst ragt, erreichen, und dann will sie hinauf zu denen steigen, die ihr vorhin, in ein weiches Bild gegossen, bereits aus dem hiesigen Oben entgegenstrebten.

«Es lügt nicht. Ich bin mir ziemlich sicher, dass es gar nicht lügen kann. Wer keine Gründe kennt, kann auch keine falschen Begründungen erfinden. Entschuldigen Sie bitte, wenn ich jetzt, im Fieber, Unsinn rede. Ich mache mir meinen Reim, so gut es eben geht. Ist erst mal, Wort für Wort, ins Blaue hineingesprochen. Alles bleibt schwierig. Aber mittlerweile höre ich zumindest besser! Was hat der Wunderer mit mir gemacht? Was ist das für ein Ding gewesen? Ich glaube, ich habe Durst.»

Xazy hatte beobachtet, wie es dem Wunderer, bevor er das Zelt verlassen hatte, gelungen war, Nettmann noch einmal Wasser einzuflößen, obwohl der hitzig Fiebernde selbst dann die Lippen bewegte, wenn kein Laut aus seiner Kehle kam. Der Bart des Hauptmanns, der allenfalls zwei, drei Tage alt sein konnte, war weich und glänzte seltsam honigfarben, als wäre die Krankheit in der Lage, Härte und Farbe bereits in den Wurzeln der Härchen zu manipulieren. Naturkontrollagentin Xazy tastete Nettmann prüfend über Kinn und Wangen, fuhr sogar die Linie seiner unentwegt zuckenden Oberlippe mit der Kuppe ihres Zeigefingers nach.

Die Treppe scheint aus Beton zu sein. Zumindest kann Xazy, als sie die tiefste Stufe erreicht, erkennen, dass die Bretter einer Verschalung das Muster von Holzfasern im Grau der senkrechten Flächen hinterlassen haben. Bevor das ganze Gebilde vollends ausgehärtet war, musste es verwindenden Kräften ausgesetzt gewesen sein, denn keine einzige der Stufen kann den rechten Winkel halten, alles ist mehr oder minder schräg, und an den Kanten deuten Wülste darauf hin, dass die zähflüssige Substanz, aus der das frei schwebende Gebilde gefertigt wurde, im Erstarren durch Spalte gequollen ist.

Gemachtes kann, ist es erst einmal als gemacht erkannt, auf eine spezielle Weise guttun! Fachleutnant Xazy fühlt eine schöne Erleichterung, während sie sich auf allen vieren den rauen und ein wenig feuchten Beton hinaufarbeitet. Und als sie bemerkt, dass etwas in ihrem Kopf albern motorisch damit begonnen hat, die derart überkrochenen Stufen zu zählen, gibt sie sich einen Ruck und richtet sich auf, um schneller voranzukommen.

«Verzeihung, wie lange sind Sie schon bei uns? Seit heute? Es ist doch Nacht? Sind Sie im Dunkeln mit dem Kutter angekommen? Wenn Sie so leise sprechen, fällt es mir schwer, Sie zu verstehen. Es kann unglaublich laut sein. Vor allem, wenn es nach Wörtern sucht und die richtigen nicht findet. Das dröhnt mir durch den Schädel wie Maschinenlärm. Wie ein sehr großer Diesel. So muss der Zehnzylinder geklungen haben, den wir unten am Wasser, gar nicht weit von unserer Anlegestelle im Schilf, in diesem halb versackten, blau gestrichenen Vorzeitwrack gefunden haben. Was für ein Krach! Und sobald seine Stimme gar nichts mehr, nicht einmal einzelne Silben artikulieren kann, bilde ich mir ein, dass ich in diesem Lärmen sein Wachsen höre. Natürlich kann ich mich täuschen. Schwierig. Alles bleibt schwierig einzuschätzen, weil das einfache Hin und Her von Frage, Antwort, Nachfrage und wieder Antwort immer noch nicht klappen will. Obwohl es sich doch solche Mühe gibt. Es strengt sich wirklich mächtig an. Vielleicht kommt der fürchterliche Lärm gerade daher, dass es sich so anstrengt? Ich glaube, ich habe Durst. Schrecklichen Durst sogar.»

Wie zügig es selbst auf einer derart schiefen Treppe vorangehen kann! Keine Stufe ist genau so hoch und breit wie die vorausgegangene, aber unsere tüchtige Xazy ist bis jetzt kein einziges Mal gestolpert. Bei jedem zweiten Schritt gelingt ihr sogar ein Blick nach oben. Xazy erkennt: Es wird nicht immer so weitergehen, schnurstracks hinauf bis zu den Wolken und dann hinein in einen leeren, blauen Himmel. Schon ist das Ende absehbar. Xazy hält es für eine helle, weiß getünchte Zwischendecke. Falls es sich tatsächlich um dergleichen handelt, dann könnte sich das oberste der drei Geschosse, die hier in diesem Innen noch weit höher sind, als sie von außen ermessen konnten, als etwas Separiertes in seiner alten Form erhalten haben. Wie schade, dass weder Blank noch Jessmann, den ihr der Hauptmann mit gutem Gespür zur Seite stellte, nun diesen Anblick mit ihr teilen können. Vor allem ihrem Adjutanten, der so eindrucksvoll staunen konnte, hätten Xazy und wir, die das Selber-Staunen noch Schritt für Schritt erwerben müssen, ein Hiersein und damit eine weitere Innigkeit gegönnt.

«Ich glaube, es hat eben Mitternacht gesagt. Ich dachte anfangs, als mir die Hitze ohne jede Vorwarnung in den Kopf geschossen war, es lerne elend langsam, so stockend wie ein recht dummes Kind. Aber natürlich ist es anders, natürlich lernt es unfassbar schnell. Ich kann kaum glauben, dass dieselbe Zeit durch meine und seine Worte rinnt. Natürlich sind seine Sätze kurz. Natürlich sind sie fast nie korrekt und arg oft unvollständig. Aber durch seine Fehler hat es mir hinterrücks beigebracht, wie ich es am besten korrigiere. Ist das jetzt Wasser? Unser normales Wasser? Am offenen Feuer abgekocht? Es schmeckt ganz wunderbar.»

Das kann kein echtes Holz sein. Oder doch? Xazy weiß, wie bestes Wurzelfurnier aussieht. Der Speisesaal des Lichtraddampfers ist brusthoch damit getäfelt, und wenn die Sonne tief über dem tintenblauen Salzsee steht, schimmert die Wandverkleidung in Braun und Gelb und Rot, so reich und lautlos vielstimmig wie nirgends sonst in den Rayons. Wir könnten jetzt zusammen mit unserer tüchtigen Naturkontrollagentin glauben, dass das, was ihre Hände nun betasten, ebenjenes besondere, zeitlos schöne Furnier des Speisesaals auf eine ungeschickte Weise, durchzogen von Rillen, Kratzern und eiförmigen Bläschen, zumindest nachzubilden trachtet. Xazy kniet auf der sechstletzten Stufe, fünf weitere, nicht besonders hohe, sind fast regelmäßig ins Waag- und Senkrechte geronnen und führen bis unter diese falschhölzerne Decke.

Laminat? Es könnte ein Laminat sein, aus einem jener künstlichen Harze, aus denen in der Vorzeit alles Mögliche gegossen wurde. Aber Xazy hat nie in ihren Außendienstjahren ein Laminat gesehen, das ein gleichmäßiges Glimmen erzeugt, das durchscheinend wirkt, ohne durchsichtig zu sein. In ihrem von Hauptmann Blank hübsch ausgestatteten Kabuff waren nach und nach immer mehr Insekten aus der Winterstarre erwacht. Und wenn die geflügelten dieser Gliederfüßler, vor allem simple schwarze Fliegen, aber auch Nachtfalter, vorjährige, zerfranste Exemplare der vielen im Buschrayon vorkommenden Arten, gegen das Glas ihrer Petroleumleuchte ankämpften, nicht ahnend, dass dahinter statt eines sonnigen Außen ein künstlich mörderisches Innen auf der Lauer lag, war das Licht des brennenden Dochtes ähnlich gefiltert durch das fein zerkratzte Glas und das Chitin der schwirrenden Flügel geflossen.

Niemand braucht Xazy nun einen Fingerzeig zu geben. Sie sieht, dass vier Rillen in diesem Pseudoholz zu vier exakt gleich großen Winkeln zusammenlaufen. Xazy, unsere liebe Xazy, ist nicht nur kaltblütig und zäh, sondern auch stark. Die Kraft, die sie als Fachleutnant erwarb, hat sich im diskreten Dienst der Naturkontrolle buchstäblich verdoppelt. Also klopft sie mit der Faust, drückt dann mit beiden Händen, stemmt schließlich Schläfe und rechte Schulter an das, was sie als eingefügt erkannt hat. Und knirschend, es klingt in ihrem Schädel wie Zähneknirschen, springt dasjenige nach oben, was, von der anderen Seite gesehen, eine quadratische Bodenplatte darstellt.

Als sie den Kopf hindurchgesteckt hat, noch während ihre nackten Fersen sich unten über die letzte Stufe drehen und ihre Ellenbogen oben einen größeren Kreis vollenden, versteht sie, in welcher Art von Gehäuse sie angekommen ist. Die drei Etagen des Lichtraddampfers verbindet ein Lastenaufzug, dessen Kabine fast die gleichen Maße besitzt. Xazy hat einmal gesehen, und wir haben es damals zehnfach verspürt, dass ein solcher Lift leichthin ein Dutzend Personen befördern kann. Ja, wir waren, als Xazys Blick sich mit unseren Blicken kreuzte – der Zufall spielte dieses Spiel! –, genau doppelt so viele, wie jetzt rundum an der verschlossenen Tür und an den drei Kabinenwänden lehnen.

## 44.

# SUCHWURMSPITZE

## WAS NAHEZU NATÜRLICH SCHEINT

Eins nach dem anderen. Und das Schlimmste am besten ohne weitere Verzögerung zuerst. Dem Körper von Xazys Hilfserkunder hat die Zeit, die er in diesem Blechkasten verbringen musste, auf eine besonders üble Weise mitgespielt. Der Bauch ist ihm zu einer überprallen Halbkugel angeschwollen. Das, was so lange in Guhls Inneren mit ihm zusammenhauste, hat, während es seinen Wirt stoffwechselnd überlebte, offenbar mächtig Gase freigesetzt und Guhl derartig aufgebläht. Und nicht genug damit: Zu allem Überfluss haben sich Guhls Hals und seine schlaffen Wangen zu einem schillernden Mischton, halb Violett, halb Purpur, verfärben müssen.

Achsmann hingegen hat Form und Farbe über den letzten Atemzug hinweg bewahren dürfen. Er sitzt an der geschlossenen Tür, und neben seiner offenen rechten Hand liegt ein Bajonett mit halber Klinge. Die abgebrochene vordere Hälfte ragt fingerbreit aus der Fuge, in der sich die Aufzugtür und eine Seitenwand der Kabine treffen. Xazy zweifelt nicht daran, dass er versucht hat, die Lifttür aufzuhebeln, bevor die Waffe, die nur begrenzt zum Werkzeug taugte, in Stücke brach. Naturkontrollagentin Xazy wird die Erste und Letzte sein, die, ohne viel nachdenken zu müssen, versteht, was die Striche bedeuten, die neben seiner linken Schulter in den Lack der Tür gekratzt sind: vier kurze Linien, von einer fünften durchgestrichen.

Wie Guhl und Achsmann stehen auch dem schönen Schill die toten Augen offen. Er kniet, den Rücken angelehnt, mit leicht gespreizten Schenkeln, sein Gesäß ruht auf den Fersen. Bis ganz zuletzt ist es dem Vorleser der Hundertschaft auf eine aufrechte Haltung angekommen. Und weil sein Kopf in den Nacken gesunken ist, als blicke er nach oben, muss Xazy in einem nachahmenden Reflex ebenfalls zur Decke der Kabine schauen. Von oben baumeln ihr zwei nicht besonders lange, aber kräftige Männerbeine entgegen. Bis an die Hüften hat es den kleinen Weller in das Deckenblech hineingesaugt. Und weil von unten mit der Kraft gemeinsamer Verzweiflung gezerrt und gezogen wurde, ist ihm der feste Stoff der Winteruniform zerrissen, nicht nur die Waden, die Knie und Oberschenkel, auch sein bläulich schimmerndes Geschlecht liegt bloß. Wie gut, dass sein Gesicht, das so gewinnend grinsen konnte, für Xazy nicht zu sehen ist.

Eins, zwei, drei, vier! Zählen wir uns hiermit schnell genug, aber auch so langsam, wie für ein leidiges Verstehen unumgänglich, dem fünften Mann entgegen? Xazy hält sich nicht weiter mit möglichen, mehr oder minder wahrscheinlichen Gründen auf, sie stemmt sich hoch, robbt vollends in den Lift hinein, um sich den letzten Mann, den letzten der von Hauptmann Blank Entsandten, aus der nötigen Nähe anzusehen. Erst jetzt bemerkt sie, die obere Hälfte der Kabinenrückwand ist verglast. Es scheint sich um einen eingelassenen Spiegel zu handeln. Aber er ist erblindet. Das Metall, mit dem sein Glas hinterrücks beschichtet war, ist restlos korrodiert.

Fachleutnant Xazy, die wohl gut hundert Spiegel umgedreht hat, weiß, wie schorfig dieser besondere Rost aussieht und dass er sich zwischen den Fingerkuppen zu einem grauen Staub zerreiben lässt. Als eine Art Ersatz für alle nicht mehr möglichen Bilder ist an den Rändern des Rechtecks etwas anderes in den Lift gedrungen. Es sind die gleichen Stränge, die Xazy als Netzwerk für ihren Aufstieg dienten. Ein knappes Dutzend hat sich mit unwiderstehlicher Geduld ins Innere des fatalen Quaders gebohrt und dort sein Ziel gefunden.

Nettmann liegt auf dem Rücken. Die bleichen Auswüchse umschlingen Stiefel und Handgelenke. Zwei starke Stränge sind um seinen Rumpf, um seine Brust und über seinem Gürtel um seinen Bauch, gewunden. Ein einzelner kaum daumendicker Ausläufer hat sein Gesicht erreicht. Über Kinn und Unterlippe ist er in Nettmanns offenen Mund gekrochen, um von dort weiter – wer weiß, wie tief? – in das Dunkel seiner Inwändigkeit zu schlüpfen.

Unsere Xazy, unsere liebe Xazy, ist wirklich zäh und wahrhaft kräftig. Die Seelenstärke, die sie als Fachleutnant erwerben durfte, hat sich im diskreten Dienst der Naturkontrolle buchstäblich verdoppelt. Sie fürchtet nichts, was lebt. Also setzt sie den nackten linken Fuß auf Nettmanns Schulter, die langen, wohlgeformten Zehen spreizen sich wie Finger, und schon packt sie mit beiden Händen dicht vor Nettmanns Lippen das, was da, irgendetwas nehmend, irgendetwas spendend, in ihn gedrungen ist. Zieh, Xazy! Zieh mit Gefühl! Wir bitten dich: Zieh nicht zu grob, aber zieh fest genug!

«Von innen, Frau Fachleutnant, ich kenne es nur von innen. Aber immerhin! Wenn ich es draußen träfe, so wie es äußerlich in Erscheinung tritt, irgendwo hier, im Schilfgürtel des großen Bittersees, oder in einem anderen Rayon. Wenn ich es vor mir hätte, aus trockenem Gras oder aus irgendeinem alten Schmutz emporgeschossen, wir stünden fremder als fremd, stummer als stumm, blinder als blind vor uns, dem jeweils anderen.»

Nettmann hustet und spuckt ein bisschen Blut auf den Kabinenboden. Er atmet. Er bewegt sogar den Kopf, als versuche er auf Xazys Frage, ob er sie hören könne, so gut es ihm gelingt, zu nicken. Aber auch das, was Xazy beherzt aus ihm herausgezogen hat, zeigt eine Art Lebendigkeit. Es windet sich mit seinem spitzen, feuchten Ende auf sie zu. Kurz könnte man glauben, es wolle ihr unter den Volksrock schlüpfen. Aber dann gleitet es, eine feine Schleimspur ziehend, hinauf bis an das ärmellose Oberteil. Mag sein, es will, wurmartig pendelnd, erfühlen, prüfen und bedenken, wie gedörrte Schilfwurzeln und feiner Draht in diesem Kleidungsstück zu einem festen und zugleich elastischen Gewebe verflochten worden sind. Xazy widersteht dem Verlangen, es von sich abzustreifen. Sie hält den Atem an, der Suchwurm zittert, an seiner versteiften Spitze zeigt sich ein blaues Glimmen, als hätte ihm eine andere Natur ein winziges Lämpchen eingebaut, aber dann fällt er – vielleicht ist er die Außenluft nicht mehr gewöhnt? – erschlafft vor ihre Füße.

Wozu noch sagen, was im Folgenden nicht geschehen ist? Fachleutnant Xazy ließ die Toten tot sein, ließ unseren lieben Nettmann erst einmal röcheln und keuchen und sah sich suchend um. Sie rollte den Leichnam ihres seligen Hilfserkunders beiseite, und als sie Schill bei den Schultern packte und dessen noch immer hübsche Larve zur Seite kippte, wurde sie fündig. Da war die Tastatur, mit der dergleichen große Automaten in der Vorzeit gesteuert wurden. Natürlich stach ihr die Taste, mit der sich die Tür der Kabine öffnen lassen sollte, als Erstes ins Auge. Bestimmt hatten auch die fünf versucht, dem Lift über diese Schnittstelle den rettenden Befehl zu erteilen. Ganz unwahrscheinlich, dass die Tür nun ausgerechnet auf ihren Fingerdruck zur Seite fahren würde.

Aber wenn doch? Wir müssen aus tiefster Erfahrung sagen, Xazy zögerte zu Recht. Was hätte sie hier oben hinter der Tür als erster Anblick und dann, zehn oder hundert Schritte später, als Ausblick schon erwartet? Sie zögerte. Sie zögert noch. Ihr rechter Zeigefinger pendelt über den Tasten, bis sie Bewegung spürt.

Der Ausläufer des bleichen Netzes, der eben erst mit Gewalt und viel Gefühl aus Nettmanns Kehle gezogen worden ist, hat wieder Spannung aufgenommen. Er schlängelt sich über Xazys Füße. Schon sucht ihr Blick das abgebrochene Bajonett. Aber dann versteht sie, dass es sich um einen Rückzug handelt. Alle Stränge, die durch die mürbe Rahmung des altersschwarzen Spiegels gedrungen sind, haben begonnen die Kabine zu verlassen. Ein fein moduliertes Schaben, Xazys überwachen Ohren kommt es fast wie ein Wispern vor, untermalt das Entgleiten. Dann meldet sich die 1. Die Taste, die für das Erdgeschoss steht, blinkt knallrot auf, will sich in ihrem schnellen Wechseln gar nicht mehr beruhigen. Wir können Xazy nicht verdenken, dass sie nun wirklich nicht mehr hinaus ins dritte Geschoss gelangen mag. Was könnte sie dort drüben außer verrosteten Spinden, morschen Bänken und blinden Fensterscheiben finden?

«Das mit dem Diesel war natürlich, ich meine wirklich natürlich, eine Riesendummheit. Ich werde mich, sobald es wieder Tag ist, sobald das Fieber nachgelassen hat, in aller Form bei Ihnen als Vertreterin des Hauptquartiers entschuldigen. Bis morgen wird sich auch ein Grund gefunden haben, und ich werde mit ihm die alleinige Verantwortung für diesen Lapsus – sagt man wirklich Lapsus? – übernehmen. Jetzt ist es schwierig, die seltenen Wörter und die viel benutzten, die gut bekannten, die halb vergessenen und die noch nicht verlässlich eingeführten korrekt in Reih und Glied zu bringen. Alles sehr schwierig! Letzten Endes, ich meine, auf seiner tiefsten Oberfläche sind es natürlich bloß Befehle. Dort sind die Sätze allesamt nichts weiter als Befehle. Und als Befehle müssen sie in der richtigen Reihung aufeinanderfolgen. Zumindest so viel habe ich, Nettmann hin und Nettler her, verstanden. Morgen mehr!»

## 45.

## SPORENVERHEISSUNG

WAS IN DER TAT NOCH NICHT GESCHEHEN IST

Noch ist es früh, ganz früh. Es wird ein ungewöhnlich schöner
Morgen werden. Mit seiner Parole «Frühling frei!» hatte der
Hauptmann des Buschrayons beizeiten ins warme Herz des
Kommenden getroffen. Die Nacht jedoch war noch ein letztes
Mal erstaunlich kalt. Jetzt pusten sich zwei von Blanks Wachposten, erfahrene, an den Schläfen schon angegraute Hundertschaftler, in die Hände, marschieren sogar in einem lustig
gleichtaktigen Rhythmus auf der Stelle. Raureif glasiert das
winterbraune Gras vor ihrem Ausguck. Mit etwas Phantasie und
Vorzeitwissen könnte man sagen, er überziehe das Gelände wie
hauchdünner Zuckerguss.

Die beiden bemerken Bewegung in dem finsteren Trapez, das
fünf ihrer Kameraden verschlungen hat. Da rührt sich etwas, da
drüben kommt jemand heraus. Und schon bewundern sie die
Kraft, die diese Frau ganz offenbar besitzt. Mit schwingendem
Rock, in kleinen, tippelig raschen Schritten, tief unter einer Last
gebeugt, lässt sie das Objekt hinter sich zurück, nähert sich zügig
dem Graben.

Es dauert noch einen Moment, bis die Beobachter erkennen
können, dass es sich nicht um irgendein Volksweib, sondern um
die Vertreterin des technischen Korps handelt, die ihr Haupt-

mann von Denen-auf-dem-Wasser vor die Nase gesetzt bekommen hat. Gleich wird sich bestimmen lassen, welchen der vermissten Kameraden diese Xazy da huckepack herüberschleppt. Der Geschulterte scheint am Leben, denn seine Arme halten ihren schlanken Hals umschlungen, und jetzt hebt er die Stirn aus ihren Locken. Er spricht und dreht dabei den Kopf nach hinten, als wollte er den Ort, aus dem er eben erst geborgen worden ist, mit Hinschauen und mit dem, was er seiner Retterin da zu erzählen hat, in einen sicheren Abstand bannen.

Den beiden, die dies sehen, rutscht unwillkürlich und mit anschwellender Sorge der Blick über die Fassade des Bauwerks hinauf zu dessen Kuppel. Keinem in der Hundertschaft ist es bislang gelungen, sich halbwegs an dieses Ding oder Unding zu gewöhnen. Sie wissen, dass alle, die nicht gleich ihnen Wache halten, schlaflos in den Zelten liegen. Nicht einmal ihr Dümmster, ein wirklich ahnungsloser Trottel, glaubt daran, dass der Raupenroboter zurückliegende Nacht auf einen absichtsvoll gegebenen Befehl hin vernichtet worden ist.

Der Himmel hat sich gerötet. Die bleiche Kappe, die mehr denn je an einen Schirm erinnert, den ein innerer Druck bläht, hat begonnen, den rosigen Morgenschimmer anzunehmen. Die letzten Stunden waren nicht bloß kalt, sondern auch ungewöhnlich neblig. Vielleicht begünstigt der Tau, der sich dort oben weiter niederschlägt, den Widerschein. Und dann bemerken die beiden Männer, dass der schwache Wind, der tagelang stetig vom Objekt herüberblies, irgendwann, im Finstern oder erst im Dämmern, verendet ist.

Windstill. Dieselbe klamme Angst krampft beiden Wachposten die Kehle. Aber sie fürchten sich umsonst. Noch wirkt das Wesen vor sich hin. Es bildet, es bildet sich, indem es anderes bildet. Es bildet nach und bildet um und um. Es spricht zu sich und spricht darin zu uns. Ein weiterer Befehl sammelt brav Silben, formt stockend und stotternd Wörter, kombiniert sie zu kurzen, komisch ungelenken Reihen, forscht rührend unermüdlich nach jenem einen Satz, mit dem es sich eröffnen und sporensprühend sein Innen wie ein Geschenk in unsere Welt, in unser aller Welt entäußern wird.

Das für dieses Buch verwendete Papier ist FSC®-zertifiziert.